La maledizione della lupa

Creature dell'Altro Mondo

Brogan Thomas

TRADUZIONE DI
Elisa Bruno

Titolo originale: *La maledizione della lupa*
Copyright © 2025 Brogan Thomas
Traduzione italiana: Elisa Bruno
A cura di: Giovanna Chilese
Tutti i diritti riservati.

ISBN edizione tascabile: 978-1-915946-75-1
ISBN edizione cartonata: 978-1-915946-76-8
ASIN ebook: B0FP62TT5Z

Per mio marito

CAPITOLO UNO

CON LA TESTA appoggiata sulle zampe, mi rilasso tra l'erba baciata dal sole che filtra attraverso gli alberi. I riflessi verdi danzano sul mio manto al ritmo della brezza leggera. Adoro lasciarmi scaldare la pelliccia dal sole. Se mi sentissi davvero al sicuro, sono abbastanza certa che me ne starei sdraiata sulla schiena, con le zampe all'aria, esibendomi nella migliore interpretazione di una mosca morta con il ventre offerto al calore del sole.

Purtroppo, è da un'eternità che non riesco a sentirmi tranquilla, e stare all'aperto è il massimo che sono riuscita a ottenere.

Mi chiamo Forrest. Nelle giornate peggiori, ripeto il mio nome centinaia di volte per ricordare a me stessa che una volta ero una ragazza. Una ragazza con gli occhi verdi e i capelli rossi.

Accidenti, ho vissuto più a lungo come lupa che come ragazza.

"Forrest." Me l'ero forse immaginata? A volte vorrei che fosse così. Sarebbe molto più semplice dimenticarla, ma sono cocciuta.

Quanto odio la mia vita. Odio vivere con il timore costante di sbagliare. Qualsiasi cosa mi facciano, non posso reagire. Se lo facessi, direbbero che sono una bestia feroce e lo userebbero come pretesto per uccidermi.

È uno schifo tremendo.

Faccio un po' di stretching, affondando gli artigli nel terreno soffice, con il fondoschiena per aria, poi torno ad annusare in giro. Il profumo confortante della terra smossa mi circonda.

È ridicolo che un gruppo di mutaforma abbia il coraggio di trattarmi come un cane rognoso e indesiderato. Ma cosa mi aspettavo? Dopotutto sono bloccata nella forma di lupo.

Penso sia una paura davvero profonda e oscura che li accomuna tutti, visto che potrebbe capitare anche a loro. Un giorno si stanno trasformando nella loro forma pelosa, e boom, non riescono più a tornare indietro. Selvaggi, sbagliati e desiderosi di essere liberati dalla loro sofferenza. Credo di riuscire a capire perché li spavento.

Perché mi odiano.

Sono certa che non si rendano conto che dentro sono sempre io, ecco perché mi trattano come se fossi un cane. Come se fossi una mutaforma selvaggia. Lo scenario da incubo in cui l'animale prende completamente il sopravvento è un fenomeno raro, e non è di certo il mio caso: io non sono selvaggia. Sono la stessa persona che sarei nella mia pelle umana. Ho il pieno controllo di me stessa, sono solo bloccata e non so come tornare indietro. Nessuno sa come farmi cambiare di nuovo. La mia magia è difettosa, fuori uso.

Sbuffo. Non essere in grado di comunicare è terribile e incredibilmente frustrante. L'isolamento e il crescere intrappolata come una lupa, specialmente una lupa trattata come un cane, non sono affatto una passeggiata.

Una coccinella mi si posa sulla zampa. La annuso. *Ciao, piccolo insetto...* Mi sento così incredibilmente sola, ma accetterei volentieri di essere un'emarginata, se solo mi lasciassero in pace. Sembra assurdo, lo so. Ho imparato nel corso degli anni che il mio branco non deve per forza volermi bene, cavolo, ho pure smesso di provarci. Vorrei solo che non provassero piacere nel ferirmi.

I giorni continuano a susseguirsi, il tempo continua a scorrere, il mondo mi gira intorno, eppure io resto qui, immutabile.

Adoro questo posto sotto gli alberi, dove nessuno mi nota ma posso vedere tutto. La casa del branco, quella mostruosità sfarzosa, attira il mio sguardo. Temple House, come viene anche chiamata, si trova a Singleton, nel Lancashire, e si estende per oltre duecento ettari. È una residenza molto antica costruita da mia madre nel quattordicesimo secolo.

Mamma era vecchissima quando morì. I mutaforma possono vivere migliaia di anni, e mia madre era una donna tosta di un'altra epoca. Era severa con me, non certo il tipo da coccolare i figli: voleva insegnarmi solo ciò che poteva aiutarmi a sopravvivere. Mi è sempre sembrato che mi avesse cresciuta più per dovere che per amore. Forse, se avessimo avuto più tempo...

Nonostante tutto, mi manca. Mi manca tantissimo.

Quando ero piccola, si preoccupava per la mia sicurezza. Il che, ripensandoci, è ironico, dato che mia madre, senza saperlo, ha inizialmente accolto i miei attuali aguzzini nel nostro branco per proteggerci. La magia scorre ovunque, e il nostro mondo pullula di creature di ogni genere: mutaforma, demoni, streghe, vampiri e una miriade di Fae. Ma esiste anche una divisione tra le razze: creatura contro creatura, con gli umani puri che lottano per sopravvivere.

Essendo una mutaforma femmina, fin da piccola ero rara e ambita: il tasso di natalità femminile è basso e per proteggermi, il branco non mi permetteva di andare a scuola. Studiavo da casa, o meglio, venivo indottrinata a casa, come mi sembrava a volte. A mia madre non piaceva insegnarmi. Le materie erano varie e, ripensandoci, probabilmente non molto adatte a una bambina, ma la mia istruzione era completa e all'età di sette anni parlavo diverse lingue e combattevo come un vero demone.

All'età di nove anni avevo già perso per sempre la capacità di parlare. Mia madre era morta e io ero bloccata nella mia forma di lupa.

Sento le auto molto prima di vederle. Alzo la testa e osservo due veicoli neri che si fanno strada lungo il viale alberato.

Oh, eccoli qui, puntuali. Gli ospiti del pranzo domenicale. Beh, in realtà una sola ospite, con la sua sfilza di guardie del corpo a proteggerla. Non che io conosca qualcuno sano di mente che cercherebbe di rapire Liz. E se lo facessero, la riporterebbero subito indietro.

Liz Richardson. Corrugo le labbra con disprezzo. Se passaste del tempo con quella gallina, capireste. È una lupa mutaforma di razza pura, viziata e con un carattere difficile. Ed è tutta sorrisi e gentilezze, quando vuole qualcosa, ma nei confronti delle persone insignificanti o, nel mio caso, degli animali, mostra chiaramente tendenze sociopatiche.

Liz scende dall'auto e allontana le sue tre imponenti guardie del corpo con un gesto della mano, poi risponde al telefono avvicinandosi al mio nascondiglio con il cellulare all'orecchio. Oggi indossa un grazioso vestito estivo azzurro pallido. Il colore si intona ai suoi occhi, e i capelli castani sono acconciati in un perfetto caschetto.

Sfortunatamente, Liz è la ragazza di Harry. Harry è il mio fratellastro e al contempo un membro del branco. Ci si può ancora riferire a qualcuno come fratellastro quando entrambi i rispettivi genitori sono morti? Faccio spallucce mentalmente. A ogni modo, essendo più grande di me di un anno, è stato spedito in collegio dopo la morte dei nostri genitori, forse per proteggerlo dalla lupa mutaforma inselvatichita rimasta a casa e per assicurarsi che la mia condizione non fosse trasmissibile.

Non so quanti anni siano passati, non è che abbia un calendario a disposizione. Ogni giorno sembra una settimana e ogni mese un anno. Ho vissuto mille vite imprigionata nella mia pelliccia. Sono cresciuta in fretta, non ho avuto scelta. Ma quando Harry è tornato, la mia esistenza è notevolmente migliorata. Un miglioramento immenso, di cui gli sono profondamente in debito. Stavo per impazzire prima che Harry tornasse a vivere con il branco.

Cavolo, non voglio tornare a quegli anni, preferirei

morire. Il solo ricordarli mi lascia ancora scossa. Per molto tempo è stato...

Rabbrividisco, chiudo gli occhi ed emetto un sospiro instabile.

Insomma, arrivando al punto: non mi fanno così male quando c'è Harry intorno. Lui è il mio scudo involontario e la loro coscienza.

Apro gli occhi. Liz è ancora al telefono e sta camminando verso di me. Con mio grande stupore, sento un uomo parlare dall'altra parte della linea. *Bleah, che schifo*, si sta rivolgendo a lei in modo davvero osceno. Oh, e spoiler: non è Harry al telefono. Questo è un bel guaio, perché da quello che ho sentito, oggi è il giorno in cui Harry e Liz dovrebbero annunciare ufficialmente la loro unione.

Cosa sta facendo Liz... Santo cielo, sta tradendo Harry? Perché mai lo farebbe?

Faccio una smorfia e arriccio il muso disgustata mentre Liz termina la chiamata con una risatina. Un piccolo ringhio mi sfugge senza che me ne renda conto e rimbomba dal mio petto. In questo momento, se avessi le mani, me le sbatterei sul muso per soffocare quel verso. Che cavolo sto facendo! Cosa mi è saltato in mente?

Liz si blocca e spalanca gli occhi.

Con un'espressione terrorizzata scruta il giardino e gli alberi circostanti. Incrocia il mio sguardo, e io mi ritrovo intrappolata nella sua occhiata velenosa.

Questo sarebbe il momento giusto per farsi inghiottire dalla terra. Mi abbasso ulteriormente sul ventre, cercando disperatamente di rimpicciolirmi. L'espressione di Liz cambia in un ghigno sicuro e arrogante. Mi mostra i denti in segno di avvertimento.

"Oh, ma guarda che carina. Mi stai spiando, cane?" Liz si guarda di nuovo intorno di nascosto, poi si liscia il vestito azzurro e toglie dei pelucchi immaginari dalla gonna. Non ho dubbi che si stia assicurando che siamo sole. "Cosa ci fai qui fuori? Non dovresti essere in una gabbia da qualche parte?" Scoppia in una risata malvagia ed esagerata alla Crudelia De Mon e inizia a camminare con aria spavalda verso il punto in cui mi sono rannicchiata. "Scommetto che ti infastidisce, vero, cane? Sei gelosa perché sto facendo visita al mio compagno? Perché sto pranzando con il tuo branco? Diamine, non sei degna di posare le zampe sul mio stesso pavimento. Ti dà fastidio che io stia vivendo la mia vita al meglio mentre tu marcisci lì dentro? Come ci si sente, cane, a sapere che quando entrerò nel tuo branco, i tuoi giorni saranno contati?" Liz socchiude gli occhi, scendendo dal vialetto ed entrando tra gli alberi. Si avvicina a me con passo lento, e il fogliame fruscia sotto i suoi ridicoli tacchi alti.

"Quello che hai sentito poco fa non ti riguarda, non che *tu* possa fare qualcosa." Tira su col naso e raddrizza le spalle. Incrociando le braccia sotto il seno, abbassa la voce fino a sussurrare. "Detto tra noi, cane, il mutaforma morsicato, sì, uno di quelli trasformati a forza, non di sangue puro, che mi porto a letto è molto più divertente del banale Harry." Liz squadra la casa con espressione beffarda. "Ma pur di ottenere questa tenuta, mi accoppierei anche con un troll. Tutto quello che era tuo, ora è mio, cane. Quindi levati dai piedi e forse ti ignorerò." Emette un'altra risata inquietante e mi lancia un'occhiataccia.

Mmh. Inclino la testa. Sono piuttosto stupita dal suo

impressionante arsenale di sguardi perfidi: Liz è in grado di contorcere il viso in tantissime espressioni diverse.

"Al diavolo, chi voglio prendere in giro?" Poi urla improvvisamente come se qualcuno le avesse strappato un braccio. Io sussulto per lo shock e appiattisco le orecchie per il suono stridulo. Riesco a malapena a sentire il rumore dei passi sopra le sue grida mentre le guardie del corpo accorrono.

Oh, accidenti. Faccio del mio meglio per non farmi prendere dal panico. Mi divincolo per raggiungere la protezione degli alberi. Strisciando come un verme, mi muovo lentamente all'indietro sulla pancia. *Non c'è niente da vedere qui, spaventose guardie del corpo.* Ho commesso un errore madornale: perché le ho ringhiato contro? So bene che non devo farmi vedere, so bene che non devo reagire. So che è meglio non attirare l'attenzione su di me, specialmente con questa donna malvagia. Che stupida!

Mentre le guardie del corpo si avvicinano, Liz agita le braccia in modo teatrale. Poi si porta le mani al petto come se stesse stringendo un collier di perle. Nel frattempo continua a urlare. Le tre guardie la circondano per proteggerla e una di loro la solleva letteralmente da terra, mettendola al riparo dietro di sé mentre cerca di individuare il pericolo.

"Mi ha ringhiato contro!" piagnucola debolmente. Se non fossi così furiosa, alzerei gli occhi al cielo. Ma i miei occhi sono fissi sulle guardie del corpo e sulle tre spade puntate contro di me. Sì, spade! Le tre guardie hanno delle spade d'argento. Bastardi.

È un tantino esagerato.

Tremo. Sento l'odore della mia stessa paura. Odio essere

pugnalata. Però mi rifiuto di piagnucolare per il terrore. Mi aggrappo ancora disperatamente al mio orgoglio e alla mia sanità mentale, ormai a brandelli.

"Che ci fa lì fuori? Pensavo l'avessero uccisa anni fa," borbotta uno di loro.

"Che peccato, che spreco, una mutaforma femmina danneggiata. Avrebbe potuto essere eccezionale. Sua madre era bellissima."

Il tizio enorme che sta proteggendo Liz dalla mia minaccia immaginaria e dal mio precedente ringhio spaventoso sbuffa una risata e ripone la spada. Scuote la testa. "Stavi chiacchierando con lei un minuto fa. Non credere che non ti abbia visto," la rimprovera, agitandole l'indice davanti al viso. Liz digrigna i denti e i suoi occhi seguono il dito come se volesse morderlo. "Sai che lei non capisce quello che dici. Questa piccola lupa è troppo malridotta. Ma non è pericolosa. Altrimenti, il consiglio non ti avrebbe permesso di farle visita." Mi volta le spalle. "Se fosse pericolosa, avrebbe sicuramente reagito quando hai giocato a 'calcio' con lei qualche settimana fa." Punta lo stesso dito spesso verso la casa e spinge Liz in quella direzione. "Vai dentro! Questa storia mi ha stufato." Liz fa una smorfia e affonda i tacchi nel terreno, fermando la sua avanzata. Immagino che non abbia ancora finito con me.

"Calcio?" ripete incredulo quello brontolone. Anche lui ripone la sua arma e inclina la testa di lato con aria interrogativa.

"Sì, Liz pensava di poter calciare la povera lupa come un pallone." Tutti e tre i ragazzi si voltano e la fissano.

"Non è molto carino, Liz," la rimprovera il tipo brontolone, scuotendo la testa incredulo. Lei alza le spalle, lanciando un'occhiataccia, probabilmente scocciata perché qualcuno l'ha scoperta.

Il sollievo che provo nel non essere più sotto il loro scrutinio è quasi catartico. Mi sposto ancora un po' più indietro. *Per favore, ignoratemi, per favore, ignoratemi,* ripeto mentalmente a ogni movimento.

"Devi ucciderla!" sbotta Liz, indicandomi con un ghigno sul volto. Mi blocco. *Oh-oh, oh cavolo.* "Dammi una spada. Dammi una maledetta spada. Se non la uccidi tu, lo faccio io!" La guardia del corpo più vicina a me ha ancora la spada in mano e Liz cerca di prendergliela. Riesce ad afferrare saldamente il suo braccio. Si puntella coi piedi e tira la spada verso di sé con un grugnito ben poco femminile.

"Ehi, cosa stai facendo?" dice la guardia, con gli occhi sgranati dal panico. Probabilmente riflesso dei miei.

Afferrando Liz per le spalle, non proprio delicatamente, il ragazzone la allontana di nuovo da me. Tenendole i gomiti, le blocca le braccia lungo i fianchi. Liz si dimena e ringhia. "Sei pazza!" grida lui. "Avresti potuto tagliarti! Che ti prende?" La scuote leggermente. "Un piccolo taglio e saresti in un mondo di dolore. Non si scherza con l'argento!" Ha ragione: una quantità sufficiente di argento nell'organismo della maggior parte delle creature può essere fatale.

Nei mutaforma, l'argento blocca la trasformazione. Quando noi mutaforma cambiamo forma, la magia ci rigenera a livello cellulare. Questo è il fondamento intrinseco della nostra magia ed è l'unica ragione per cui viviamo così a lungo. Quindi, basta una piccola quantità di argento nel corpo di un mutaforma per renderci completamente vulnerabili. Se non puoi mutare, non guarisci o, come ho scoperto nel corso degli anni, guarisci lentamente, proprio come un essere umano.

Approfitto della distrazione per scappare.

Cavolo, l'ho scampata bella. Liz è proprio una psicopatica. Scaccio la paura mentre corro, schivando gli alberi fitti. Il dolore mi attraversa la schiena mentre le mie zampe posteriori malandate protestano per il movimento veloce. Stringo i denti. Gli arti rigidi si trascinano leggermente indietro, non proprio in sincronia. Seguo il profilo del vialetto e mi sposto furtivamente dall'altra parte della casa.

Perché Liz è così orribile?

Se pensa di poter tradire Harry con un lupo morsicato e farla franca... beh, non può farlo!

Non ho idea di cosa posso fare, ma Harry non può unirsi a lei. Liz gli spezzerebbe il cuore. I mutaforma si accoppiano per tutta la vita: quando succede, si crea un legame. È sacro e sublime. Meglio risolverla ora piuttosto che lasciare che Harry lo scopra più tardi.

Ho bisogno di un piano.

Ho bisogno del telefono di Liz.

CAPITOLO DUE

Ho un piano approssimativo che mi porterà a introdurmi nella casa del branco, un luogo in cui non metto piede da anni.

La porta sul retro è aperta, quindi mi intrufolo all'interno: se questo non è un buon auspicio, non so cosa possa esserlo. Quando percepisco il profumo stucchevole e complesso del branco mi si dilatano le narici. L'odore mi fa rabbrividire e rizzare il pelo. Il pavimento in legno lucido scricchiola. Mi blocco. Il mio sguardo si sposta rapidamente da una parte all'altra. Il cuore mi batte talmente forte che non mi sorprenderebbe se uscisse dal petto e schizzasse sul soffitto.

Cosa diavolo sto facendo... Mi si riempie la bocca di saliva acida e serro le labbra. Spero proprio di non vomitare.

Sarebbe semplice, molto facile, girarmi, tornare fuori con la coda tra le gambe e dimenticare di aver mai pensato di farlo.

È un'idea stupida.

Stupida, stupida, stupida.

Ho questa folle visione che mi ronza in testa, di uscire in un tripudio di gloria. La canzone di Bon Jovi mi riempie la testa e la canticchio silenziosamente. Più motivata, percorro rapidamente l'ampio corridoio, seguendo il ritmo nella mia mente. Mi intrufolo nella sala da pranzo. Riesco a nascondermi al sicuro dietro le tende senza andare ulteriormente nel panico.

Le tende spesse, vecchio stile, rosse e dorate, sono appese davanti a una bella finestra a nicchia. Grazie alle mie precedenti avventure furtive da bambina, so che riescono a occultare bene me e il mio odore.

Colgo l'occasione per strofinarmi contro il tessuto nella vana speranza che le mie pulci saltino via e si disperdano per la casa, infestando il branco. Sì, ho le pulci. Quelle normali, non magiche, che mi fanno impazzire provocandomi un prurito intenso. Il mio corpo è pieno di graffi e piaghe. Una particolarmente dolorosa dietro al collo che continua a pulsare. Sento l'odore dell'infezione mentre il pus cola nel pelo circostante, ma non riesco a raggiungere il punto. Sto cadendo a pezzi. Almeno il mio mantello non è arruffato. Il pelo sporco e infestato dalle pulci si stacca senza problemi.

Mentre aspetto, mi rimprovero. Perché cavolo ho ringhiato? Più tardi verrò punita. Quando il pranzo sarà finito, Liz avrà convinto il branco che le ho strappato un pezzo di carne o che le ho fatto qualcosa di altrettanto drammatico. Il fatto che fosse lei a volermi accoltellare è irrilevante. Quel ringhio potrebbe essere la goccia che fa traboccare il vaso. Deglutisco. Sono io l'idiota che si è cacciata in questo guaio. E ora sto facendo un passo ancor più azzardato. Eccomi qui, nascosta nella sala da pranzo, cercando di dare il colpo di grazia al mio destino. E poi ho il coraggio di chiamare Liz una psicopatica...

Sospiro. Harry mi sta a cuore. Lui e la sua felicità sono importanti per me. Se riesco a impedirgli di commettere un errore con Liz, indipendentemente da ciò che mi succederà, ne varrà la pena...

Santo cielo, sono completamente pazza! Ho perso la testa. Devo essere onesta con me stessa: se vado avanti, c'è una seria possibilità che mi uccidano.

Mi sdraio. Le zampe posteriori mi fanno troppo male per stare in piedi a lungo. Cerco di mandare giù il nodo che ho in gola. La verità è dolorosa da ammettere, ma non posso più vivere in questo modo. Sto a malapena sopravvivendo. Tanto vale morire per qualcosa.

Se devo farlo, voglio farlo bene.

Mi concentro sulle occasioni in cui Harry è sceso in campo in mio favore. Forse lui non ricorda il suo intervento, ma io sì. Ciò che ha fatto è importante per me.

Che tipo di persona sarei se ricompensassi la sua gentilezza voltandogli le spalle? Le persone orribili non dovrebbero farla franca solo perché possono permetterselo. Se le persone buone non fanno nulla, allora diventano cattive quanto loro. So che probabilmente è un modo molto ingenuo di vedere le situazioni.

Ma dovete tenere a mente che non sono una persona di mondo.

Sono ciò che resta di una ragazza.

Ho incontrato Harry per la prima volta a sei anni, quando lui, i suoi due fratelli maggiori più cattivi, Vincent e Jason, e il mio nuovo patrigno Dave sono venuti a vivere con me e mia madre. Quando mia madre è rimasta incinta di Grace, la nostra sorellina, il nostro gruppo di due persone è diventato improvvisamente un gruppo di sette. I miei occhi si riempiono di lacrime. *Grace...*

"Allora, ancora niente marmocchi?" Il rumore dei tacchi di Liz sul pavimento di legno segue la sua domanda maligna mentre entra nella sala da pranzo. Mi blocco: non li avevo nemmeno sentiti arrivare. Che negligenza. "Essendo tu una compagna umana," sbuffa Liz con evidente disgusto nella voce, "verrebbe da pensare che ci stiate provando. Non vorrete perdere l'occasione. Voi umani morite così facilmente. O Vincent ha deciso di aspettare che si liberi una femmina purosangue? Siamo onesti, i tuoi figli sarebbero praticamente inutili, senza offesa, a parte un leggero aumento di forza e qualche anno in più aggiunto a una vita patetica. Non potrebbero nemmeno mutare forma. Non vedo alcun motivo per cui qualcuno dovrebbe riprodursi con te." *Che vipera.* Liz sta parlando con Beth, che rimane saggiamente in silenzio.

Mormoro mentalmente. Liz è talmente ipocrita: per lei è accettabile avere un amante morsicato. Peccato che i mutaforma morsicati, cioè umani trasformati, sempre maschi, non riescano a mutare forma.

Come ho detto prima, le mutaforma di sesso femminile sono molto rare. Sono considerate preziose, poiché solo una su mille nasce tale. I mutaforma maschi, come Vincent, non hanno altra scelta che accoppiarsi con altre razze, poiché nessuno vuole vivere da solo e Vincent è fortunato ad avere Beth come compagna.

"A proposito, ti sta bene quel peso in più." Liz è una tale bugiarda. Beth è bellissima. Mi è simpatica. Quando Vincent è fuori, lascia la televisione accesa in cucina così posso guardarla dalla finestra. Inoltre mette la musica ad alto volume così posso sentirla dal giardino.

I miei pensieri vagano verso il mio fratello biologico, John, con cui non ho più rapporti. Mi chiedo se abbia una compagna e dei figli. John è un super mutaforma, un segugio infernale. 'Segugio infernale' è il nome dato a tutti i mutaforma del fuoco, dotati di poteri magici. È un'abilità rara, e solo pochi mutaforma maschi raggiungono quel livello di potere. Mio fratello è un vero duro. Il classico eroe che mandi a salvare il mondo. I mutaforma hanno una lunga vita e sono difficili da uccidere, ma non sono immortali, e tutto ciò che resta della mia stirpe oggi siamo solo io e lui. Sì, forza John. Nessuna pressione: il destino della nostra stirpe ora è tutto sulle sue spalle. Non che io possa essere di aiuto. Non metterò al mondo nessun bambino.

Guardo le mie zampe sporche e sospiro.

Mentre riflettevo e non prestavo attenzione, sottolineando ancora una volta che non sono dell'umore giusto per questa missione, mi sono persa l'arrivo del resto del branco. Hanno già preso posto intorno al tavolo da pranzo. Il tintinnio dei piatti, il mormorio sommesso delle conversazioni e l'odore del cibo si diffondono sotto la tenda.

Il profumo mi fa venire i crampi allo stomaco. Ho sempre tanta fame e, santo cielo, che buon odore. Faccio un respiro profondo e chiudo brevemente gli occhi in segno di apprezzamento. *Mmh.* Molti anni fa ho imparato un trucco: quando sento il profumo di cibo delizioso, chiudo gli occhi e immagino di mangiarlo, il sapore, la consistenza in bocca. Non so nemmeno se il mio cibo immaginario abbia lo stesso sapore di quello reale. Sono sicura che il mio sia molto più buono. Annuisco con la mia testa pelosa.

Dai, Forrest, datti una calmata. Faccio un respiro profondo, cercando di non smuovere la tenda con il muso. Sbircio attraverso una fessura. Devo capire dove si sono seduti tutti.

Okay, Harry è seduto accanto a Liz, e mi dà le spalle. I suoi capelli biondi sfiorano il colletto dell'elegante camicia blu. Ha bisogno di tagliarli un po'. Alla destra di Harry c'è Jason. Vincent è di fronte a Liz con Beth.

Vincent. Mi si stringe lo stomaco. È il più grande dei fratelli. È il mio aguzzino, il mio tormentatore e sarà l'uomo che alla fine mi ucciderà. Quel mostro mi sta già uccidendo lentamente da anni. All'inizio era stato incaricato da mia madre di proteggermi. Vincent e Jason avrebbero dovuto essere le mie guardie del corpo. Sbuffo. Invece, quando la mia situazione è cambiata, sono diventati le mie guardie carcerarie e i miei aguzzini autoproclamati. Sono entrambi alti e corpulenti, con capelli e occhi scuri. Gli occhi di Jason sono quasi neri. È così inquietante. Il terrore che provo quando sono vicini è come un'entità vivente.

Non posso procedere se li guardo o penso a loro: perderei il coraggio. Faccio un altro respiro tremolante e mi concentro sul lavoro da svolgere. Cerco di calmare le farfalle nello stomaco. Mi sembra che stiano per uscirmi dalla gola e spiccare il volo.

La fortuna è dalla mia parte, perché Liz è seduta di

fronte al mio nascondiglio e il telefono è appoggiato all'estremità del tavolo, accanto alla sua forchetta. Tutta la mia attenzione si sposta sul dispositivo e sul pianificare la prossima mossa.

Mi ci vuole un po' per sintonizzarmi sulla conversazione, e in un certo senso vorrei non averlo fatto. I membri del branco, così premurosi e uniti, stanno parlando di farmi fuori.

Evviva, che divertimento.

Liz posa la mano sul braccio di Harry e lo accarezza. "Ho scelto te come mio compagno. Avrei potuto scegliere chiunque. Ma ho scelto te, Harry. Ho detto che vivrò con il tuo branco, che entrerò a far parte della tua famiglia, come dicono curiosamente gli umani. Diventeremo compagni e i nostri futuri figli non cresceranno in una casa con un lupo selvatico. Harry, la situazione sta diventando ridicola." Finge di rabbrividire e fa un broncio fastidioso. "Ogni volta che vengo a trovarti, quella selvaggia mi attacca! È pericolosa e dovrebbe essere soppressa." Cosa? 'Soppressa'? *Davvero? Perché non dici davvero quello che pensi, Liz? Assassinata.* Non che ci sia qualcuno che possa contraddirla, a parte Harry e una Beth silenziosa e con gli occhi sgranati. "Sono sicura che possiamo convincere il fratello a lasciar perdere. A lui non importa comunque. Con prove sufficienti, il consiglio darà il suo consenso." Sono sorpresa che non dica: "O quel cane, o me." Liz sfoggia un sorriso mesto. Wow, non solo ha un arsenale di sguardi orribili, ma sembra anche avere un repertorio di sorrisi finti impressionanti. "Sei egoista e crudele. Insisti a tenere in vita quella cosa quando sarebbe molto meglio..." Harry scuote la testa e immagino che stia per rispondere quando il telefono di Liz squilla.

Oh santo cielo.

I miei muscoli si irrigidiscono in attesa. So per certo che è il tizio che le parlava in modo indecente, è la stessa suoneria.

Faccio la mia mossa.

Ho pochi secondi per arrivare in qualche modo al telefono.

Tra un respiro e l'altro, balzo fuori da dietro le tende.

Tutto quello che riesco a sentire è il mio respiro affannoso e il battito del mio cuore. Con una concentrazione che non ho mai avuto in vita mia, mi focalizzo sul telefono.

Devo fare tutto per bene. Potrebbe essere l'ultima cosa che faccio nella mia vita, e devo fare in modo che ne valga la pena. Ignoro il dolore alle zampe posteriori. Devo solo... La mia mano si posa sul telefono e premo lo schermo per rispondere. Con un altro tocco, il telefono si attiva miracolosamente in vivavoce.

"Liz, tesoro, quando torni a letto? Ho bisogno di te..." Sorrido soddisfatta mentre la voce maschile riecheggia nella stanza. *Ops, non puoi tirarti indietro adesso, Liz.* Che colpo, *ho incastrato la vipera*, boom, *beccati questo, Liz. Rosica pure, Liz Richardson.*

Tutti tranne Harry ignorano il telefono. Sussulto. Povero Harry.

Stanno tutti fissando me. *Oh-oh.* Vincent Vincent mi fissa con gli occhi socchiusi, e in quello sguardo c'è solo malvagità.

Oh-oh. Oh no.

Barcollo. Le gambe mi tremano mentre mi allontano

dal tavolo. Alzo le mani nel gesto antico della pace. Non ho toccato Liz, solo il telefono.

MANI. Oh santo cielo. Emetto un gridolino di paura.

Oh santo cielo!

Guardo le mani minuscole, così pallide da sembrare trasparenti. Le mie mani. Non sono più zampe!

Capitolo Tre

Tutti al tavolo iniziano a urlare, cercando di parlarsi sopra l'un l'altro. Cavolo, cavolo, cavolo. Vado nel panico.

Corro. L'adrenalina mi scorre nelle vene mentre mi precipito barcollante e nuda verso la porta. Non ho tempo da perdere.

Credo di essere sotto shock. No. No, so di essere sotto shock. Mi hanno uccisa? Rimbalzo contro il muro e corro nel corridoio. Sto per cadere, ma lo slancio mi tiene in piedi. Espello un respiro tremante, pieno di dolore. Ahi. No, sono ancora viva.

Le grida dalla sala da pranzo stanno salendo di tono e le tre guardie del corpo, sì, quelle con le spade, si stanno precipitando lì dalla cucina.

Continuo a correre. Per favore, non vedetemi, per

favore, non vedetemi. Cominciano a gridarmi di fermarmi. Maledizione, mi hanno visto!

Per la prima volta oggi, prendo una decisione sensata. D'istinto, mentre passo davanti al tavolo dell'ingresso, afferro il telefono di casa. Mi schianto contro la porta del bagno e riesco ad aprirla. Mi precipito nel minuscolo ambiente, sbatto la solida porta di quercia dietro di me e chiudo a chiave.

Wow, chi l'avrebbe mai detto che fossi capace di una cosa del genere?

Tutto il mio corpo trema e il cuore mi batte forte. Ansimo. Santo cielo, non riesco a respirare.

Correre su due gambe non è divertente: come accidenti fanno le persone a mantenere l'equilibrio?

Le mie gambe vacillanti cedono e scivolo lungo la porta chiusa sul freddo pavimento piastrellato. Rabbrividisco. Non avrei mai pensato che mi sarebbe mancata la mia pelliccia... ho così tanto freddo. Stringo le ginocchia al petto e afferro il telefono.

La porta trema dietro di me. Emetto un gridolino di paura e quasi faccio cadere il telefono. Qualcuno vuole entrare qui dentro a tutti i costi. Cavolo, cavolo, cavolo. Grazie al cielo, la porta che trema è di quercia massiccia e non di un legno più leggero.

Non ho altra scelta che chiamare mio fratello John. Spero che venga subito, ora che sono di nuovo umana. Faccio del mio meglio per concentrarmi e comporre il numero.

Quante volte ho immaginato questo momento...

Spero con tutto il cuore che abbia ancora lo stesso numero di cellulare. Uno dopo l'altro, i numeri mi vengono in mente. Ci vogliono più di una dozzina di tentativi per ottenere la sequenza giusta, perché i colpi alla porta sono davvero inquietanti e le mie dita sono molli come gelatina.

Il telefono squilla, squilla e squilla.

Ti prego, rispondi. Ti prego, rispondi.

"Cosa c'è! Perché chiami da questo numero?" chiede una voce burbera e arrabbiata.

Apro la bocca per parlare, ma non mi esce nulla. Voglio pronunciare il nome di John. Ma non ci riesco. Santo cielo, non riesco a parlare! La mano che non tiene il telefono vola alla gola e il mio cuore salta un battito.

Alla fine, frustrata, dico "J..." ma è più un soffio d'aria che una lettera o una parola. No, no, no. Lascio uscire un lamento carico di frustrazione.

"Forrest? Forrest, sei tu?" Il suo tono di voce cambia, si addolcisce. In qualche modo ha capito. Mio fratello ha capito! Riesco a emettere un altro gemito sommesso. "Sto arrivando. Sarò da te tra... meno di un'ora. Sei al sicuro? Il branco è con te? Perché non mi hanno chiamato? Merda, non importa." Il suo tono di voce gentile scompare. "Che cavolo è questo rumore!" Deve aver sentito i colpi sulla porta del bagno. "Qualcuno sta cercando di farti del male? Sto arrivando. Resta al telefono. Non trasformarti. Mi hai sentito? Non trasformarti!" Si sente un grido soffocato, come se stesse coprendo parzialmente il telefono. "Owen, chiamane uno al telefono subito! Forrest è tornata. Sì, adesso, maledizione." Torna da me. "Ehi, principessa, sei nella tua stanza? In un posto sicuro? Porterò il dottor Ross. Andrà tutto bene..."

Allontano il telefono dall'orecchio e lo guardo incredula.

Andrà tutto bene? Davvero? Sono quelle guardie del corpo spaventose... o è il branco che sta bussando alla porta dietro di me? Le loro urla riecheggiano nel corridoio. Trattengo le lacrime.

Mio fratello sta arrivando...

Il branco mi vuole morta.

Mio fratello sta arrivando...

Mi sento stordita. Piagnucolo e il mio labbro inferiore inizia a tremare.

Lo stesso fratello che non vedo da quando mi sono trasformata. John mi ha abbandonata come un cucciolo indesiderato e se n'è andato a salvare il mondo senza voltarsi indietro, lasciandomi con dei mostri.

Sono al sicuro? No, non sono affatto al sicuro. Non sono mai stata al sicuro e dubito che le cose andranno mai bene. Serro le labbra e trattengo un singhiozzo che vuole uscirmi dalla gola. Mi stringo le ginocchia al petto.

Il rumore nella sala si abbassa e finalmente riesco a distinguere le singole voci.

"Ha chiamato John. Cazzo! I segugi stanno arrivando."

"Sei sicuro che sia Forrest? Non aveva i capelli rossi?"

"Cazzo, allontanati da quella porta! La spaventerai e poi John ti strapperà la gola. Vattene."

È troppo.

"Occupatevi della vostra femmina. In questo momento, Liz non è più la benvenuta. Sistemiamo prima questo problema. Grazie per il vostro aiuto, ma non è più affar vostro, dato che non fate parte di questo branco." Rabbrividisco alla voce suadente di Vincent. Credo che stia parlando alle guardie del corpo di Liz.

Vincent sta allontanando tutti per poter entrare e uccidermi? Non può farlo, ora che John sta arrivando. L'immagine di Vincent che sfonda la porta con una spada d'argento mi fa rabbrividire. Mi mordo il braccio per impedirmi di strillare.

"Liz, non dire una parola, ce ne andiamo," dice la voce burbera della guardia del corpo. "L'unico compito che avevi era quello di trovare un compagno influente. Mettere al mondo la prossima generazione. Non riesci a fare nemmeno quello senza mandare tutto all'aria. Aspetta che arriviamo a casa: sarai fortunata se potrai uscire dalla tua stanza. Papà ti venderà al miglior offerente. Faresti meglio a sperare che non troviamo quel tizio che ti ha chiamato..." La sua voce arrabbiata si affievolisce.

Si sentono rumori di passi, calpestii e infine, un silenzio beato. Credo che se ne siano andati tutti.

"Va tutto bene, ehm... Forrest. Non devi uscire. Liz..."
Tutti tranne Harry.

Si sente un fruscio, come se si stesse passando una mano tra i capelli biondi. Riesco a immaginarlo, perché l'ho visto farlo centinaia di volte. Espira rumorosamente. "Liz se n'è andata. È finita. Mi tradiva. Non posso... non posso più fidarmi di lei. La telefonata, sei stata tu. L'hai fatto per me. Fa così male. Non mi sento bene. Sono sicuro che agli altri mutaforma non importerebbe, ma io preferisco stare da solo piuttosto che così." La porta cigola: deve essersi appoggiato contro. Emetto un gemito e sbatto la testa contro la porta chiusa per la frustrazione. Non posso parlare. Non posso consolarlo.

Dopo qualche minuto, mi dimeno, cercando di mettermi comoda. Mi fa male il sedere. Il pavimento è duro e il mio fondoschiena è ossuto. Sta diventando insensibile, come il resto del mio corpo.

Guardandomi intorno nella stanza, vedo lo specchio sopra il lavandino. Mi sembra lontano chilometri dalla mia posizione accasciata sul pavimento.

Ma provo un bisogno irresistibile. Devo vedere.

Non so come, riesco ad alzarmi dal pavimento. Il telefono cade, dimenticato.

Barcollo sui piedi. Mi appoggio alle pareti. Le mie dita dei piedi inutili si aggrappano, cercando di fare presa sulle piastrelle. Mi lancio e afferro il lavandino. Mi tengo stretta. Alzo la testa e guardo.

Ciao scheletro... La mia faccia è emaciata e i lineamenti sono troppo grandi per il viso. Gli occhi sono enormi e spalancati per lo shock. Il sinistro è di un colore dorato innaturale, mentre il destro è quasi dorato, a parte una striscia di verde che si concentra nella parte inferiore dell'iride. Il verde si trova nella parte inferiore del mio occhio in modo irregolare, praticamente sovrastato dal dorato. Ma è verde. Il verde che non avevo immaginato nella mia testa. Il verde che ho sognato.

Tocco la mia fronte allo specchio.

Oh, e i miei capelli non sono rossi. No, sono di un rosa shocking. Sbuffo. Sono un teschio con i capelli rosa, degli strani capelli rosa e occhi inquietanti.

Che vita schifosa.

Harry continua a parlarmi dalla porta e John è ancora al telefono. Ma è tutto rumore bianco. Sono sopraffatta. Anche nella mia forma umana, non sono normale.

La mia pelle è così pallida da essere traslucida, il blu delle vene risalta. Il nero del mio collare da cane risalta sul collo pallido. Non capisco come abbia fatto a trasformarsi con me, deve essere la magia del collare. Il resto di me, il mio corpo... Dovrei essere un'adulta, ma il mio corpo minuto e infantile è orribile.

Emetto un singhiozzo silenzioso che mi fa male al petto. Sono ripugnante.

Capitolo Quattro

Sono seduta sul water chiuso. Ho usato gli asciugamani che ho trovato come imbottitura sotto il mio fondoschiena ossuto, ma non serve a molto. Il mio corpo ridotto all'osso duole.

Sembra che siano passate ore da quando ho chiamato John. Il telefono è ancora sul pavimento vicino alla porta, abbandonato. Non riesco ad alzarmi per prenderlo e controllare se è ancora in linea. Da dove sono seduta non riesco più a sentirlo.

Il dolore costante causato dalla frattura del bacino di tanto tempo fa è scomparso e le mie gambe magre non mostrano segni del trauma mal guarito. Sto tremando e il sedile del water cigola in segno di protesta.

Non so se tutto questo sia un sogno; non mi sembra reale.

Emotivamente mi sento come una foglia d'autunno: ormai morta, ma ancora tenacemente aggrappata al ramo e terrorizzata dalla prossima raffica di vento.

Quando qualcuno bussa alla porta sussulto e mi brucio la gamba sul termosifone vicino. Emetto un piccolo sibilo tra i denti. Porca miseria, non è proprio un sogno.

"Forrest, sono io, tuo fratello. Puoi aprirmi, per favore?"

Sbircio dalla porta e mi mordo il labbro inferiore. Faccio un respiro profondo e mi alzo in piedi, usando il muro e il water come appoggio. Trovo difficile appoggiare i piedi sul pavimento. Vogliono piegarsi verso l'interno invece di rimanere piatti.

È praticamente un miracolo, ed è grazie a una quantità enorme di adrenalina che sono riuscita a portare questo inutile mucchio di ossa in bagno.

Sono patetica.

Stringo i denti e uso il muro per stabilizzarmi. Decido che non ho altra scelta che lanciarmi contro la porta e sperare per il meglio.

Uff. Colpisco la porta con un tonfo. Quando sono stabile e non rischio di cadere, cerco di mostrare un po' di pudore. Tiro in avanti gli orribili capelli rosa per nascondere il mio corpo il più possibile. Stranamente, i capelli sono molto folti e lunghi, mi arrivano a metà coscia.

Le mie dita armeggiano con la serratura e ci vogliono diversi tentativi per aprirla. La pesante porta si apre con un cigolio minaccioso.

Sbircio nervosamente attraverso i capelli l'enorme uomo sulla soglia. Probabilmente assomiglio al Cugino Itt della famiglia Addams. John, mio fratello, è più largo e più alto del telaio della porta: mi fa sembrare minuscola. Per vedere all'interno del piccolo bagno è costretto a chinarsi leggermente. Mi sovrasta, aggrottando le sopracciglia mentre i suoi occhi verdi mi scrutano rapidamente. Non sembra impressionato. Provo il forte impulso di chiudere la porta e bloccarla.

"Non ti sei preoccupato di darle dei vestiti?" chiede John, rivolgendo la domanda a chi sta dietro di lui.

"Beh... ehm, posso prenderle qualcosa di mio... Forrest non ha niente," risponde Harry a bassa voce. "Mi dispiace. Non ci ho pensato."

Si sente un rumore nel corridoio. Mio fratello si sposta leggermente di lato rispetto alla porta e un uomo appare accanto a lui. Grugnisce e si toglie uno zaino dalle spalle. Apre la cerniera della borsa e porge alcuni vestiti a mio fratello.

John fa un passo verso di me, ma poi si blocca. Il suo volto è attraversato da un'espressione di orrore totale. Io sussulto. Senza che lo veda muoversi, afferra Harry per la gola e lo blocca contro il muro del corridoio.

Accidenti! Che cosa ho fatto?

"Hai messo un collare da cane a mia sorella!" ringhia John minaccioso in faccia a Harry.

"Non sono stato io, è stato Vincent," balbetta Harry, arrossendo e cercando disperatamente di liberarsi dalla grande mano che gli stringe la gola.

Vado nel panico. Il mio istinto di lotta o fuga deve aver preso il sopravvento, perché sto tremando per l'adrenalina che mi scorre nelle vene.

Il cuore mi batte forte, non riesco a respirare a fondo. Faccio un passo indietro.

Sto andando nella direzione sbagliata. Dovrei cercare di impedire a mio fratello di fare del male a Harry. Cosa sto facendo? Ma non riesco a fermarmi. Non riesco nemmeno a stare in piedi. Sono troppo debole. Questo corpo mi è estraneo. Sapere tutto questo non mi impedisce comunque di provare disgusto per me stessa. Sono una codarda.

Ancora peggio, mi affretto a chiudere la porta. Il mutaforma con lo zaino mi blocca. "John, non è il momento giusto, stai spaventando tua sorella," dice. John gira di scatto la testa e lascia andare Harry che respira a fatica. Ha il viso rosso e trema.

Mi dispiace tanto, Harry. È tutta colpa mia. Cavolo, mi sorprende che non se la sia fatta addosso, io mi sono spaventata a morte. Se un segugio infernale ti afferra la gola in quel modo, io sicuramente me la farei un po' addosso.

"Ne parlerò con Vincent più tardi," dichiara John, spingendo Harry contro il muro che annuisce, abbassando lo sguardo. "Ora vattene." Harry si sgonfia visibilmente. Annuisce, tenendo gli occhi fissi sul pavimento con fare sottomesso. *Ti prego, non andartene!* Urlo mentalmente mentre lo guardo trascinarsi lungo il corridoio. Scompare dalla mia vista.

Noto vagamente gli altri due mutaforma corpulenti, che devono essere arrivati con John e il segugio con lo zaino, e stanno tutti fissando il mio collo.

Mi scuoto per l'improvvisa consapevolezza; vorrei urlare: "Accidenti, sono ancora nuda, ragazzi!" Tiro debolmente la porta del bagno. La zampa del segugio infernale mi impedisce di aprirla.

John fa un passo indietro nella mia direzione, con un sorriso gentile sul volto... ma sembra falso. È quel tipo di sorriso che un predatore rivolge alla sua preda prima di iniziare a mangiarla.

Cavolo, fa paura.

Devo fidarmi di lui. Ma mi fa paura.

È mio fratello... ma mi ha lasciata qui a marcire.

I pensieri contrastanti mi fanno sentire come se la testa stesse per esplodermi.

"Va tutto bene, Forrest. Va tutto bene." Mi tende entrambe le mani in un gesto di supplica. Io indietreggio. "Mi dispiace, tesoro, di aver perso la calma. Farò del mio meglio per non farlo più. Mi dispiace. Voglio aiutarti a indossare questi vestiti, okay? Ti staranno un po' grandi, ma li sistemeremo, va bene?" La voce di John è dolce. Il muta-forma con lo zaino gli porge i vestiti che ha lasciato cadere mentre attaccava Harry. John mi tende la mano libera dai vestiti. La guardo con diffidenza. "Va bene?"

Vorrei scuotere la testa per dire di no.

Però so che non posso fare nulla di tutto questo da sola. Senza il suo aiuto, però, non riuscirò mai a uscire viva da questa casa.

Annuisco con riluttanza.

John mi infila il maglione nero sopra la testa e poi, come se stesse vestendo una bambina, infila la sua mano nella manica e, afferrandomi il polso, lo tira delicatamente fuori. Ripete il processo con l'altro braccio. Poi si inginocchia davanti a me e mi aiuta con i pantaloni da jogging neri. I vestiti sono ridicolmente enormi.

"Okay, ti porto in camera tua. Il dottor Ross ci raggiungerà e ti visiterà." John si gira e si allontana a lunghi passi nel corridoio, aspettandosi che tutti lo seguano. Faccio un passo vacillante in avanti e mi ritrovo a inclinarmi verso destra.

Prima che possa cadere, il segugio con lo zaino mi solleva tra le braccia. Mi irrigidisco ed emetto un gridolino di sorpresa e terrore.

"Oh, zitta ora, Forrest, va tutto bene, ti prometto che non ti farò del male. Non permetterò a nessun altro di ferirti, te compresa. Ti farai male se ti faccio camminare. Quindi lascia che ti aiuti, almeno finché non avrai ripreso il controllo delle gambe," dice con tono basso e gentile. Quando mi accarezza delicatamente i capelli allontanandoli dal viso mi sorprende, ed emetto un altro gemito. Le sue mani enormi tirano la massa di capelli in modo che mi ricadano davanti. Si accumulano sul mio grembo come zucchero filato. "Zitta... è dura, vero? Tutto quello che sta succedendo è spaventoso. Ti prego... ti prego, lascia che ti aiuti." I suoi occhi grigi e fermi sono stranamente confortanti; risaltano sui suoi capelli scuri e sulla carnagione. Ha un'espressione gentile, così gli credo. "Non so cosa hai passato... So che non puoi parlarne. Ma tu parli con quegli occhioni grandi, dorati e spaventati. A volte è meglio mettere da parte le brutture finché non avrai la forza necessaria per affrontarle, così potrai avanzare un passo dopo l'altro e fare in modo che i tuoi demoni non ti stiano addosso. Capisci?" Lo guardo battendo le palpebre. "Okay?" Faccio un respiro profondo, espiro e annuisco. Miracolosamente riesco a rilassarmi e mi abbandono contro il suo petto massiccio mentre lui avanza goffamente lungo il corridoio con me al sicuro tra le sue braccia.

Seguiamo mio fratello. In pochi minuti, arriviamo alla porta della mia camera da letto. È un po' surreale perché non vedo questa stanza da, beh, un'eternità.

Capitolo Cinque

Mi siedo sul letto e guardo la mia vecchia camera da letto; non ricordo che fosse così grande. C'è odore di polvere e di ricordi dimenticati.

Tutto è esattamente come l'ho lasciato: i libri sugli scaffali, un taccuino abbandonato sul tavolino accanto al letto. Non mi era permesso attaccare poster. Mia madre era convinta che avrebbero rovinato le pareti. Ma se l'avessi fatto, sarebbero ancora qui.

La stanza è come una capsula del tempo.

Vedo una cornice d'argento solitaria su uno scaffale, circondata da uno spesso strato di polvere. Contiene una foto di mia madre, della mia sorellina Grace e di me. Se potessi camminare, la prenderei, forse la stringerei al petto, la annuserei e non smetterei più di guardarla. Mi mancano così tanto.

Per la mia sanità mentale, mi costringo a distogliere lo sguardo.

Tutto qui dentro sembra appartenere a qualcun altro, alla vita di un'altra ragazza; niente mi appartiene più.

Il dottor Ross non è come me lo immaginavo. Indossa una divisa nera come gli altri segugi infernali e non c'è traccia di camici bianchi. Con la sua corporatura robusta, la testa calva e gli occhi blu e intelligenti, sembra un soldato.

Ha con sé la sua vasta gamma di attrezzature mediche, e sembra che non abbia alcuna intenzione di prendersela alla leggera. È come se avesse portato con sé un intero ospedale. Non ho idea del perché lo stiamo facendo qui. È assurdo. Se stanno cercando di farmi sentire a mio agio in un ambiente familiare, stanno facendo un pessimo lavoro. Staremo meglio in giardino o lontano, molto lontano da questa casa maledetta.

Il collare mi viene immediatamente rimosso. Il dottor Ross lo esamina e detta le sue conclusioni: ha una sorta di combinazione magica fra una videocamera e un tablet super tecnologico. John deve lasciare la stanza per qualche minuto per riprendere il controllo di sé quando si rendono conto che il collare è un modello a scossa elettrica.

Come si impedisce a un lupo di scappare? Gli si frantuma il bacino come fosse una mentina. Poi gli si applica un collare magico che lo stordisce se si allontana troppo. Il collare sofisticato è attivabile anche vocalmente e può essere elettrificato per punizione qualora non risponda al richiamo come un bravo cagnolino... In sostanza, uno spasso.

Il dottor R usa uno scanner dall'aspetto complicato per misurare i miei segni vitali. Lo agita davanti a me e automaticamente questo elabora la mia altezza, il peso, il battito cardiaco, la pressione sanguigna e il grasso corporeo. Mi preleva campioni di sangue e di saliva da aggiungere ai dati. Lo schermo produce persino un piccolo grafico su di me, che lampeggia in rosso. I miei occhi si spalancano quando il dispositivo emette un segnale acustico urgente. Non sembra una cosa positiva. Il dottor R guarda lo schermo con aria accigliata e lo tocca finché non smette di suonare. Poi mi esamina gli occhi. Usa un piccolo scanner a penna che emette luci di vari colori, facendomi venire le vertigini. Mi sta così vicino che i nostri nasi quasi si toccano. Per fortuna ha l'alito che sa di menta.

Mi pulsa la testa e mi fanno male gli occhi.

"I tuoi occhi sono sempre stati di questo colore?" mi chiede. Scuoto la testa per dire di no.

"Gli occhi di Forrest erano dello stesso colore verde dei miei. Aveva i capelli rossi e, se ricordo bene, era alta più o meno come adesso. Forse un paio di centimetri più bassa prima della trasformazione," risponde John al posto mio.

"Interessante. A che età è avvenuta la tua prima trasformazione?" chiede il dottor R. Comincio ad alzare le dita per rispondergli, ma con mia grande frustrazione non riesco a muoverle, quindi John spiega di nuovo al mio posto.

"Aveva nove anni."

"Nove anni... Era molto giovane. Non ho mai sentito di nessuno che si sia trasformato prima dei sedici anni." Il dottor R si gira e inserisce tutte le informazioni nel tablet. "Quanto tempo è passato dalla sua prima trasformazione?"

Beh, questa è la domanda del giorno, no? Da quanto tempo sono bloccata in forma di lupo? Osservo John, terrorizzata dalla sua risposta.

Trattengo il respiro.

John si schiarisce la gola e si strofina la nuca. Ci guardiamo negli occhi. I suoi occhi sono tristi. "Sono passati più di quattordici anni."

La stanza diventa un po' buia e vedo delle macchie nere davanti agli occhi. Sono contenta di essere seduta, altrimenti penso che sarei caduta a terra.

Quattordici anni.

Quattordici.

"Respira, Forrest. Va tutto bene."

Prendo fiato e sbatto rapidamente le palpebre. Mi concentro sugli occhi grigi gentili che mi guardano con preoccupazione.

Il segugio con lo zaino mi tiene il viso tra le mani. Quando è successo? Annuisco. Sto bene. Sto bene. Tutto quello che posso fare è annuire. Faccio un altro respiro tremolante.

Quattordici anni da lupa. Cavolo, cavolo, cavolo.

Il segugio infernale gentile mi ricambia il cenno, fa un piccolo sorriso, si alza dalla posizione accovacciata e si allontana.

Sia il dottor R che John mi guardano con preoccupazione.

"Forrest, sei in grado di continuare?" Annuisco al dottore... Accidenti, smettila di annuire, sembri una bambola con la testa che dondola, ti si staccherà dal collo. Invece gli faccio vedere un pollice in su tremante. "Beh, spero di poterti dare un po' di consapevolezza del tuo corpo, così saprai cosa ti sta succedendo. Okay?" Mi mette il tablet tra le mani. Anche se è leggero, non riesco a tenerlo sollevato. Lo appoggio sulle ginocchia; mi affonda nella coscia.

Il testo mi danza leggermente davanti agli occhi mentre cerco di mettere a fuoco le parole. Il mio cervello impiega qualche secondo ad adattarsi. I dati, le parole, non hanno alcun senso.

"Sei emaciata. Al momento non capisco perché. Dovremo parlare della tua dieta, perché ti mancano vitamine e minerali essenziali. Non ho mai visto risultati così pericolosi in un mutaforma." Mi guarda severamente e mi ritrovo a inclinarmi fisicamente lontano da lui. Non è colpa mia. "È molto preoccupante. Se oggi non ti fossi trasformata, credo che non avresti resistito ancora a lungo. I risultati mostrano…"

"Cosa?" abbaia John. Io sussulto e il tablet cade sul letto. "Non capisco perché. Cosa intendi con 'non avresti resistito ancora a lungo'? Forrest? Che diavolo ti sei fatta?" Il volto di John si deforma mentre mostra i denti. La sua rabbia, diretta verso di me, inonda la stanza.

Rimango immobile sul letto mentre l'enorme segugio infernale mi si avvicina ruggendo; un profondo ringhio risuona nel suo petto. Le mie labbra scompaiono tra i denti e mordo forte per fermare il piagnucolio che mi sale dalla gola. È meglio tacere. Distolgo lo sguardo. Spingo il tablet più lontano e cerco di farmi più piccola. Mi rannicchio su me stessa, usando i capelli come scudo. Distolgo lo sguardo, chiudo gli occhi e mi preparo al dolore.

Quando non succede nulla, sbircio tra i capelli e vedo che il segugio con lo zaino è in piedi proprio davanti a me, rigido, e blocca John.

Espiro. Con gli occhi sgranati, osservo la situazione. Mi sta... mi sta proteggendo?

"Ho fatto una promessa. Cosa hai intenzione di fare, John?" lo ammonisce.

"Non avevo intenzione di farle del male," ringhia John. Si gira e attraversa la stanza a grandi passi, i pugni serrati lungo i fianchi, le spalle contratte e un muscolo che gli pulsa nella mascella. "Sono troppo occupato per stare dietro a queste sciocchezze... Se si vuole ammazzare, faccia pure."

Il segugio con lo zaino torna silenziosamente alla sua posizione contro il muro, come se nulla fosse successo.

Accidenti, che cosa... Perché John è arrabbiato con me? È stato lui a lasciarmi qui con loro. È stato lui a non tornare... Come se avessi potuto scegliere cosa mangiare.

Tradita. È così che mi sento, il che è ridicolo. Perché ci sia tradimento, ci deve essere fiducia, e io non mi fido di John.

Guardo le mie mani tremanti. Wow, il branco non significa nulla per mio fratello. Io non significo nulla. Cosa avrebbe fatto John se l'altro segugio infernale non si fosse messo davanti a me? Mi avrebbe picchiato? Ho fatto bene a non fidarmi di lui. Sbuffo. Non sento il bisogno di urlare o gridare la mia versione dei fatti. Non che potrei farlo, in ogni caso... Mi rannicchio su me stessa, mentre una familiare sensazione di inadeguatezza si accumula dentro di me. John non mi crederà mai al posto loro, quindi, anche se potessi parlare, sarebbe inutile: uno spreco di fiato. Mi irrigidisco per scacciare i tremori che mi scuotono tutto il corpo e alzo il mento.

Il dottor R, con aria addolorata, si schiarisce la gola.

"Beh, è qualcosa che dovremo considerare prioritario. D'ora in poi sarai sottoposta a stretta sorveglianza, per trovare la causa." Mi lancia un altro sguardo severo. "In teoria, rimanere bloccata nella tua forma di lupo non avrebbe dovuto influire sul tuo tasso di crescita." Si china e prende il tablet. Io mi ritraggo e il dottore fa una smorfia. Fa un passo indietro, si schiarisce la gola e continua: "La tua altezza, secondo le stime precedenti sulle tue cartelle cliniche da bambina, dovrebbe essere di almeno un metro e ottanta. Purtroppo, come puoi vedere dai dati..." Il dottor R indica lo schermo, "...sei alta un metro e cinquantasette e sei circa venti chili sottopeso. Anche la tua corporatura è preoccupante: sei esile per un essere umano e, come mutaforma, è inaudito essere così minuta." Scuote la testa deluso. "Con un aumento di peso, l'estetica complessiva del tuo corpo può essere migliorata. Non possiamo fare nulla per migliorare la tua struttura ossea e la tua altezza. Si tratta di un danno permanente: a ventitré anni non è più possibile rimediare." Tocca di nuovo lo schermo. I miei occhi vagano. Non mi preoccupo di concentrarmi sui dati. "Il colore dei tuoi occhi e dei tuoi capelli è un effetto collaterale di un danno magico a lungo termine," continua il dottor R. "I mutaforma non sono fatti per rimanere in forma animale così a lungo. Dovrebbe esserci un equilibrio dentro di noi: nessun mutaforma può rimanere indefinitamente in forma animale, o viceversa, senza mutare, il che è ancora peggio. Aver resistito per quattordici anni mantenendo intatta la tua essenza è impressionante." Il dottor R tocca di nuovo il tablet. "Sono sicuro che troveremo una soluzione man mano che andremo avanti. La buona notizia è che possiamo migliorare il tuo peso corporeo con una dieta controllata. La tua capacità di guarigione naturale ti aiuterà. Purtroppo, i tuoi occhi rimarranno così come sono, di un colore ambra-oro con una leggera eterocromia settoriale." Indica il mio occhio destro. "Anche se penso che siano piuttosto belli," dice il dottore con un sorriso. "La tua pelle migliorerà con l'esposizione alla luce del giorno e una dieta più equilibrata. Il pigmento dei tuoi capelli è scomparso, anche in questo caso con una reazione simile a quella dei tuoi occhi." Inclina la testa di lato. "Sono sorpreso che siano rosa e non bianchi." Guarda John e poi di nuovo me. John è in piedi il più lontano possibile. Deve odiarmi.

"Quello che ti raccomando, invece, è un ricovero in ospedale di qualche settimana." Il dottor R alza una mano come se si aspettasse una mia obiezione. "Solo per rimetterti in salute, farti camminare e parlare. Hai bisogno di un aiuto specialistico. Ti rimetteremo in sesto, d'accordo?" Sorride.

Oso dare un'occhiata a John, che annuisce rigidamente. Quindi annuisco anch'io.

Sono disposta a tutto pur di uscire da questa maledetta casa.

Che vita schifosa. Non sembro nemmeno una mutaforma. Sembro un essere umano malato. Non è possibile che sia rimasta bloccata nella forma di lupo per quattordici anni. E poi, quando il destino, quel bastardo volubile, finalmente mi permette di tornare alla mia forma umana, sono ancora più mostruosa! Non riuscirò mai a integrarmi nella società dei mutaforma con questo aspetto.

La rabbia e la disperazione mi sovrastano. La mia vista si offusca.

Mi sento male, ho la bocca secca e un nodo alla gola che non riesco a mandare giù.

Chiudo gli occhi e non faccio altro che respirare.

Cavolo, senti come mi lamento. Ho bisogno di uno schiaffo. Devo riprendere il controllo di me stessa. Posso gestire la situazione con calma. La rabbia non può avere la meglio. Sono in forma umana, lasciamo perdere l'altezza, i capelli e gli occhi. Sono io: nel bene, nel male e con tutti i miei casini.

Oggi ho promesso a me stessa che avrei affrontato questa situazione. Essere viva e potermi allontanare da questa casa e dal branco è un bonus incredibile. Me ne vado da questo postaccio e non tornerò mai più.

Dovrei ballare di gioia, non piagnucolare come una bambina.

Apro gli occhi. Il dottor R e John stanno bisbigliando in un angolo della stanza. Il segugio con lo zaino, di cui ancora non conosco il nome, dato che John non ci ha ancora presentati, si guarda intorno nella mia stanza, annusando silenziosamente. Inclino la testa di lato, incuriosita. Cosa sta facendo?

"John, l'unico odore di Forrest è di oggi," dice a bassa voce. Oh wow, è davvero intelligente. "Se questa è la sua stanza, perché non riesco a sentire il suo odore?"

In blocco, tutti e tre i mutaforma si girano e mi fissano. Caspita, che sincronia. Una vecchia canzone dei Take That mi risuona nella testa. Mi chiedo se riuscirebbero a farlo di nuovo con la musica. Ho una voglia matta di sghignazzare.

Beh, signori, vorrei dirgli, vorrei farvi presente che è perché questa non è la mia stanza da quattordici anni, è ovvio.

Capitolo Sei

Stiamo partendo per una strana caccia al tesoro, come un gruppo di pirati inquietanti. Tutti sembrano incuriositi e intenti a scovare dove dormo. Sono di nuovo fra le braccia del segugio con lo zaino e, come una pratica mappa del tesoro interattiva, mostro agli altri la strada per la mia stanza.

Sento i denti di John digrignare sempre più forte mentre usciamo di casa e ci addentriamo nel parco. Dai, vorrei dire. Non serve essere Einstein per capire che è una porcheria. Addio, collare magico.

In un certo senso maniacale e malsano, sono piuttosto divertita nel vedere quanto siano tutti turbati quando arriviamo e ci ammassiamo nel piccolo garage buio. È una struttura separata dall'abitazione principale, moderna e in metallo, il che rende il posto molto freddo d'inverno e molto caldo d'estate. L'hanno comprato appositamente per me.

Penso che la causa di tutto questo dramma sia l'elemento principale della stanza: la gabbia argentata che si trova al centro del pavimento di cemento, con il raccapricciante scarico al centro.

Anche nella mia forma umana, riesco a sentire il mio odore nell'aria. Permea l'edificio... Ah, casa dolce casa.

"Chiama Vincent," dice mio fratello a bassa voce. "Chiama Vincent subito." Uno dei suoi uomini scompare e noi restiamo a guardare in silenzio la gabbia. Beh, loro la stanno fissando; io ho già visto questa scena prima d'ora.

Il mio segugio autista, precedentemente noto come segugio con lo zaino, è in piedi in un angolo e mi tiene ancora fra le braccia. Se ne sta il più lontano possibile dalla gabbia. Mi stringe un po' più forte al petto e mi accarezza inconsciamente i capelli con le dita. È piacevole sentire quella mano tra le mie ciocche. Tutto il resto mi fa male. Essere abbracciata fa male. Sono ossuta e mi sembra che ogni osso tocchi e sfreghi contro gli altri. Non è una sensazione piacevole, ma faccio del mio meglio per ignorarla.

Mio fratello è immobile come una statua. Non avrei mai pensato di dire che qualcuno emana rabbia, eppure John lo fa. È furioso. Mamma mia, è davvero furioso.

Oh, oh... Spalanco gli occhi.

Un attimo... Sbatto le palpebre. Sì, le mani di John vanno a fuoco. Fiamme blu danzano sulla sua pelle. Oh cavolo, John non sta solo emanando rabbia... Mio fratello sta letteralmente andando a fuoco. Wow. Il garage, già caldo, sta diventando ancora più bollente. La mancanza d'aria mi fa sbadigliare.

Guardo circospetta il segugio infernale che mi tiene stretta. Accidenti, spero che non prenda improvvisamente fuoco.

Cinque minuti dopo, mi irrigidisco tra le sue braccia quando Vincent viene spinto senza tanti complimenti nel garage. Il ragazzo che è andato a prenderlo si pulisce le mani sulla divisa con evidente disgusto e torna fuori, bloccando l'uscita. Vedere Vincent qui, nel posto dove mi faceva regolarmente del male... Non riesco a frenare il brivido di paura.

Non voglio stare qui con Vincent. Non voglio affatto stare qui.

Chiudo gli occhi e conto silenziosamente da dieci a zero.

Sii coraggiosa. Me la sto facendo sotto.

Sii coraggiosa. Non posso fare nulla per cambiare la situazione.

Sii coraggiosa. Sono qui solo da spettatrice.

Il peggio è passato e posso farcela, posso controllarmi. Il peggio è passato e il mio mondo è cambiato. Mi vedono di nuovo. Sono di nuovo una ragazza.

Non guardarti indietro, continua ad andare avanti. Sicuramente Vincent non può farmi del male mentre ci sono i segugi infernali, no? Quella paura profonda con cui ho convissuto da sempre si trasforma lentamente in qualcosa di un po' più gestibile.

Sii coraggiosa. Posso farcela. Apro gli occhi.

Nessuno parla.

La luce al neon sopra le nostre teste ronza nel silenzio e

il calore della magia di John fa scoppiettare e tintinnare la lamiera. Le ragnatele spesse e piene di polvere che pendono dalle travi del tetto oscillano. I minuti passano.

John guarda la gabbia. Vincent osserva nervosamente John. È la prima volta che vedo Vincent nervoso. Una goccia di sudore gli scorre lungo il viso.

Beh, la situazione è imbarazzante.

Il dottor R si avvicina e ispeziona la gabbia. È troppo grosso per entrarci dentro e sta attento a non sfiorare le sbarre d'argento. Accovacciato, presta particolare attenzione al pavimento macchiato. La telecamera magica che ha usato durante la mia visita sta registrando. Si muove nell'aria, seguendo i suoi movimenti.

Sbircio John mentre lotta per controllare la sua magia del fuoco. Il suo corpo trema per lo sforzo e lui tiene gli occhi chiusi. Le fiamme blu gocciolano stranamente dalle sue mani sul cemento ai suoi piedi, sibilando e scintillando. Non ho mai visto mio fratello lottare con la sua magia del fuoco prima d'ora. Non che lo conosca più, oramai siamo estranei, ma la sua mancanza di controllo è spaventosa.

Terminata l'ispezione, il dottore rivolge tutta la sua attenzione a Vincent. Credo che capisca che John non è ancora pronto ad affrontarlo, quindi prende il controllo della situazione.

"Perché la gabbia?" chiede in tono colloquiale. Vincent alza le spalle.

Il mio segugio autista tende i muscoli delle braccia, che si gonfiano. Emette un ringhio. Mi fa vibrare tutto il corpo. I peli sulla nuca mi si rizzano. È un ringhio dannatamente spaventoso. Prima che io riesca a trattenerlo, mi sfugge un piccolo gemito. Con uno scatto, smette immediatamente di ringhiare. Mi accarezza delicatamente la testa come per dire "Su, su" e ricomincia con i capelli.

"Perché?" chiede di nuovo il dottor R, con tono cortese.

Vincent sbuffa, scrolla di nuovo le spalle e poi risponde in modo sorprendente. "Era selvatica. John ci ha scaricato una lupa selvatica." Scuote la testa. "No, non si può nemmeno definirla una lupa, è solo un cane rognoso. Mio padre e mia sorella sono stati uccisi a causa sua, e lui ha deciso di scaricarla qui. Perché noi la accudissimo e la tenessimo al sicuro? Col cazzo. Pensi che l'avrei lasciata stare in casa?" Vincent sbuffa una risata, tira su col naso e si asciuga il viso sudato con una mano. Rivolge tutta la sua attenzione a John, dimostrando quanto sia stupido o rivelando a tutti che ha un desiderio di morte. "Sii felice che sia viva. Ringraziami." Indica il pavimento in fiamme davanti ai piedi di John. "Mettiti in ginocchio, cazzo, e ringraziami!" La voce di Vincent riecheggia nel garage. Il suo tono si fa minaccioso. "Perché non è passato un solo giorno in cui non abbia voluto metterle le mani intorno al collo e strangolarla." Vincent si gira e mi indica, con gli occhi scuri pieni di rabbia. "Quella lurida sgualdrina ha ucciso il mio branco."

Beh, la situazione è degenerata rapidamente.

Sbuffo. Come se non sapessimo tutti di chi sta parlando Vincent, non c'era bisogno di indicarmi. Cerco di sparire dietro la mole del mio segugio autista. Per quei pochi istanti, mentre l'attenzione colma di odio di Vincent è rivolta a me, il segugio mi gira leggermente di lato in modo che Vincent non possa vedermi e, cosa più importante, in modo che io non possa vedere lui. Non sono mai stata così grata a qualcuno. Gli accarezzo il petto e, quando lui abbassa lo sguardo, provo a fare un piccolo sorriso tremolante. Il grande segugio infernale aggrotta le sopracciglia.

Il silenzio nel garage è assordante.

Spinta dal cipiglio del segugio infernale, capisco lentamente cosa sta insinuando Vincent. Ripasso mentalmente la conversazione. L'orrore di ciò che ha detto comincia a farsi strada nella mia mente. Vincent pensa che io abbia ucciso mia madre? Pensa che sia io la ragione per cui Grace è morta? Ma che cavolo. È questo il motivo per cui Vincent e Jason mi odiano? La ragione di tutto? Mi strofino il petto. Apro la bocca per spiegargli, per gridargli che è stato il suo prezioso padre Dave il vero responsabile delle loro morti. Il mio branco è morto perché Dave ha fatto un casino.

Non sono stata io. Non sono stata io, cavolo.

Giuro sulla mia vita che non ho fatto nulla di male. Ho seguito le regole.

Ma le parole non mi escono.

Invece, dalle mie labbra esce un lamento crudo e accorato.

La frustrazione e la paura mi turbinano nel petto, mi stringono lo stomaco e mi serrano la gola, impedendomi di respirare a fondo. Santo cielo, mio fratello non gli crede, vero? È per questo che mi ha lasciato senza voltarsi indietro? È per questo che era arrabbiato?

Un pensiero orribile mi frulla in mente. Cosa succede se mi sbaglio? E se mi fossi inventata tutto e ciò che è successo fosse solo colpa mia? Forse la mia versione dei fatti non è andata come la ricordo?

Il dottor R ignora lo sfogo di Vincent e dopo qualche minuto chiede con calma: "È sempre stata in questa gabbia? In questo garage?" Si guarda intorno con disgusto, dando un calcio alla gabbia con lo stivale. "Dove sono i segni degli artigli?" Vincent guarda il dottore con espressione assente e respira affannosamente, flettendo le dita. "Hai mai visto un mutaforma selvatico, Vincent? Io sì. È una cosa triste e spaventosa da vedere. La rabbia..." Il dottor R scuote la testa e si porta il braccio alla bocca per dimostrare le sue prossime parole, digrignando i denti. "Un mutaforma selvatico sarebbe ben felice di mordersi una zampa o fare a pezzi il suo compagno pur di sfuggire alla prigionia. Farebbe a pezzi questa gabbia in un attimo. Si scaglierebbe contro le sbarre, anche se sono d'argento, senza alcuna esitazione... e sai una cosa?" Indica il pavimento. "Dato che questa gabbia non è fissata al suolo, un mutaforma selvaggio impiegherebbe meno di un minuto per uscire."

Il dottor R entra nello spazio personale di Vincent. Si sporge in avanti, gli sfiora quasi il naso. Con un tono tranquillo che mi fa correre i brividi lungo la schiena, chiede: "Perché l'hai rinchiusa in una gabbia? Una bambina di nove anni? Una mutaforma femmina bisognosa di cure. Hai detto che era selvaggia? Dove sono le prove?" Indicando la gabbia con furore, alza la voce, perdendo la calma. "Dove sono i segni degli artigli? Per quanto tempo l'hai tenuta qui? Per quanto tempo hai messo una bambina spaventata, incapace di trasformarsi dalla sua forma di lupo, in una gabbia?"

Vincent si allontana rapidamente dal dottore arrabbiato.

Un angolo della sua bocca e il suo occhio tremano sporadicamente. "Circa dieci anni." Si strofina la mano sulla bocca. "L'ho tenuta in quella gabbia per circa dieci anni. Finché Harry non è tornato da scuola, il ragazzo... il ragazzo, lui... si è arrabbiato..."

"Dieci anni?" ripete incredulo il dottor R, alzando le braccia al cielo. "Che problema hai?" Il medico si allontana da Vincent e guarda implorante mio fratello. "John, mi stai ascoltando?" Il dottor R si strofina la nuca calva con frustrazione. John rimane impassibile.

Sospiro più per la stanchezza che per la frustrazione, con mio grande disappunto. Devo proprio stare qui?

"Guardala, alla fine è tornata," dice Vincent con un ringhio. "Il mio branco no! Sapevo che era colpa sua. Grace è morta; la mia sorellina di due anni è morta. Mio padre è morto, e anche la sua compagna. Tu parli delle mutaforma femmine, ma che mi dici di Grace! Perché il vero assassino, la vera ragione per cui il mio branco è morto, non è stato punito?" Vincent gonfia il petto mentre io cerco di rimpicciolirmi. "Ho punito il cane, cosa che voi bastardi non avete avuto il coraggio di fare. Quindi non cominciare con queste scemenze." Si batte il petto. "Non mi vergogno. Ho fatto quello che dovevo fare."

"Ho mandato Forrest a casa perché potesse stare con il branco," dice John. Finalmente inizia ad affrontare l'argomento scottante. Ascolto attentamente, con il corpo teso per la paura. È qui che concorda con Vincent? John chiederà al segugio autista di rimettermi nella gabbia? Lo guardo di sottecchi attraverso le ciglia, cercando di nascondere il mio crescente orrore. Gli obbedirà?

Oh, non voglio stare qui!

"Non avevo idea che avresti fatto qualcosa di così malvagio. Sapevo che tuo padre era una carogna. Ma non mi rendevo conto che il marciume fosse così profondo da contagiare anche i suoi figli. Mia madre era convinta che ci si potesse fidare di te; era cieca." Noto che ora John ha il pieno controllo della fiamma nella sua mano. Danza sul suo palmo, cambiando colore tra il rosso, l'arancione, il giallo e il blu. È ipnotizzante. "Ho riportato una bambina traumatizzata in un nido di vipere e non sono nemmeno andata a trovarla. A parte qualche telefonata occasionale, ti ho lasciato sola." La fiamma continua la sua danza. "Ero troppo occupato con la mia vendetta, a dare la caccia ai colpevoli, per sedermi e raccontarti tutta la storia di ciò che era successo. La verità su tuo padre e su ciò che aveva fatto." La fiamma salta nell'altra mano. "All'epoca pensavo che fosse meglio che tu non lo sapessi. Che fosse più salutare per il branco non soffermarsi su cose che non potevi cambiare. Inoltre non volevo che il nome del branco venisse infangato, che la memoria di mia madre fosse offuscata." Mentre John continua, Vincent alza le braccia al cielo con frustrazione. Scuote la testa con veemenza in segno di diniego. "Forrest era una bambina... Dove diavolo ti è venuto in mente che una bambina di nove anni potesse essere responsabile? È questa la tua stupida scusa?" La tensione nel mio petto si allenta e io faccio un respiro profondo. "Ho sbagliato a non raccontarti tutta la storia. Ho commesso un grave errore di valutazione. Rimedierò. Il tuo branco e l'intera società dei mutaforma sapranno la verità entro la fine della giornata. Non avrei dovuto tenerla segreta per così tanto tempo."

A parte la fiamma nelle sue mani, John non ha mosso un muscolo; i suoi occhi sono rimasti chiusi. Ho la sensazione che se John guardasse Vincent in questo momento, probabilmente lo ridurrebbe in cenere.

John apre gli occhi. "L'hai vista, Vincent, hai avuto modo di vedere cosa hai fatto? Guardala negli occhi e dimmi se vedi un mostro. Poi fai lo stesso guardandoti allo specchio. Tu, il tuo branco... siete finiti."

Vincent distoglie lo sguardo, incapace di sostenere quello di John. Continua a scuotere la testa in segno di diniego, le mani serrate a pugno. Non credo che qualunque cosa John gli dica sarà sufficiente. Il suo odio per me è troppo radicato.

John gira la testa e mi osserva. "Ho scoperto tutto, e quello che abbiamo appreso finora è solo la punta dell'iceberg, vero, Forrest? La punta di quello che hai dovuto sopportare." Abbassa la testa sul petto e si passa una mano sulla nuca.

Wow, era forse una scusa? Sono più confusa che sollevata.

Vincent distoglie lo sguardo con un ringhio. Il suo corpo sussulta quando i suoi occhi si posano sul sacco mezzo pieno nell'angolo più lontano, vicino al tubo flessibile appeso al muro. Cerca furtivamente di nasconderlo con il suo corpo. Mi sfugge un piccolo suono. Nessun altro sta guardando.

John si gira per uscire dal garage, a testa bassa. Mentre ci passa accanto, mi ritraggo quando stringe la spalla del mio segugio autista. Il segugio grugnisce in segno di riconoscimento.

Vincent si tampona la fronte. Le sue ginocchia cedono per il sollievo.

"John," dice il segugio autista, intervenendo mentre mio fratello sta uscendo. "Cosa c'è in quel sacco nell'angolo?" Da segugio intelligente qual è, non si è affatto perso il movimento di Vincent.

"Quale sacco... ma che cavolo..." John si gira. Mentre

passa, colpisce Vincent sulla spalla, spingendolo intenzionalmente contro la gabbia argentata. Vincent emette un sibilo di dolore e l'odore di pelle bruciata si diffonde nell'aria.

John si ferma davanti al sacco e lo calcia per poterne leggere l'etichetta. Distolgo lo sguardo, nascondendo la testa contro la spalla del segugio. Non ho idea del perché mi senta imbarazzata e piena di vergogna, ma è così, e il petto mi fa di nuovo male.

"Working Dog Mix." John legge l'etichetta ad alta voce. "Cibo per cani? Che diavolo è questo..." Ci vuole solo un secondo perché tutto gli diventi chiaro. "Hai dato da mangiare a mia sorella del cibo secco per cani!"

E si scatena l'inferno.

JOHN, ehm, ha dato fuoco al garage. Un crollo magico totale: ha completamente perso la testa. Dalla sua reazione si sarebbe detto che gli avessero offerto una manciata dello stesso cibo per cani per cena.

L'aspetto positivo è che almeno il dottor R ora è a conoscenza della mia dieta. Mmh, cibo per cani, croccante e nutriente.

Siamo riusciti tutti a scappare prima che il garage esplodesse. Nessuno si è fatto male, tranne forse l'orgoglio di John per aver perso il controllo.

Non mi è dispiaciuto vederlo andare a fuoco.

Se avessi potuto, avrei chiesto al mio segugio autista di tirare fuori i marshmallow per poterli arrostire sulle fiamme. Magari avrei fatto un balletto di gioia per non dover mai più vedere quella gabbia. Per non essere mai più costretta a dormire sotto quel tetto. Ma il mio segugio mi porta a casa, borbottando qualcosa sulle particelle d'argento.

Eh, l'argento e i marshmallow insieme non devono essere un granché, dopotutto.

Capitolo Sette

Nel salotto grazioso, l'atmosfera è davvero sgradevole; la stanza dai toni gialli allegri con mobili delicati è piena di mutaforma silenziosi e arrabbiati. Con la quantità di energia che emanano, si potrebbe far bollire l'acqua in una pentola. Nessuno è seduto tranne me, ed è snervante. È come se fossi ancora nella mia forma di lupo, perennemente a guardare le persone arrabbiate che mi sovrastano.

Sono immobile su una sedia in questa stanza accogliente, in attesa che inizi la parte della serata dedicata alle presentazioni. Il mio segugio tata, precedentemente noto come segugio autista, mi ha sistemato con una morbida coperta e una decina di cuscini soffici. Da quando mi sono trasformata, finalmente, mi sento fisicamente più a mio agio. Ho la pancia piena per la prima volta da quella che sembra un'eternità. Mormoro fra me e me. Sarei stata felice di mangiare un topo rognoso: qualsiasi forma di proteine mi sarebbe andata benissimo. Invece ho mangiato una zuppa di pollo e noodle, servita in una ciotola, ed era deliziosa. Le mie cene immaginarie... sì, tutte fesserie.

Ho dei progetti, grandi aspirazioni per quando tutto questo schifo sarà finito e sarò libera. Mi procurerò una vera torta al cioccolato, una torta tutta per me, il prima possibile.

John non mi ha spiegato perché mi trovo qui. Presumo che desideri la mia presenza per qualche riunione o per una grande rivelazione in stile Scooby-Doo. Il dottor R voleva che andassi direttamente all'ospedale privato per mutaforma, ma John lo ha contraddetto. Non è che mi stia molto simpatico in questo momento. Anche se potessi parlare e chiedere di andarmene, ho la sensazione che verrei comunque ignorata. La mia opinione non conta. È meglio combattere le battaglie che si possono vincere e restarsene fuori da quelle impossibili.

Tutto ciò che voglio è uscire da questa maledetta casa.

Il branco al completo è qui, fortunatamente dall'altra parte della stanza. Non voglio stare nello stesso ambiente con Vincent e Jason. Perché dovrei? Me ne sto seduta come se avessi un bersaglio dipinto sulla fronte. Inutile e vulnerabile. Non posso parlare né scappare. Non sarei nemmeno in grado di colpire qualcuno in testa con un cuscino. Quindi combattere è fuori discussione, e se dovesse succedere qualcosa? Mi nasconderò sotto le coperte come una vera boss. Caspita, la sola idea mi ferisce l'orgoglio.

Anche due membri del consiglio dei mutaforma ci hanno onorato della loro presenza. Non ho idea del perché siano qui. Non ci hanno presentato, cavolo, nessuno mi ha presentata. Continuo a cogliere i loro sguardi strani e calcolatori, sguardi che non so come interpretare. Se mi lasciano in pace, io lascerò in pace loro.

Ma se mi danno fastidio, li sistemerò per le feste. Trattengo il ringhio e mi sforzo di non fissarli, di non fissare nessuno. Mi agito sulla sedia. I miei strani pensieri e la rabbia mi innervosiscono. Sì, forse sono un po' arrabbiata e seriamente squilibrata. La frustrazione, l'ansia e la paura che mi martellano nella testa in questo momento sono fastidiose. Fastidiose? Sbuffo. È l'eufemismo del secolo, e mi sta facendo impazzire.

Diamine, o sono così spaventata da non riuscire a funzionare, o sono così arrabbiata da voler bruciare il mondo.

La parte umana perduta di me non sa se strisciare via e nascondersi, o peggio, iniziare a urlare. Ogni minuto che passa, mi sento come se la mia rabbia stesse per esplodere e io stessi per crollare. Mi frantumerò e non rimarrà altro che una persona furiosa e amareggiata.

La mia sanità mentale sta vacillando.

Per mantenerla intatta, devo fare le valigie, come mi ha suggerito il segugio ore fa. Per seppellire tutto in profondità, spingo disperatamente i ricordi sempre più in basso fino a farli scomparire. Li rinchiudo in tante scatole.

Scatole nella mia testa che rimbombano delle mie urla.

Rabbrividisco e mi tiro la coperta fino al mento. Ha un odore pulito.

È impossibile seppellire i ricordi se i due bastardi malvagi che hanno contribuito a crearli sono dall'altra parte della stanza.

Voglio andarmene da questa casa.

Mi concentro sulle altre persone presenti. Mio fratello

ha chiamato altri segugi infernali come rinforzo. Oltre ai tre originali, ne sono arrivati altri sei. Dieci segugi infernali in tutto, compreso John. Inclino la testa di lato, pensierosa. Guardo i due segugi appostati dall'altra parte della stanza, gli unici che posso vedere dalla mia posizione seduta.

I segugi infernali hanno una forza doppia rispetto ai mutaforma standard, anche senza usare la loro magia del fuoco. Quelli presenti in questa stanza potrebbero probabilmente iniziare una guerra e portarla a termine. Sono armi naturali ambulanti. Mi lascia perplessa il fatto che anche i mutaforma massicci sentano il bisogno di sfoggiare quantità impressionanti di argento. Scommetto che ne hanno il doppio, contando quello che non riesco a vedere. Mi sorprende che i segugi infernali non tintinnino e sferraglino quando camminano. È uno sfoggio un po' superfluo. Cosa ci fanno tutti quanti qui?

Il mio segugio tata risponde alla mia domanda silenziosa.

"Sono qui per tenere John sotto controllo. Lui teme di dare fuoco alla casa o di uccidere il branco. È una precauzione, inoltre odia le scartoffie che l'uccisione comporta sempre."

Tutto quello che ho capito è che ci vogliono nove persone per fermare John. Nove super mutaforma... Accidenti, è davvero un bastardo spaventoso. Perché non riesce a controllare la sua magia? Questo rende ancora più impressionante quello che ha fatto il segugio infernale che mi sta vicino, mettendosi tra me e John. Ha promesso di proteggermi e l'ha fatto.

Dopo aver parlato con i due membri del consiglio, John

ora si avvicina al centro della stanza. Attirando l'attenzione di tutti, alza la mano per chiedere silenzio.

Inizia a parlare. Va avanti a oltranza, fornendo un resoconto completo di ciò che ha scoperto finora. Lascio che le sue parole mi scivolino addosso. Mi siedo e gioco con un filo fuoriuscito dalla coperta soffice. Mi concentro su quello e sul movimento delle mie dita.

Torno a sentirmi come se non fossi qui, come se tutto questo tempo avessi sognato.

Invece, rifletto sul passato. Harry mi ha aiutato a uscire dalla gabbia, anche se mi trovavo comunque lì per le punizioni di rito. Almeno non ci stavo in modo permanente. Avevo la possibilità di respirare aria fresca, vedere il cielo, sentire il sole e la pioggia sul mio manto, l'erba sotto le zampe e la terra tra gli artigli.

Nei primi anni mi ero convinta che qualcuno, ovvero mio fratello, sarebbe venuto a salvarmi. Ma non è mai successo, e infatti John non è mai arrivato. Ci sono voluti il mio ritorno in forma umana e una telefonata disperata perché si muovesse. Alla fine mi sono salvata da sola.

Non riesco proprio a capacitarmi che ci siano volute la mia rabbia verso Liz e il mio istinto di protezione per Harry per forzare la trasformazione nella mia forma umana. Oh santo cielo, se ci penso, è stata la vagina ribelle di Liz ad aiutarmi! Alzo la morbida copertura per nascondere il mio divertimento. Quando nient'altro poteva farlo, lei ha raccolto la sfida. Viva la magia della vulva. Scommetto che Liz ora vorrebbe avermi pugnalato quando ne ha avuto l'occasione.

Mi concentro di nuovo su John quando inizia a parlare della storia di ciò che è successo al nostro branco e della loro morte. Conosce tutti i dettagli, comprese le riprese delle telecamere di sorveglianza: ha ricostruito tutto come in un rapporto della polizia. Lo racconta con tono monotono, come se non stesse parlando di sua madre e delle sue sorelle. John conosce i fatti, ma non li ha vissuti e non ha visto con i propri occhi ciò che è successo.

Apro la scatola immaginaria nella mia testa e mi lascio andare ai ricordi.

Capitolo Otto

Quattordici anni prima

L'aeroporto di Manchester è affollato. Arrivo al terminal e vorrei subito trovare un angolo dove nascondermi. Ci sono persone ovunque, esseri umani e creature varie. Le file per il check-in sono lunghissime. Le persone con i carrelli portabagagli intralciano quelle con le valigie piccole con le rotelle. Una signora mi calpesta le dita dei piedi e un uomo che va nella direzione opposta mi dà una gomitata sulla tempia. *Ahi!* Emetto un ringhio che mi rimbomba nel petto. *Smettila, Forrest*, penso tra me e me.

Supero di corsa tutti i banchi del check-in, allontanandomi dalla folla impazzita, e trovo i sedili blu dove dovrei aspettare. Siccome le persone fanno il check-in e poi passano direttamente ai controlli di sicurezza, questi sedili sono vuoti. Vedo un orologio sul tabellone delle informazioni sui voli e un display digitale giallo sul quale scorrono lentamente le cifre.

Oggi è stata una giornata pazzesca. Mia madre mi ha svegliato prestissimo, nel cuore della notte; mi sono vestita automaticamente, come un pompiere che si prepara per un intervento. Sono stata velocissima. Da quando ho memoria, abbiamo sempre avuto un piano, un'esercitazione di emergenza. Essere una mutaforma è estremamente pericoloso se sei una donna: i rapimenti sono all'ordine del giorno e mia madre è molto severa riguardo a questa cruda realtà. Non ho mai avuto dubbi sul fatto che ci fosse un bersaglio sulla mia schiena. Fin da piccola mi è stato insegnato a mimetizzarmi e a scomparire, ad andare in certi luoghi affollati e ad aspettare.

La sedia inizia a diventare scomoda. Passano due ore, poi tre. Mi dimeno per alleviare il disagio, troppo preoccupata per muovermi e andare in giro nel caso mia madre arrivi. Si arrabbierebbe con me se mi muovessi.

Dai, mamma, ripeto nella mia testa, agitandomi sulla sedia.

Dopo quattro ore e senza aver visto mia madre, è ora di cercare i rinforzi. Chiamerò mio fratello maggiore, e per maggiore intendo super vecchio. Potrei chiamare i miei fratellastri Vincent e Jason, ma non mi fido di loro. Jason mi dà i brividi. Mia madre ha dichiarato con fermezza che sono le mie guardie del corpo.

Sbuffo. Guardie del corpo... che barzelletta. Sono inutili! Se fossero capaci, non sarei qui seduta da sola.

È ora di trovare un telefono. Mi alzo.

So che la magia che maschera l'odore funziona solo per

un certo periodo, ma spero che mi stia ancora proteggendo. Sono una mutaforma lupo. La trasformazione totale avviene intorno ai vent'anni: diventiamo lupi pelosi, è incredibile. Mio fratello John è straordinario: può trasformare una singola parte del corpo in lupo mantenendo la sua forma umana. Quindi può trasformare i denti o gli artigli. È fantastico pensare che non avrai mai bisogno di un paio di forbici per aprire qualcosa. Basta un artiglio, e il gioco è fatto. Non è molto igienico se si tratta di aprire del cibo, ma è davvero fantastico. Lo farò sicuramente anch'io quando sarò più grande. Ridacchio tra me e me immaginando cosa potrei aprire.

Mi dirigo verso i banchi del check-in, alla ricerca di un telefono. Avrei dovuto mettere un cellulare di riserva nella mia borsa invece di dover cercare un telefono fisso. Ma è più sicuro, ha detto la mamma, se non ho nulla con me che possa rintracciarmi. Decido di recitare la solita sceneggiata al banco delle informazioni: "Ho perso la mia famiglia, posso usare il vostro telefono per chiamare mio fratello," quindi mi dirigo in quella direzione.

Un odore mi colpisce e mi blocco. *Un demone.*

Cerco di non farmi prendere dal panico. Finora ho fatto tutto secondo le regole. Ingoio il nervosismo e faccio un respiro profondo. Ho il mascheratore di odori e l'aeroporto puzza di migliaia di creature. I demoni sono pessimi tracciatori e se riesco a confondermi tra la folla, usare un telefono e mettermi al sicuro, John potrà aiutarmi a trovare il nostro branco. Continuo a muovermi lentamente tra la gente. Sono contenta di essere ancora piuttosto bassa. I mutaforma possono diventare enormi, ma a nove anni sono ancora poco più alta di un metro e mezzo.

Invece di cercare freneticamente il demone che sento, mi concentro sul camminare dritta davanti a me. Il trucco è fare l'opposto di quello che vorresti fare. In questo momento, vorrei correre e piangere, afferrare l'adulto più vicino e supplicarlo di risolvere la situazione. Ma mia madre non ha cresciuto una stupida. Mi ucciderebbe se facessi una cosa così sciocca, quindi mi faccio forza. Farò di tutto per mettermi al sicuro e poi troverò Grace, mia madre e il mio patrigno Dave.

Schivo una valigia a mano trascinata da un uomo dall'aria arrabbiata e noto un cellulare nella tasca posteriore dei suoi jeans. Perfetto. Accelero il passo, lo urto e infilo il suo telefono nella manica.

Il mio primo pensiero è quello di andare in bagno, ma lasciare la zona affollata dell'aeroporto non sarebbe una mossa intelligente. Mi faccio da parte e tiro fuori il telefono. È protetto da una password, ma è un semplice cellulare Android. Tengo premuto il pulsante di accensione per dieci secondi, poi premo contemporaneamente il pulsante di accensione e quello di riduzione del volume per ripristinare le impostazioni di fabbrica del telefono. Voilà. Dopo aver seguito le istruzioni sullo schermo, ora posso effettuare una chiamata senza dover inserire la password sul telefono. Compongo il numero di mio fratello. Squilla. Mi guardo intorno nervosamente.

"Cosa c'è?" Mio fratello sembra scontroso.

"John, ehi, sono Forrest..."

"Forrest, di chi è il telefono che stai usando?" Tipico di lui fare una domanda irrilevante.

Alzo gli occhi al cielo. "John, non è importante. Ho bisogno..."

Mi interrompe di nuovo, con voce ringhiosa e tono severo. "Forrest, lo sai che questo numero è solo per le emergenze. Non puoi chiamarmi se tua madre non ti lascia guardare qualcosa in TV o non ti compra qualche cavolata. Sono troppo occupato per..."

"John." Lo interrompo a metà del suo sproloquio. Il demone è vicino; ora lo percepisco con ancora più intensità. I peli sulla nuca mi si rizzano e ansimo leggermente per il panico. "John, mi ascolti? È un'emergenza," gli sussurro con agitazione, cercando di coprire la bocca e il telefono con la mano. "Sono all'aeroporto di Manchester, Terminal Uno, da sola. Mamma, Grace e quell'idiota di Dave sono scomparsi. Mamma mi ha svegliato attivando il piano d'emergenza ieri notte. Sono più di quattro ore che aspetto al nostro punto d'incontro all'aeroporto. John, sento l'odore di un demone."

"Perché non me l'hai detto subito! Sto arrivando, ma ci metterò più di un'ora. Vedo se c'è qualcuno più vicino. Dammi un secondo, resta in linea." Lo sento urlare in sottofondo. Mi guardo intorno. Tutti si muovono e nessuno mi guarda. Volto le spalle all'atrio dell'aeroporto e appoggio la testa al muro. Mi sento così stanca. Stanca e spaventata.

"Ho trovato Owen, un segugio che è a venti minuti da qui. Ti richiamo e tu rimani al telefono finché non arriva. Mi hai capito, Forrest?"

"Sì, okay." Annuisco anche se lui non può vedermi.

"D'accordo, riattacca. Ti richiamo subito."

Chiudo la chiamata.

Il telefono inizia a squillare immediatamente. Premo per rispondere, ma il telefono non è più nella mia mano.

Alzo lo sguardo e vedo un uomo trasandato che non ho

mai visto prima con il telefono in mano. Se lo porta all'orecchio. "La piccola rossa non può parlare al momento." Lascia cadere il cellulare sul pavimento e lo calcia. Il telefono rotola via, scomparendo tra la folla.

Perché mi sono girata? Vorrei darmi una botta in fronte per la delusione. Non ho tempo per rimproverarmi.

Questo tizio è un essere umano e io ho le mie abilità. Sarò anche piccola, ma sono feroce. Mi afferra per le braccia. Invece di cercare di divincolarmi, mi avvicino al suo corpo. Non posso stenderlo o dargli un calcio, attirerebbe troppo l'attenzione. Quindi mi butto a terra. Lui mi segue, cercando di tenermi stretta, ma la posizione in cui si trova ora mi impedisce di vedere. Così gli do un pugno tra le gambe. Lui mi lascia andare immediatamente con un gridolino, tenendosi le parti basse. Mentre mi alzo, gli tiro un pugno alla gola.

Allontanandomi a grandi passi, grido: "Quell'uomo sta soffocando o ha un infarto. Credo abbia bisogno di aiuto." Una signora con un maglione giallo brillante si gira e valuta la situazione.

"Oh santo cielo, poveretto. Aiuto! C'è un medico?"

Un'altra signora con un seno enorme e un maglione con un gatto si precipita in aiuto, il suo magnifico petto che rimbalza per l'eccitazione di poter aiutare qualcuno. "Poveretto, resterò con te finché non arriveranno i soccorsi, qualcuno chiami un'ambulanza..."

Mi allontano di corsa. Inclino la testa e controllo l'orologio dell'aeroporto. Accidenti, ci vogliono ancora diciassette minuti prima che arrivi il segugio di mio fratello. Dov'è quel maledetto demone? Il suo odore potente, una puzza dolciastra e sulfurea, mi circonda e mi fa prudere il naso.

Giro a sinistra e un altro essere umano mi sfreccia davanti. Ha un aspetto trasandato come l'altro e un ghigno sgradevole sul volto.

Che faccio ora? Lo supero o cambio direzione? Prima che possa fare qualcosa, vengo strattonata contro un petto muscoloso. L'odore del demone mi avvolge soffocandomi.

"Ora, Forrest, non fare niente di stupido." Il demone si avvicina; le sue labbra sfiorano il mio orecchio mentre sussurra in modo inquietante. Rabbrividisco. "Vuoi vedere il tuo branco, vero? Se scappi o fai una scenata, non esiterò a uccidere tua madre. Mi hai capito?" La sua voce è solo un sussurro ma è dura, con un accento inglese molto raffinato. Le sue mani crudeli mi afferrano le spalle e la nuca. Annuisco, stringendomi la parte superiore delle cosce. Ho paura di farmela addosso e fare una figuraccia.

In questo momento non mi sento né coraggiosa né intelligente. Sono solo una bambina che vuole la sua mamma.

Penso vagamente al segugio che arriverà qui tra meno di dieci minuti. Devo collaborare e dobbiamo andarcene subito: se il segugio arriva e impedisce al demone di prendermi, mia madre morirà. Non posso permettere che ciò accada. Devo mantenere la calma e andare con lui. Speriamo che il segugio arrivi, ci veda andare via e ci segua.

"Ti ho cercato per così tanto tempo, piccola Forrest. Ho accettato una somma enorme di denaro per trovarti. Una mutaforma femmina, una piccola lupa rara, e che stirpe! Davvero impressionante. Sei così carina, con tutti quei capelli rossi." Mi passa le dita tra i capelli, facendomi rabbrividire di disgusto. Combatto l'impulso di allontanargli la mano con uno schiaffo.

"Sapevi che il tuo branco ha prodotto il maggior numero di femmine rispetto a qualsiasi altro?" dice il demone mentre inizia a spingermi verso l'uscita. "Tua madre è un biglietto vincente del DNA, il premio finale per una mutaforma. Sei figli, cinque dei quali femmine, due delle quali gemelle, cosa assolutamente inaudita. Davvero impressionante, e tuo fratello è un segugio infernale, proprio come tuo padre. È affascinante, una preda davvero interessante. È un peccato che le tue sorelle maggiori e tuo padre siano stati assassinati. Oh, vorrei poterti tenere con me, saresti un ottimo acquisto per la mia collezione quando sarai più grande." Ridacchia cupamente, accarezzandomi la testa. "Anche se ho già scelto una cortigiana, ed è ancora più rara di te e di una bellezza strabiliante." Sospira. "Il mio harem ha sempre bisogno di nuove concubine giovani perché, ahimè, muoiono così facilmente."

Tutti i demoni sono così eleganti e perversi? Non ho idea di cosa sia una concubina, ma dal modo in cui sussurra capisco che non è qualcosa di bello. Mentre parla, mi accompagna fuori, seguito dal tipo trasandato.

Conosco le regole sugli sconosciuti, e ancora di più quelle sui demoni. Ma questo demone ha mia madre e la mia sorellina Grace. Farei qualsiasi cosa per loro, compreso sacrificare me stessa.

Capitolo Nove

Quattordici anni prima

Ci dirigiamo verso una Range Rover nera. Il tizio trasandato numero due corre davanti a noi e apre la portiera posteriore dell'auto con un inchino: che tipo strano. Vengo spinta sul sedile posteriore del veicolo e il demone mi segue all'interno. Lo guardo bene per la prima volta e vedo che è vecchio. Sembra avere circa trent'anni in età umana. Scommetto che non è più vecchio di mia madre. So che lei lo picchierà per avermi rapito e mio fratello gli darà fuoco appena arriverà qui.

Il demone ha i capelli neri, lunghi sulla sommità e corti ai lati. Gli ricadono sugli occhi grigio-azzurri. Penso che stia cercando di ottenere un look da boy band, ma non funziona. Ha zigomi alti e un naso delicato, e le sue labbra sembrano voluminose e carnose, specialmente il labbro inferiore. Il mento è forte. Da quello che ricordo di lui alle mie spalle, è alto. Anche se non è enorme come un mutaforma, è più alto di un umano. La mamma lo definirebbe aggraziato, quasi un elfo. Mio fratello direbbe che è debole, come una preda. Se ne avrò l'opportunità, gli darò una bella lezione.

"Purtroppo sono l'intermediario di questa transazione: sei stata venduta a un membro del consiglio a un prezzo esorbitante. Quando sarai più matura, una volta che il tuo corpo sarà cambiato, lo farai impazzire." Il demone mi dà un colpetto sul naso. Lo guardo sbattendo le palpebre. "Mi sarebbe piaciuto un sacco esibirti davanti a tutti i mutaforma. Il fatto che un membro del consiglio ti abbia comprata è stimolante... chissà quale sarà il tuo destino. Ho la sensazione che rimarrai sotto la mia custodia per un po' di tempo. Poi il tuo padrone arriverà sul suo proverbiale cavallo bianco e ti salverà... ecco perché è così divertente." Picchietta le dita sul sedile tra noi.

"Ho fatto un patto per prenderti. Il tuo padrone non ha detto nulla riguardo al mantenerlo segreto." Il demone ridacchia e mi fa l'occhiolino. "Forse non potrò tenerti, ma posso sicuramente incasinare un po' le cose. Odio i lieti fine. Quindi ricorda, giovane Forrest, che d'ora in poi tutto sarà colpa del tuo padrone e non avrà nulla a che fare con me. Vedi di non farti ingannare dal suo bel viso, da brava." Mi accarezza la guancia. Io lo fisso con aria truce. Vorrei che smettesse di toccarmi. Un membro del consiglio mi ha comprata? Non capisco cosa intenda dire. Dovrò occuparmene più tardi e parlarne con mia madre. Sono una mutaforma, non una barretta Mars. Questo demone è strano.

Alzo il mento e lo guardo dritto negli occhi per fargli capire che faccio sul serio. "Mia madre e mia sorella, le lascerai andare, ora che sono in macchina con te. Chiama i tuoi uomini e lascia andare il mio branco, per favore." So che non ha detto nulla del genere, ma forse posso farlo vergognare e convincerlo a lasciarle andare: vale la pena provare. Forse vuole solo me. Se è così, posso aiutarlo a fare la cosa giusta. "Ho fatto quello che mi hai chiesto, ora lasciale andare."

Inclina la testa di lato, guardandomi come se fossi stupida. Alza la mano e si porta le dita alla bocca. Una volta, due volte, schiacciando le labbra carnose.

"No," è la sua risposta. Apro la bocca per discutere, ma lo sguardo nei suoi occhi mi ferma. Invece, mi volto e guardo fuori dal finestrino. I suoi occhi grigio-azzurri sono diventati neri, completamente, stranamente neri. Un brivido primordiale mi percorre la schiena e faccio del mio meglio per reprimere il terrore totale e assoluto. Mi rendo conto che oggi non prenderò a calci nel sedere questo demone.

La verità è che mia *madre* farebbe fatica a ferirlo. Non è solo un demone, è di primo livello. Capisco con improvvisa chiarezza che siamo tutti praticamente morti.

Mi siedo sul bordo del sedile, con la schiena dritta, e mi concentro su ciò che accade fuori dall'auto, tenendo gli occhi ben aperti per impedire alla paura di trasparire dal mio viso. Non voglio piangere, non voglio mostrare alcuna debolezza. Sarebbe una vittoria per lui. Avrò anche nove anni, ma sono testarda e, per quanto a lungo mi resta da vivere, lo farò a testa alta. Essere coraggiosi non significa non avere paura, ma essere spaventati a morte e fare comunque ciò che fa paura. Fare la cosa giusta. Se posso proteggere il mio branco, lo farò.

Sii coraggiosa.

"Non ti chiedi come ti ho trovata?" No, non voglio sapere dove ho sbagliato. Guardo il demone con la coda dell'occhio. "I miei uomini ti hanno seguita fino all'hotel, ma ti abbiamo persa. Hai usato un mascheratore di odori, che lupetta intelligente che sei. Mi ha fatto venire ancora più voglia di trovarti. Tua madre era altrettanto astuta. Puff, ed era sparita" muove le dita e continua: "completamente scomparsa. Ma il tuo patrigno, Dave... accidenti, è stato troppo facile con lui." Il demone schiocca la lingua. "Con metà del suo DNA, non c'è da stupirsi che Grace non sia degna della mia collezione." Giro la testa per guardarlo. "Che creatura orribile e piagnucolosa è Dave." Ridacchia. "Non l'ho nemmeno toccato." Alza le spalle, mi mostra i palmi delle mani e muove le dita, facendo il broncio. "Stava strillando come un maiale. La sua vita, la vita di sua figlia in cambio di quella di tua madre. Per te." Alza un sopracciglio, facendo una finta faccia triste. "Tanta abbondanza di informazioni, pronto a dirmi dove avrebbe incontrato tua madre. Veloce a rivelarmi i tuoi protocolli e come trovarti... Ha persino congedato le tue guardie del corpo. Ecco perché eri da sola." Scuote la testa con aria beffarda. I suoi occhi brillano e finalmente sono tornati al loro colore originale. "Non riesco proprio a credere che tua madre abbia scelto un compagno così debole, soprattutto dopo tuo padre. Ecco perché sarai più al sicuro con me, mia cara Forrest. Questi lupi imbecilli non ti meritano." Mi dà un colpetto sulla gamba.

Vorrei gridargli che non è vero, che sta mentendo. So

che si dice che i demoni distorcono la realtà. Ma se devo essere sincera, davvero sincera, mi sembra che stia dicendo la verità.

Non chiamo il mio patrigno 'il pessimo Dave' per niente.

"Ora ci sei tu, una bambina di nove anni da sola con il nemico, che non piagnucola, non piange, se ne sta con il mento orgogliosamente sollevato e una sola richiesta: liberare il tuo branco. Potresti governare il mondo con quell'atteggiamento, giovane Forrest... sì, sei molto intrigante. Penso che ti terrò con me." Annuisce e si sporge rapidamente in avanti, toccandomi di nuovo la punta del naso. Il suo sorriso smagliante mi fa venire voglia di vomitare.

Vengo trascinata in un magazzino, con tizio trasandato numero uno e due che mi tengono in mezzo a loro. Il primo mi stringe dolorosamente il braccio, probabilmente per vendicarsi del pugno che gli ho dato alle parti basse e alla gola. Il demone si pavoneggia davanti a noi.

"Una riunione del branco, che meraviglia." Non riesco a vedere nulla intorno a lui, cosa di cui sono eternamente grata. Sangue, sudore e uno strano odore stucchevole e ammuffito che non riesco a identificare mi riempiono il naso. Insieme al fetore dei demoni e degli umani, l'intero posto puzza come se fossi finita all'inferno.

Ho un conato di vomito. Qualche allarme interno nella mia testa sta impazzendo e il mio istinto mi urla di scappare.

"Su, su, signori, non è una cosa che dovremmo fare alla nostra adorabile ospite. Comportatevi bene, da bravi ragazzi." Il demone ridacchia e scuote la testa divertito, agitando un dito verso di me mentre si gira. "Guarda, Forrest, cosa ha causato la tua cattiveria. La tua povera madre ha dovuto intrattenere tutti i miei uomini mentre tu correvi nell'aeroporto. Che bambina cattiva che sei." Si allontana e, per la prima volta, vedo mia madre.

È in ginocchio sul pavimento di cemento sporco. Ha il viso insanguinato, il labbro spaccato e del sangue tra le gambe. Non capisco perché sia nuda. Forse sta per trasformarsi in lupo per guarire? È l'unica ragione che mi viene in mente per spiegare perché sia nuda. Gli occhi mi si riempiono di lacrime. Sento mia sorella piccola piangere.

Cerco freneticamente Grace con lo sguardo. Sta litigando con suo padre, cercando disperatamente di raggiungere nostra madre. Si libera del cappotto, lasciandolo nelle mani di lui, e attraversa l'edificio a una velocità che solo una bambina piccola può raggiungere. Nessuno la ferma mentre si getta tra le braccia di mia madre. Se non fossi trattenuta, farei lo stesso. Guardo mia madre abbracciare Grace al petto e la sento dirle quanto le vuole bene.

Mia madre alza lo sguardo e incrocia il mio. Mi fa un sorriso lacrimoso ma determinato. "Ti voglio tanto bene, Forrest. Hai seguito il nostro piano... Sono così orgogliosa di te, sei stata molto coraggiosa. Ho bisogno che tu sia coraggiosa ancora per un po'. Puoi farlo per me?" Annuisco. Le lacrime che stavo trattenendo con coraggio ora mi rigano il viso. Singhiozzo. "Mi dispiace tanto di non essere riuscita a proteggervi entrambe," dice mia madre. La desolazione nei suoi occhi mi spezza il cuore.

Lei annuisce in modo significativo.

So cosa mia madre vuole che faccia. Il cuore mi batte forte nelle orecchie ed è difficile respirare con il nodo che ho in gola.

La mia felpa ha dei fermagli di plastica all'estremità dei

cordoncini che stringono il cappuccio. I fermagli sono a forma di cono e sono il posto perfetto per nascondere una pallina di pozione.

"Ti voglio bene anch'io," sussurro. Il nodo alla gola mi rende difficile parlare.

Tutto ciò che succede dopo avviene in fretta. Eppure, allo stesso tempo, mi sembra che passi una vita mentre guardo mia madre prendere il viso di Grace tra le mani. Le sorride e le asciuga le lacrime dal viso paffuto con i pollici. Le accarezza delicatamente i capelli biondi, esattamente uguali ai suoi, allontanandoli dagli occhi. Si china e bacia delicatamente la mia sorellina sulla fronte.

Tra un respiro all'altro, mia madre gira bruscamente la testa di Grace di lato, spezzandole il collo.

La mia sorellina cade morta tra le braccia di mia madre.

L'urlo di angoscia di mia madre è agghiacciante mentre stringe Grace al petto con le mani tremanti. Con uno sguardo pieno di immensa tristezza nella mia direzione, le dita della mano destra di mia madre si trasformano in artigli e, con un movimento rapido e netto, si taglia la gola.

I due uomini mi lasciano andare e si precipitano verso di lei e Grace.

A volte, l'ultima mossa che puoi fare è liberarti definitivamente dalle mani del tuo nemico. Con un singhiozzo, determinata, metto in bocca il fermaglio con la pallina contenente la pozione velenosa e mordo con forza.

Un dito.

Il demone mi ha infilato il dito in bocca.

Con la mano libera mi dà uno schiaffo sulla nuca; la pallina con la pozione velenosa cade a terra e si frantuma. Inutile.

"Cucciola cattiva!" mi rimprovera il demone. Mi tiene il dito in bocca e con l'altra mano mi stringe la gola. Mi tira verso il suo petto, impedendomi di muovermi. Mi scuote leggermente, frustrato. "Beh, non me l'aspettavo," dice piano. Poi, ad alta voce, ringhia contro i demoni e gli umani nella stanza. "Dovete averla distrutta, fottuti idioti! Dave." Rivolge la sua rabbia verso il mio patrigno e mi tira verso di lui. Il suo dito è ancora nella mia bocca e mi affonda nella guancia. "Ho perso due donne. Che cosa hai da dire?"

Dave, il mio patrigno, è in ginocchio e abbraccia il cappotto di Grace. Scuote la testa da un lato all'altro, sotto shock, senza distogliere lo sguardo dai corpi accartocciati.

Mia madre non ha guardato Dave nemmeno una volta, penso intontita. Non gli ha mai detto che lo amava.

I miei sospetti sono confermati quando Dave dice: "Dovevi prendere solo Forrest. Non la mia bambina. Avevamo un accordo: tu prendevi Forrest, ma non la mia Grace, non la mia Grace." Si dondola avanti e indietro, accarezzando il cappotto tra le mani. La sua espressione è di pura agonia.

È tutta colpa di Dave: mia madre, mia sorella, è tutta colpa sua.

Dave finalmente alza gli occhi dalla giacchetta rosa. "Avevamo un accordo!" urla.

Sento il demone scrollare le spalle. "Non li ho uccisi io." Fa un cenno con la mano a Dave. "Qualcuno lo faccia stare zitto. Uccidete quell'inutile vigliacco, mi sta dando sui nervi."

Barcollo tra le braccia del demone. Le ginocchia mi cedono mentre gli uomini circondano Dave. Le sue urla vengono bruscamente zittite da un gorgoglio umido.

Tutto mi colpisce in una volta sola. Ho fallito. Ho deluso mia madre. Sarebbe così furiosa con me.

Qualcosa dentro di me si spezza e il mio corpo inizia a tremare.

Non voglio più stare qui.

Non voglio più stare qui, ripeto continuamente nella mia testa.

La magia inonda il mio corpo e io abbraccio quella sensazione. Mi lascio andare.

Fuggo nell'oscurità.

"Oh, porca miseria," sento gridare il demone, e poi più nulla.

Capitolo Dieci

Sento la voce di John che continua il suo rapporto, strappandomi dagli orrori del passato. Li seppellisco di nuovo nella mia mente in una scatola con la scritta *Non toccare assolutamente.*

Mi passo una mano tremante tra i capelli, cercando di placare l'ansia provocata dai ricordi orribili. Nell'altra mano, ho un dito gonfio e arrossato. L'ho avvolto con il filo della coperta, bloccando la circolazione. L'osservo affascinata.

"Forrest si è trasformata molto presto, come potete vedere. Nonostante avesse solo nove anni, è riuscita a uccidere due umani e un demone di livello inferiore in modo sorprendente prima che la immobilizzassero rendendola incosciente." Alzo la testa e, mentre John parla, viene riprodotto un video 3D della telecamera a circuito chiuso. Guardo il filmato con la bocca aperta per lo shock.

Vedo me stessa attaccare tre dei cattivi. Li ho uccisi, o meglio, il mio subconscio che guidava la mia lupa li ha uccisi, il che avrebbe dovuto turbarmi. Ma quegli uomini hanno fatto del male a mia madre e io sono riuscita a ottenere un po' di giustizia.

Non avevo idea di averlo fatto. Per scappare, mi sono chiusa in me stessa e ho lasciato che la lupa prendesse il sopravvento. Quel primo mutamento è stato un vuoto totale per me, a causa del trauma. Pensavo di essere stata messa fuori combattimento. Guardando le prove, devo ammettere a me stessa che potrei essere stata fuori controllo per un po' di tempo.

Sono un'assassina, una killer. La parte arrabbiata di me gioisce, elettrizzata. Vorrei saltare sulla sedia con un entusiasmo inappropriato: che forza!

"Ha morso quel demone...?" dice uno dei segugi infernali dietro di me, con voce piena di orrore. Oh sì, l'ho fatto. Nella mia testa risuona la canzone di Billie Eilish 'Bad Guy'. Ed è fantastico per la mia autostima vedere che la mia versione di lupa non era poi così docile e patetica, fin dall'inizio.

"Sì, cavolo, sembra proprio di sì."

Guardo i segugi infernali dietro di me. Uno di loro mi fa un cenno di approvazione, mentre l'altro inconsciamente si protegge. Sbuffo. Il mio segugio tata mi dà una piccola spinta per farmi girare di nuovo. Sono così tosta che spavento persino queste creature infernali. Mormoro pensierosa fra me e me.

John continua a parlare delle prove raccolte e dei dettagli sul demone che ha agito da intermediario. Spiega anche che sono stata trattenuta per un'altra settimana e descrive nei dettagli il salvataggio.

Tutto ciò che riguarda quel periodo è confuso. Ero in una situazione terribile, non solo fisicamente, ma anche mentalmente. Un disastro totale.

John scruta la stanza, assicurandosi di avere l'attenzione di tutti. Poi si concentra sul branco. Per la prima volta, da quando mi sono seduta su questa sedia, mi costringo a guardarli. Li ho sempre evitati. Mi spaventano a morte.

Vedere e sentire le prove deve essere estremamente difficile per tutti loro, incluso avere la dimostrazione inconfutabile che Dave, padre di Harry, Jason e Vincent, era un codardo. Catturato da un demone, ha rivelato la posizione di tre membri femminili del branco, due delle quali erano bambine vulnerabili. La rarità delle donne mutaforma ha reso il crimine particolarmente efferato.

Vincent in particolare ha idealizzato suo padre come un vero eroe. Nel corso degli anni, ha trasformato il Dave dei suoi ricordi in qualcuno che non era mai stato.

Beth sta singhiozzando tra le braccia di Harry. Jason è immobile, con il volto impassibile. Vincent, senza preoccuparsi di confortare la sua compagna, fa un passo avanti, con le braccia aperte in segno di sfida.

"È uno scherzo? È questo che nascondevi, John? Quella donna odiosa di tua madre ha spezzato il collo di Grace come un ramoscello." Schiocca le dita. Sussulto al suono e all'immagine che mi balena in mente. "Aveva più di mille anni, non riusciva a sopportare un po' di sesso violento, quindi ha deciso di farla finita," ringhia Vincent. "Hai sentito mio padre: aveva stretto un patto per proteggere Grace. Quella pazza non aveva bisogno di ucciderla. Capisco perfettamente cosa stai facendo. Stai cercando di infangare il nome di mio padre per proteggere quella cosa?" Mi indica e non posso fare a meno di sussultare. Vorrei che la smettesse. "Mi prendi in giro? Tutte queste cavolate manipolatorie, sapendo cosa ha fatto quella pazza, mi fanno desiderare di averle fatto più male. Vuoi che pianga per il senso di colpa?" Gli occhi marroni pieni di odio di Vincent sono fissi nei miei, il suo dito continua a puntarmi. "Ma per piacere. Se lasci quella cosa nella stessa stanza da sola con me, finirò il lavoro che avrei dovuto fare anni fa. Hai rinunciato a quel diritto quando l'hai scaricata davanti alla mia porta." Vincent sputa sul pavimento. I suoi occhi arrabbiati non lasciano mai i miei. Solleva il labbro, mostrando i denti, e sogghigna. Il segugio tata ringhia dietro di me. Lo sento avvicinarsi di un passo.

John emette una risatina cupa. "La porta di Forrest, Vincent. Non la tua porta."

"Cosa?" Vincent indietreggia leggermente, scioccato dalla risposta pacata di John, e abbassa il braccio che puntava verso di me.

"La casa, la proprietà e il denaro sono tutti di Forrest. Sono sempre stati a nome suo. Tutto apparteneva a nostra madre, non al branco. È stato tramandato alla sua unica figlia sopravvissuta."

Vincent digrigna leggermente i denti e una specie di fiamma illumina gli occhi di John, facendoli brillare di rosso. I segugi infernali dietro di me si muovono leggermente a disagio, preparandosi a intervenire e fermare John se dovesse perdere il controllo.

"Lascia che sia chiaro. Se tu o chiunque altro definirete mia sorella come una *cosa* anche solo un'altra volta, vi ucciderò, e lo farò molto lentamente." Guarda negli occhi ogni membro del branco. Nessuno di loro riesce a sostenere il suo sguardo, figuriamoci a incrociarlo. Beth nasconde il viso nel petto di Harry. "Allora, Jason, hai qualcosa da aggiungere?" chiede John al mutaforma, silenzioso e inquietante come al suo solito.

Jason mi guarda con occhi scuri privi di emozioni. L'espressione spenta sul suo volto urla *vendetta*. Abbasso lo sguardo e giocherello con la coperta; la tiro su e me la infilo sotto il mento.

Non voglio stare in questa stanza. Perché non possono farlo senza di me? Jason non perderà la calma e non urlerà come Vincent, anche se è il suo burattino personale, la sua ombra. Jason ha sempre il pieno controllo di sé. Un controllo sadico.

Come previsto, scuote la testa in segno di diniego.

"Ora, a meno che non facciate altri commenti denigratori su mia sorella, nessuno di voi morirà stanotte. Quello che farete è andarvene. Non siete più i benvenuti in questa casa." Vincent inizia a protestare, ma John gli fa cenno di tacere e a voce bassa aggiunge: "Vi ucciderò tutti se non state zitti, porca miseria." Dalla sua bocca esce una nuvoletta di fumo, simile al respiro caldo in una giornata gelida. Io soffio un po', ma no, la stanza è calda. È la magia del fuoco di John, è lui che emana quel calore. "Avete trenta minuti per fare i bagagli. Prendete solo una borsa con l'essenziale, una sola borsa. I conti del branco sono congelati, quindi non preoccupatevi di prendere le vostre auto. Siete banditi dalla nostra società per crimini contro una mutaforma femmina di razza pura. Chi è d'accordo..."

I due membri del consiglio ora fanno un passo avanti. Erano stati così silenziosi che mi ero dimenticata di loro. Il che è stupido: non si dovrebbe mai ignorare il consiglio. Il più alto dei due uomini, un mutaforma gatto biondo dorato, annuisce. "In qualità di testimone del consiglio, sono d'accordo."

"In qualità di membro del consiglio, ritengo che la sentenza sia troppo clemente. Non mi opporrei a una condanna a morte. Ma poiché questa è la mia opinione personale, oggi sarò testimone e mi ritengo d'accordo," dice il più piccolo dei due; credo che sia un mutaforma orso. Fissa il branco con uno sguardo truce. John annuisce in segno di ringraziamento.

"Harry, resta qui. Beth, se vuoi valutare le tue opzioni, puoi farlo con me adesso. Non sei obbligata a restare con il tuo compagno. Dato che sei umana, ho le risorse per aiutarti. L'esilio significa una vita difficile, per la quale non sei preparata."

Beth annuisce leggermente. Ancora tra le braccia di Harry, dice a bassa voce: "Vinny ha continuato a mentirmi." Guardando il suo compagno, continua con calma: "Mi hai detto tante cose orribili su Forrest che non sono vere. Ora ho capito che non sono mai successe." Indica il pavimento dove si trovava Vincent. "Ho dovuto ascoltarti equiparare e banalizzare uno stupro a un po' di sesso violento." Beth scuote la testa, gli occhi color nocciola accusatori, pieni di delusione. "Che cosa ti prende, Vincent? Se fossi stata in quella situazione, ti saresti aspettato che mi sdraiassi e stessi zitta e buona come se fosse un dovere?" La sua voce si incrina e ricomincia a piangere. "Ho trascorso otto anni in questa casa e ho assistito alla tua crudeltà. Non ho mai fatto nulla, proprio nulla." Beth si punta il dito contro il petto. "Avrei potuto fare di più, avrei dovuto fare di più. La mia mancanza di azione è una responsabilità esclusivamente mia. Non mi perdonerò mai e non perdonerò mai te, Vincent. Posso?" chiede a John, indicando con un cenno del capo nella mia direzione. John fa un cenno con la mano, dandole il permesso. Beth si stacca dalle braccia di Harry, si gira e fa qualche piccolo passo verso di me. Ha gli occhi e il naso arrossati dal pianto. "Forrest, mi dispiace." Un'altra lacrima le scende lungo la guancia e le sue labbra tremano. Libero la mano da sotto la coperta e con il pollice e l'indice formo un segno di OK un po' tremolante. Beth emette una risatina singhiozzante. "Va bene," sussurra di rimando.

"Mi stai lasciando?" chiede Vincent incredulo, con il viso rosso per l'imbarazzo. Beth lo guarda e sbatte rapidamente le palpebre, poi indietreggia nervosamente. Una volta tornata tra le braccia di Harry, annuisce. "Incredibile." Ringhiando, Vincent si volta, con le spalle e le braccia tese. Le sue mani si chiudono a pugno. Se i segugi non fossero nella stanza, non ho dubbi che colpirebbe il muro o me, il suo sacco da boxe preferito. Posso sentire la sua rabbia, odorare la sua ira.

I miei occhi passano da Vincent a Beth con timore. Sono preoccupata per la sicurezza di Beth.

Eppure, da codarda quale sono, mi ritrovo ad affondare nella sedia nel tentativo di farmi sempre più piccola.

"Segugi, per favore, scortate questi mutaforma ribelli. Ascoltate bene: avete ancora ventisei minuti," dice John con tono sprezzante.

Vincent, con l'aiuto di un segugio che lo spinge da dietro, barcolla verso la porta. Una vena visibile gli pulsa sul collo e, mentre passa davanti alla mia sedia, il suo corpo si irrigidisce. Mi rannicchio sotto la soffice coperta; faccio del mio meglio per diventare invisibile. Vincent mi mostra i denti.

Tra un respiro e l'altro, ruggisce e mi si avventa contro.

Tutto rallenta...

Gemo di paura.

Le mie mani si aggrovigliano nella coperta. Non riesco a liberarle. Oh santo cielo, non riesco a liberarle in tempo, non riesco a proteggermi il viso. Mi rannicchio e serro gli occhi con forza.

Un liquido caldo mi schizza sul viso e sul collo.

Emetto un respiro tremolante. Il dolce profumo metallico del sangue mi riempie le narici.

Nessun dolore.

Apro lentamente gli occhi.

Sbatto le palpebre, le ciglia sono pesanti.

Il mio segugio tata è in piedi sopra di me; Vincent è in piedi sopra di me.

Ha un coltello conficcato nel collo e gli occhi spalancati. Ansima.

I miei occhi si allargano e i pensieri si confondono. Paralizzata, ascolto Vincent gorgogliare e soffocare; il suo respiro si trasforma in un sibilo.

Ansimando, fatico a riempire i polmoni d'aria.

John entra nel mio campo visivo. Si avvicina con disinvoltura a Vincent. Inclina la testa di lato e osserva la situazione.

Sorride.

Sono felice che quel sorriso da incubo non sia rivolto a me.

In sottofondo, sento vagamente Beth urlare, ma sono iperconcentrata sulla scena davanti a me. Non oso distogliere lo sguardo. È come se tutto intorno a noi fosse silenzioso, come se il mondo intero si fosse ridotto a una piccola bolla che ci racchiude.

John afferra il braccio di Vincent e sostiene il mutaforma sanguinante quando le sue gambe minacciano di cedere. "Non pensavi che ti avrei lasciato vivere, vero, Vincent?" sussurra John, con il sorriso sulle labbra; i suoi occhi brillano di un divertimento malato. Non riesco a respirare.

Il segugio tata lascia andare la lama. Rimango seduta immobile, non oso muovermi. Vederla conficcata nel collo di Vincent è macabro. Il sangue sgorga dalla ferita.

Il sangue di Vincent si raffredda sul mio viso e sulle mie labbra, gocciolando dalle mie ciglia.

"Volevo vederti perdere tutto. Vedere il riconoscimento del tuo totale fallimento. Prima di toglierti la tua miserabile vita." John fa scattare la lama; Vincent geme. "Che razza di mutaforma che si rispetti prova piacere nel fare del male alle bambine? Pensavi che ne saremmo rimasti impressionati?" Ride in modo sgradevole. "Grazie per avermi reso le cose facili." Un altro terribile rantolo esce dalla bocca di Vincent. Credo che stia soffocando nel suo stesso sangue. John gli lascia andare il braccio e lo afferra con violenza per la maglietta. Gli fa perdere l'equilibrio con un calcio alle gambe e il mio fratellastro cade in ginocchio. John si china per parlargli all'orecchio. "Guarda un po': stai morendo in ginocchio come un ribelle, mentre Forrest ti sovrasta come una regina." John gli solleva la testa afferrandolo per i capelli. Gli occhi marroni di Vincent sono vitrei e il sangue gli cola dalle labbra. Rabbrividisco.

John appoggia il ginocchio sul fianco di Vincent e,

lentamente, deliberatamente, gli estrae la lama dal collo. Quindi gli lascia andare la camicia e Vincent cade su un fianco con un tonfo. Tenta di scalciare ma non ci riesce: il suo respiro è affannoso.

Alla fine, il suo corpo si immobilizza al centro di una pozza di sangue sempre più grande.

Silenzio.

Fisso intontita il mostro morto ai miei piedi. La pozza con il suo sangue. Mi sembra inconcepibile che Vincent sia morto.

Ero così sicura che sarebbe stato lui a uccidermi.

Che cavolo è successo...

La bolla scoppia e tutti i rumori ambientali tornano a colpirmi contemporaneamente, troppo forti per i miei nervi: Beth sta piangendo, le sue urla sconvolte riempiono la stanza.

"Fantastico, mi toccherà preparare un sacco di scartoffie in più," mormora il segugio tata. Con un movimento del polso tira fuori un panno. Si china su di me e mi pulisce con disinvoltura il sangue dal viso. Lo guardo incredulo e lui mi fa l'occhiolino.

Jason, tenuto da due segugi, viene trascinato fuori dalla porta. Il terrificante mutaforma non emette alcun suono.

Harry, spostando nervosamente il peso da un piede all'altro, osserva John che scavalca il fratello morto, evitando la pozza di sangue che si sta allargando sul pavimento. John gli si avvicina e inizia a parlare. Sembra quasi che quanto è appena successo a Vincent sia solo un avvenimento banale, di tutti i giorni. Forse per John è così. Santo cielo, è spaventoso.

La voce di John rimbomba nella stanza. "Harry, anche

se sei stato bandito e classificato come un ribelle, sono sicuro che Forrest non vorrà vederti soffrire. Parleremo in privato di mia sorella che è stata imprigionata e affamata sotto i tuoi occhi." John mi dà le spalle, ma posso vedere il volto pallido e terrorizzato di Harry.

Se è colpevole, allora anche John lo è. Bastardo ipocrita. Non gli permetterò di fare del male a Harry. La codarda che è in me scompare ed emetto un ringhio. John mi lancia un'occhiata da sopra la spalla e io lo guardo con gli occhi socchiusi. Lui sorride beffardo, scuote la testa e si rivolge di nuovo a Harry. "Sono consapevole che hai solo ventiquattro anni. Ti permetterò di prendere le tue cose, compresa la tua auto. Hai tempo fino a domani per andartene." Harry, sollevato, chiude gli occhi e sospira; annuisce in segno di ringraziamento. Forse riuscirà a evitare mio fratello. John si allontana da lui con un gesto di apparente congedo e inizia a parlare con Beth.

Harry si avvicina a me trascinando i piedi; i suoi occhi scrutano la stanza. Ignorando il fratello morto, si accovaccia lentamente in modo da essere alla mia altezza. Il segugio tata gli rivolge un piccolo ringhio di avvertimento.

"Ciao, Forrest. Wow, hai i capelli rosa, è davvero figo. Non riesco a credere che ti sia trasformata di nuovo. Sono così orgoglioso di te. Non riesco nemmeno a credere che tu abbia davvero mirato ai gioielli di famiglia del demone..." Rabbrividisce. "Credo che tu sia riuscita a spaventare tutti i ragazzi nella stanza." Ridacchia, poi il sorriso svanisce dal suo volto mentre dice nervosamente: "Una volta che ti sarai rimessa in sesto... potremmo magari... ehm, non so, andare a prendere un caffè, una cioccolata calda o qualcosa del genere, chiacchierare un po'? Sei ancora la mia sorellina,

Forrest. Spero che tu lo sappia." Si strofina una mano sul viso e abbassa lo sguardo. "Non è più stato lo stesso dopo la morte di papà e Grace. Vincent è sempre stato difficile, e non direi che fosse una persona gentile, ma crescendo è stato buono con me..."

Harry sta soffrendo; mi chino in avanti e lo abbraccio stringendogli il collo. Quasi lo faccio cadere con la rapidità del movimento.

Oh, ma chi voglio prendere in giro... Non si muove di un millimetro. Sono così minuta. Annuisco e Harry si stacca da me. "Okay, beh... ehm... ci vediamo presto." Mi fa un sorriso triste e si affretta a uscire dalla stanza.

Capitolo Undici

L'ospedale per mutaforma è più simile a un boutique hotel a tema medico che a un ospedale umano come quelli che si vedono in televisione. Immagino che sia piuttosto raro che i mutaforma abbiano bisogno di cure mediche, ecco perché questo ospedale è così lussuoso. Se ci sono altri pazienti, non ne incontro. Ci siamo solo io e una manciata di specialisti che arrivano da tutto il mondo.

Vengo rapidamente passata da uno specialista all'altro, come in una specie di 'acchiapparella'.

Coincidenza vuole che non abbia mai visto nessuno di questi *specialisti* quando ero intrappolata nella mia forma di lupo. Dal lasciarmi abbandonata al mio destino, a tutti che si preoccupano della mia salute? Sì, è un po' sconcertante.

Ora sono un'esperta nel nascondermi dietro una maschera: la mia apparenza è tutta 'dolcezza e innocenza'. Si adatta perfettamente alla piccola umana dai capelli rosa che vedo allo specchio. Esteriormente sono piccola, debole e femmina, la sfavorita. Perché non usare questa supposizione a mio vantaggio? 'Innocenza'... La sopravvivenza me l'ha risucchiata via come la terra secca assorbe la pioggia. Ora recito la parte della vittima per evitare di esserlo davvero. Sono una sopravvissuta.

Da quando John mi ha lasciata qui, più di una settimana fa, non è tornato a trovarmi. Sicuramente è sotto pressione: deve salvare il mondo, che è molto più importante di sua sorella. Il suo compito è proteggere tutti gli altri; sarebbe egoista da parte mia pensare di meritare un trattamento diverso.

Almeno gli anni passati come lupa mi hanno insegnato una pazienza infinita, e al momento, per affrontare questo casino, ne ho bisogno in abbondanza. Tutta questa faccenda medica è una farsa. I medici non mi dicono nulla: la mia cartella clinica è di proprietà del consiglio dei mutaforma.

Tengo per me tutte le domande che ho: ciò che non sai non può nuocerti, giusto? La mia mente è tormentata dal bisogno di essere lasciata in pace e desidero ardentemente la normalità. L'unico motivo per cui resto e non scappo via è che il mio istinto primordiale mi urla di mettere da parte le mie paure, accettare aiuto, e usare questa situazione come un'opportunità per diventare più forte. È la cosa più intelligente da fare.

Nascondere la mia rabbia è una sfida, e impedire che traspaia l'amarezza è una lotta costante. Devo ingoiarla; mi fa stare male fisicamente.

Sono seduta su una sedia in una lussuosa sala visite.

Jodie, la mia infermiera, è accanto a me. È una strega di talento ed è riuscita a diventare mia amica. I suoi dolci occhi castani sono caldi e rassicuranti, e il suo bel viso è rilassato. Per dare il via alla nostra amicizia, Jodie mi ha passato di nascosto una pozione depilatoria. Mentre mi aiutava a fare la doccia, era rimasta inorridita dai miei peli sotto le ascelle. Ehm... Chi lo sapeva? Credo che se le avessi puntato un coltello contro avrebbe reagito meno di quanto abbia fatto per qualche pelo. Solo a ricordarlo mi fa sorridere. Jodie mi ha detto che ero pelosa come una gattina e mi ha prontamente istruita su tutto ciò che riguarda le *donne*, tutte nozioni che ho prontamente dimenticato; a essere sincera, l'intera lezione mi ha confusa non poco. Secondo Jodie, la pozione depilatoria è fantastica, un must-have perché funziona anche sui peli del viso. Non avevo idea che le donne avessero peli sul labbro e sul mento fino a quando Jodie non me lo ha spiegato nel dettaglio. E le mie sopracciglia sono belle, credo. Quindi, a meno che non prenda una contro pozione per annullare l'incantesimo, sarò per sempre libera dai peli *superflui*.

Jodie non è solo una strega e un'infermiera, è anche la mia logopedista. Praticamente un tre in uno, e finora una donna premurosa e di talento. Non so se posso fidarmi di lei, né so da che parte stia, ma mi affascina. Le streghe sono estremamente impressionanti e, da quello che ho capito, non sono delle combattenti. Ma considerata la loro capacità di creare la magia più incredibile, non ne hanno bisogno. Con Jodie e la sua congrega che mi intrattengono con diverse ingegnose pozioni, ho scoperto un nuovo amore per tutto ciò che ha a che fare con la magia delle streghe.

I capelli castani di Jodie sono acconciati in due eleganti

trecce alla francese su entrambi i lati della testa. I miei, invece, sono raccolti in una treccia bassa e morbida. Ho iniziato ad abituarmi dopo che Jodie ha fatto entrare di nascosto un parrucchiere umano per tagliarmi i capelli lunghi fino alle cosce e renderli più gestibili, portandoli a una lunghezza media sulla schiena. Il parrucchiere è impazzito per il colore rosa chiaro, lo ha adorato.

Il mio rosso naturale non ha dato segni di tornare, e non posso nemmeno cambiarlo: i mutaforma non si tingono i capelli. Potremmo farlo, immagino, ma penso che sia una totale perdita di tempo. Vedete, come parte della magia della trasformazione, il colore artificiale dei capelli scompare quando torniamo alla nostra forma umana, lo stesso vale per il trucco e persino per i tatuaggi. Tutto si rigenera attraverso il cambiamento, ecco perché i mutaforma vivono così a lungo.

Il camice rosa di Jodie fruscia mentre mi mostra un doppio pollice in su e la sua bocca piena si incurva in un sorriso smagliante. Arriccio il naso davanti alle sue buffonate e riporto la mia attenzione sul medico di questo pomeriggio, il dottor Gregory, che è un mutaforma gatto. Tablet in mano, legge i miei dati con uno sguardo inquietante. Il dottor G alza gli occhi dal dispositivo e mi sorride.

Non ricambio il sorriso. Anzi, lo squadro con diffidenza. Non voglio essere scortese con questo simpatico dottore, ma è specializzato in ginecologia dei mutaforma. Mormoro le parole 'dottore della vagina', seguite da un brivido che mi percorre tutto il corpo e un'espressione di disgusto. Il sorriso di Jodie si allarga. Stringo le mani davanti a me e mi sporgo leggermente in avanti sulla sedia, proteggendo la suddetta vagina.

Oggi tocca a lui palparmi e sondarmi. Evviva... ho una voglia matta di mandarlo al diavolo. Sono passati solo otto giorni e sono già esausta. Mi sento come se il mio corpo non fosse più mio. Sia in forma di lupo che in forma umana, appartengo a tutti tranne che a me stessa.

Metto da parte i miei sentimenti inutili, mi siedo e irrigidisco la colonna vertebrale, alzo il mento e cerco almeno di sembrare l'adulta che sto fingendo di essere. Con la coda dell'occhio vedo Jodie annuire in segno di approvazione. Lo prendo come una conferma che sto facendo la cosa giusta. Santo cielo, comportarsi come una persona normale ed equilibrata è più difficile di quanto pensassi. Non conosco le regole.

Ho deciso di emulare le persone che mi circondano nella speranza di sembrare almeno consapevole di ciò che sto facendo. Eppure, è tutto difficile da comprendere e non posso fare a meno di sentirmi come una bambina che si è svegliata da un brutto sogno e si è ritrovata quattordici anni dopo.

"Allora, Forrest," dice il dottor Gregory, appoggiando il suo tablet con un tonfo sul tavolino di vetro. Si sporge in avanti, appoggiando gli avambracci sulle gambe vestite di pantaloni gessati; non esita a scrutarmi. "Il consiglio è preoccupato che il tuo sistema riproduttivo possa essere stato compromesso dalla tua precedente situazione. Non possiamo presentarti potenziali compagni se non sei idonea." Oh, ecco qua... questo schifo non può essere etico. Lotto per mantenere il volto impassibile. L'angoscia che provo mi sale dal petto e minaccia di manifestarsi sul mio volto, di far cadere la mia maschera. "Questo pomeriggio discuteremo dei tuoi cicli di calore. Ricordi se hai avuto il tuo primo estro?"

Abbasso la testa così velocemente che il collo mi fa male e non riesco più a guardarlo negli occhi. So che è un medico, ma devo proprio parlarne? Non mi fido di lui e di certo non mi fido del consiglio. Mi stringo le braccia attorno al corpo.

Di solito, una mutante canide femmina ha il suo primo estro, o calore, dopo la prima trasformazione in animale, tra i diciotto e i venticinque anni. I mutanti non hanno il ciclo mestruale mensile come gli umani. Entriamo in estro due volte all'anno. L'estro può durare da due a quattro settimane, e solo durante quel periodo possiamo concepire. Una singola trasformazione in forma animale dopo il ciclo di calore, e il materiale inutilizzato dal rivestimento uterino scompare. La magia sostituisce le cellule in modo che il corpo non debba farlo, per questo le mutanti femmine non hanno il ciclo mestruale, a meno che per qualche motivo non siano in grado di trasformarsi.

Deglutisco la bile acida che mi riempie la bocca. Mi agito sulla sedia e infilo le mani sotto le cosce per impedire loro di tremare. Faccio fatica a mantenere il respiro regolare; accidenti, sento il bisogno di trasformarmi in lupa. Forza, posso rispondere a una semplice domanda.

Mi sono trasformata in anticipo e ho avuto il mio primo calore prematuramente.

Diglielo.

Faccio un respiro profondo e instabile. Il detergente al limone che usano sul pavimento mi fa prudere il naso. L'orologio sulla parete ticchetta, ogni secondo più forte del precedente. Mi dondolo leggermente in avanti e indietro mentre cerco di formulare le parole. Mi sto comportando come una stramba eccessivamente drammatica.

Mi schiarisco la gola e lentamente, come se mi fossi esercitata, dico: "A... circa... dieci anni." La mia voce roca stride. Deglutisco. Ho la bocca oramai arida.

Bloccata nella mia forma di lupo, ho dovuto sopportare cinque cicli traumatici di calore e il sanguinamento successivo, poiché non potevo trasformarmi. Quando sono cessati, è stata una benedizione e un sollievo. Immagino che il mio corpo fosse troppo malridotto, troppo debilitato dalla malnutrizione. Deglutisco il nodo che ho in gola e tengo gli occhi bassi.

Le mie labbra tremano e, per fermarle, le fermo con i denti.

Un ricordo mi tormenta ai margini della coscienza. Deve essere brutto, lo capisco dal modo in cui mi diventa più difficile respirare. Lo rinchiudo nella sua scatola insieme a tutti gli altri.

Il dottor G sta parlando, ma non riesco a sentirlo a causa del mio cuore che batte all'impazzata. Muovo le mani e afferro il bordo della sedia; la pelle è liscia sotto i miei palmi sudati. Mi tengo ferma. Devo smettere di dondolarmi.

Il nodo alla gola ora mi blocca le vie respiratorie e non riesco più a respirare a fondo.

Che diavolo mi sta succedendo?

Un rumore proveniente dall'esterno mi spaventa e il ricordo mi colpisce come un pugno in faccia. Immagini lampeggianti inondano i miei sensi e mi ritrovo nella gabbia:

Sto morendo? Un dolore lancinante. Gocce di sangue a forma di stella cadono sul cemento.

"Sei un cane sporco e disgustoso!" *L'acqua fredda del tubo giallo mi schizza tra le zampe posteriori.*

Fa freddo, così freddo. Voglio la mia mamma.

Il sangue si mescola all'acqua, vorticosamente giù per lo scarico.

No. No. No.

La vergogna sepolta da tempo mi stringe la gola. Ritorno in me e qualcosa mi preme contro la spina dorsale. Mi ci vogliono alcuni secondi per riprendere coscienza e capire che sono incastrata tra il lettino da visita in pelle nera e il muro. Sono rannicchiata sotto la struttura e mi stringo le ginocchia al petto. *Non riesco a respirare. Non riesco a respirare.* Dietro i miei occhi compaiono delle macchie nere. Sbatto rapidamente le palpebre, cercando di schiarirmi la vista.

Poi lui è lì, un grande lupo nero.

Il lettino da visita trema sopra di me mentre lui si avvicina strisciando sul ventre. Guaisce tristemente, con i suoi occhi grigi caldi e profondi pieni di preoccupazione: il segugio tata. Affondo le mani nel suo pelo e appoggio la fronte contro la sua.

Che cosa ho fatto? Cosa ho combinato?

Segugio tata espira e i capelli appiccicati alla mia fronte sudata svolazzano. Lo fa di nuovo; inspira ed espira, e io mi costringo a respirare insieme a lui. Inspiro ed espiro.

Sto bene, sto bene.

Quando il mio battito cardiaco si è stabilizzato e non tremo più, il segugio si sposta all'indietro. Afferra il mio maglione con i denti e mi tira fuori con sé.

Beh, che imbarazzo.

Vergognandomi, alzo lo sguardo verso il medico e l'infermiera shoccati. La mia sedia si è ribaltata, ma per il resto la stanza sembra la stessa.

Le lacrime brillano negli occhi castani di Jodie e una ruga preoccupata le è apparsa tra le sopracciglia. Sussurro le parole *mi dispiace*.

Jodie si sistema il camice. Arriccia il naso e mi guarda accigliata. "Non ti ho sentito. Devi riprovare come abbiamo fatto durante le prove." Alzo gli occhi al cielo, sentendomi già meglio grazie al ritorno alla nostra routine abituale.

"Mi dispiace," dico con voce roca, obbediente. Jodie mi rivolge un sorriso radioso, si inginocchia e mi stringe in un abbraccio confortante.

"Un passo alla volta," mi sussurra, stringendomi forte.

Dopo una tazza di tè, riesco a dare al dottor Gregory, esitante e distratto, le informazioni di cui ha bisogno. Conclude la visita senza farmi un esame fisico. Questa decisione è dovuta principalmente al segugio infernale arrabbiato che si rifiuta di lasciarmi. Il mio segugio tata, il cui nome ho finalmente scoperto essere Owen, è davvero il mio eroe.

Il dottore, a disagio, ha anche lasciato intendere che non dovrebbero esserci problemi con la mia capacità di avere figli; il mio aumento di peso dovrebbe far ripartire il ciclo mestruale e risolvere qualsiasi problema di fertilità. Evviva, il consiglio sarà contento... alzo gli occhi al cielo.

Capitolo Dodici

Sono seduta a gambe incrociate sul letto della mia cella. Una stanza d'ospedale. Grazie alla mia nuova dieta, ho messo su abbastanza peso da non sentire più dolore quando mi muovo, specialmente nelle parti più appuntite come ginocchia, gomiti e sedere. Con più carne sulle ossa, queste non scricchiolano e non mi fanno più male, e non sembro una versione femminile di Skeletor. Ho ancora un aspetto infantile, ma ho speranza. La mia forza è migliorata rapidamente e colgo ogni occasione non solo per alzarmi e camminare, ma anche per fare stretching e diventare più flessibile.

Il mio corpo si sta adattando e tutto mi sembra meno estraneo. Non mi sono ancora abituata al fatto di non avere il pelo. Ho sempre freddo, ma tutto sommato fisicamente sto bene.

Tranne che per la voce. Parlare è più complicato del

previsto. All'inizio i medici erano perplessi sul motivo per cui non riuscivo a parlare. Sono stati fatti molti esami e, sebbene le mie corde vocali siano danneggiate, praticamente distrutte, non spiega la mia riluttanza a parlare. Il problema è stato attribuito a un disturbo mentale. Trauma emotivo. In tutti quegli anni trascorsi rinchiusa nella mia testa con la mia voce interiore che urlava, avrei dato qualsiasi cosa per poter parlare. Ora, usare la mia voce mi sembra sconcertante. Sentirla è strano ed evito di parlare ad alta voce. Non sono abituata a esprimermi vocalmente con gli estranei. Come un giocattolo a molla, mi costringo a parlare quando necessario. Altrimenti non uscirò mai da qui.

Questo pomeriggio i medici, cioè il consiglio, vogliono che lavori sulla mia trasformazione; vogliono che torni alla mia forma di lupa.

Me la sto facendo sotto.

Ho paura di non riuscire a tornare indietro o, peggio ancora, di rimanere bloccata nella mia forma di lupa. La paura è viva dentro di me, mi sta divorando. Non importa cosa dicano i dottori, non mi sento rassicurata, ma sono consapevole che devo farlo.

Devo tirare fuori la lupa e il coraggio che è in me.

Di certo non aspetterò che un gruppo di medici fissi il mio corpo nudo, aggiungendo ulteriore pressione a una situazione già stressante. Ho deciso di trasformarmi da sola, nella mia stanza.

Lo so, lo so, sono pazza.

Dovrei aspettare o almeno chiedere aiuto a Owen. Ma l'attesa mi sta facendo impazzire e ho bisogno di farla finita con questa storia. Espiro nervosamente, mi inumidisco le labbra, salto giù dal letto e raddrizzo le spalle. Mi guardo intorno a disagio e mi tolgo i vestiti. Non so, forse, dovrei mettermi a quattro zampe, ma stare qui in piedi mi sembra giusto.

Faccio un respiro profondo.

Chiudo gli occhi e penso alla mia lupa, al mio pelo e alle mie zampe. Comincio a sentire un formicolio in tutto il corpo. Accolgo la sensazione. È sorprendentemente rinvigorente e, tra un respiro e l'altro, mi ritrovo nella mia forma di lupa.

Mi sento come se fossi tornata a casa.

Mi stiracchio un po'. *Oh santo cielo, ma guarda un po'!* Muovo il sedere incredula e la mia coda si muove di conseguenza. *Wow, guarda!* Mi meraviglio delle mie zampe posteriori, un tempo zoppe, che ora sono forti e sicure sotto di me. *Nessun dolore!* Apro il muso e la mia lingua penzola in un sorriso felice. Mi giro su me stessa in un cerchio stretto e guardo a bocca aperta le mie zampe forti. Mi lascio cadere sul pavimento, sbalordita. Mi giro sulla schiena e muovo le zampe nell'aria.

Wow. La magia mi ha guarito... Cavolo, mi ha davvero guarito! Sapevo che avrebbe funzionato, ma dovevo vedere per credere e ora mi sento sbalordita, sopraffatta e stordita.

In fondo alla mia mente, penso che sarebbe meglio tornare indietro, altrimenti rischierei di rimanere così. Diamine, sarebbe molto più facile rimanere in forma di lupa. Semplice. A meno che non mi rinchiudano in un'altra gabbia. Rabbrividisco con tutto il corpo. Anche solo pensarci mi spaventa a morte. Non posso sfidare il destino. Mi alzo in piedi di scatto.

Sospirando, chiudo di nuovo gli occhi e immagino la

mia forma umana. Penso alle mie mani e ai piedi pallidi e, sorprendentemente, ai miei capelli rosa.

Che sollievo provo quando mi ritrovo sui miei due piedi umani! Sorrido e alzo il pugno. Ce l'ho fatta! Ce l'ho fatta! Sono una vera mutaforma. Scoppio subito in lacrime.

È così che mi trova il mio segugio tata: nuda, con il naso che cola.

"Forrest, stai bene? Hai... ti sei trasformata?" Le mie labbra tremano e annuisco. "Sono lacrime di gioia?" Scuoto la testa in modo strano, annuendo e scuotendo la testa allo stesso tempo. Diamine, non ne sono sicura. "Non avresti dovuto farlo da sola... Vuoi un po' di torta?"

"Che cosa c'è che non va?" dice Jodie entrando nella stanza. Aggira Owen e mi squadra dalla testa ai piedi. Io me ne sto lì, rannicchiata e singhiozzante. Non mi preoccupo di coprirmi.

"Forrest si è trasformata in lupa e si sente..."

"Perché è nuda?"

"I mutaforma si trasformano nudi. I vestiti non si trasformano."

"Oh, ho una pozione per quello." Jodie si sfrega le mani con un sorriso.

Un'ora dopo sono nella sala da pranzo, seduta a un tavolo in un angolo, con le spalle al muro. Sono vicina alla finestra che si affaccia sul giardino interno. Quando sono arrivata, mi hanno gentilmente sistemata in una camera da letto al piano terra con accesso al cortile.

Le doppie porte della cucina si aprono e Karen, una nutrizionista bionda e magra, attraversa la stanza trascinando i piedi. Mi rivolge un sorriso nervoso tenendo in mano un piatto di pollo, piselli e purè di patate stringendolo fino a farsi sbiancare le nocche.

Mormoro in segno di approvazione: c'è il sugo.

Karen è stata assunta per occuparsi delle mie esigenze alimentari. La povera signora è così spaventata da me che il suo disagio aleggia intorno a lei, riempiendomi il naso e facendomi venire voglia di starnutire. Mi agito sulla sedia e provo a sorridere in modo rassicurante. Gli occhi dell'umana si dilatano e diventano rotondi. La sua paura inonda i miei sensi.

Mi accascio sulla sedia, faccio il broncio e guardo il tavolo mentre tutto il corpo di Karen inizia a tremare; un pisello rotola dal piatto sul pavimento. Arriccio il naso guardando il pisello e salutandolo tristemente. A loro non piace se mangio dal pavimento. Quindi il povero pisello deve rimanere dove è caduto.

Karen mi mette il piatto davanti con un tonfo e si allontana rapidamente. "Okay, F-Forrest, cerca di mangiare il più possibile." Mormoro un grazie alla povera Karen tremante.

Sorrido di nuovo, questa volta al piatto. Mi esercito con il pollo e cerco di mostrare meno denti. Tutto in questo momento è pratica. Dovrò aggiungere i miei sorrisi alla lista infinita e forse esercitarmi allo specchio.

Prendo goffamente le posate. Faccio ancora fatica a tenere in mano la forchetta; le mie mani saranno inutili per un po'. Cerco di ruotarla e faccio una smorfia. Stringo il pugno e lo conficco nel pollo, infilzandolo efficacemente.

L'umana squittisce e scappa fuori dalla stanza. Curvo le spalle e mi rannicchio.

Porca miseria, perché l'ho fatto?

Owen, che è seduto in silenzio di fronte a me, emette un grugnito. Lo guardo di sottecchi. Ha gli occhi rugosi agli angoli e le labbra tremanti: sta trattenendo una risata. Faccio una smorfia nella direzione in cui è scappata Karen. Non volevo spaventarla.

Lui annuisce guardando il mio piatto. "Non preoccuparti, mangia." Non c'è bisogno di ripetermelo due volte. Almeno sto cercando di usare la forchetta. Sarebbe molto più veloce e facile usare le mani, ma anche questo non è permesso.

Alzo il pollo infilzato e da quanto è vicino, quasi incrocio gli occhi mentre lo guardo, finché non mi infilo l'intero pezzo in bocca. Ne prendo un altro boccone.

I peli sulla nuca mi si rizzano.

La stanza è stranamente silenziosa, così alzo lo sguardo: le poche persone presenti mi stanno fissando. Cosa stanno guardando?

Tiro il piatto verso di me mentre mastico.

Owen emette un piccolo colpo di tosse. "Forrest." Incontro il suo sguardo; mi sta guardando accigliato. Devo aver fatto di nuovo qualcosa di sbagliato: quando fa quella faccia, è un chiaro segnale.

Ops, sto ringhiando. Mi fermo, espiro rumorosamente. I miei occhi si muovono rapidamente, controllando che nessuno stia guardando il mio cibo. "Non preoccuparti, ci penso io, nessuno ti porterà via il pranzo." Annuisco in segno di ringraziamento, fidandomi di lui, e continuo a mangiare. Un felice mormorio sostituisce il mio ringhio.

Con la mia tecnica di infilzata, finisco di mangiare in pochi minuti. Non è elegante, ma è efficace.

Owen si alza da tavola. Quando torna dalla cucina, succede una cosa fantastica: il mio piatto vuoto è stato sostituito da una fetta di torta al cioccolato.

Torta al cioccolato! Sorrido raggiante a Owen.

Giuro che sento gli angeli cantare; questa torta è paradisiaca e sono sicura che abbia un alone luminoso tutto intorno. Ne assaggio un pezzo. I miei occhi si rovesciano all'indietro.

Da questo momento decido che la torta al cioccolato, Owen e io siamo migliori amici.

Capitolo Tredici

Il pugno massiccio mi colpisce direttamente in faccia. Il sangue mi riempie la bocca e io ringhio: "Non ci stai nemmeno provando," brontola Owen, quel bastardo, con gli occhi socchiusi e il sudore che gli gocciola dalla fronte.

"Ci sto provando eccome!" Gli mostro i denti insanguinati e lui ridacchia.

"Di nuovo. Questa volta para il colpo!" Mi attacca di nuovo, fingendo un pugno a sinistra. Lo intercetto e blocco il suo colpo a destra. Ma non riesco a parare la sua mano sinistra, che mi colpisce allo stomaco. Emetto un gemito di dolore e un respiro affannoso.

Owen si allontana e mi gira intorno. È molto agile per essere così grosso. "Dai, combattere dovrebbe venirti naturale. Sei una mutaforma. Bloccami, colpiscimi. Stai combattendo come un'umana."

Ringhio. Mi allontano rapidamente mentre lui si lancia verso di me e lo colpisco alla mascella con il pugno chiuso, finalmente riuscendo a intercettarlo. La mia mano scricchiola. Owen barcolla all'indietro e, per un attimo, mi concedo un moto d'orgoglio. L'ho colpito in faccia. Evviva.

La mia mano destra fasciata pulsa; credo di essermi rotta le nocche al contatto col suo viso. Accidenti, avrei dovuto prenderlo con il palmo della mano.

Owen mi colpisce di nuovo. "Smettila di montarti la testa: un colpo solo non basta per vincere un combattimento." Mi guarda con gli occhi socchiusi; la sua voce è carica di frustrazione. "Dove sono le combinazioni che abbiamo provato? La parte più forte del tuo corpo sono le gambe, dove sono i calci? Dai, Forrest, puoi fare di meglio." Owen mi dà un colpetto sulla spalla con il pugno sinistro; mi preparo a non cadere. "Oggi, con me, è facile. Non sarà sempre così. La nostra vita non è tutta rose e fiori. Anche durante l'allenamento, devi combattere con tutte le tue forze." Ci riproviamo.

Barcollo leggermente sui piedi. Cavoli, sono stanca. Ma mi costringo a concentrarmi. Guardo i suoi occhi e aspetto un indizio su cosa farà Owen dopo. Blocco il suo pugno sinistro e poi quello destro, che sta puntando di nuovo al mio stomaco. Owen cerca di farmi uno sgambetto, e io salto via. Lo colpisco in faccia con la mano sinistra e, mentre lui blocca quel colpo, gliene sferro un altro a mano aperta alla gola. Lui li blocca entrambi. Però non vede arrivare il mio stinco sinistro che lo colpisce di lato, facendolo sbandare. Segue una gomitata alla tempia. Owen cade in ginocchio.

Sorrido. Il grosso pugno di Owen mi colpisce al petto e mi ritrovo distesa sul tappeto, incapace di respirare.

Guardo il soffitto con gli occhi sbarrati, ansimando. Mi ci vogliono alcuni minuti per riuscire a respirare a fondo. Owen è seduto accanto a me. Alzo gli occhi al cielo e lo guardo. La sua pelle scura è lucida e lui sembra completamente imperturbabile. Io, invece, non sono affatto lucida e sono sicura di avere l'aspetto che mi immagino: un disastro disgustoso e sudato.

"Meglio," dice con gli occhi che brillano. "Devi trasformarti per curare quella mano." Annuisce verso la mia mano destra, che si è gonfiata. Grugnisco in segno di assenso. "Ci vediamo più tardi... Serata cinema stasera?" Non riesco a muovere la testa per annuire; muovo il dito in segno di conferma. "Ottimo, voglio presentarti *Iron Man*," dice Owen voltandosi per andarsene. Chiudo gli occhi. Mi fanno male persino i capelli. Nonostante questo, oggi penso di aver fatto progressi.

Sono passate tre settimane da quando, finalmente, sono uscita dall'ospedale degli orrori e ora vivo con i segugi infernali in un condominio di proprietà di John. Un tempo era un hotel sul lungomare, ma quando è caduto in rovina alcuni anni fa, John lo ha acquistato e lo ha ristrutturato.

Ora dispone di sedici appartamenti indipendenti. C'è anche una palestra moderna con piscina. È un edificio incantevole. Io ho uno degli appartamenti nell'attico con un fantastico giardino privato sul tetto.

L'edificio è alto, quindi il giardino non è visibile dall'esterno; è perfetto e offre una vista fantastica sul mare da un lato e sulla città e sul parco divertimenti sull'oceano dall'altro. Quel lato è incredibilmente trafficato.

Mi piace starmene seduta fuori a guardare il mondo che passa, ascoltando le urla eccitate provenienti dal parco divertimenti che fanno da sottofondo rilassante. È la conferma che al di fuori delle mura della mia nuova prigione esiste la vita.

L'edificio è magicamente protetto; una barriera impedisce l'ingresso a persone indesiderate o con cattive intenzioni. La magia allontana le persone e può persino renderle incoscienti. Se si guarda in alto, si riesce a vedere l'oro scintillante della protezione come una cupola che circonda l'intera struttura. È bellissima.

Se ci pensate, chi mai, sano di mente, vorrebbe attaccare un posto dove vivono i segugi infernali? Bisognerebbe essere completamente pazzi e avere una sorta di desiderio di morte. Sono nel posto più sicuro che si possa immaginare.

Il modo migliore per descrivere il mio appartamento è 'moderno e insipido'. Trascorro la maggior parte del tempo sul tetto, a dare fastidio a Owen, o come adesso, sudata e sporca sul pavimento della palestra.

Questo pomeriggio ho deciso che, mentre Owen è fuori a fare quello che gli pare e non mi controlla, io me la svignerò.

Voglio fare qualcosa da sola, uscire e comprare dei vestiti. Tutto quello che John mi ha gentilmente comprato è un po' pacchiano. Sono sicura che qualche personal shopper di un grande magazzino si è divertito un mondo a scegliere tutti quei bei vestiti. Non che non sia grata per tutto quello che ha fatto, anzi. È stato molto premuroso nel procurarmi dei vestiti eleganti. Ma non riesco a liberarmi dal desiderio di fare shopping da sola e trovare il mio stile.

Probabilmente in futuro ordinerò qualcosa online, una volta che avrò ripreso confidenza con la tecnologia. Mi servono solo poche cose, perché voglio aspettare che il mio peso si stabilizzi. Sono ancora sottopeso, ma non più scheletrica. Morbide curve hanno preso il posto di pelle e ossa, riempiendo il mio corpo un tempo scheletrico. Alcune parti di me quasi oscillano! Sembro una donna invece che una bambina. Delicata e ultra-femminile, l'esterno stride con la persona che sono dentro, e il mio aspetto è in netto contrasto con quello che immaginavo di avere, senza traccia della mutante statuaria che sognavo di essere.

Almeno le mie braccia magre sono leggermente più sode e sto sviluppando dei bei muscoli definiti.

Voglio anche girare per la città senza i miei compagni a scortarmi. Il desiderio di esplorare: scoprire se c'è qualcosa di più nel mondo di quello che ho sperimentato finora. Voglio la libertà di scegliere.

Ho passato quattordici anni non solo prigioniera del mio branco, ma anche prigioniera della mia lupa. Ho molte cose che voglio fare e molto tempo da recuperare; la mia vita non includerà nascondermi dietro le guardie del corpo o aderire ai dettami del consiglio. Se non cerco di ottenere una parvenza di libertà in qualche forma, ho paura che non imparerò mai a vivere. È facile permettere agli altri di dettare le regole della mia vita. Ma come posso crescere se i miei sogni non affondano le radici nella realtà? Come posso crescere se non vivo esperienze umane e non commetto errori?

Il rischio per la mia sicurezza personale è basso, credo.

Il mio segugio tata mi farà comunque la predica quando scoprirà che ho lasciato l'edificio da sola. Ma a mia discolpa, non mi sono dedicata solo a camminare e parlare; ho passato le ultime settimane ad allenarmi, combattendo con Owen e gli altri segugi infernali, cosa che mi ha aiutato enormemente a migliorare la coordinazione e la forma fisica. Forse non sono ancora così brava, né al livello in cui ero da bambina. Ma so cavarmela. Mia madre ha insistito affinché imparassi le tecniche di combattimento, quindi dall'età di tre anni ho appreso le arti marziali umane Krav Maga, Muay Thai e lo stile demoniaco *Fbeed znvrhnjv*.

Owen sa che non sono una persona facile da intimidire e che non sono certo una principessina mutaforma che si spezza un'unghia e scoppia a piangere. Diamine, è da settimane che mi prende a pugni in faccia e mi scaraventa in giro per la palestra. Sono una tipa tosta. Quindi me la svigno.

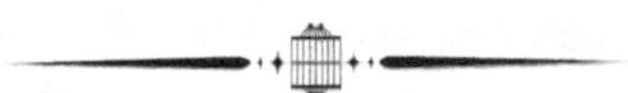

Ho FINITO di fare shopping e, anche se non ho comprato molto, sono veramente soddisfatta per aver fatto acquisti per me stessa. Immagino sia una pietra miliare. Mi allontano dalla zona commerciale principale e mi addentro in una stradina secondaria. Lascio che le borse della spesa oscillino e rimbalzino sulla mia gamba mentre cammino. I miei occhi si posano su ogni novità e il mio sangue ribolle di eccitazione.

Mi fermo di colpo. Alcune creature brontolano aggirandomi per evitare il mio corpo immobile... Ops, ho quasi causato un tamponamento sul marciapiede affollato. Il mio cervello non ha alcuna speranza di trovare delle scuse, perché tutta la mia attenzione è concentrata sulla gloriosa vista davanti a me. La mia bocca si riempie di acquolina e il mio viso sbatte contro la vetrina, che cigola mentre le mie narici si schiacciano contro il vetro. Sento quasi un coro angelico in sottofondo. Santo cielo, quante torte! Torte fatte in casa.

Il campanello sopra la porta tintinna mentre entro barcollando. *Mmh, torte.* Le mie narici si dilatano per il profumo di zucchero, cioccolato e caffè. Ho trovato un gioiellino di caffetteria: è fantastica, piccola e stravagante.

I miei occhi passano da una torta all'altra, poi tornano indietro. Mi sento stordita e sopraffatta dall'ampia scelta.

Faccio un respiro profondo, che francamente non mi aiuta.

Potrei avere un problema con le torte.

Deglutisco e mi allontano lentamente dalla vetrina.

Accanto al bancone delle torte c'è un menu colorato scritto a mano con il gesso, e accanto a esso c'è una lavagna con la scritta 'Cibo in sospeso'. Che cos'è il 'cibo in sospeso'? Mi avvicino alla lavagna. Spero che leggere mi distragga dal dare in escandescenze per le torte. Rischio seriamente di avventarmi sul bancone.

Il cartello sulla lavagna recita: *Se qualcuno (animale o essere umano) non può permettersi di mangiare o bere, può scegliere uno o più prodotti che qualcuno ha gentilmente acquistato in anticipo.*

Passo le dita sulle parole con riverenza e il mio cuore salta un battito: mi fa riflettere. Espiro e le ricevute bianche attaccate alla lavagna svolazzano nella leggera brezza.

Caspita, è davvero bellissimo.

So cosa significa soffrire la fame; la mia situazione è cambiata, ma tante persone non sono così fortunate. Questo concetto è bello, gentile e premuroso; mi dà la speranza che non ci sia solo il male nel mondo. Che esista anche la gentilezza.

Dopo aver ordinato, indico silenziosamente il tabellone delle ordinazioni in sospeso e consegno una mazzetta di contanti che mi era rimasta dallo shopping. La signora alla cassa mi guarda stupita, sbattendo le palpebre più volte, e i suoi occhi blu si riempiono di lacrime. Le rivolgo un timido sorriso, prendo il mio ordine e mi allontano barcollando, con le guance senza dubbio arrossate per l'imbarazzo.

Mi destreggio con le borse della spesa e cerco con lo sguardo un posto dove sedermi. Ci sono una decina di tavolini sparsi qua e là con sedie colorate e non abbinate. Individuo una sedia comoda posizionata in modo che la mia schiena sia contro il muro. Non solo vedrò tutto il caffè e la porta, ma dovrei anche riuscire a vedere metà della strada. Emetto un mormorio. È una posizione perfetta per osservare la gente. Con un sorrisetto divertito, mi chiedo se qualcun altro lascerà un'impronta del naso alla finestra mentre sono qui.

Mi accomodo sulla sedia con un sospiro soddisfatto, il rumore dei piatti e il tintinnio dei cucchiai fanno da sottofondo. Sorseggio la mia cioccolata calda e sgranocchio una fantastica fetta di torta al cioccolato. Okay, sto infilando grandi bocconi di torta in bocca. Ma faccio finta di mangiare come una signora, anche se devo ricordarmi di masticare. È una delizia al cioccolato appiccicosa. Non passerò mai più un altro giorno senza una fetta di torta al cioccolato, se potrò evitarlo, gnam gnam.

Le pareti del negozio sono rivestite per metà con pannelli di legno dipinti di verde pallido. Su un lato della stanza c'è un'intera parete piena di libri. Le mie dita non vedono l'ora di sfiorarne i dorsi. Alzo lo sguardo per osservare il soffitto, dove il ramo di un albero in fiore rosa si estende con delle lucine appese. Adoro questo tocco di colore unico e brillante. Questo posto è fantastico.

La vita moderna è affascinante; gli umani intorno a me sono concentrati sui loro telefoni. Anche quelli seduti con altri umani fissano e toccano i loro cellulari, mormorando occasionalmente tra loro senza distogliere lo sguardo dai dispositivi. Le persone non interagiscono più tra loro; è uno sviluppo davvero strano. Cavolo, immagino di sembrare una pazza seduta qui, a fissare tutti, senza un telefono in mano.

Sono sicura che i predatori siano ben nutriti.

Scommetto che cacciare gli esseri umani non sia mai stato così facile. Non che io sostenga la caccia agli esseri umani! Quelli puri sono una specie in via di estinzione. Gli esseri umani di razza mista sono molto più comuni. Al giorno d'oggi è raro trovare un essere umano senza una goccia di DNA di qualche creatura. In termini evolutivi, ha senso che si riproducano per diventare più forti, più sani e per assicurarsi una vita più lunga.

Secondo Owen, ogni anno migliaia di esseri umani chiedono di essere trasformati in vampiri; al giorno d'oggi tutti vogliono diventare vampiri. Invece non credo che molti di loro vogliano diventare mutaforma: il tasso di conversione è basso e solo una piccola percentuale di maschi sopravvive.

Ho un cellulare fornito dal consiglio, che è spento e riposto in un cassetto delle cianfrusaglie. Non ho alcuna intenzione di fornire informazioni al consiglio o di portare con me quell'aggeggio per essere rintracciata. Oggi ho comprato un telefono tutto mio per entrare nel mondo moderno.

Non sono l'unica a osservare la gente; c'è un giovane

mutaforma lupo seduto a pochi tavoli da me. Sembra altrettanto affascinato e non smette di fissarmi. Lo guardo e alzo un sopracciglio come per dire: "Che cosa stai guardando?" Ho visto qualcuno farlo in un film e ho pensato che fosse forte, quindi mi sono esercitata. Lui interpreta il mio alzare le sopracciglia come un invito e si alza; la sua sedia striscia sul pavimento. Il mio battito cardiaco aumenta: cavolo, non voglio parlare con lui! Mi strofino freneticamente la bocca per assicurarmi di non avere tracce di torta sul viso. Lui mi passa accanto con aria spavalda, si dirige verso la porta e se ne va. *Oh.* Sbuffo di sollievo, anche se non volevo spaventarlo. Sono contenta che non mi abbia approcciata.

Prendo il menu di carta dal tavolo e lo studio, canticchiando. Valuto l'idea di comprare un'altra fetta e mi chiedo se posso acquistare una torta intera da portare a casa.

Il campanello sopra la porta tintinna. Alzo lo sguardo e mi blocco.

Rimango a bocca aperta. "H-Harry," balbetto incredula.

Capitolo Quattordici

"Come va, piccoletta?" Harry si avvicina al mio tavolo con un sorriso fisso sulle labbra che però non raggiunge del tutto i suoi occhi blu. "Posso sedermi? Vuoi qualcosa?" Annuisce, indicando sia la sedia vuota che il mio piatto pulito. Senza parole, annuisco rapidamente con la testa. Non riesco a credere che sia qui... Wow, è quasi surreale. I miei occhi sembrano voler uscire dalle orbite mentre sfoglio obbediente il menu. Mi dondolo sulla sedia e gli sorrido goffamente. Come ha fatto a trovarmi?

"Allora sei finalmente uscita dall'ospedale." Harry torna con un'altra fetta di torta per me e un caffè per sé. Il piatto tintinna quando tocca il tavolo e Harry si lascia cadere sulla sedia di fronte al mio posto. Incrocia le braccia sul petto e allarga le gambe fasciate da jeans strappati. È una posa da vero aspirante alfa. Faccio fatica a trattenermi dal ridacchiare, ma non voglio essere scortese: è adorabile. La sua gamba sinistra dondola leggermente.

"Tutti stanno impazzendo per sapere di *te*, la *nuova* mutaforma." Harry tira su col naso e se lo strofina con il dorso della mano. Arriccio il naso e ingoio il pezzo di torta che ho in bocca. Una nuova mutaforma? Ehi, pensano forse che sia apparsa dall'oggi al domani già adulta? La gamba sinistra di Harry continua a dondolare. "Non sei molto loquace, vero? Sì, ho sentito anche quello. Sei... sei sola? Non posso credere che tu sia in città da sola. Dove sono le tue guardie del corpo?" Si guarda intorno come se stessero per saltargli addosso e attaccarlo. Apro le labbra per rispondere, ma con mia grande frustrazione la gola mi si blocca. "Ho sentito che hai dei segugi infernali che ti sorvegliano, è vero?" Annuisco e bevo un sorso di cioccolata calda. Spero che il liquido caldo convinca le mie corde vocali a funzionare. "Trascorrere del tempo con tutti quei segugi infernali deve essere divertente, eh?" Harry agita le sopracciglia.

Che schifo. Perché Harry ha detto una cosa del genere? Non è una conversazione che voglio avere con lui, è mio fratello. Rabbrividisco. Scuoto vigorosamente la testa e, se potessi, rovescerei gli occhi all'indietro fino a farli sparire senza lasciare traccia. Forse rimarrebbero persino bloccati lì dietro. Non sono cieca, ho notato tutti quei bellissimi e muscolosi segugi infernali. Ma sono gli uomini di John e mi trattano con la massima cortesia e professionalità. Le parole di Harry sono irrispettose. Adoro Owen, è la mia roccia, ma il pensiero di provare dei sentimenti romantici per lui, per chiunque in questo momento, specialmente per i segugi infernali, sarebbe sbagliato.

Non sono pronta per avere una relazione romantica,

cavolo, sto a malapena cercando di adattarmi al mondo confuso che mi circonda. Nella mia testa, mi sento come se potessi avere cento... cavolo, mille anni. Ma in questo corpo, come essere umano, mi sento sopraffatta e completamente persa.

"Sono sicuro che il consiglio abbia scelto un compagno per te. Io ero stato scelto per Liz..." Gli occhi di Harry si illuminano e lui gonfia il petto con orgoglio. Poi sussulta, fa una smorfia e si sgonfia visibilmente. Scruta il caffè, evitando il mio sguardo preoccupato. "Sì, non è andata a finire benissimo... Puttana traditrice. Ora devo stare a guardare mentre si scopa ogni umano morsicato che si muove. Per quanto ne so, è stata con metà dei mutaforma del paese... lurida sgualdrina."

Spalanco gli occhi e rimango senza fiato. Non ho mai sentito Harry sbraitare in questo modo prima d'ora.

Lui sogghigna e alza le mani, beffardo. "Per favore, non cominciare a dire che il tempo è un ottimo rimedio e tutte quelle sciocchezze... Oh, dimenticavo, tu non parli."

L'energia furiosa e amara che emana a ondate mi mette a disagio. Apro e chiudo la bocca come un pesce rosso e mi agito sulla sedia. Mi chiedo se sorridere potrebbe aiutare... Dovrei sorridere di nuovo?

Non ho idea di cosa fare.

"Beh, visto che non me lo chiederai... Se ti interessa di me... Ti racconterò dei miei casini." Harry si indica il petto e socchiude gli occhi. Annusa di nuovo e continua a dondolare la gamba.

Quello che non avevo notato fino a quel momento è che Harry ha un aspetto orribile. Ha i capelli biondo scuro unti e raccolti in una coda di cavallo dall'aspetto discutibile.

Non si è rasato e la barba gli è cresciuta in modo irregolare. In generale, sembra aver bisogno di una bella lavata.

Non ho più visto Harry dall'ultimo giorno a casa. Ho sempre voluto vederlo, è una persona importante per me. Ma le circostanze e tutto quello che è successo hanno reso difficile, poi impossibile, incontrarlo. Avrei dovuto impegnarmi di più, me ne vergogno.

Santo cielo, sono una persona schifosa.

"Dopo che Vince è stato polverizzato, Jace se n'è andato, lasciandomi come il reietto della società. Tutti spettegolano sul mio branco, su mio padre. Ora sono conosciuto come il ribelle che non è riuscito a soddisfare la sua compagna." Harry emette una risata autoironica. "Oh, e non posso dimenticare che sono il ribelle il cui padre ha ucciso la sua compagna e sua figlia."

I miei occhi si riempiono di lacrime. Lo sapevo. Sapevo che Harry avrebbe avuto difficoltà ad adattarsi al suo nuovo status di ribelle, alla morte di Vincent e alla faccenda con Liz. Avrei dovuto impegnarmi di più. Erroneamente, ho pensato che John sarebbe intervenuto.

Sono stupida.

Harry sta soffrendo e non ha nessuno dalla sua parte. Mi torco le dita sulle ginocchia. Merito la sua ira, sono egoista. Curvo le spalle e mi sfugge un piccolo suono triste.

"Non fingere che ti importi qualcosa. Sono settimane che dormo sui divani degli amici. Oh, non preoccuparti, non ti sto chiedendo di ospitarmi nel tuo appartamento di lusso insieme ai tuoi amici bastardi." Apro e chiudo di nuovo la bocca, ma nessuna delle parole che mi vengono in mente mi sembra significativa rispetto al dolore di Harry. "Ma se tu potessi darmi qualche sterlina?" La sua gamba smette di dondolare e il suo sguardo diventa intenso. "Una caparra per un posto dove stare? Ti ripagherò quando mi sarò rimesso in sesto." Si appoggia allo schienale, solleva i fianchi e tira fuori il telefono dalla tasca posteriore. Dopo averlo toccato un paio di volte, si sporge sul tavolo e mi mostra lo schermo. È un annuncio per un monolocale. "Forrest, ho bisogno di un posto dove vivere. Essere un fuorilegge... non è sicuro. Ho perso il conto di quante volte mi hanno picchiato a sangue." Harry sospira e si appoggia allo schienale della sedia, lasciando il telefono sul tavolo.

Sospirando, si strofina il viso con la mano e si gratta la barba incolta. Il rumore mi fa venire voglia di rabbrividire. "Non preoccuparti se non puoi aiutarmi. Sono solo io." Lui spalanca gli occhi e sporge il labbro inferiore.

Abbasso lo sguardo e fisso il suo telefono, riflettendo. Possiedo alcune proprietà in città, e alcune sono rifugi sicuri non collegati alla tenuta di mia madre. Harry non ha bisogno di stare in uno squallido monolocale.

Cerco tra le mie borse della spesa e trovo la scatola con il nuovo telefono prepagato che la ragazza del negozio mi ha gentilmente configurato.

Harry si irrita mentre mi guarda.

"Quindi la casa del branco è in vendita? Ho cercato online..." Fischia. "Sono un sacco di soldi... ma tu terrai la maggior parte dei terreni, vero? È pazzesco, è un posto fantastico per correre come un lupo." 'Pazzesco'? Alzo lo sguardo dal telefono e immagino che la mia espressione tradisca la mia confusione per quella parola, perché Harry fraintende il mio sguardo. Abbassa il mento e fa una faccia triste. "Sai che è in vendita, vero? So che voi ragazze pensate solo all'accoppiamento e alla procreazione. Dev'essere stato

John a metterlo in vendita. Peccato." Sbuffa, incrociando di nuovo le braccia.

Harry si sbaglia; sono stata io a mettere in vendita la casa. La detesto.

Dopo alcuni tentativi falliti, riesco ad aprire la mia e-mail. Con un dito, scrivo goffamente un messaggio per organizzare tutto. Sono soddisfatta quando ricevo una risposta immediata: possono pulire e rifornire la casa in poche ore.

Prendo il cellulare di Harry dal tavolo, apro i suoi messaggi e digito l'indirizzo e il codice della porta della sua nuova casa. Rendo il telefono a Harry, che con un grugnito me lo strappa dalle mani.

"Ehi, stai scherzando... Non posso permettermelo, è ben al di sopra del mio budget," sbotta Harry. Quando sorrido, socchiude gli occhi. Annuisco e mi tocco il petto, Harry ringhia. Per spiegargli bene la situazione, gli mostro il mio telefono e le e-mail. "È casa tua? Ma guarda un po', la povera ragazzina ricca, qualcuno ha fatto un bel colpo. Se l'avessi saputo, non avrei fatto vita da strada." Ringhia nuovamente, picchiettando l'angolo del telefono sul tavolo. Si ferma e lo punta verso di me. "Ho una richiesta: puoi dire ai tuoi amici di assicurarsi che il frigo sia ben rifornito di birra? Oh, e immagino che non ci sia Sky Sport? Per il calcio?" Annuisco. Posso farlo, nessun problema.

Gli mostro un sorriso esitante, sollevata di poter fare qualcosa per aiutarlo e, spero, riscattarmi.

"Grazie... Ehi, seriamente, non dovresti andare in giro da sola. Pensavo che i segugi infernali come guardie del corpo sarebbero stati più bravi, più esperti nel tenere sotto controllo una donna come te. I mutaforma non permettono alle donne di andare in giro da sole. Solo sgualdrine come Liz sfuggono alle loro guardie del corpo. Non vorrai farti una reputazione da piantagrane. Cavolo, hai già un aspetto strano. Se crei altri problemi, non troverai mai un compagno decente." Sbatto le palpebre, assorbendo le sue parole offensive. Voleva essere davvero così scortese? "Posso accompagnarti a casa. Non preoccuparti, sorellina, ti copro le spalle." Con un sorriso a trentadue denti, Harry tira fuori un coltello e lo sbatte sul tavolo.

Ma che cavolo... Il mio sguardo saetta nervosamente nel locale. Grazie al cielo, nessuno ha notato l'enorme coltello davanti a noi.

Alzo le sopracciglia mentre Harry fa roteare la lama nella mano e ne conficca la punta nel tavolo. Rimango a bocca aperta, inorridita, mentre incide le lettere *L... I... Z* sulla superficie.

Che diavolo sta facendo?

Io non sarò normale, ma non mi verrebbe mai in mente di deturpare la proprietà di qualcun altro.

Istintivamente gli do uno schiaffo sulla mano, facendo cadere il coltello, e lo fisso con aria truce. Harry alza le spalle e sorride beffardo. Strofina i segni con il palmo della mano, facendo cadere i trucioli arricciati sul pavimento.

"Questo posto è di proprietà degli umani, chi se ne frega se graffio il tavolo?" Più che graffiare, lo sta scalfendo. Penso indignata. A me importa. Mi piace questo posto. Chiunque abbia progettato l'arredamento lo ha fatto con cura e attenzione ai dettagli. Non voglio vederlo deturpato perché Harry è di cattivo umore. Non posso starmene lì a guardare.

"Che esistenza triste hai, da selvaggia a brava ragazza

amante degli umani. Non preoccuparti, non rovinerò la mia nuova casa. Anzi, prendi il coltello." Harry fa roteare il coltello sul tavolo. "Avrai bisogno di protezione. Se non vuoi comportarti da brava ragazza e tenere vicine le tue guardie del corpo, almeno impara a proteggerti da sola, anche se non servirà a molto. Cazzo, Forrest, non riesci nemmeno a parlare... è davvero strano."

Il mio cuore trema e mi cade nello stomaco. Vorrei essere comprensiva e mostrare compassione per lui e per i suoi sentimenti, ma è difficile. Non riesco ancora a trovare il giusto equilibrio tra le mie emozioni, e Harry mi sta facendo arrabbiare da morire. Le mie narici si dilatano per la crescente indignazione, e mi infilo in bocca l'ultimo pezzo di torta masticandolo. È meglio che me ne vada ora, altrimenti mi cadrà la maschera e potrei afferrare la grassa coda di cavallo di Harry e sbattergli la faccia sul tavolo.

Mi strofino il viso sulla spalla ed espiro, ricordando che Harry mi ha salvato. Questo è Harry. Si è guadagnato il mio rispetto. Non è una persona cattiva, sta soffrendo e quello che dice contraddice le conversazioni che ho sentito in passato.

Devo spiegarmi. Non sono affatto come Liz, e non sono nemmeno come le povere mutanti represse. Non voglio essere segregata e allevata, posseduta, mentre i miei colleghi maschi fanno tutto quello che vogliono. Il mio scopo nella vita non è quello di essere una compagna, una fattrice, o di conformarmi agli standard ingiusti stabiliti dal consiglio. Le sue parole mi fanno star male.

Ripongo con cura il nuovo telefono nella sua scatola e prendo la mia spesa.

"Oh, Forrest, non fare così. Ti sto solo dicendo la verità.

Posso comunque restare nella casa di lusso, vero?” Annuisco rigidamente a Harry. Lui cerca affannosamente il suo telefono e io mi allontano a grandi passi, dirigendomi verso la porta. “Vuoi il mio numero?” mi grida alle spalle.

Mi ci vuole tutta la mia forza di volontà per non alzare la mano sopra la testa e mostrargli il dito medio.

Capitolo Quindici

Decido che è meglio tornare a casa. Sono più al sicuro da sola. Quando dico *più al sicuro*, intendo per gli altri: il mio desiderio di spaccare la faccia a qualcuno non può essere considerato un comportamento sano. Non sono una persona gentile e andarmene in quel modo è stato infantile. Tutto era molto più semplice quando ero bloccata nella forma di lupo.

Attraverso a grandi passi Market Square e la faccenda si fa sempre più complicata.

Non mi aspettavo certo di essere avvicinata da due muscolosi lupi mutaforma. Uno mi si para davanti con aria spavalda, l'altro mi si avvicina da dietro. Per una frazione di secondo, riesco quasi ad assaporare la paura; mi inonda la bocca, è amara sulla lingua. La mia reazione naturale al pericolo è quella di immobilizzarmi o fuggire, ma questa volta non vedo alcuna via d'uscita. La rabbia, sempre presente che ribolle dentro di me, vortica dolcemente. I due mutaforma stanno cercando di intrappolarmi e io glielo lascio fare.

"Ciao, femmina, perché sei sola? Dove sono le tue guardie del corpo?" *Oh, porca miseria.* Chiudo gli occhi e stringo i pugni attorno ai manici della borsa: quella di plastica nella mia mano destra fruscia. Espiro con forza dal naso, esasperata. Onestamente, che problema hanno queste due montagne di muscoli senza cervello? Mi sposto leggermente per poterli tenere d'occhio entrambi.

Sono entrambi in giacca e cravatta, indossano abiti neri che sembrano costosi. Anche se sono eleganti, sembrano comunque una coppia di teste vuote.

La montagna di muscoli senza cervello numero uno, con la testa calva lucida e il pizzetto, non aspetta la mia risposta. Invece tira fuori il telefono dalla tasca e tocca lo schermo con il grosso dito. Batto ritmicamente le dita sulla coscia con fastidio. Che faccia tosta questo tizio, con la sua arroganza, a dare per scontato che io sia contenta di stare qui ad aspettare pazientemente mentre lui fa una telefonata.

Mi fa infuriare, e la mia rabbia ribolle.

Nel frattempo, la montagna di muscoli numero due mi fissa come se fosse in forma di lupo e io avessi una succulenta bistecca legata al petto. Ha i capelli e gli occhi castani, con un viso che solo sua madre potrebbe amare.

Forse sono stati i segugi infernali o John a mandare questi tizi?

"Capo, sì, abbiamo trovato la femmina che avevamo fiutato... sì, è da sola... sì, signore, la stiamo portando lì." Si rimette il telefono in tasca. "Ora, ragazzina, verrai con noi. Abbiamo seguito il tuo odore per ore."

Oh, d'accordo, uno sviluppo interessante. Queste due montagne di muscoli senza cervello sono dei lupi a caso che hanno deciso di prendermi per strada perché hanno sentito il mio odore. È assurdo.

"Il nostro capo vorrebbe parlarti. È... ehm... preoccupato per la tua sicurezza." Certo che lo è. Stringo i denti per impedirmi di ringhiare.

La montagna di muscoli numero uno mi si avvicina per prendermi le borse della spesa. Allento la presa e gli permetto di prenderle dalle mie mani. Sono felice che le tenga lui per me, per il momento.

"Vieni ora. Abbiamo perso abbastanza tempo a seguirti." Mi lancia anche uno sguardo viscido e lascivo.

Cosa c'è che non va nei mutaforma oggi? Mi trattano come se non fossi una persona, come se fossi solo un utero ambulante.

Sono stufa di queste cavolate sessiste dei mutaforma. Sono stufa di avere paura, stufa di comportarmi come se fossi docile. Beh, sto per dare loro una lezione su come lasciare in pace Forrest Hesketh, cazzo. La mia rabbia travolgente ha seppellito ogni traccia di paura e non riesco più a controllare la mia espressione. La mia dolce maschera si incrina e un sorriso folle e affamato compare sul mio volto. Sono piena di rabbia e aggressività dentro di me, e questa situazione è perfetta.

Lascio che la mia rabbia si sfoghi.

Prendo una delle pozioni *non mi potete vedere* di Jodie dalla mia tasca e la lancio a terra. Si rompe sul pavimento ai miei piedi senza che i lupi la notino. Adoro la magia delle streghe, e quella pozione ci renderà invisibili agli occhi indiscreti.

Mi metto furtivamente in posizione di combattimento laterale. Il trucco è non telegrafare la mia mossa, quindi trasferisco il peso sul piede posteriore e faccio rotolare il tallone del piede anteriore sul pavimento. Sollevo le dita dei piedi per girare tutto il corpo sulla punta del piede. Punto il fianco verso la montagna di muscoli numero uno che si trova a una distanza perfetta per la mia mossa. Alzo le braccia per proteggermi il viso e mantenere l'equilibrio. Giro su me stessa, ruotando tutto il corpo, e nel frattempo faccio perno sul piede posteriore. Sbircio con la coda dell'occhio sopra la spalla opposta verso il primo tizio. Girando rapidamente, salto per guadagnare altezza e la mia gamba scatta con un angolo di quarantacinque gradi. Punto le dita dei piedi per comprimere il tendine e tiro un colpo deciso con il tallone.

Lo colpisco con tanta forza sulla nuca che il suo corpo crolla a terra. L'intera mossa mi ha richiesto solo pochi secondi, un perfetto calcio rotante con il tallone. Emetto un gorgoglio di soddisfazione.

La montagna di muscoli numero due sbatte le palpebre scioccato davanti al corpo privo di sensi dell'altro circondato dalle mie borse della spesa. Mi guarda con gli occhi marroni spalancati dall'incredulità e la bocca aperta. "Ma che accidenti..." sussurra.

La mia rabbia ribolle e, con un sorriso maniacale, mi lancio contro di lui. Si riprende rapidamente e io mi abbasso mentre lui cerca di colpirmi in faccia. Mi avvicino passando sotto la sua guardia. Lui si sporge in avanti agevolandomi inconsapevolmente, e io uso la mia gamba come diversivo. Mentre lui cerca di bloccare il mio calcio, spingo il palmo della mano in avanti, colpendolo sotto la mascella con un bel colpo. Poi uso il gomito per picchiarlo sul naso; segue un pugno alla gola.

Il sangue gli schizza dal naso e dal labbro.

Emette uno strano gorgoglio e cade in ginocchio. Con un sorriso e un piccolo cenno della mano, alzo la gamba destra con un calcio laterale e lo colpisco alla testa.

"Notte notte," mormoro.

Mi guardo intorno, controllando che la pozione stia ancora facendo il suo effetto. Perfetto, nessuno ci sta guardando. Sorrido. Giro entrambi i lupi su un fianco in posizione di recupero. Non ho idea se servirà a qualcosa, ma mi sento magnanima. Lancio anche delle sfere di pozione del sonno a entrambi; non voglio che mi seguano.

Oh, devo fare una cosa prima di andare. Prendo il cellulare dalla tasca della giacca del primo tizio e premo il tasto di richiamata.

"Stai arrivando?" chiede una voce maschile con tono burbero.

"No," rispondo secca. Segue un attimo di silenzio.

"Ciao, piccola lupa, è un piacere sentirti. Posso chiederti perché, e soprattutto, come mi stai chiamando?" mi sussurra la voce maschile al telefono. Allontano il telefono dall'orecchio e lo guardo accigliata. Il capo è viscido.

"I tuoi scagnozzi sono in Market Square. Per favore, manda qualcuno a raccoglierli dal marciapiede," rispondo al Signor Viscido, con voce fastidiosamente roca e graffiata per il poco uso. In momenti come questo, è decisamente comodo che parlare al telefono mi riesca meglio che di persona.

"Sono vivi? Cosa è suc..." Interrompo la chiamata e lascio cadere il telefono accanto ai lupi a terra. Raccolgo la mia spesa; mi sento più leggera. Quasi saltellando, mi dirigo di nuovo verso casa.

Torno senza clamore. Owen mi fa un cenno con la testa e mi chiede se gli ho portato qualcosa. Poi mi dice che ci vedremo in palestra tra dieci minuti per smaltire la torta che ho mangiato. Quel subdolo segugio infernale deve avermi seguito. Beh, non ha interferito, quindi la considero una vittoria.

L'illusione della libertà.

Capitolo Sedici

Sono passate alcune settimane e sono tornata alla caffetteria ad aspettare che Harry mi raggiunga. Ho preso una grande tazza di tè e una fetta di torta alle carote... Beh, in effetti ora c'è solo un piatto vuoto che prima conteneva una fetta di torta alle carote. Sembra essere stato lavato in lavastoviglie, da quanto è pulito. Se qualcuno insinua che l'ho leccato, lo negherò con forza... Mmh, briciole.

Qualche giorno fa, Harry mi ha contattato, pentito. Era entusiasta della sua nuova casa e del lavoro di contabile che era riuscito a ottenere. Mi ha chiesto se potevamo vederci.

Sono felicissima che voglia passare del tempo con me.

Purtroppo, con mio grande disappunto, il mio tavolo abituale è occupato. Quindi mi siedo a un tavolo vicino ai bagni. Non è l'ideale, ma è l'unico tavolo libero che non mi costringe a stare con le spalle alla porta.

Dopo pochi minuti, Harry mi raggiunge e, mentre si siede, arriccia il naso. "Non è il tavolo migliore, Forrest." Indica con la testa i bagni dietro di me, come se non li avessi visti. Alzo le spalle. "Hai preso a calci qualche altro mutaforma ultimamente?" dice con un sorriso... Oh sì, pensa di essere divertente. Alzo gli occhi al cielo.

"Allora, hai sentito che i vampiri hanno trovato quella ragazza?" Si accomoda sulla sedia, con gli occhi accesi dal fervore. Harry è un grande pettegolo ed è una fonte inesauribile di informazioni su tutto ciò che riguarda le creature... Ama anche parlare. "Dicono che sia stata morsa da un mutaforma gatto e che si sia ammalata. I vampiri l'hanno trovata che viveva in un garage." Mi ci vuole tutto il mio autocontrollo per non sussultare. I garage e io... non andiamo d'accordo. "Senza tetto, solo diciassette anni, si dice che ce l'abbia fatta, che si sia trasformata. Riesci a immaginarlo? Una donna umana morsa. Mi chiedo se sarà sterile. Se è successo a lei, immagina quante altre donne potrebbero trasformarsi." Annuisce col volto illuminato. Lo fulmino con lo sguardo. "Non preoccuparti, Forrest, non farò del male ai tuoi preziosi umani. Non morderò nessuno. Non voglio altri problemi con il consiglio." Harry fa finta di rabbrividire e sorseggia il caffè pensieroso. "I vampiri la tengono ancora prigioniera: se non la consegnano, ci sarà una guerra."

Se Grace fosse viva, avrebbe sedici anni. Forse posso trovare qualcuno che la aiuti? Prendo mentalmente nota di chiedere a Owen se sa qualcosa di questa ragazza.

Harry sembra diverso oggi; non riesco a capire il motivo, finché non mi rendo conto che è perché ha l'aria più pulita. Indossa pantaloni eleganti e una camicia, ha i capelli corti e si è rasato quella barba orribile. Emetto un mormorio di soddisfazione nel vedere che è tornato alla normalità.

Il campanello sopra la porta tintinna e con la coda dell'occhio vedo entrare un incubo ambulante.

Oh, santo cielo, è proprio Liz Richardson che sta ondeggiando i fianchi verso di noi, con un'andatura ridicola che attira l'attenzione di tutti gli uomini. Il mio primo istinto è quello di abbassare lo sguardo, concentrarmi sulla mia tazza e pregare che passi oltre. Ma non posso darle questa soddisfazione: non sono più una lupa spaventata e affamata. Quindi alzo il mento e la guardo negli occhi. *Per favore, prendi una spada d'argento ora che posso difendermi, stupida vacca.* Liz ringhia, mostrando i denti, e io sbuffo una risata. Che diavolo era quello? Non è solo la sua camminata a essere ridicola. Ridacchio.

Oh santo cielo, Harry è qui! Mi do mentalmente uno schiaffo e mi agito sulla sedia, consapevole che la situazione potrebbe finire male. Povero Harry.

Liz raggiunge il nostro tavolo. Una nuvola soffocante di profumo la segue. Aggrotto le sopracciglia mentre osservo con crescente confusione Liz che mette una mano sullo schienale della sedia di Harry e l'altra sulla sua mascella. Gli gira la testa e, mantenendo il contatto visivo con me, si china e lo bacia delicatamente sulla guancia. Gli lascia il segno del suo rossetto rosso e mi rivolge un sorriso compiaciuto.

"Ciao, tesoro, sono così felice che ci siamo potuti incontrare per un caffè," civetta con un sorriso sdolcinato sulle labbra.

Harry le risponde con un sorriso sciocco. "Ciao, Liz. Ti va una fetta di torta?"

Ma che cavolo?

Sbatto le palpebre. Mi sento colta alla sprovvista. Non ho idea di cosa diavolo stia succedendo. Cosa ci fa lei qui?

"Oh, no grazie, non mangio torte," dice Liz con un brivido. *Pazza!* Urlo nella mia testa: chi non mangia torte? "Ma mi piacerebbe un macchiato decaffeinato triplo con latte di soia scremato e sciroppo di nocciola senza zucchero. Se ce l'hanno," dice di nuovo, sbattendo dolcemente le ciglia. Non ho idea di cosa abbia ordinato, anche se sono abbastanza sicura che la sua bevanda pretenziosa non sia nel menu. Harry si allontana in fretta e lo guardo andare al bancone. Lo sento mormorare l'ordine tra sé e sé, per non dimenticarlo.

Liz mi lancia un'occhiataccia dall'altra parte del tavolo. La fisso con sguardo assente, un po' intontito. Lei sospira, distoglie lo sguardo dal mio e tira fuori il telefono. Digita furiosamente, ignorandomi. Per me va bene.

Harry torna al tavolo. Lo guardo stordita mentre con un gesto teatrale posa davanti a Liz un caffè dall'aspetto normale. Fa un passo indietro e si strofina la nuca. "È un normale caffè decaffeinato con... ehm, latte di soia, non avevano l'altra roba che volevi..." Salta da un piede all'altro, aspettando con ansia l'approvazione di Liz.

"Oh, beh," dice Liz, di nuovo con dolcezza.

Ma che cavolo le prende? Il fatto che mi stia così vicina e sia così pacata comincia a farmi impazzire. So che non è gentile con me, ma comunque tutta questa situazione va oltre la mia comprensione. Solo poche settimane fa Harry la insultava pesantemente. Lei lo ha tradito! E ora lui le offre il caffè come se le avesse procurato un coniglio come trofeo. Che fine ha fatto il suo 'Non posso stare con una traditrice'?

"La prossima volta possiamo andare in un posto migliore. Questo è piccolo e ha uno strano odore." Annusa nella mia direzione. Ah, eccola lì... Sono strana a sentirmi un po' sollevata?

"Sì, la prossima volta." Harry sorride a Liz e si lascia cadere sulla sedia accanto a lei. Si siede accasciato, con le gambe e le braccia aperte. Liz mi rivolge un sorriso presuntuoso. Il mio rilevatore di stronzate suona: ha in mente qualcosa. Per qualche motivo, il suo sorriso mi fa venire voglia di saltare sul tavolo e darle un pugno in faccia.

"Sono contenta che tu sia qui, cane..." Liz si copre la bocca e ridacchia per il suo finto lapsus freudiano. *Cane.* Chiudo brevemente gli occhi. È solo una parola, e le parole ti feriscono solo se glielo permetti. Non darò a Liz la soddisfazione di vedermi reagire. Mi siedo più dritta sulla sedia, combattendo la mia naturale tendenza a curvarmi, e faccio un respiro profondo per calmarmi. Tossisco mentre inspiro una boccata del suo profumo. Caspita, ha usato tutta la bottiglia? "So che sei *molto* amica del mio tesoro e che vuoi passare più tempo con lui." Mi fa il sorriso più ampio, smagliante e falso che abbia mai visto.

Inclino la testa di lato. Dove vuole arrivare? Harry fa parte del branco.

"Quello che non capisci è che non puoi comprare il suo affetto regalandogli una casa schifosa, soprattutto quando è stata colpa tua se è rimasto senza casa ed è stato classificato come ribelle." Liz si sporge in avanti sul tavolo e ringhia. Io apro la bocca per lo shock. *Cosa?* "Ammetti che hai manipolato l'intera situazione a tuo vantaggio e che hai inscenato quella telefonata." Liz mi punta contro un dito dalla punta rossa, con le unghie smaltate in tinta con il vestito aderente che indossa. "Ammettilo. Sono qui per dirti che Harry è mio e che devi lasciarci in pace! Devi anche parlare con tuo fratello e sistemare lo status da ribelle di Harry. Le tue bugie verranno a galla e devi rimediare ai tuoi errori prima che ciò accada." Liz si appoggia allo schienale e tamburella con le unghie rosse sulla tazza di caffè. Un sorriso compiaciuto e soddisfatto le illumina il viso.

Sbatto le palpebre. Ma che cavolo? Su quale pianeta vive questa donna? Sposto lo sguardo su Harry e scruto la sua reazione alle parole di Liz. Aspetto che le dica di andare a farsi benedire, ma con crescente incredulità lo vedo annuire in segno di assenso. Annuisce con tutta la testa!

Harry si sporge in avanti e mi dà una pacca consolatoria sulla mano, che stringe il bordo del tavolo. Mi ritraggo e mi massaggio il petto con le nocche per alleviare un dolore acuto.

Ahi. Lotto per mantenere un'espressione impassibile.

"Sono sicuro che sei sconvolta. Liz ha spiegato tutto e quello che dice ha senso." Harry sorride amorevolmente a Liz. "Hai dei problemi, Forrest." Harry fa una finta faccia triste e tira su col naso.

"Le sue parole non valgono nulla, tesoro. Guarda, non si è nemmeno preoccupata di smentire le nostre accuse! Dobbiamo considerare questo come un intervento giusto. Il tuo branco ha tenuto al sicuro quella cagna ingrata. Cos'altro potevi fare? Era selvaggia! Perché pensi che non parli? Ha paura che la scopriremo. Nessuno le crede, è una bugiarda." Liz abbassa la voce. "Niente di tutto questo sarebbe successo se avessi ascoltato e l'avessi fatta uccidere quando ne avevamo la possibilità." Harry annuisce di nuovo, con l'odio che gli brilla negli occhi blu.

Il mio cuore è a pezzi.

Stringo forte gli occhi. Mi rifiuto di piangere. Vorrei tanto raggomitolarmi su me stessa, ma con la sola forza di volontà raddrizzo la schiena.

Volevo tanto trattare Harry con fiducia e gentilezza. Volevo vedere il meglio di lui. Pensavo fosse parte del mio branco, mio fratello. Eppure ogni volta che ne ha l'occasione, dice qualcosa che mi ferisce, e una parte di me muore. Mi sento male, ho la bocca secca e un nodo alla gola che non riesco a mandare giù. La persona che pensavo fosse Harry non esiste.

Me la sono inventata.

La consapevolezza mi colpisce con la forza di un autobus a due piani: il vuoto nel petto mi fa male.

Sono un idiota.

"Non è una femmina purosangue, vero, tesoro?" Liz accarezza il viso di Harry e mi lancia un'occhiataccia. "È per metà Fae o nana o qualcosa del genere." Si avvicina a lui e sussurra: "Ecco perché è così piccola e si è comportata in modo selvaggio per tutti questi anni." Liz si passa le dita tra i capelli cortissimi e i suoi occhi brillano di gioia mentre parla. "Insomma, guarda i suoi capelli e i suoi occhi, quello che indossa... è completamente fuori di testa."

'In parte nana': che definizione scortese. Indosso scarpe da ginnastica argentate scintillanti, leggings e un maglione carino, un abbigliamento normale. Mi costringo a non sistemarmi il maglione grigio con l'unicorno. Onestamente, cosa c'è che non va in questa donna? Perché mi odia? Il veleno che le esce dalla bocca è pura invenzione, e Harry se lo beve tutto. Lei è pazza, e Harry è matto a credere a tutto quello che le esce dalla bocca.

Credo di preferire Liz quando si mostra finta amichevole.

Quella terribile vacca non riesce nemmeno a guardarmi mentre mi insulta. Il minimo che potrebbe fare è dirmi quelle oscenità guardandomi negli occhi. Mi alzo dalla sedia con l'unico intento di picchiarla a sangue. Potrei anche sbattere le loro teste l'una contro l'altra, già che ci sono.

"Dolcezza, sei pronta ad andare?" chiede una voce roca alle mie spalle. Mi risiedo e mi volto per guardare il mutaforma che si è avvicinato con aria spavalda al tavolo, apparendo dal nulla dai bagni dietro di noi. È vestito in modo impeccabile: abito su misura color antracite e soprabito abbinato. Guardo Liz, ma il suo viso non mostra alcun segno di riconoscimento.

Sta parlando... con me?

Aggrotto la fronte. Lui china la testa, concentrando tutta la sua attenzione su di me.

Accidenti, sta parlando *proprio* con me.

"Dai, tesoro. So che volevi fare le solite cose con tuo *fratello*, ma è meglio andare. Abbiamo così tante cose da fare oggi." Lo strano lupo mi sorride calorosamente.

Lo guardo battendo le palpebre. Sono tutti drogati o sono l'unica a non avere la più pallida idea di cosa diavolo stia succedendo oggi?

Si sporge sul tavolo e porge la mano a Harry. "Sono Daniel Kerr, piacere di conoscerti, Harry, finalmente."

Wow, lo strano lupo è bravo: non degna Liz di alcuna attenzione. È come se la vacca pazza non fosse nemmeno lì.

Potrei quasi perdonarlo per avermi chiamato 'dolcezza', quasi. Cavolo, è fastidioso. Grrr, 'dolcezza'.

Daniel non guarda nemmeno Liz, anche quando lei stringe insieme i suoi seni abbondanti. Li sta quasi appoggiando sul tavolo. *Calma, Liz, se li schiacci ancora un po', ti usciranno fuori.*

"Sì..." dice Harry mentre stringe la mano a Daniel. La confusione totale è scritta su tutto il suo viso.

Daniel mi osserva con un sorriso gentile, gli occhi blu scintillanti. "Sei bellissima oggi, piccola lupa," mi sussurra mentre mi accarezza delicatamente il viso con la mano. Mi sfiora il labbro inferiore con il pollice. Sono così sorpresa che non reagisco in modo aggressivo, ma resto seduta a guardarlo a bocca aperta. Il gesto è così intimo che non ho idea di come rispondere.

Quante volte ti capita che un perfetto sconosciuto ti si avvicini con aria spavalda, finga che tu abbia una relazione con lui e inizi a toccarti il viso? Niente avrebbe potuto prepararmi a questa situazione.

Liz è furiosa ed è passata dall'essere compiaciuta a decisamente in vena di omicidi. È anche diventata rossa come il suo vestito e le sue unghie. Il suo sguardo passa da Daniel a me e viceversa. Liz cerca di nuovo di attirare l'attenzione di Daniel agitando le mani, cercando freneticamente di mettere in risalto il suo seno. Sta anche fissando Harry: vuole che lui faccia qualcosa, ma anche Harry non sa come reagire.

Immagino che questo non facesse parte del loro intervento virtuoso; strano, vero?

"Quindi tu sei Harry, il ribelle? Del branco sciolto di Oakland? Grazie per aver tenuto compagnia alla mia

Forrest, Harry. So che lei non ti parla, ma ti trova divertente." Gli dà una pacca sulla schiena, in un gesto apparentemente amichevole. Ma la sua grande mano lo colpisce con tanta forza da far oscillare il corpo di Harry in avanti, quasi costringendolo ad alzarsi dalla sedia. Harry sussulta. "Se volete scusarci. Abbiamo una giornata e una notte impegnative davanti a noi. Forrest, vieni." Mi prende delicatamente per un braccio e io mi alzo. Gli permetto con gratitudine di guidarmi fuori dalla sedia e tra i tavoli affollati. Prima di uscire dalla porta, mi volto e mi assicuro di salutare con un cenno sarcastico la coppia sbalordita. Stronzi.

"Mi scuso per aver interrotto la vostra conversazione, ma non potevo ascoltare quella ragazza odiosa un secondo di più," dice Daniel quando siamo al sicuro sul marciapiede.

Che diavolo è appena successo? Questo ragazzo mi ha salvata per caso? Alzo lo sguardo. Ovviamente è alto come un mutaforma, deve essere quasi due metri. La parte superiore della mia testa è all'incirca all'altezza del suo petto. Mi guarda dall'alto in basso, con un'espressione divertita negli occhi. Gli faccio un cenno di ringraziamento sospettoso e un piccolo saluto imbarazzato, poi mi volto e me ne vado a grandi passi.

"Lei sta ancora guardando, Forrest. Dai, ti do un passaggio a casa." Alzo lo sguardo sul suo bel viso. Ha gli occhi azzurri e i capelli scuri. Ha quella mascella squadrata e le sopracciglia folte che piacciono tanto nelle star del cinema.

Stranamente gli permetto di prendermi sottobraccio e di accompagnarmi verso un'auto dall'aspetto elegante parcheggiata sul marciapiede.

Capitolo Diciassette

Daniel mi apre la portiera posteriore e io mi accomodo sul sedile. Lui la chiude, fa il giro dell'auto e sale dall'altro lato.

Perché sto andando con lui, non ne ho idea. Se devo essere sincera, non voglio dare a Liz la soddisfazione della vittoria. Ha cercato ancora di umiliarmi e, senza l'intervento tempestivo di Daniel, avrei perso completamente la testa finendo in una situazione imbarazzante. L'unica cosa che ho perso oggi, invece, sono state le lenti rosa attraverso le quali vedevo Harry.

Faccio una smorfia e mi massaggio di nuovo il petto. Potrei imparare a conviverci senza problemi.

Allaccio la cintura di sicurezza.

L'auto parte e le portiere si bloccano, spero automaticamente, anche se lo sguardo compiaciuto e perfido che l'autista mi lancia dallo specchietto retrovisore suggerisce il contrario. È un uomo, un mutaforma con la testa calva e il pizzetto. Con evidente sconforto, mi rendo conto che è la montagna di muscoli numero uno, il ragazzo che ho messo KO qualche settimana fa.

Mi metto la testa tra le mani e massaggio le tempie. Oh, porca miseria... Senza essere un genio, ora so chi è Daniel. Gli ho parlato una volta; è il *boss*, il tizio che ha ordinato alle due montagne di muscoli senza cervello di rintracciarmi e prendermi.

Non posso credere di essere salita sulla sua auto. Sono una stupida scema!

Appoggio il gomito sulla portiera e premo il pulsante del finestrino elettrico, che si abbassa silenziosamente di un centimetro; è positivo. Significa che non sono intrappolata. Sbircio Daniel, che mi sta guardando in silenzio, con un sorriso soddisfatto sul volto.

"Sai, Forrest, dalla nostra ultima conversazione al telefono, sono rimasto più che incuriosito da te. Dalla tua storia, dal tuo passato. Sei rimasta intrappolata nella forma di lupa per così tanto tempo. Eppure, nonostante tutti i tuoi problemi, negli ultimi mesi sei riuscita a prosperare. Ora che ti ho incontrato di persona, sono affascinato."

Credo che Daniel stia aspettando una mia risposta. Non mi sento a mio agio a chiacchierare con un uomo che molto probabilmente mi ha appena rapito.

Ultimamente ho notato che meno parli, più gli altri sembrano inclini a farlo. Parlano e parlano. Il mio silenzio li mette un po' a disagio, quindi riempiono il silenzio con il loro rumore. È davvero strano: anche i ragazzi che di solito rispondono con una sola parola o grugniscono si aprono con me come se fossi un prete nel confessionale.

"Sei così diversa dalle altre femmine della nostra specie. Unica. Ho quasi seicento anni e nella mia lunga vita non ho mai avuto il piacere di incontrare qualcuno come te. È come se tu, piccola lupa, fossi stata creata apposta per me." *Cosa?* Fisso Daniel con quella che sono sicura sia un'espressione confusa e inorridita. Lui socchiude le palpebre e si lecca le labbra. Sta cercando di sedurmi? *Che schifo*, non sono affatto impressionata. Mi guarda come se da me emanasse luce pura. Inquietante. A parte la nostra conversazione telefonica di qualche settimana fa, non ho mai parlato con lui. Eppure è come se stesse iniziando a dichiararmi il suo amore eterno. Mi agito sul sedile. Il modo in cui parla... mi ricorda vagamente un'altra conversazione in macchina con un demone.

"Se non avessi visto il filmato delle telecamere a circuito chiuso in cui hai messo fuori combattimento due dei miei uomini migliori, non ci avrei mai creduto. Sono davvero impressionato, sei una giovane donna di talento. Sono felice che tu abbia giustamente preso la decisione di venire via con me." Non ho idea di cosa voglia che dica. Vuole che gli dia una medaglia?

Mi si avvicina, girando il corpo in modo da guardarmi. Allunga la mano e cerca di accarezzarmi il viso come ha fatto al bar. Gli ringhio contro. Invece di prenderlo come un avvertimento, si avvicina ancora di più con una risatina gutturale. La paura e la rabbia mi pervadono e comincio a tremare. Daniel fa un respiro profondo, annusando il mio profumo sul collo. Grugnisce. Io ringhio. Tutto dentro di me mi urla che devo scappare, che non sono al sicuro.

Questo tizio non è sano di mente.

Mi sposto il più lontano possibile, per quanto me lo consente la cintura di sicurezza, rannicchiandomi in un angolo dell'auto. Continuo a ringhiare. La sua mano destra mi afferra il fianco e mi fa scivolare indietro sul sedile di pelle, più vicino a lui. Posiziona una mano sulla cintura di sicurezza, stringendola in modo che non possa muovermi, praticamente intrappolandomi nel sedile. Con la cintura di sicurezza così, non sono in grado di cambiare posizione. Beh, potrei, ma rimarrei comunque intrappolata. La sua mano blocca il rilascio della cintura.

In preda al panico, sollevo entrambe le gambe per cercare di allontanarlo da me con un calcio, ma Daniel blocca il movimento con il peso del suo corpo, inchiodandomi le gambe al sedile. È quasi completamente sopra di me. La sua mano destra è riuscita ad afferrarmi entrambi i polsi. Lo guardo con gli occhi sgranati, ansimando.

Lotto contro il panico che sta montando.

Che diavolo sta succedendo? Provo di nuovo a sfuggirgli, e la sua presa diventa dolorosamente stretta: la mancanza di spazio è un problema.

"Non mi sfuggirai di nuovo. Tu sei mia," sbotta. Rabbrividisco al tono velenoso della sua voce, e lui si calma immediatamente. Il suo tono diventa persuasivo. "Non c'è via d'uscita, Forrest. Oggi non hai forse dimostrato di avere scarso giudizio e di non essere al sicuro se lasciata a te stessa? Piccola lupa, nessuno ti apprezzerà come farò io. Nessuno ti proteggerà come posso fare io." Cerco di divincolarmi, senza successo.

Non capisco perché lo stia facendo.

La dolcezza che ora traspare dai suoi occhi è sconcertante. Daniel è il peggior tipo di cattivo. Pensa di fare la cosa giusta. Bastardo delirante.

Ho la bocca troppo secca per parlare, il cervello troppo confuso per formulare parole di senso compiuto.

Daniel si sporge in avanti e io rabbrividisco. Mi sorride sfiorandomi la guancia e la mia pelle si increspa per il disgusto della sua vicinanza. "Piccola lupa, non vedo l'ora di essere dentro di te."

Oh, santo cielo! Impazzisco del tutto.

Perdo il controllo di me stessa per qualche istante. La paura primordiale che mi attraversa il corpo mi impedisce di pensare chiaramente. Piagnucolo e lotto disperatamente per scappare. In quei brevi momenti, dimentico tutto il mio addestramento. Devo scappare!

Il cretino alla guida ride.

Ride.

Mi costringo a fermarmi e respirare, a pensare.

A Daniel potrebbe sembrare che mi sia arresa o che mi sia esaurita. Ma in realtà sto cercando disperatamente di controllare i miei istinti. Non sono affatto abituata a un uomo adulto che mi parla in questo modo. Mi ha intrappolata quasi sotto di lui in un veicolo in movimento che va chissà dove. Pensa che sia giusto parlarmi in modo volgare in questa situazione? Forse ad alcune ragazze piacerebbe essere intrappolate senza poter fare nulla con un bel lupo. Ma quella è un'altra storia, e questa è la mia.

Ho passato anni intrappolata. Ho affrontato e sopportato innumerevoli stupidaggini da lupo. Non ho intenzione di sopportare queste idiozie, col cavolo. Non ho idea di dove voglia arrivare, ma non sono una vittima e non ho intenzione di restarmene qui.

Non va bene, cavolo!

La mia rabbia scatena un'altra reazione e la mia magia di mutaforma reagisce magnificamente. Le mie dita si trasformano in artigli da lupo per la prima volta.

Daniel mi lascia andare i polsi, scioccato, mormorando la parola *magnifica*.

Non penso, reagisco. La voce di Owen mi urla istruzioni nella testa e io uso i miei artigli in un movimento rapido non solo per tagliare la cintura di sicurezza e liberarmi, ma anche per colpire violentemente il collo e il petto di Daniel.

Il dolore improvviso lo costringe ad allontanarsi da me, anche se lo svitato mi guarda con un'espressione di apprezzamento entusiasta. Approfitto della sua distrazione e premo il pulsante per abbassare il finestrino. Prima che si sia completamente aperto e prima che lui decida di cercare di trattenermi ulteriormente, mi trasformo in lupa.

Salto fuori dal finestrino, fuggendo dal veicolo ancora in movimento.

Sono sul lato sinistro dell'auto, quindi non devo fare i conti con altri veicoli. La mia spalla sbatte violentemente contro il marciapiede e rotolo per la forza dell'impatto.

Mi scrollo di dosso la polvere. A parte il mio orgoglio, sono illesa. Corro.

Fortunatamente per Daniel, lui non mi segue, perché sono talmente furiosa che potrei strappargli la gola e mordergli il naso con i denti. Sono davvero arrabbiata. Odio provare paura. So che è irrealistico, ma speravo stupidamente di non dover mai più affrontare quel tipo di sensazione.

Caspita, sono davvero destinata a essere sempre vittima di qualcuno?

La mancanza di rispetto che mi ha mostrato è sbalorditiva. Non so se è solo la mia opinione, ma gli uomini non dovrebbero saltarti addosso in quel modo. Sua madre non gli ha insegnato a non aggredire donne a caso, o è così affascinante che non ha mai dovuto affrontare un rifiuto?

Però non ho detto *No* o *Lasciami stare, bastardo*. Quindi forse è stata colpa mia, avrei dovuto usare la voce? Perché non ho usato la mia voce! Harry ha ragione su una cosa: sono parecchio strana. Ho una voce. Devo usarla. Che accidenti mi prende?

Se non parlo succedono cose brutte.

Ma Daniel è un mutaforma e deve aver sentito l'odore della mia paura. Sapeva che ero spaventata, eppure ha continuato lo stesso. Non si è tirato indietro, *ma non mi ha nemmeno toccata in modo inappropriato*, mi dice una vocina orribile nella mia testa.

Dopo aver ripreso l'orientamento, mi rendo conto che mi stava portando fuori città. L'auto era sulla strada principale che porta all'autostrada. Sono stata fortunata a saltare fuori dal finestrino, perché il limite di velocità su questa strada è solo trenta chilometri all'ora.

So dove mi trovo e so anche che il negozio della congrega di Jodie non è troppo lontano. Ho bisogno di parlare con la mia amica strega. Mi serve un punto di vista femminile amichevole, quindi muovo il mio sedere peloso verso Jodie.

Mentre corro, mi chiedo se sono io e la mia situazione a spingere i lupi mutaforma maschi a mancarmi totalmente di rispetto. Finora, mi sono imbattuta solo in terrificanti pregiudizi misogini. Pensano seriamente di potermi fare quello che vogliono senza conseguenze.

Porca miseria, sono appena saltata fuori da un'auto in corsa per sfuggire a quell'idiota di Daniel.

Quel pazzoide probabilmente pensava che fosse una sorta di preliminare.

Sbuffo. Caspita, stavo meglio seduta in quel bar a subire le frecciatine di Liz, e questo la dice lunga... Perché cavolo sono salita su quella macchina?

Ho passato tanto tempo nella mia forma di lupa a imparare la vita guardando qualche strano programma televisivo dalla finestra della cucina. Non ho idea di come comportarmi da mutaforma adulta. Mi è andata bene, vista la differenza di dimensioni tra lui e me.

Non mi permetterò di analizzare a fondo tutti i disastri appena successi. Essere sconvolta, ferita e spaventata non mi aiuterà. Né lo farà agire con rabbia e sbraitare contro Daniel, purtroppo.

Devo pensare in modo razionale. Se comincio a farlo come una donna terrorizzata, commetterò un errore e mi farò del male.

È successo. Sto bene, e la cosa migliore che posso fare è imparare dal mio errore.

Quindi spingo con forza tutte queste sciocchezze in fondo alla mente. Le metto in un altro cassetto mentale, quello con l'etichetta *Da affrontare più tardi*.

Almeno oggi non dovrebbe andare peggio.

Capitolo Diciotto

Non mi ci vuole molto per raggiungere Jodie, dato che riesco a mantenere un eccellente ritmo di corsa. Arrivo al negozio e sento un forte profumo di erbe e magia. Non ci sono mai stata prima, ma Jodie mi ha invitato a visitarlo. Spero che al momento sia qui e non al lavoro in ospedale. Ho un disperato bisogno di vedere un volto amico.

Il negozio di magia, con un'insegna scritta a caratteri cubitali sopra la doppia facciata, proclama: 'FILTRI & ELISIR' - SPECIALISTI IN POZIONI PORTATILI. Il negozio si trova orgogliosamente incastonato tra una galleria d'arte a sinistra e un parrucchiere a destra. Ospitato in un edificio di modeste dimensioni, color crema, con una vecchia insegna di una banca incisa nella pietra sopra la porta, si trova in Birley Street, una strada pedonale nel centro della città.

Mi siedo davanti alla porta chiusa. Alzo la zampa anteriore e picchietto sulla porta, facendo attenzione ai miei artigli affilati per non rovinare la vernice. Dopo alcuni colpi, compare una giovane strega in uniforme scolastica blu e spalanca la porta per darmi il benvenuto.

"Forrest, come stai, entra, entra. Jodie! Jodie! Forrest è qui, ed è tutta lupo!" La giovane strega, Heather, urla la sua eccitazione e mi rivolge un enorme sorriso di benvenuto. L'ho incontrata in ospedale quando ha aiutato Jodie a portare un ordine di pozioni. La trovo adorabile. "Forrest, posso accarezzarti? Per favore, per favore, per favore?" Heather si dimena, agitando le mani verso di me con un grande sorriso e i corti riccioli biondi che rimbalzano. "Sei proprio carina."

In risposta, annuisco con la testa, tiro fuori la lingua e le faccio il mio miglior sorriso da lupa. Heather strilla di nuovo di gioia. Mi sdraio sul pavimento di legno e Heather si getta a terra accanto a me.

Heather mi accarezza delicatamente il pelo intorno alla testa e alle orecchie. Mi passa le mani lungo la schiena. È davvero meraviglioso. Non mi hanno mai accarezzato il pelo prima d'ora. A pensarci bene, non ho mai conosciuto un tocco gentile in questa forma. A ogni carezza delle mani di Heather, mi ritrovo a rilassarmi sempre di più sul pavimento.

Guardo con interesse il negozio. È illuminato da una luce naturale che filtra dalle grandi finestre poste sulla facciata anteriore. Vedere decine di sfere di luce magica fluttuare in diversi angoli della stanza è affascinante. Man mano che la luce nel negozio cambia durante il giorno, le sfere fluttuanti si spostano dove sono necessarie. Una si è già posizionata sopra Heather e me. È fantastico.

Noto che gli scaffali di legno sono pieni zeppi di meraviglie. Il ronzio elettrizzante dell'energia dei manufatti magici riempie l'aria e l'odore quasi opprimente delle erbe mi punge il naso.

Chiudo gli occhi. La vita non è poi così male se non ti concentri sugli aspetti negativi.

"Dai, lasciala stare, sciocchina. Sotto tutto quel pelo c'è una donna." Apro un occhio e vedo Jodie in piedi davanti a una porta, che immagino conduca al retro del negozio, riservato ai dipendenti. Sul suo bel viso c'è un sorriso sincero. "Forrest, che piacere vederti, tesoro. Se ti trasformi di nuovo, ti preparo una tazza di tè." Si gira e torna nella stanza dietro di lei.

"Oh, non ho mai visto mutaforma in forma animale. Volevo più tempo... il tuo pelo è così morbido." Heather si lamenta alzandosi dal pavimento e se ne va sbattendo i piedi.

Sbuffo facendo la tipica risata da lupo e mi alzo stirandomi. Mi avvicino alla porta, con gli artigli che ticchettano sul pavimento. Sbircio dentro.

La stanza è grande ma accogliente, decorata con caldi toni di verde che mi piacciono molto. C'è una vera e propria stufa a legna e una comoda zona salotto da un lato e un'ampia cucina da strega di dimensioni industriali dall'altro, con un tavolo al centro in grado di ospitare dodici persone.

Quando entro nella stanza, mi lascio trasportare dalla trasformazione. La magia muta il mio corpo da lupo in forma umana nel giro di pochi secondi. Non fa male e sembra naturale. Non è come nei film razzisti sui lupi mannari creati dall'uomo, dove le ossa si spezzano, esce uno strano liquido disgustoso e il lupo mannaro urla di dolore. È una trasformazione che avviene in un battito di ciglia, pura, meravigliosa magia.

La magia è mozzafiato nella sua complessità. Ad esempio, le streghe la gestiscono in modo diverso dai mutaforma. Ci sono così tanti rami della magia che alcune streghe sono specializzate in pozioni, come Jodie e la sua congrega. Altre, invece, sono specializzate in elementi naturali.

Il punto è che le streghe *manipolano* la magia e i mutaforma *sono* magia.

Un fatto interessante che ho scoperto sulle streghe da Jodie è che hanno un problema opposto a quello dei mutaforma: le streghe maschio sono estremamente rare.

Jodie mi dà le spalle e prepara il tè. Wow, sta davvero facendo del suo meglio! Ha disposto su un vassoio delicate tazzine, piattini e una bellissima teiera. Ci mette sopra una piccola lattiera e una zuccheriera con vere zollette di zucchero... Che eleganza.

Tiro fuori le palline di pozione dalle tasche. Potrei anche farle controllare da Jodie, dato che non sono sicura che il continuo mutare forma non le abbia rovinate. La magia di trasformazione che Jodie mi ha donato in ospedale rende i miei vestiti parte integrante della trasformazione, quindi quando torno alla normalità conservo i miei abiti. Trasforma anche le mie armi: è incredibile! L'unica cosa che non muta con me è la tecnologia, quindi non so esattamente come funziona il processo se c'è anche altra magia di mezzo, come le mie palline di pozione. In ogni caso, adoro non dovermi spogliare completamente per trasformarmi.

"Puoi metterle nella ciotola sul tavolino, le controllerò tra poco." Jodie mi dà ancora le spalle. *Che strana strega*, penso divertita. Sorridendo, obbedisco e le metto nella ciotola.

"Siediti," dice, portando il vassoio con il tè al tavolo. "Allora, dimmi, cosa c'è che non va? Non è da te andare in giro con noncuranza nella tua forma di lupo."

Mi siedo e mi mordo il labbro. Scommetto che metà delle cose che sono successe oggi non sarebbero capitate se avessi aperto la bocca. Non posso più lasciare che questo problema mi controlli. Appoggio la testa tra le mani e mi massaggio le tempie. Da dove comincio...

"Usa le parole, Forrest. Siamo solo noi qui. Per favore, spiegami cosa è successo." Mi sorride incoraggiante. I suoi occhi castani sono caldi e rassicuranti, quindi apro la bocca, faccio un respiro profondo e le racconto tutto.

Le spiego cosa è successo con Harry e con Daniel. All'inizio Jodie è arrabbiata con mio fratello, mentre è tutta esaltata dal tempestivo salvataggio di Daniel. Ma più mi dilungo, più si innervosisce. È furiosa per me. Mi sento molto fortunata ad avere un'amica così buona. Provo anche un senso di sollievo perché ora che conosce tutti i dettagli di oggi, concorda con la maggior parte delle mie conclusioni. Non pensa che io abbia reagito in modo esagerato in nessuna delle due situazioni. Anzi, mi dà l'impressione che avrei dovuto agire prima.

Dopo essersi calmata dal desiderio di mutilare Daniel per il rapimento con l'auto, Jodie decide finalmente di non darmi una pozione esplosiva per il pene. Credo.

"Tieni, questa è una pozione per l'impotenza maschile." Jodie mi porge una pallina rosso vivo. "È la versione stregata dello spray al peperoncino; non solo rende impossibile a un uomo avere un'erezione per settimane, ma rende anche incapace persino un mutaforma per circa venti minuti, così puoi scappare o, in alternativa, pugnalarlo." Sorride.

Fisso la piccola pallina innocua sul palmo della mia mano e guardo la mia amica sbattendo le palpebre. Spero che al suo posto non mi abbia dato di nascosto quella che fa saltare tutto in aria. Come se Jodie potesse leggermi nel pensiero, scoppia a ridere. "La tua faccia..." Ride così forte che le lacrimano gli occhi. La guardo perplessa. Quando riesce a parlare, dice: "Ti giuro che non è quella esplosiva, Forrest." Ride di nuovo, battendosi le mani sulle gambe, con gli occhi che le brillano. "Con questa pozione, se un uomo afflitto da quel problema va da una strega per chiedere aiuto, lei lo capirà e probabilmente prolungherà l'effetto della pozione dell'impotenza. Quindi stai attenta e usala solo in una situazione come quella di oggi, perché è una punizione molto efficace." Si asciuga le lacrime dagli occhi.

Wow. Appunto per me stessa: non far mai arrabbiare una strega.

"Grazie," le dico con un sorriso cauto. La capacità di vendetta di Jodie è fantastica. Rabbrividisco in modo teatrale e lei ricomincia a ridacchiare.

"Mi sarebbe piaciuto che tu avessi preso a sberle Liz..." dice Jodie malinconicamente.

Daniel mi ha involontariamente impedito di prenderla a calci, facendomi un favore, immagino, a lungo termine. "Ho solo un nuovo stalker viscido con cui fare i conti."

Questo fa tornare sobria la mia amica, che mi rivolge un sorriso triste.

"Okay, beh, dovremo fare qualcosa per impedire ai mutaforma di rintracciarti troppo facilmente. Ho alcune cosette che saranno perfette... dammi un secondo." Jodie batte le mani, salta in piedi e inizia a rovistare nel suo magazzino. Dopo ben quindici minuti, tira fuori un braccialetto stupendo. "Per prima cosa, questo braccialetto," dice Jodie, mettendolo sul tavolo davanti a me. "Se decidi di usarlo, noterai che non è solo bello, ma è anche incredibilmente complesso dal punto di vista magico. Quando lo indossi, sarà impossibile rintracciarti."

Usarlo? Lo infilo al polso sinistro così velocemente che Jodie non ha nemmeno finito di spiegarmi come funziona. Mi rivolge un sorriso smagliante e scuote la testa. Mi versa un'altra tazza di tè e continua. "È una magia che maschera l'odore. Cambierà completamente il tuo odore, con regolarità. Quindi, anche stando direttamente di fronte a un mutaforma, avrai l'odore di un normale essere umano. Oh..." Jodie balza in piedi e torna con una vecchia scatola, che posa sul tavolo con un tonfo. "Quando avrò finito con te, questi lupi mutaforma non si accorgeranno nemmeno che sei proprio davanti a loro. Nemmeno il tuo amico segugio infernale ti riconoscerà con questa meraviglia."

"Oh, è un incantesimo?" chiedo con cautela. Jodie alza gli occhi al cielo e scuote la testa.

"No, non è un incantesimo: molte creature potenti riescono a vederci attraverso. No, quello che ti serve e quello che ho qui, Forrest, è una magia di travestimento," sussurra Jodie con aria complice. Ooooh.

Lascio il negozio di Jodie ore dopo, con un foglietto con

un numero di telefono stretto in mano e le tasche piene di palline magiche luccicanti e utilissime. La buona notizia è che, dopo aver controllato, Jodie ha confermato che le altre sfere magiche erano sopravvissute ai miei cambiamenti. È una notizia fantastica, perché significa che anche i miei nuovi braccialetti magici cambieranno con me senza problemi.

Al polso sinistro ho il mio fantastico mascheratore di odori, mentre al polso destro ho il braccialetto mimetizzante. La magia mimetizzante non è attiva tutto il tempo, a differenza di quella del mascheratore di odori, per attivare l'incantesimo devo metterci sopra le dita e pronunciare la parola *Betty*.

Scegliere come volevo apparire è stato divertentissimo. Non c'è niente di meglio che ridere di sé stessi guardandosi allo specchio con un naso gigante e un mento enorme. Trascorrere del tempo con Jodie mi ha risollevato il morale. Mi sento più leggera.

Alla fine, dato che la mia voce è profonda e roca, abbiamo deciso di travestirmi da anziana, e 'Betty' è perfetta. Ho ancora la stessa corporatura, la mia altezza e il mio colore di capelli: una volta andava di moda la tinta blu, quindi perché non rosa? Mi basta raccogliere i capelli in uno chignon e sono pronta. Meno modifichiamo l'aspetto con la magia, minori sono le possibilità che l'incantesimo venga scoperto. Occhi marroni, naso affilato e tante rughe, rughe umane e felici. Come in una vita trascorsa a ridere e sorridere. I mutaforma non mostrano la loro età con le rughe come gli umani; l'età non resta impressa sui nostri volti e sui nostri corpi. No, si misura in base al livello di potere che si irradia oltre i sensi normali. Quando un mutaforma raggiunge la maturità naturale, il suo apice, normalmente tra i trenta e i quarant'anni di età umana, il corpo non invecchia più. Ai mutaforma non importa l'età, conta solo il potere.

Con un po' di abbigliamento artistico, anche se si tratta solo di un cappotto, nonna Betty sarà pronta: il travestimento perfetto.

Capitolo Diciannove

Quando torno all'appartamento, scopro che John mi ha contattato e vuole parlarmi immediatamente. A quanto pare, vuole discutere di quello che è successo oggi con Daniel e della faccenda del rapimento. Non ho idea di come abbia fatto a scoprire tutto così in fretta.

Quando risponde alla mia videochiamata, John sembra furioso. Per un attimo, sono contenta di vedere quanto sia arrabbiato per me.

Il pensiero finisce per essere *estremamente* presuntuoso.

"Ho avuto una telefonata interessante con il *Consigliere* Daniel Kerr." Mi blocco e il mio viso sbianca. Oh, maledizione, lo stalker Daniel è un membro del consiglio. La mia vita è un disastro. Osservo John con crescente trepidazione.

"Ti rendi conto, Forrest, che avere un membro del consiglio che mi chiama per la mia sorella ribelle è del tutto inaccettabile. Che diavolo hai combinato per far irritare uno dei mutaforma più importanti del paese!" ruggisce John.

Sono sconvolta e, in risposta, la mia magia formicola e le mie dita iniziano a trasformarsi parzialmente in artigli; fuori campo, Owen grugnisce sorpreso. Faccio una smorfia. Questa conversazione non dovrebbe andare così. Mi mordo il labbro e torco le mani in grembo. Gli artigli della mia mano sinistra mi affondano inavvertitamente nella coscia e l'odore del sangue permea l'aria. Owen mi prende prontamente la mano in segno di silenzioso sostegno, molto probabilmente anche per impedirmi di lacerarmi ulteriormente la gamba.

Ignaro, mio fratello continua a rimproverarmi. "Il consigliere ha spiegato nei dettagli cosa è successo oggi." John si strofina la nuca e ringhia: "Abbiamo deciso che l'intero incidente è stato colpa tua, chiaramente a causa della tua mancanza di esperienza di vita. Sono così deluso da te, Forrest: ti sei comportata come una bambina fuori controllo. Hai ovviamente travisato l'intera conversazione con il consigliere. Nostra madre si vergognerebbe del tuo comportamento sconsiderato."

Il mio stomaco ha un sussulto quando menziona mia madre. Il ricordo di lei quel giorno al magazzino cerca di farsi strada nella mia mente. No, quel flashback del cavolo non può venirmi in mente proprio adesso. Afferro il ricordo e lo rimetto nella sua scatola. No, col cavolo.

John si sbaglia; nel mio cuore so che mia madre avrebbe capito, senza dubbio.

"Daniel Kerr non stava cercando di rapirti o di fare qualcosa di inappropriato. Accidenti, stupida ragazza, l'idea che un membro del consiglio comunale possa cercare di rapirti è assolutamente ridicola." John scuote la testa e arriccia le labbra; il suo disgusto nei miei confronti è evidente e si legge in ogni linea del suo volto furioso.

Raccolgo il coraggio e apro la bocca per rispondere alle sue accuse ingiuste. La determinazione a difendermi pulsa in tutto il mio corpo.

"Lui..."

"No! Sto parlando io." John mi interrompe con un ringhio e alza la mano per zittirmi.

I miei occhi bruciano mentre fisso mio fratello, comunicandogli silenziosamente il mio dolore.

"Daniel ha detto che l'hai aggredito. Forrest, hai aggredito un membro del consiglio! Avrebbe potuto ferirsi gravemente. Ha anche detto che prima dell'aggressione era dovuto intervenire per difendere una mutaforma innocente da un tuo attacco. Che cazzo ti prende! Hai bisogno di un aiuto professionale! Ho convinto il consigliere a non intraprendere alcuna azione legale nei tuoi confronti e, fortunatamente per te, non coinvolgerà i cacciatori. Ma abbiamo deciso tra di noi che non ci si può fidare di te." La confusione mi rode dentro e il cuore mi rimbomba nelle orecchie. Faccio appello a tutte le mie forze per stare seduta in silenzio e non reagire. Owen mi stringe la mano mentre io lotto per mantenere la calma. Faccio un altro respiro tremolante e doloroso.

"Daniel era anche preoccupato per come hai lasciato la sua auto in modo così pericoloso. Dal finestrino, Forrest, davvero?" John continua la sua ramanzina. "Si è offerto, a sue spese, di affidarti i suoi mutaforma ben addestrati per sostituire le tue guardie del corpo. D'ora in poi, quando vorrai lasciare l'edificio, ti accompagneranno loro. I segugi infernali sono troppo occupati per seguire te e le tue bravate." John scuote la testa frustrato e deluso.

Daniel ha manovrato John a meraviglia. Che bastardo manipolatore. Non ho idea di come affrontare la situazione. Ottima mossa, Daniel, ottima mossa.

"Ho rifiutato, da parte tua, l'invito per andare a vivere con lui." Beh, è davvero magnanimo da parte sua, rifiutare al mio rapitore l'accesso a tempo pieno. "Mi sembra che tu abbia già avuto abbastanza sconvolgimenti. Ma ti avverto, Forrest Hesketh, un altro errore e me ne laverò le mani." Incrocia il mio sguardo e un altro ringhio gli sfugge tra i denti. John è terrificante quando perde la calma e in questo momento sta trattenendosi a stento. "Hai bisogno di un aiuto professionale. Daniel te lo procurerà. Non so come hai fatto a essere così fortunata da ottenere il suo favore. Soprattutto dopo tutto quello che hai fatto." John scuote la testa. "Il consigliere è un uomo migliore di me." John si strofina di nuovo la nuca.

Con voce più calma, dice: "Cosa mi aspettavo da una lupa selvatica? Ti comporti come un animale e io ti tratterò come tale. Se potessi metterti al guinzaglio, lo farei." Trattengo il respiro. Cavolo, che crudeltà, un guinzaglio? Davvero, John? Perché non mi prendi anche un altro collare elettrico, già che ci sei? "Ora: hai sprecato abbastanza del mio tempo. Devo tornare al lavoro. Comportati bene." John chiude la chiamata senza salutare.

Rimango seduta sulla sedia, intorpidita. Sbuffo per la frustrazione. Perché diavolo ho detto che oggi non poteva andare peggio? Maledetta legge di Murphy.

Che vita schifosa.

Chiudo gli occhi e sbatto ripetutamente la nuca contro

la sedia. L'intera conversazione è degenerata rapidamente. Tecnicamente ho graffiato Daniel per legittima difesa, ma che cavolo! È stato lui ad aggredirmi. Ora John ha invitato quest'uomo potente e pericoloso a entrare ancora di più nella mia vita.

Se oggi non avessi parlato con Jodie, forse mi sarei convinta di aver reagito in modo esagerato. Le cose crudeli che ha detto John... "Un altro errore e me ne laverò le mani." È facile per lui dirlo e credere alle cavolate di Daniel.

E mai che mi abbia chiesto la mia versione dei fatti.

Valuto la mia gamba sanguinante. I tagli sono superficiali. Sospiro. Ho rovinato i leggings.

Daniel, quel bastardo, ci ha manovrati tutti come pedine degli scacchi e ha ottenuto ciò che voleva. Una lacrima mi scende lungo il naso e la asciugo con la spalla.

Ho bisogno di andare in palestra. Ho bisogno di sfogarmi su qualcosa e, dopo aver sudato tutto il possibile, ho bisogno di passare qualche ora a meditare. Se non lo faccio, rischio di andare a cercare Daniel, quel bastardo, e mostrargli cosa significa davvero un'aggressione. Mentre lui giace a terra sanguinante, voglio urlare e gridargli contro per avermi spaventata in quella macchina, per aver messo mio fratello contro di me.

No. Scommetto che lui conta sul fatto che io reagisca così, senza pensare. Andare da lui con tutte le armi spianate non farebbe altro che il suo gioco. Comportandomi come l'animale che John sostiene che io sia.

Un singhiozzo mi sfugge dalle labbra. Chiudo gli occhi con forza.

Il meglio che posso fare è comportarmi in modo intelligente, tenere la testa bassa e non reagire. Non ho intenzione di stare al gioco malato di Daniel.

Deve pensare che io sia una preda spaventata, debole, senza amici. Per rafforzare questa convinzione, forse sarebbe meglio se non uscissi dal mio appartamento. Dopo tutti questi anni trascorsi sotto forma di lupo, ho una storia di situazioni orribili alle spalle. Quindi questo è ciò che lui si aspetterebbe comunque. Un modello di risposta prevedibile, per indurlo a commettere un errore e, quando avrà abbastanza spazio, finirà per impiccarsi da solo.

Penso ai miei fratelli e ai pezzi della mia anima che hanno distrutto fino ad oggi. Sono cresciuta con l'abbandono e il dolore costante da parte di quelli che dovevano essere i miei cari. Diamine. Scuoto la testa, è facile per me abituarmi alla crudeltà di questo mondo, dato che mi aspetto di essere presa a calci mentre sono a terra. Ho già affrontato questo schifo in passato. Abusi mentali e fisici, sì, li conosciamo bene.

La vita è maledettamente ingiusta.

È il modo in cui la affronti che ti definisce, e io mi rifiuto di essere una persona amareggiata e orribile, governata dalla rabbia.

Perché gli uomini della mia vita si comportano così? Perché sono così crudeli?

"È stato un po' ingiusto," dice Owen. Apro gli occhi e lo guardo sbattendo le palpebre. Mi rendo conto che stiamo ancora tenendoci per mano; è rimasto in silenzio, per lasciarmi pensare. Non tutti gli uomini della mia vita ne sono capaci. Gli stringo la mano in un silenzioso ringraziamento. "Mi dici cosa è successo, per favore?" Lascio la presa e mi tocco gli artigli. Alzo lo sguardo e faccio un sorriso triste al mio amico, e un'altra maledetta lacrima mi scende lungo la guancia. Come ho fatto con Jodie, parto dall'inizio.

Dopo che ho finito, l'energia rabbiosa di Owen si diffonde nella stanza. Inspira bruscamente, poi espira con uno sbuffo. Guardandomi, ringhia.

"John deve sapere..."

"Ti prego, non mi crederà. L'hai sentito. Ti prego, segugio tata, non devi litigare con mio fratello o Daniel. Io... non sarò un peso per nessuno." Il tremito nella mia voce è patetico. "Questo giocherà a favore di Daniel. Devo scegliere le mie battaglie ed evitare di scoprire le mie carte." Poi continuo a spiegare il mio pensiero e la mia teoria.

Incontro lo sguardo di Owen; nei suoi occhi grigi vedo paura e rabbia. Owen tiene a me. Cerco di trasmettergli tutta la mia gratitudine. Mi bruciano gli occhi e anche il petto. Lui deglutisce visibilmente, si strofina una mano sul viso e riesce a emettere un grugnito scontroso e un cenno rigido del capo.

"Va bene." Owen mi controlla, poi annuisce una volta dopo essersi assicurato che non sono a un passo dalla morte. Mi arruffa i capelli come se fossi una bambina. Poi mi fa una ramanzina di dieci minuti sul perché è così pericoloso salire sull'auto di uno sconosciuto. La normalità di essere rimproverata mi allontana dal baratro dell'isteria. Anche il caldo abbraccio dopo il discorso sui pericoli degli sconosciuti mi aiuta.

Owen concorda sul fatto che sia il mascheratore di odori che la magia di travestimento siano una buona idea. Meno i miei movimenti vengono tracciati, meglio è.

Entrambi decidiamo che sono in isolamento e non posso lasciare il mio appartamento, figuriamoci l'edificio.

Non con la nuova squadra di scagnozzi, ehm, volevo dire *guardie del corpo* che pattuglieranno la zona. Cavolo, scommetto che saranno le due montagne di muscoli senza cervello a fare la guardia. Mentre sto pianificando modi subdoli per scappare, magari imparando a calarmi con una corda, Owen mi parla dei portali.

"Abbiamo dei portali? Come mai non sapevo nulla della loro esistenza?"

"Si tratta di un sistema di passaggi creati dalle streghe e collegati ad altri portali in tutto il mondo, che utilizzano la magia delle linee di energia," spiega Owen. "Per andare da qualche parte devi avere il permesso e conoscere i codici dei passaggi. Altrimenti riceverai un saluto spiacevole, forse persino fatale, da una guardia dall'altra parte." Ci sono portali in tutta la città. Owen promette di darmi i codici e la mappa di tutti quelli presenti, sia locali che mondiali, così potrò memorizzarli.

L'ozio mi piace, e anche l'idea di passare inosservata non è male. Il pensiero di poter andare ovunque istantaneamente è sbalorditivo. Con la magia, il mondo diventa minuscolo.

Purtroppo, scopro anche che non mi è permesso giocare con i portali, perché questo edificio non ne ha uno.

Owen tira fuori il telefono dalla tasca. "Ho un'amica che è una strega dei portali." Gli sorrido. "Posso chiamarla..."

"Oh, tu hai un'amica..." Alzo le sopracciglia. Owen è mortificato dalla mia presa in giro. Il che mi incoraggia a passarmi le dita tra i capelli, sbattere le ciglia e fare il broncio, imitando malamente la sua ipotetica amica. Lui fa una smorfia di orrore. Io rido e mi allungo verso il suo telefono.

Owen mi mette la sua grande mano sul viso e tiene il telefono fuori dalla mia portata.

"Smettila. Pensavo che avessi una specie di attacco epilettico, non farlo più. Non quel tipo di amica, Forrest. Posso farla venire a installare un nuovo portale nel tuo appartamento stasera. La spesa sarà assurda, ma ne varrà la pena. Grazie al cielo sei ricca. Ho un'altra strega che mi deve un favore; più tardi dovrebbe essere in grado di venire a installare un incantesimo di protezione." Salto sulla sedia. Evviva! Il mio portale personale. "La protezione dell'appartamento sarà una sicurezza in più; penso che tenere Daniel fuori dall'edificio sarà impossibile. È un membro del consiglio con uno status elevato. Questo lo rende quasi intoccabile. Il fatto che John sia il proprietario dell'edificio e degli appartamenti non aiuta. Potrei comunque parlargli...?" Scuoto la testa. "Okay, scegliamo le *nostre* battaglie e non scopriamo le carte." Owen ripete ciò che ho detto prima, convinto. "Quindi impostare la protezione dell'edificio per colpire Daniel o la sua gente, anche se divertente, sarebbe sciocco. Al contrario, impostiamo una protezione per tenerli fuori dal tuo appartamento e impedire loro di raggiungerti. Nel frattempo, puoi fingere di essere seduta nel tuo appartamento, imbronciata. Ci darà il tempo di trovare una soluzione a questo pasticcio." Evviva. Abbiamo un piano. Owen si alza e mi tira su dal divano. "Useremo il tuo giardino sul tetto per allenarci, dato che la palestra sarà fuori uso per un po'. A partire da ora, sei in isolamento."

Poi aggiunge: "Bene, allora. Forza, Forrest, cambiati. Ti addestrerò sui punti di pressione, sul cavare gli occhi e sul combattimento a terra. Dobbiamo anche assicurarci che quegli artigli non continuino a spuntare a casaccio."

Capitolo Venti

Prima di lasciare il negozio, Jodie mi ha ficcato in mano un biglietto, insistendo che mi sarebbe servito. Sul foglio c'è il numero di telefono di un gruppo che aiuta le creature in difficoltà. Jodie ha giurato che sono affidabili e che se qualcuno avesse avuto informazioni imparziali sulla legge dei mutaforma e su come affrontare problemi come quello di Daniel, queste sarebbero state le persone giuste a cui rivolgersi. Ho preso il numero per educazione. All'inizio non avevo alcuna intenzione di telefonare. Jodie deve essere anche una sensitiva.

Con il mio stalker e rapitore alle calcagna, devo fare qualcosa di proattivo. Non ho dei veri alleati. Certo, Owen è dalla mia parte. Ma non posso aspettarmi che metta a rischio la sua carriera e la sua vita per me. Che tipo di persona sarei se lo facessi? Lo stesso vale per Jodie. Ho preso la triste decisione di stare lontana dalla mia amica strega finché la situazione con Daniel non si sarà calmata. Non voglio coinvolgere le streghe. Questa non è una loro battaglia e Daniel è troppo pericoloso.

Chiamo il numero, ma nessuno risponde.

Qualche ora dopo, le streghe hanno installato sia la mia nuova protezione che il portale e io sto preparando una tazza di tè quando il mio telefono squilla. Lo guardo con curiosità. *Chi cavolo mi sta chiamando?* Nessuno mi chiama mai. Fissare il telefono come una pazza non mi darà questa informazione, quindi penso *Al diavolo,* e rispondo.

"Pronto?" dico con cautela.

"Forrest? Ti ho richiamato... Sembra che tu abbia un problema con un membro del consiglio? Stai bene?" Allontano il telefono e lo guardo sbattendo le palpebre. *Eh?*

"È tutto un po' incasinato," dico con cautela.

È un eufemismo enorme.

"Sì, capisco. Lascia che mi presenti. Mi chiamo Ava e sono un'esperta di sicurezza. Mi dispiace non averti richiamato prima. Di solito controllo chi mi chiama prima di parlarci, e a volte questo può richiedere un po' di tempo. Nel tuo caso, ho impiegato questo periodo in modo produttivo, raccogliendo le prove disponibili. Sono felice di dirti che ho un filmato del tentativo di rapimento di oggi."

"Hai... un filmato?" sussurro incredula. "Come facevi a saperlo... Che tipo di filmato?" Chiudo gli occhi e mi mordo il labbro. *Ti prego, dimmi che vuoi aiutarmi. Ti prego*, imploro l'universo.

"Sì, di entrambi i tentativi di rapimento. Non dimenticare che il consigliere Kerr ci ha provato due volte." Sento il leggero ticchettio di una tastiera nell'auricolare. "Ci sono i filmati delle telecamere delle luci quando è saltato fuori dall'auto, i filmati del bar. Oh, e il mio pezzo forte: sorprendentemente, ho anche le riprese dall'auto."

"Oh santo cielo." Emetto una specie di gorgoglio. Il suono mi si blocca in gola e si trasforma in un gemito. Barcollo e faccio quasi cadere il tè. Riesco a far scivolare la tazza sul bancone prima di sprofondare goffamente sul pavimento nel mezzo della piccola cucina.

Chi è questa persona? Posso fidarmi di lei? Cosa vuole in cambio?

"Ecco, ho inviato tutto quello che ho al tuo indirizzo e-mail. Ora, invece di andare da tuo fratello, quel segugio infernale, con queste informazioni, penso che dovremmo puntare un po' più in alto, non credi? Se sei pronta e se ti fidi di me, risolveremo questo incubo una volta per tutte."

"Voglio fidarmi di te," sussurro. La mia voce trema solo un po'. "Ho avuto una giornata di merda. Non so cosa dire... Ava, è troppo bello per essere vero. Ma mi fiderò di te. Grazie, grazie."

Ava ridacchia, con voce calda. "Jodie ne sarà felice. Non succederà dall'oggi al domani. Dovrò organizzare un incontro e, nel frattempo, Forrest, devi tenere un profilo basso. Non posso proteggerti finché non avrò consegnato queste prove alla persona giusta. A meno che tu non voglia sparire. Posso aiutarti in questo, se non vuoi combattere. Penso che tu abbia ottime possibilità di riabilitare il tuo nome. Ma, se vuoi, posso aiutarti a scappare, invece..."

"Voglio provarci." Sono così felice che sia dalla mia parte... Almeno spero. Non riesco a credere che abbia ottenuto tutte queste informazioni e che sappia tutto senza che io glielo abbia detto. È impressionante. Forse Ava è una specie di hacker? È troppo bello per essere vero! Incrocio le dita e ho fiducia che non cercherà di fregarmi. "Terrò la testa bassa e resterò qui. Ava, grazie. Se posso aiutarti in cambio, basta che tu me lo chieda."

"Non è un problema, Forrest, è quello che faccio. Ti chiamerò quando ne saprò di più. Abbi cura di te." Dopo esserci salutate, ancora sul pavimento della cucina tutta tremante, controllo la mia e-mail.

Ava ce l'ha fatta.

Il filmato della telecamera è schiacciante. È quello che mi serviva; spero sia sufficiente.

Credo di aver trovato la mia ancora di salvezza.

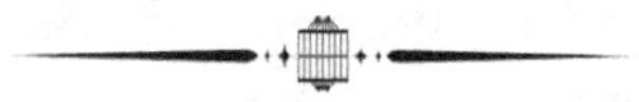

SONO in piedi davanti al mio portale. Mi sposto da un piede all'altro e mi dimeno come se avessi le formiche nei pantaloni. Sono piuttosto nervosa. Mi sistemo il cappotto e con le dita rimetto a posto i capelli sciolti raccogliendoli in uno chignon. Sono settimane che rimando l'uso di questo portale. Esito a lasciare la sicurezza del mio appartamento, spaventata dall'idea che Daniel o John possano afferrarmi e rinchiudermi. Così mi sono rinchiusa io stessa nel mio appartamento: che ironia, vero?

Sono anche nervosa all'idea di premere i simboli sbagliati del portale e finire in un posto dove non dovrei andare. Mi pento di aver detto a Owen che non avevo bisogno del suo aiuto quando me l'hanno installato. In realtà, avrei dovuto provarlo settimane fa.

Rido quando ripenso alla strega del portale e al suo

evidente disgusto quando le ho detto che volevo che il mio portale fosse all'interno della cabina armadio... Dai, chi non vorrebbe un portale in un armadio? Ciao, Narnia.

Ha passato ore a lavorare alla sua incredibile magia del portale per collegare il mio appartamento alle linee di energia. La strega non l'ha presa bene quando, per divertimento, le ho chiesto se potevo spedire alcuni dei vestiti che non mi piacevano attraverso un portale a caso, per fare un regalo a qualcuno. Ha detto *no* con una certa intensità, e lo sguardo di totale incredulità sul suo viso era impagabile. La strega delle protezioni era molto più gentile.

Io mi sono dedicata a evitare gli scagnozzi di Daniel, ad allenarmi con Owen e a leggere tutti i libri su cui sono riuscita a mettere le mani. Il tempo è volato via mentre mi nascondevo. Ora ho bisogno di usare il portale, ma Owen non è qui per aiutarmi. Insieme agli altri segugi infernali, è stato mandato via per una questione importante del consiglio, di cui non si può parlare. Ho la terribile sensazione che Daniel stia combinando qualcosa dietro le quinte, ma forse sono solo paranoica, anche se ne dubito.

Le due montagne di muscoli senza cervello e le altre guardie erano lì fuori nelle ultime settimane e io li ho evitati come la peste. Mi sono fatta consegnare il cibo a casa, ma da quando i segugi infernali se ne sono andati, le consegne sono cessate. È come se fossi rintanata nel mio castello, al sicuro nella torre, e Daniel mi stesse assediando, facendo del suo meglio per farmi morire di fame. Che bastardo.

Ava ha ottenuto delle prove video delle due montagne di muscoli senza cervello che accettano e prontamente distruggono o mangiano il mio cibo. Quei bastardi hanno persino mangiato la mia torta al cioccolato! La mia torta!

Quindi, nella disperazione per il mio dolce, ho deciso di provare il travestimento da Betty.

Devo essere coraggiosa.

Saltello sulle punte dei piedi ed esamino il portale con apprensione. Conosco i codici e so dove devo andare. Solo che non so che aspetto abbia il portale dall'altra parte, e questo mi spaventa a morte.

Faccio un respiro profondo e, con mano tremante, inizio a inserire il codice.

I codici sono simboli magici; sembrano simili ai geroglifici egizi, ma sono più vicini alla scrittura cuneiforme nella struttura, un linguaggio magico non correlato alla storia umana che le streghe chiamano 'rune'. C'è un nome altisonante per definirle, ma non chiedetemi quale sia, non ne ho idea. La mia educazione magica è terminata all'età di nove anni.

I primi tre simboli sono come un codice di zona, mentre i sei successivi sono per il portale stesso. Quello che sto inserendo *dovrebbe* condurmi a un portale in un vicolo a poche strade di distanza da una panetteria che voglio provare. Ho anche bisogno di iniziare a parlare di più con gli sconosciuti, quindi userò questo viaggio sia come un'esercitazione di conversazione e sia di utilizzo del portale.

Sto temporeggiando. Non succede nulla.

Finisco il codice, trattengo il respiro e attraverso.

Non è poi così male: sono viva e, beh, mi è sembrato di attraversare una porta normale. Che delusione: mi aspettavo un po' di formicolio o un lampo di luce, qualcosa. Mi guardo intorno, contenta di vedere che mi trovo davvero in un vicolo, spero quello che volevo.

Ciò che è interessante e un po' inaspettato sono i due

vampiri che stanno davanti al portale mentre esco. Per poco non gli finisco addosso. Spero che lo stiano semplicemente usando, e non sorvegliando. Mi sposto di lato e faccio un cenno di saluto con cautela. Non mi piacciono i vampiri.

Non è perché sono non morti o perché bevono sangue, è un semplice problema da mutaforma. Il mio naso è molto sensibile e i vampiri hanno l'odore della decomposizione. Penso che sia l'inizio di un ciclo prima che il corpo umano si trasformi, ma potrebbe anche essere l'odore base dei vampiri. Marciume. In ogni caso, mi fanno sempre venire un po' di nausea. Cerco di non respirare con il naso e di non dilatare le narici per il disgusto.

Entrambi i vampiri sembrano esseri umani normali. Uno è grasso con un orribile riporto, l'altro è magro. Se strizzo gli occhi, assomigliano un po' a Stanlio e Ollio: mancano solo dei piccoli cappelli a bombetta per completare il look.

"Allora, cosa ci fa una vecchia umana come te a usare i portali?"

Eh? Umana? Oh sì, il mascheratore di odori e 'Betty'. Perfetto! Funzionano coi vampiri, buono a sapersi. Beh, se oggi devo fare pratica, tanto vale usare la mia voce. Speriamo che non vogliano mangiarmi. Prendere a calci nel sedere dei vampiri perché volevano usarmi come sacca di sangue ambulante non è proprio il massimo dell'anonimato.

Mi schiarisco la gola e dico con voce roca: "Mi scuso per avervi quasi investito, signori. Se volete scusarmi, ho una commissione da sbrigare."

Entrambi mi guardano dall'alto in basso. "Forse puoi esserci d'aiuto, umana. Stiamo cercando una mutaforma.

Capelli rosa, occhi dorati. Non è che per caso conosci qualcuno che corrisponde a questa descrizione?"

Oh, cavolo, i vampiri stanno parlando di me. Mi stanno cercando. Scuoto la testa e li guardo con quella che spero sia un'espressione confusa e preoccupata.

Cavolo, cavolo, cavolo.

"Non ho mai incontrato una mutaforma prima d'ora. È una criminale?" Rabbrividisco leggermente, sperando che questo nasconda il battito accelerato del mio cuore.

"No, ma ha un mandato di arresto in sospeso. Ha attirato l'attenzione di qualcuno. Come ho detto, capelli rosa, occhi dorati e non parla. Ecco il nostro biglietto da visita, se dovesse vedere qualcuno con queste caratteristiche. Ci chiami e le daremo dei soldi, mille dollari in contanti, per una telefonata." Annuisco con finto entusiasmo e prendo il biglietto da visita.

"Che meraviglia," dico con tono allegro. "Mi farebbero molto comodo quei soldi per andare a trovare mia sorella, che meraviglia. Terrò gli occhi aperti." Mi accarezzo lo chignon rosa. "Oh, io ho i capelli rosa! Spero che nessuno pensi che sia io questa mutaforma." Ridacchio.

"Non preoccuparti, umana. Nessuno vi confonderà," sbuffa il vampiro con il ciuffo.

Auguro loro buona fortuna mentre esco dal vicolo. Mantengo la calma, sperando che il leggero aumento del mio battito cardiaco non mi tradisca. Cerco di trascinare i piedi per sembrare più umana. Probabilmente sembro una che se l'è fatta addosso. Dovrò aggiungerlo alla mia lista di esercizi da fare: la mia camminata alla Betty. Gli umani non si aggirano furtivamente.

Una volta a casa, mi preparo una tazza di tè e mi siedo nel giardino sul tetto a mangiare la mia torta al cioccolato.

Sfoglio i miei contatti. Provo prima a chiamare Owen, ma il suo telefono è spento. Prima di riappoggiarlo, squilla: è Ava.

"Ciao, sei tornata a casa sana e salva? Sei a conoscenza del mandato d'arresto?" Mi precipito nel mio appartamento e mi butto sul divano. La barriera protettiva impedirà a chiunque di origliare.

"Sì. Ma che cavolo! L'ho scoperto solo stamattina. Due vampiri offrivano denaro a chi mi avesse avvistato. È Daniel? Che cosa sta facendo?"

"Beh, sì. Ti posso confermare che è stato Daniel Kerr a richiedere il mandato. Sta diventando impaziente; questo gioca a nostro favore. Coinvolgere la Gilda dei Cacciatori è impagabile." Il sorriso nella sua voce è evidente. "Ti invierò una copia del mandato via e-mail, subito. Fortunatamente, non si tratta di una somma di denaro consistente. Si beccherà solo qualche mercenario improvvisato in cerca di facili guadagni. Ci sono clausole rigide sulla tua salute e il tuo benessere, quindi non vuole farti del male. Credo che il mandato serva più a farti sentire disperata e a metterti alle strette, spingendoti con le spalle al muro, piuttosto che a tentare seriamente di catturarti. Usa la Gilda per fare il lavoro sporco," dice Ava con disapprovazione. "Questo mandato illegale ci ha fatto salire notevolmente nella lista d'attesa. Sono riuscita a fissarti un appuntamento proprio con quelli della Gilda per domani."

Ava ridacchia soddisfatta al telefono. "Non sono riuscita a trovare nulla nel sistema: non esiste alcun caso ufficiale a tuo carico. Daniel ha aggirato le regole e ha emesso il mandato senza la documentazione adeguata. Il documento afferma addirittura che devi essere consegnata a lui e non alla Gilda dei Cacciatori per essere processata. Consegnare un fuggitivo alla presunta vittima è assolutamente inaccettabile. L'intera faccenda è sospetta. È un vero abuso di potere."

Continua: "Userò i vampiri che hai incontrato oggi come diversivo per le tue guardie del corpo. Resta nascosta. Mi assicurerò che tu possa partecipare in sicurezza alla riunione per ottenere la revoca del mandato. Domani mattina ti manderò un'auto." Concludiamo la chiamata con un saluto. È un rischio significativo fidarsi di lei, ma mi sembra la cosa giusta da fare.

L'e-mail di Ava arriva subito sul mio telefono, apro l'allegato e leggo. Si tratta del mandato di arresto soprannaturale. Leggo rapidamente il documento ufficiale che mi dichiara una fuggitiva.

Eh?

Nella mia testa, mi vedo correre attraverso i tunnel con Tommy Lee Jones alle calcagna. Davanti ai miei occhi si dipana l'immagine e mi sembra quasi di urlare *Non ho ucciso mia moglie!* come in quel film famoso, 'Il fuggitivo'.

Oh, è vero, in realtà era Harrison Ford a dirlo. Ma diventare una fuggitiva, anche se è una sciocchezza, mi fa sentire una cattiva ragazza. Canticchio una canzone di Billie

Eilish, 'Bad Guy', mentre prendo un'altra fetta di torta e accendo il bollitore.

Capitolo Ventuno

Sto andando alla Gilda dei Cacciatori con un avvocato demone, sì, un *avvocato demone*, che Ava ha incaricato di rappresentarmi. Il demone, il signor Brown, mi accompagna perché sia interrogata in merito alle accuse di aggressione a mio carico.

Sono incredibilmente nervosa.

I capelli rosa sciolti mi arrivano fino alla vita e l'orlo del grazioso abito bianco dal collo alto appena alle ginocchia. Ha dei deliziosi fiori tridimensionali ricamati e un grande fiocco sul retro. Sotto ho indossato una sottoveste con dei volant che fa gonfiare la gonna. L'abito è ridicolo, e proprio per questo è perfetto. Se fossi stata alta, sarebbe sembrato elegante, dopotutto è un abito firmato. Ma sul mio corpo minuto mi fa apparire più fragile. Sembro solo una giovane donna innocente e *inoffensiva*. Ho abbinato il vestito a un morbido cardigan azzurro, collant dello stesso colore e delicate scarpette bianche.

I miei polsi sembrano nudi senza i braccialetti magici. Ava mi aveva avvertito che sarei stata sottoposta a un controllo di sicurezza per verificare la presenza di magia, quindi li ho lasciati a casa. Sono a posto.

Esco dalla porta dell'atrio. Le guardie del corpo se ne sono andate in fretta circa mezz'ora fa. Il campo è libero. Ava mi ha fornito i dettagli dell'auto, quindi mi sento tranquilla a lasciare la sicurezza dell'edificio e la sua protezione quando vedo l'auto che mi aspetta.

Le mie nocche sbiancano sulla maniglia della porta. Tremo. Chiudo gli occhi, mi calmo e apro la porta. Scivolo dentro e saluto il signor Brown con un cenno del capo e un piccolo sorriso mentre ripeto alla me stessa tremante che non è Daniel.

Il demone non è come me lo aspettavo; è magro, con capelli biondi radi e occhi azzurri pallidi e acquosi dietro occhiali dalla montatura spessa. Indossa un brutto abito marrone. "Signorina Hesketh." Ricambia il mio saluto con un cenno del capo e poi guarda fuori dal finestrino, senza aspettarsi una risposta. Mi siedo in silenzio senza allacciare la cintura di sicurezza.

Non ci vuole molto per arrivare all'edificio della Gilda dei Cacciatori. L'auto ci lascia davanti alle porte di vetro principali e veniamo accolti da una signora dall'aria affannata che ci fa passare rapidamente attraverso un controllo di magia e armi. Una volta superata la procedura per la sicurezza, ci accompagna a un ascensore, dove invece di premere un pulsante fa scorrere una tessera sul pannello. Superiamo tutti i piani contrassegnati e ci dirigiamo verso l'ultimo.

Quando le porte dell'ascensore si aprono, usciamo in un corridoio molto ben arredato. In fondo, c'è una sola porta.

Non è affatto inquietante.

Sulla porta non c'è alcun nome. Non ho idea di chi stiamo andando a incontrare. Il mio nervosismo deve manifestarsi in modo evidente, perché il signor Brown mi guarda con un'espressione gentile e sicura.

"Ora, signorina Hesketh, tutto quello che deve fare è dire la verità. Al resto penserò io." Annuisco nervosamente e intreccio le dita. La signora apre la porta e ci fa entrare nella stanza rimanendo nel corridoio, poi la richiude dietro di noi.

L'ufficio è enorme e, come il corridoio, è arredato magnificamente nelle tonalità marrone e oro. La stanza, dall'aspetto molto maschile, ha pannelli di legno che ricoprono metà delle pareti. C'è una zona salotto con una libreria, un divano in pelle e due poltrone con schienale alto.

Un grosso mutaforma è seduto dietro una scrivania situata davanti alle finestre che vanno dal pavimento al soffitto. Si alza per salutarci mentre ci avviciniamo. Alzo lo sguardo verso l'enorme bestione e i miei occhi si posano sul ponte del suo naso. In un mondo pieno di mutaforma giganteschi, questo tizio è senza dubbio il più maestoso che abbia mai incontrato. È incredibilmente più grande di qualsiasi altro segugio infernale, sia in altezza che in corporatura, anche se guardandolo in foto si potrebbe pensare che sia un uomo di statura normale, dato che è così proporzionato. Stare di fronte a lui è tutta un'altra esperienza.

L'abito blu che indossa non ha una sola piega o macchia. Si adatta perfettamente al suo petto ampio e alle spalle larghe e rotonde, oltre che alla vita snella e affusolata.

Anche se è vestito con un abito, sembrerebbe più a suo agio con una spada in mano. Santo cielo, ha delle spalle così larghe! Scommetto che riuscirebbe a staccare la testa a chiunque con un solo pugno. Deve essere ben oltre i due metri, direi quasi due metri e venti. Istintivamente capisco che è un mutaforma drago.

La potente energia del drago mi fa formicolare la pelle e mi fa rizzare tutti i peli del corpo. Non so chi sia, ma so che deve essere molto importante.

Non mi vergogno di ammettere che mi spaventa a morte.

La sua presenza fa andare in tilt il mio istinto. Mi ritrovo persino a mettermi dietro al demone in posizione difensiva, il che è inutile dato che il drago può comunque vedermi. I miei occhi scrutano la stanza, alla ricerca di uscite alternative.

Lui mi sta guardando. Il suo volto non mostra alcuna emozione, ma le sue narici si dilatano, assorbendo il mio odore. Il suo viso è un'opera d'arte: scolpito, spigoloso, con zigomi alti, mascella forte e naso dritto. Le sue labbra sono carnose, con quella inferiore leggermente più piena di quella superiore. I capelli sono lunghi e argentati e anche la sua pelle ha un leggero bagliore argentato. È bellissimo. Sbuffo. Come potrebbe non esserlo? Dopotutto è un mutaforma drago, raro e leggendario.

Santo cielo, è un bestione affascinante. Emetto un sospiro quasi impercettibile.

Gli occhi argentati del drago lampeggiano e io mi blocco istintivamente. *È un predatore.* Cerco di comportarmi come una preda intelligente. Non muovo un muscolo. Tengo gli occhi fissi su di lui e la visione periferica sulla stanza nel suo complesso. Sento il petto stringersi e il respiro affannoso a causa del panico.

Sono allo stesso tempo terrorizzata e incredibilmente eccitata.

Bussano alla porta, io sussulto e squittisco per lo spavento... Un cavolo di squittio! Il drago mi scruta ancora più attentamente.

"Entra," dice con voce profonda e tonante. La porta si apre ed entra uno stregone dai capelli scuri. Wow, una strega maschio. Sembra essere sulla quarantina; si avvicina furtivamente alla grande scrivania e si ferma accanto al drago.

Ecco, Forrest, concentrati sul simpatico stregone e non sul drago spaventoso.

Il drago mutaforma si siede dietro la scrivania e indica con la mano le sedie per i visitatori. Il signor Brown annuisce e si siede. Rimango in piedi ancora qualche secondo, con la voglia di scappare a gambe levate dalla stanza, ma spinta dallo sguardo perplesso che mi lancia il signor Brown, mi affretto a sedermi.

Mi arrampico sulla sedia e il vestito mi si aggroviglia goffamente per il panico. Quindi mi tocca dimenarmi come una bambina per cercare di sistemarlo. Ciò che rende il tutto ancora più difficile è che le sedie sono enormemente sovradimensionate e i miei piedi sono a circa trenta centimetri dal pavimento. Quando finalmente riesco a ricompormi, alzo lo sguardo e vedo che tutti e tre gli uomini mi stanno guardando.

Spero di non averli scandalizzati.

Sono così felice di indossare i collant. Maledetto vestito. Il drago grugnisce.

Lo guardo di sottecchi. Cerco di capire se il grugnito è positivo o negativo.

"Grazie per aver accettato questo incontro, generale," dice il signor Brown con un cenno del capo. "Sono il signor Brown e sono qui oggi per rappresentare la signorina Forrest Hesketh in merito a un mandato di arresto per aggressione." Il drago non distoglie lo sguardo da me. Mi rifiuto di muovermi sulla sedia. Alzo il mento, ma non posso fare a meno di sbirciare verso l'uscita.

"È un'accusa grave, signorina Hesketh," dice il drago con una voce bassa e ipnotica. Annuisco, cercando di non tremare. Lo stregone porge un tablet al drago e lui legge le informazioni. Dopo circa dieci minuti di imbarazzo, alza lo sguardo. "D'accordo, le farò alcune domande e lei risponderà in modo sincero, signorina Hesketh. Matthew, il cristallo della verità, per favore." Lo stregone, Matthew, tira fuori dalla tasca un cristallo trasparente e lo appoggia con cura sulla scrivania.

"Lo prenda e lo tenga nella mano destra. Tenga la mano sempre sulla scrivania," dice Matthew a bassa voce. Annuisco e afferro il cristallo con il palmo tremante.

Il drago aspetta qualche secondo e chiede: "Può dirmi il suo nome completo e la sua età, per favore?" Annuisco di nuovo e mi lecco nervosamente le labbra.

Accidenti, ce la posso fare. *Ti prego, voce, non tradirmi.* Tossisco per schiarirmi la gola.

"Forrest Hesketh, e ho..." Mi sento vecchia. "Ho ventitré anni." Il cristallo diventa rosso. È un brutto segno? È diventato rosso! Il drago sospira disgustato e io guardo allarmata il signor Brown.

"Signor Brown, la sua cliente non riesce nemmeno a

dire il suo nome e la sua età senza mentire! Mi sta facendo perdere tempo!"

"Generale, lei ha appena letto il fascicolo della signorina Hesketh. Ha assunto la forma umana solo tre mesi fa, dopo aver trascorso quattordici anni come lupa. Credo che il problema sia la sua età." La stanza è silenziosa e tutti mi fissano di nuovo.

"Mi dispiace, signore," dico con voce roca e senza fiato. Mi agito sulla sedia. "Non mi sento come se avessi ventitré anni, ma la mia età è questa. Ho ventitré anni." Il cristallo diventa di nuovo rosso. Ho voglia di sbattere la testa sul tavolo. Sto facendo del mio meglio, maledizione, sono inutile. Il drago mi mangerà!

"Ripeta il suo nome!" abbaia il drago. Sussulto e inspiro bruscamente; il cuore mi batte forte nelle orecchie.

"Mi chiamo Forrest Hesketh," dico con voce roca.

"È qui oggi per negare l'accusa di aver aggredito il consigliere Kerr?" chiede. Guardo il signor Brown, che annuisce.

"Beh, no... Ehm... Cioè, sì," dico a bassa voce. Il cristallo rimane trasparente. Il drago mi guarda con aria esasperata.

"Si spieghi!" abbaia di nuovo, frustrato.

E così gli dico tutto.

CAPITOLO VENTIDUE

QUANDO FINISCO DI PARLARE, mi fa male la gola e tossisco: ho la bocca secca. Ho raccontato tutto al drago, dall'inizio alla fine. Ho tenuto gli occhi fissi sul suo naso, senza avere il coraggio di incrociare il suo sguardo.

Il cristallo è rimasto completamente trasparente per tutto il tempo in cui ho parlato.

Grazie. Cavolo.

"Mi mostri i suoi artigli mantenendo la forma da umana. Matthew, potresti portare un bicchiere d'acqua alla signorina Hesketh?" Lo guardo sorpresa: vuole vedere i miei artigli? Un'ombra di impazienza compare sul suo volto. "Signorina Hesketh, sono l'arma in questione. Se non le dispiace." Matthew posa un bicchiere sul tavolo. Mormoro un grazie e bevo quasi tutta l'acqua.

Santo cielo, che pressione. Dover mostrare i miei artigli

davanti a un drago, un drago! Se non ci riuscissi, mi divorerebbe? Il mio cuore ricomincia a battere forte. Chiudo gli occhi, mi concentro e faccio del mio meglio per ignorare la paura. Respiro profondamente e lascio che la mia magia da mutante faccia il suo lavoro. Apro gli occhi per vedere... per vedere una fiamma blu danzare sulla punta delle mie dita.

Dove sono i miei maledetti artigli? Che diavolo è quello?!

Piagnucolo per lo shock e, senza pensarci, infilo la mano incriminata nel bicchiere d'acqua.

Mi muovo con tale foga che perdo l'equilibrio e, senza mani libere per sostenermi, strillo cadendo a terra scomposta. *Ops*. L'abito mi finisce sopra la testa.

Rimango dove sono, sperando che si dimentichino di me qui sotto. Ho il respiro affannoso e continuo a lamentarmi per la paura.

Che cavolo era quello! Cavolo, cavolo, cavolo.

Sento un movimento sopra di me e un fruscio. Guardo il drago sotto shock mentre mi scopre il viso da sotto il vestito. Sbatto le palpebre. Un capello mi è entrato nell'occhio sinistro e io soffio forte per cercare di toglierlo. Il drago si accovaccia davanti a me; inclina la testa di lato e studia le mie mani. Sto ancora stringendo il cristallo in una mano e il bicchiere nell'altra.

"L'ha mai fatto prima?" Scuoto la testa per dire di no. "Ho bisogno delle parole, Forrest," dice tranquillamente con voce vellutata e avvolgente. Mi sposta la fastidiosa ciocca di capelli. Deglutisco e fisso le sue mani. Mani grandi, le più grandi che abbia mai visto. È proporzionato, quindi non dovrebbe sorprendermi. È così vicino: mi sovrasta.

"No, mai, stavo cercando di mostrare i miei artigli." Il cristallo rimane trasparente.

"Cosa stava pensando in quel momento?" mi chiede intensamente. La sua voce è più profonda, anche più morbida. È quasi difficile da sentire. Mi chino in avanti e, per la prima volta, i nostri sguardi si incrociano. Wow, i suoi occhi sono di un argento così bello. Ha un profumo incredibile, di muschio affumicato e legno bruciato. Emetto un mormorio.

"Avevo paura di non riuscire a mostrare i miei artigli e che mi avrebbe... mangiata." Il drago sbuffa una risata, si alza e mi aiuta a rimettermi in piedi.

"Proviamo di nuovo, va bene, signorina Hesketh?" Scuote la testa vedendo le mie mani ancora piene, mi solleva e mi rimette sul sedile, sistemandomi il vestito senza sforzo. Lo fisso scioccata. Mi toglie il bicchiere dalla mano e, con un tonfo umido, lo appoggia sul tavolo.

"Okay, artigli, per favore, signorina Hesketh," dice mentre torna dietro la scrivania e si siede.

"E se io...?" Muovo le dita bagnate ed emetto uno strano suono dalla gola.

Il drago mi sorride beffardo. "Non succederà."

Va bene, d'accordo, facciamolo. Invece di chiudere gli occhi, questa volta, mi concentro sul tempo che ho passato ad allenarmi con Owen. Penso alla fetta di torta al cioccolato che mangerò nel pomeriggio.

La mia magia formicola e gli artigli escono. Sorrido raggiante, trionfante.

Gli occhi del drago si posano sulle mie labbra e si dilatano. Un rombo vibra nel suo petto, quasi come un gorgoglio. "Molto bene," mi loda con un tono più profondo e leggermente burbero. Il drago inclina la testa di lato e respira di nuovo il mio profumo. Non so se si renda conto che non è così discreto nell'annusarmi. Allunga la mano sul tavolo, con il palmo rivolto verso l'alto. Apro la bocca e lo guardo confusa. "La sua mano, per favore, signorina Hesketh."

Oh. Metto la mia mano bagnata nella sua e lui aggrotta le sopracciglia. "Mi scusi," mormoro.

Poi ispeziona i miei artigli. "Matthew, aggiorna il file indicando che gli artigli della signorina Hesketh sono lunghi circa otto centimetri." Mi picchietta la punta dell'indice. "Non sono classificabili come armi," dice con tono sprezzante.

È il mio turno di aggrottare le sopracciglia.

Cosa c'è che non va nei miei artigli? Sono fantastici! Non sono armi? Sbuffo. "Daniel pensava che lo fossero," mormoro sottovoce.

"Va bene, se volete scusarmi, resti pure lì, signorina Hesketh." Il drago si alza e si allontana. "Matthew, sottoponi la signorina Hesketh a tutti i test di magia, compresi quelli residui. Voglio un rapporto completo." Scompare dietro una porta nascosta vicino alla zona salotto. Ehi, è un portale.

Senza di lui, la stanza diventa improvvisamente più fredda. Il suo profumo fumoso di muschio e legno bruciato rimane nell'aria.

Il drago spaventoso ha un profumo inebriante.

Guardo il signor Brown, che mi fa un cenno con la testa. Mi agito un po' sulla sedia, sollevata che la mia parte in questo disastro sia quasi finita.

Ne approfitto per sistemarmi i capelli, che sono ancora

tutti arruffati dopo la caduta. Matthew scompare nel corridoio e torna con uno scanner magico.

"Per favore, metti via gli artigli e appoggia il palmo della mano sullo scanner." Faccio come mi chiede. Ho usato gli artigli per pettinarmi. Purtroppo ora ho il grembo pieno di piccoli pezzi di capelli. Appunto per me stessa: gli artigli affilati non sono adatti per pettinarsi. Grazie al cielo ho i capelli folti, altrimenti sarei già calva.

Appoggio la mano sullo scanner e osservo affascinata mentre si illumina. Ne ho visto uno all'ospedale e so dai miei libri che i cacciatori ne portano con sé una versione base. Questo non è un modello così semplice e persino il signor Brown lo sta osservando con interesse. Mi punge anche il dito e preleva un campione del mio sangue.

Aspettiamo che il drago torni; è via da quella che sembra un'eternità. Beh, d'accordo, sono poco più di due ore. Ma ho un appuntamento con una torta al cioccolato, e l'attesa è snervante. Ci mancherebbe solo che quel bell'imbusto mi consegnasse a Daniel.

Matthew ordina tè e caffè mentre aspettiamo. Mi infilo rapidamente in bocca due biscotti di pasta frolla prima che qualcun altro li prenda. Adoro i biscotti di pasta frolla, e questi sono ottimi, provengono dalla Scozia. Ho la bocca piena e probabilmente sembro un criceto.

È allora che il drago decide di tornare nella stanza.

Mi valuta con cipiglio, osservando i capelli sparsi e alza un sopracciglio verso Matthew. "La signorina Hesketh si è spazzolata i capelli con gli artigli," spiega Matthew.

Il drago si strofina la mano sulla tempia e sospira. "Pazzerella," dice scuotendo la testa. Si siede dietro la scrivania e riprende il tablet da Matthew, presumibilmente per leggere il rapporto della scansione magica.

"Quindi la pozione anti peli corporei e la pozione per mantenere gli abiti dei mutaforma sono attive nel suo organismo? Ci sono anche tracce di un mascheratore di odori e di una magia di travestimento di base." Mastico il biscotto che ho ancora in bocca, cercando di non soffocarmi. Maledetta Jodie e quella pozione per i peli! Non posso credere che il drago ne sia a conoscenza. Gli ho parlato del mascheratore di odori e del mio travestimento, anche se non sono entrata nei dettagli: dopotutto, Betty è un travestimento. Non posso dire a un drago che ho intenzione di vestirmi come una vecchia signora umana e sgattaiolare in giro.

"Chi è il suo fornitore di pozioni?" Ho quasi finito di mangiare il mio biscotto, ma gonfio un po' le guance per far credere di avere ancora la bocca piena. Alzo un dito e indico le mie guance. Sto cercando di guadagnare tempo per pensare. Il drago aggrotta le sopracciglia, non credendo alla mia mossa.

Cosa gli dico? Metterò Jodie nei guai? Osservo attentamente il signor Brown, che fa il suo tipico cenno con la testa. I miei occhi volano su Matthew, ma lui non sta nemmeno guardando nella mia direzione. Ho finito di masticare. Scuoto la testa per dire no. "Non ci dirà chi le fornisce le pozioni?" chiede incredulo il drago. Scuoto di nuovo la testa.

"Signorina Hesketh, non finirà nei guai, non ha usato nulla di illegale. Può rispondere alla domanda," dice il signor Brown, cercando di incoraggiarmi. Continuo a scuotere la testa. Jodie è mia amica e non le spedirò un drago alla porta. Neanche se si avvale di uno stregone. Assolutamente no. No. Il drago dovrà mangiarsi me. Incrocio le braccia sul petto, ma le sciolgo rapidamente, perché quel gesto mi ricorda qualcosa che farebbe Liz. Matthew ha alzato la testa e ora mi guarda con interesse e un piccolo sorriso.

Il drago emette un sospiro di frustrazione. "Per sua fortuna, non ho tempo di torturarla per ottenere informazioni," dice ironicamente, massaggiandosi di nuovo le tempie. "Ho annullato il mandato d'arresto con effetto immediato. Le prove fornite dal signor Brown prima del nostro incontro confermano la sua versione dei fatti. Ho informato Daniel Kerr che d'ora in poi lei è ufficialmente sotto la mia protezione. Non riesco a credere che i segugi infernali non siano stati un deterrente più efficace." Mi guarda. Con tono severo dice: "Lei è una piantagrane, signorina Hesketh, e ha bisogno di una guida migliore. Ho parlato di persona con suo fratello. Gli ho mostrato il video che prova il tentativo di violenza sessuale da parte di Daniel Kerr." Spalanco gli occhi. *Porca miseria*. Incredibile... John conosce la verità. Non può discutere davanti alle prove e a un drago terrificante. *Boom*. Adoro questo tizio. Mi dimeno sulla sedia, quasi ballando dalla gioia.

"Dopo oggi, visto che lei è in grado di usare la magia del fuoco, suo fratello concorda che sarà meglio che lei rimanga sotto la mia custodia, per il momento."

Quindi *era* magia del fuoco! Ovviamente è così, sono proprio una stupida. Non posso credere che la magia del fuoco mi abbia spaventato così tanto. "Questo mi rende un segugio infernale?" chiedo con entusiasmo.

"No, signorina Hesketh. I segugi infernali sono guerrieri. Questo fa di *lei* una responsabilità."

Capitolo Ventitré

Ed è così che mi sono ritrovata a trasferirmi nella tana di un drago. Alla fine della riunione non lo stavo ascoltando con attenzione, e tutto quello che ho sentito è stato *mandato di arresto annullato, protezione bla bla bla*, e poi il mio cervello si è bloccato sulla questione della magia del fuoco. Probabilmente mi sono estraniata mentalmente.

Comunque, prima che me ne rendessi conto, il signor Brown si è alzato e ci ha guidato fino all'ascensore.

Owen ci ha raggiunti alla macchina. Il che è stata una sorpresa: mi ha rivelato che il Generale aveva annullato la missione e gli aveva ordinato di accompagnarmi a casa.

Quello che non avevo capito in quel momento era che stavo andando all'appartamento solo per fare i bagagli.

Ho ringraziato il signor Brown e gli ho chiesto di inviarmi il conto per il suo onorario; mi ha informato che il mio tutore aveva già pagato. Quando l'ho guardato con aria perplessa, mi ha detto che era stato il Generale a pagare. *Cosa?*

Quindi eccoci qui, in cima a una vera scogliera, con il portale del drago alle nostre spalle. Fisso il panorama: ho la bocca spalancata, quasi mi ci volano dentro le mosche. Wow. Arroccata sulla scogliera rocciosa, sospesa sopra la bellezza selvaggia dell'Atlantico, c'è la tana irlandese del drago: un edificio quadrato interamente realizzato in vetro.

È una casa ultramoderna in perfetto stile da vero cattivo di James Bond, e toglie il fiato.

Cavolo, spero che non sia un segno di ciò che verrà.

Il suono e l'odore del mare mi invadono i sensi e percepisco il sapore dell'acqua salata sulla lingua: le onde dell'Atlantico si infrangono sulle rocce sottostanti. Non avrei mai pensato che una casa potesse essere così incredibilmente bella. Deve trovarsi ad almeno settantacinque metri sopra il livello del mare. Le dimensioni e l'impatto drammatico della scogliera e della casa sono impressionanti. Mi fanno sentire piccola e umile.

La campagna circostante è verde e rigogliosa. L'erba della costa ai miei piedi è punteggiata di fiori selvatici gialli, viola e rosa. In lontananza si vedono montagne e alberi. Per qualche strana ragione, per un attimo mi mancano gli alberi intorno a Temple House. Ma scaccio subito il pensiero; non voglio rivederli. Quindi non ha senso che mi manchino.

È la prima volta che lascio l'Inghilterra e ora mi trovo in Irlanda. La terra dei Fae. Di solito i mutaforma non sono ammessi sulle coste irlandesi. Ma il drago, proprio perché è un drago, è l'eccezione alla regola. E ora lo sono anch'io! Che emozione.

Al bussare di Owen, il drago apre la porta ed entriamo in un corridoio bianco e luminoso. Mi nascondo dietro la mole di Owen e osservo avidamente la casa, sforzandomi di non fissare il drago. Finisco comunque per guardarlo con la coda dell'occhio. La sua presenza è impossibile da ignorare.

Una scala in quercia e vetro, un perfetto connubio tra antico e moderno, conduce al piano superiore, mentre un'altra scende verso quello che presumo sia il piano seminterrato. A metà del corridoio, c'è una porta in quercia a destra e un'altra a sinistra, con un'altra porta a doppi vetri più avanti, che forse conduce al soggiorno. Il sentore fumoso di questo posto è una delizia per i miei sensi. Stranamente mi sento come a casa.

Owen posa le mie due piccole borse sul pavimento di cemento lucido, stringe la mano che gli porge il drago e poi si gira verso di me con un piccolo sorriso. Guardo preoccupata i suoi caldi occhi grigi.

"Fai la brava. Non cacciarti in guai troppo grossi," dice Owen con voce burbera. "Hai il mio numero se hai bisogno di me. Non voglio sentire da qualcun altro che hai picchiato qualche troll o creatura Fae, mi hai capito?" Sorrido. Owen mi stringe tra le braccia e mi abbraccia delicatamente. "Qui sei al sicuro, te lo prometto," mi sussurra. Annuisco.

"Mi mancherai, segugio tata," dico con voce roca. Vorrei che potesse restare.

"Okay, basta così, avrai modo di rivedere questa sconsiderata piantagrane. Ora puoi andare, segugio infernale Owen. Grazie per averla accompagnata." Il drago lancia un'occhiataccia a Owen, che mi spinge delicatamente via, e con un sorriso rivolto a me e un cenno rispettoso al drago, se ne va.

Guardo Owen allontanarsi con aria triste.

Alzo lo sguardo verso il drago. Cavolo, non ho idea di come chiamarlo. Non posso continuare a chiamarlo 'il drago', anche se è solo nella mia testa. Tutti lo chiamano il Generale, ma quello non può essere il suo nome, sarà sicuramente il suo titolo professionale, no? Il signor Brown ha detto che è il mio tutore. È tutto così confuso; devo cercare di ascoltare meglio e fare più domande.

Sono anche frustrata dal fatto che quel maledetto di mio fratello continui a passarmi ad altri senza prima chiedermelo. Che problema ha? Non capisco perché John non trovi il tempo di parlarmi e chiedermi cosa voglio e dove voglio vivere. Ho dei soldi e dovrei essere un'adulta. Mi sento come se stessimo giocando al 'gioco della sedia' e la musica si fosse fermata proprio quando io non sapevo più dove sedermi. Se continua così, non mi resterà più nulla. Ora sto con un drago spaventoso! Sta succedendo tutto così in fretta che mi gira la testa.

"Venga, signorina Hesketh, le mostro la sua stanza." Il drago mi ha osservata in silenzio. Prende le mie valigie e io lo seguo docilmente. "Ho pensato che questo piano sarebbe stato comodo per lei. La mia camera da letto è al piano di sopra, se dovesse aver bisogno di me." Annuisco educatamente.

La splendida camera da letto profuma di pittura fresca e si trova nella parte anteriore della casa. Sono sollevata dal fatto che almeno in questa stanza non dormirò sospesa sul precipizio. Le pareti esterne sono in vetro, mentre quelle interne, il soffitto e le finiture in legno sono dipinte di un magnifico blu navy scuro. Il pavimento è in rovere con parquet a spina di pesce. Il blu navy dovrebbe far sembrare la stanza piccola e buia, ma in realtà è l'opposto, e le due pareti di vetro portano l'esterno all'interno, mettendo in risalto la vista spettacolare delle montagne. Questo colore mi ricorda la prima volta che ho visto il cielo notturno dopo anni passati a vedere solo sbarre. È il colore del cielo quando è limpido, poco prima che escano le stelle e il buio non è ancora sceso del tutto. L'odore della pittura mi fa pensare che il drago abbia fatto dipingere la stanza per me.

Mentre passo la mano sulla biancheria da letto giallo senape con delicati fiori blu, mi rendo conto che il letto è un king-size. Sul pavimento c'è un tappeto rotondo dello stesso giallo senape. Mi addentro nella stanza e noto che la pianta si restringe verso una porta a sinistra, che presumo sia un bagno. Ci sono armadi in rovere aperti su entrambi i lati della porta. Do un'occhiata dietro l'armadio, che non è a filo con la parete, e capisco il motivo del restringimento. Accanto alla parete di finestre che va dal pavimento al soffitto c'è un piccolo angolo nascosto, anch'esso dipinto di blu navy. Rimango senza fiato quando vedo gli scaffali vuoti che implorano di essere riempiti di libri e sul pavimento il grande pouf dello stesso colore e dall'aspetto morbido. È un angolo perfetto per leggere. Vorrei urlare di gioia. Trattengo il rumore con uno sforzo enorme e invece sorrido come una sciocca.

I miei occhi si posano su una cornice familiare, isolata su uno scaffale, e per un secondo non riesco a respirare. Mi cedono le ginocchia. Traccio il vetro con il dito e mia madre e mia sorella mi sorridono.

Le lacrime escono immediatamente.

"Spero che la stanza le piaccia." Mi giro e vedo che il drago mi sta ancora guardando dalla porta. Reagisco senza pensare. Mi precipito verso di lui, gli getto le braccia intorno alla vita dandogli un abbraccio improvvisato.

"Grazie," gli sussurro all'orecchio. Potrei anche abbracciare un albero, vista la sua reazione, e wow, i suoi muscoli sono... muscolosi. Il drago è alquanto solido. Ma in questo momento non mi importa; si merita un abbraccio. Affondo il viso nella sua camicia e respiro il suo profumo. Dopo una ventina di secondi, mi stacco e alzo lo sguardo. "Grazie... per la foto...," dico, cercando di trattenere un singhiozzo; mando giù e i miei occhi brillano guardandolo. "La stanza è perfetta. È stato molto premuroso da parte tua farla dipingere." Il drago è in piedi, impacciato, con le braccia aperte ai lati, una borsa in ciascuna mano. Mi allontano e gli rivolgo un sorriso luminoso e lacrimoso.

Non so quando ho smesso di avere paura di lui.

"Non c'è di che," dice il drago con voce roca; tossisce per schiarirsi la gola. "Metterò qui le sue cose, così potrà sistemarle. Si senta libera di esplorare la casa." Appoggia le mie borse sul pavimento accanto agli armadi. Poi si gira e lascia rapidamente la stanza. Mentre chiude la porta, annuncia: "Si cena tra un'ora." La porta si chiude con uno scatto.

Mi tolgo le scarpe da ginnastica con i lustrini argentati, mi strofino il viso e aspetto ancora qualche istante. Apro la porta e sbircio fuori dalla mia camera da letto. Non vedo traccia del drago. Trattengo il respiro e ascolto attentamente. Mi sembra di sentirlo al piano di sopra. L'eccitante anticipazione di esplorare la sua tana mi pervade ed entro silenziosamente nel corridoio.

Sbircio nella stanza di fronte alla mia e trovo una camera da letto vuota. Oh. Non è affatto bella come la mia.

Non posso salire, ma posso scendere. Ignoro la stanza in fondo al corridoio e invece scendo di corsa le scale. Un leggero sentore di cloro e un odore più intenso di fumo e muschio del drago riempiono l'aria. In fondo alle scale, la stanza si apre e mi accoglie un'imponente palestra all'avanguardia. Immagino che questo sia il motivo per cui il drago è così massiccio.

Apro porte e armadi e strillo quando trovo una sala cinema attraverso una porta alla mia destra.

Oltre tutte le attrezzature da palestra davanti a me, all'esterno, dietro una parete di vetro, vedo una piscina. Apro la porta scorrevole ed esco; scopro che il drago ha una vasca idromassaggio di lusso, una sauna e un bagno turco. La piscina riscaldata mi colpisce: è incredibile ed è fatta interamente di vetro. Barcollo e mi sento leggermente stordita mentre guardo giù; attraverso il fondo di vetro posso vedere il mare. Dà l'impressione che l'acqua scorra oltre il bordo della scogliera, nel mare agitato sottostante.

Nuotare in quella piscina sarà un'avventura. Cavolo, questa casa è fenomenale.

Un'ora dopo, esco dalla mia stanza e questa volta mi dirigo verso il profumo del cibo. Entro in una stanza open space con cucina, tavolo da pranzo e comodi divani in pelle. Tutto è moderno ed elegante, decisamente incantevole. Come nella mia camera da letto, le pareti esterne sono in vetro, ma dato che la stanza è molto grande.

I miei piedi seguono lo sguardo in una specie di trance; tutto ciò su cui riesco a concentrarmi è il panorama. Il sole sta lentamente tramontando all'orizzonte. I colori vivaci rimbalzano sul vetro e creano arcobaleni sulle pareti. È incredibile. L'intera stanza è uno sfondo di luce solare che svanisce, mare e cielo. Mi sembra quasi di volare o di trovarmi sul ponte di una nave in mare aperto. Il pensiero di essere qui a guardare l'arrivo di una tempesta, il mare agitato e il vento che soffia a raffiche, i tuoni e i fulmini che illuminano il cielo, come il miglior spettacolo naturale immaginabile... quanto sarebbe incredibile vederlo? Non credo che qualcuno possa annoiarsi con questa magnifica vista.

"Signorina Hesketh, si accomodi a tavola, per favore." Mi volto e sbatto le palpebre. Wow, sono stata scortese. Il drago ha messo i nostri piatti sul tavolo senza che me ne accorgessi. È in piedi davanti a una sedia, in attesa di sedersi.

"Oh, mi dispiace, la vista mi ha colto di sorpresa. La casa è stupenda e quella vista è epica." Vorrei chiedergli se ha bisogno di qualcosa, ma sarebbe strano dato che è casa sua. Chiudo la bocca e mi affretto a sedermi. Mi dirigo verso la sedia di fronte, ma il drago scuote la testa. Mi indica la sedia davanti alla quale si trova. Oh, mi sta tenendo la sedia per farmi sedere, wow. Nessuno l'ha mai fatto per me. Mi siedo mormorando un grazie.

Lo osservo mentre gira intorno al tavolo: è molto affascinante. Si è tolto il completo e ora indossa jeans azzurri e una maglia bianca attillata a maniche lunghe. È *pazzesca*: aderisce a ogni muscolo del suo torace, tanto che potrei contarli, ed è così attillata che potrebbe anche non indossarla. Rivela il corpo più muscoloso che abbia mai visto. È difficile non sbavare. Esamino nervosamente il cibo per nascondere il mio sguardo ammirato e non alzo lo sguardo finché lui non si è seduto.

"Come devo chiamarla?" gli chiedo.

Lui mi osserva. Inclina la testa di lato, pensieroso. "Non sa chi sono?" Non lo dice con arroganza, ma come se fosse sinceramente perplesso dal fatto che io non lo sappia. Sorrido in segno di scusa e scuoto la testa. Non ho la più pallida idea di chi sia. "Oh... signorina Hesketh, la prego, mi dica, cosa sa?" Sento il viso diventare rosa e ho l'impulso di torcermi le mani per l'imbarazzo.

"So che lei è importante... ehm, vedo che è un drago." Agito la mano per indicarlo. "Tutti la chiamano, ehm, 'Generale'... Non ho idea di cosa sia generale, ma presumo che abbia qualcosa a che fare con la Gilda dei Cacciatori? Il signor Brown ha detto che ora è il mio tutore. Dopo avermi detto che ha pagato il suo conto. Grazie per questo. Posso ripagarla." Guardo il mio piatto: ha preparato una bistecca. Bistecca, purè di patate e broccoli, con salsa al pepe. Gnam.

"Mangi la sua cena," dice con tono burbero. Non c'è bisogno che me lo ripeta due volte; mi ci butto a capofitto.

Faccio del mio meglio per usare correttamente coltello e forchetta. Sto migliorando.

Il drago emette uno strano rumore. Lo guardo di sottecchi; ha la forchetta sollevata alla bocca e un'espressione triste sul viso. Abbasso lo sguardo sul mio piatto e continuo a mangiare. Spero che stia bene. Non mi piace l'idea che sia triste. È da un po' che non mangio carne rossa, quindi lascio che il mio lato carnivoro prenda il sopravvento.

È difficile mangiare come una signora quando hai voglia di abbuffarti e divorare il cibo il più velocemente possibile prima che qualcuno ti porti via il piatto. Non so se riuscirò mai a liberarmi di quella preoccupazione, di quella paura innata che ho in fondo alla mente. Essere affamata per così tanto tempo... quando mangio, mi è impossibile farlo lentamente. Inconsciamente stringo il piatto a me, avvolgendolo protettivamente con le braccia. Beh, almeno non ho ringhiato.

"Era affamata." Per un attimo mi riprendo dalla mia foga e alzo lo sguardo per vedere che mi sta guardando con un'espressione incredibilmente compassionevole nei suoi occhi argentati. Abbasso lo sguardo e alzo le spalle. Immagino che questo spieghi lo sguardo triste di prima. Non è qualcosa di cui voglio parlare.

Ora che ho mangiato qualche boccone, beh, okay, metà del piatto, posso cercare di controllarmi e rallentare un po'. Ascolto attentamente mentre il drago inizia a parlare. La sua voce rimbomba nella stanza, proprio come l'oceano sotto di noi.

"Sì, sono un drago mutaforma. Il mio titolo è Generale. Ho una lunga e noiosa storia come guerriero e comandante. Attualmente supervisiono la Gilda dei Cacciatori, e anche i segugi infernali sono sotto la mia giurisdizione." Le sue dita grandi ma eleganti tamburellano sul tavolo. "Il signor Brown ha ragione: poiché lei è sotto la mia protezione, sono classificato come suo guardiano. Può chiamarmi Aragon e darmi del tu."

Capitolo Ventiquattro

Dopo cena, scopro con orrore che non c'è alcun dessert, *niente di niente*. Chi è che non mangia il dessert! Di fronte al mio sguardo di orrore, il drago, ehm, Aragon, rovista nel congelatore e trova una vaschetta di gelato alla vaniglia dall'aspetto triste. È un blocco ghiacciato congelato sul fondo del contenitore. Mi siedo comunque felice a gambe incrociate sul divano di pelle di Aragon a punzecchiarlo con un cucchiaio.

Lui parla delle sue regole e delle sue aspettative, e arriviamo al vero motivo per cui sono qui.

Non si tratta solo di proteggermi da Daniel.

"Quando è stata in ospedale la prima volta, sono emersi diversi problemi," dice Aragon. "La parte anteriore del suo cervello si chiama 'corteccia prefrontale' e non si è sviluppata correttamente. È l'area responsabile della pianificazione, della definizione delle priorità e del controllo degli impulsi."

Quindi, in sostanza, Aragon ha dei dati medici che suggeriscono che il mio cervello è bloccato in modalità adolescenziale.

Oh.

Vorrei lamentarmi del fatto che non ho problemi con il controllo degli impulsi: il numero di volte in cui ho scelto di non fare qualcosa di avventato sta raggiungendo livelli impressionanti. Sono un guru assoluto del controllo. Ma non dico una parola. Sono abbastanza intelligente da non discutere con un drago e i suoi dati medici.

Ah, che controllo perfetto.

Sento puzza di cavolata, però: non c'è niente che non vada nel mio cervello.

Così come il mio cervello da adolescente... alzo gli occhi al cielo. "È più forte di un mutaforma medio," continua Aragon con la sua voce bassa e ipnotica. "Nonostante la sua piccola statura, ha la forza di un segugio infernale." Saltello compiaciuta sul divano. Sono una super mutaforma! "Pazzerella..." mormora il drago mentre si strofina il naso con frustrazione. Smetto di saltellare. "L'insorgere della magia del fuoco ha sollevato serie preoccupazioni. Signorina Hesketh, i mutaforma non dovrebbero sviluppare quel tipo di magia fino a quando non hanno almeno seicento anni, se mai lo fanno, poiché è un dono molto raro. Anche avere la capacità di mutare parzialmente a ventitré anni è impossibile. Credo che suo fratello avesse più di un secolo. In combinazione con la mutazione in giovane età, lei è un'anomalia completa. Un enigma magico e medico." *Complimenti a te, mamma, e al tuo DNA più unico che raro.*

Aragon mi assicura che c'è una piccola possibilità che il mio cervello possa svilupparsi adeguatamente nel tempo. Ma non sono poi molto preoccupata, né infastidita. Non c'è niente di sbagliato nella mia mente.

Certo, penso di essere un po' pazza, in effetti, ma dai, chi non lo sarebbe, con la mia storia? Ho attraversato l'inferno e ne sono uscita fumante. Tutti questi test non sono altro che una scusa per controllarmi. Non possono lasciarmi vagare senza avere il controllo su di me. Lo guardo con aria sospettosa. Essendo una giovane mutaforma con poteri magici legati al fuoco, ora capisco perché sono stata affidata ad Aragon.

"Chi meglio di te può tenermi d'occhio e controllarmi?" dico, alzando un sopracciglio.

"Le assicuro che farò tutto il necessario per proteggerla. Non desidero altro che tenerla al sicuro. Il consiglio non è a conoscenza della sua magia del fuoco. Vorrei che le cose restassero così. Sono ufficialmente il suo tutore. È un compito che non ho intrapreso con leggerezza o senza riflettere." L'immenso peso contenuto nello sguardo di Aragon è inquietante. Mi spaventa. È chiaro che crede in ciò che dice. Nominarsi mio tutore lo ha messo in pericolo? Sono davvero così pericolosa? L'espressione di Aragon è straziante e qualcosa dentro di me si spezza. Odio tutto questo. Abbasso il mento sul petto e scruto le mie mani, incapace di sostenere il suo sguardo intenso.

"Okay, beh, grazie," mormoro con un nodo alla gola.

Non importa ciò che crede il drago o ciò che voglio pensare, devo mettermi in testa che sono sola. Sono una sopravvissuta, non una vittima, e non mi limiterò ad accettare la mia situazione. Non posso. Alla fine troverò un modo per riprendere il controllo della mia vita.

Non succederà dall'oggi al domani, e non posso permettermi di deprimermi come ho fatto nelle ultime settimane. Al momento ho un drago spaventoso e potente che sostiene di volermi proteggere. Daniel può andarsene al diavolo, e anche John può andare a farsi fottere.

Sono leale a Owen e Jodie. Anche Ava si è guadagnata il mio rispetto e la mia fiducia. Ma l'unica persona su cui posso contare sono io stessa.

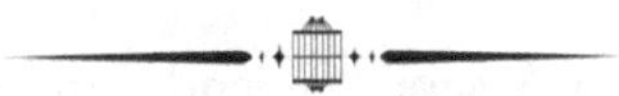

Sono tornata nella mia stanza e mi sto preparando per andare a letto. Ho fatto la doccia e mi sono messa il pigiama, che consiste in pantaloncini da ginnastica e una maglietta. Da quando ho imparato a controllare la mia trasformazione in ospedale, dormo nella mia forma di lupo. Non riesco a dormire nella mia forma umana perché mi sento vulnerabile. Sono abituata a dormire da lupa. Inoltre, i letti sono troppo morbidi, la mia pelle è troppo fredda e nemmeno provare a dormire sul pavimento nella mia forma umana mi aiuta.

In definitiva, ciò che mi spinge a dormire così sono gli incubi che mi tormentano. Stranamente, non mi perseguitano quando sono una lupa.

Mi avvicino al mio angolo nascosto e metto la cornice con la foto su uno scaffale più basso. Lascio che la magia mi trasformi. Aragon vuole che andiamo a correre alle cinque del mattino. Sono sicura che pensa che mi opporrei, ma invece mi piace allenarmi e l'ora mattutina non mi dà fastidio. Non è che debba trascinarmi fuori dal letto.

Mi raggomitolo in una posizione da lupo, con il naso sulla coda soffice. Guardo la cornice argentata; *vi amo tantissimo*, dico al mio branco scomparso da tempo. Ogni battito di ciglia diventa un po' più lento mentre cerco di tenere gli occhi fissi sui loro volti felici e poi mi addormento.

CORRO dietro ad Aragon seguendo una sottile striscia di sentiero, consumata naturalmente dai passi precedenti. La mattina è asciutta e fresca. Il sentiero ci porta attraverso un bosco, una brughiera e delle torbiere che circondano la base di una montagna. Il paesaggio è mozzafiato.

Man mano che i chilometri scompaiono sotto i miei piedi, diventa evidente quanto la casa di Aragon sia remota in questa parte dell'Irlanda. È interessante notare che non c'è nemmeno una strada che porta lì: immagino che Aragon utilizzi semplicemente il portale o voli. Potremmo quasi essere le ultime persone sulla Terra. Nonostante il mio udito eccellente, tutto ciò che riesco a sentire, oltre agli animali e al fragore dell'oceano, è lo scricchiolio dei nostri passi.

Oh, e il ronzio inquietante della barriera di protezione di Aragon.

Ieri, quando sono arrivata, non l'ho notata, perché è a chilometri di distanza dalla casa. Stamattina, invece, mi sono stupita di vederla. Non copre solo la casa ma si estende per chilometri e chilometri. Non è nemmeno del colore dorato che sono abituata a vedere, come quella a protezione dell'appartamento. No, è multicolore e brilla e crepita nel buio. Si sente il ronzio che ti attraversa fino in fondo alle ossa. Nessuno potrebbe dire di non aver visto questa protezione se ci si imbattesse. È l'equivalente magico di un campo laser. Non vorrei mai vedere cosa potrebbe fare a chiunque non fosse il benvenuto.

Il cielo si schiarisce mentre corriamo lungo la scogliera sferzata dal vento, con le onde che si infrangono senza sosta sotto di noi. Aragon mi fa notare che la costa presenta piccole insenature e punti naturali dove nuotare, protetti dalla forza dell'Atlantico da una barriera corallina. Mi spiega le diverse specie di flora, la delicata silene marittima, la pilosella e la rosa marina.

Continuiamo per un'ora buona a passo veloce. Non ho mai corso con nessuno prima d'ora, né come umana né come lupa, ed è fantastico. Se fossi stata nella mia forma di lupa, avrei avuto la lingua penzolante e un sorriso sciocco sul muso. Invece, non credo di aver mai smesso di sorridere per tutto il tempo. Mi fanno male le guance. È fantastico.

Quando torniamo a casa, il cielo si sta illuminando ulteriormente con l'alba. Aragon mi dice di farmi trovare pronta per partire alle otto del mattino e di servirmi la colazione.

Sono indecisa su cosa indossare e alla fine scelgo dei leggings neri e un grazioso maglione verde. Aragon mi ha informato ieri sera che non potevo indossare i miei braccialetti magici, perché sono sotto la sua protezione, bla bla bla, e lui deve potermi rintracciare. Quindi avvolgo il braccialetto che maschera il profumo nella carta igienica e lo metto nella comoda tasca dei miei leggings, mentre il braccialetto di travestimento Betty lo metto intorno alla caviglia in modo che sia ben nascosto. È ora di fare colazione.

La cucina di quel maledetto drago è fatta per un gigante. Sbuffo, metto le mani sui fianchi e la fisso con aria truce.

Tutti i ripiani sono più alti del normale; per fortuna, lui tiene quasi tutto negli armadietti inferiori. Ma la marmellata di fragole è in una grande dispensa, sul ripiano più alto, a circa tre metri di altezza. Alzo la testa e la fisso. Sono sicura che per un drago gigantesco che sa anche volare non sia un problema, ma per me, che sono alta un metro e cinquantasette, è una missione impossibile.

Canticchio la sigla di 'Mission Impossible' mentre mi arrampico sul piano di lavoro in calzini. Mi metto in punta di piedi e mi sporgo oltre il bordo. Riesco a sfiorare il barattolo con la punta delle dita, ma non riesco ad afferrarlo. Ringhio al barattolo per la frustrazione mentre pianifico il mio tentativo di liberare la marmellata.

Ho intenzione di saltare e afferrarlo.

Proprio mentre mi preparo a fare il primo salto, Aragon appare al mio fianco, spaventandomi a morte.

Mi scappa un urlo per la sua improvvisa apparizione e il mio piede avvolto nel calzino scivola.

Ops. In un attimo mi ritrovo tra le braccia di Aragon che mi afferra.

"Sono stato attirato da un incessante canticchiare. Avrebbe dovuto chiamarmi per prenderlo," dice con voce burbera.

"Oh, ehm... bella presa, scusa, mi hai, ehm... spaventata a morte," squittisco. Alzo lo sguardo e incontro i suoi bellissimi occhi argentati: non sembra arrabbiato, i suoi occhi danzano allegri.

I suoi avambracci sostengono il mio peso con facilità.

La vicinanza di Aragon mi confonde parecchio. Ma non mi spaventa come avrebbe fatto con qualsiasi altra persona. Invece, appoggio le mani sul suo petto e mi chino in avanti. Mi chino completamente in avanti e sfioro il suo collo con il naso.

Inspiro.

Il suo profumo affumicato e muschiato mi riempie le narici. Rabbrividisco e ho un brivido allo stomaco.

Mugolo.

Cavolo, stare tra le sue braccia è fantastico. Perché è così bello? So che è pericoloso, e non è difficile immaginare che sia uno dei mutaforma più potenti del pianeta. Quando ho smesso di avere paura di questa enorme creatura?

Gemo profondamente.

Da quando l'ho visto per la prima volta nel suo ufficio, è come se tutti gli ormoni dormienti del mio corpo si fossero risvegliati contemporaneamente, reclamando l'attenzione del mio guardiano.

Aragon gira la testa e sento il suo respiro sulle labbra. Apro la bocca e assaporo il suo alito.

La pelle mi si ricopre di pelle d'oca. Mi sto comportando in modo inappropriato. Che diavolo mi sta succedendo? Mi raddrizzo, con il viso in fiamme.

"Ehm... scusa. Scusa! Non l'ho mai fatto prima. Tu... ehm... mi hai colto in un brutto momento. Ho fame. Sono ehm... affamata..." Sciocchezze. Sono agitata, non ho idea di cosa sto dicendo. Mi vergogno e cerco di evitare di sembrare impazzita.

Perché l'ho annusato!

"È assolutamente pazzerella. Cosa devo fare con lei?" Aragon sospira mentre mi riporta delicatamente in piedi. Il mio corpo sfiora il suo mentre scendo. Un brivido mi scuote; mi lascia stranamente senza fiato, con un calore che mi invade lo stomaco.

Wow, oh... ehm. Il mio cuore batte all'impazzata e lo stomaco mi si rivolta di nuovo. Mi piace stargli vicino. Ha un profumo così buono.

Aragon si allontana con disappunto. Sospiro frustrata. Mi tiene la mano sulla nuca mentre prende facilmente la marmellata. La appoggia sul bancone accanto al tostapane.

"Pazzerella, per favore, non salga sui mobili. E si sbrighi, ha cinque minuti." Sorrido al soprannome: *Pazzerella*. Mi stringe delicatamente il collo, poi esce dalla cucina.

Lo guardo andare via. Oggi indossa un abito grigio scuro, che si intona ai suoi capelli argentati e alla sua pelle. Espiro e le mie mani tremano mentre finisco di preparare il toast.

Santo cielo, è stato eccitante.

Capitolo Venticinque

ARAGON MI PORTA con sé al lavoro, che strano! Arriviamo nel suo ufficio attraverso il portale. "Okay, signorina Hesketh, sembra che dovrà intrattenersi da sola. Se ha bisogno di qualcosa, lo dica a Matthew."

"C'è qualcosa che posso fare per dare una mano?" chiedo, con un brivido di eccitazione. Saltello sulle punte dei piedi e osservo l'ufficio con curiosità. "C'è qualche lavoro che posso fare? Sono sicura di poter dare una mano con i Cacciatori o anche con le pratiche burocratiche. Posso rispondere al telefono?" Sorrido e annuisco incoraggiante.

I miei pensieri vagano leggermente mentre immagino di salvare il mondo, e valuto di esercitarmi a fare un'espressione scioccata per quando la Gilda dei Cacciatori mi onorerà con una medaglia per il mio coraggio. Borbotto fra me e me.

Aragon inclina la testa di lato con un cipiglio. "Sa almeno leggere? I suoi documenti non riportano alcuna indicazione delle sue capacità di alfabetizzazione." Spalanco la bocca e tocca a me sbattere le palpebre. Che maleducato... Certo che so leggere, cavolo! Avevo nove anni quando sono rimasta intrappolata nella mia forma di lupo, non tre. Non è che ho dimenticato l'alfabeto.

Gli ringhio contro.

Poi ci ripenso. Ovviamente la mia istruzione non era una priorità per il consiglio: a chi importa se un utero ambulante sa leggere o scrivere? Per fortuna ho studiato a casa. Aragon però non conosce i dettagli del programma scolastico di mia madre.

"Per favore, non si offenda; è una domanda sincera e genuina." Corrugo la fronte e gli faccio un cenno deciso che lui interpreta come una conferma. "Beh, ho una libreria piena di affascinanti libri da consultare." Indica con la mano la zona salotto e gli scaffali pieni. "Perché non inizia da lì?" Mi sorride incoraggiante e se ne va.

Dannato idiota affascinante!

Non voglio leggere libri noiosi e schifosi. Amo i libri, ma non quel tipo di libri. Voglio fare qualcosa di divertente! Sbuffo, chiudendo gli occhi e battendo il piede. Devo farmi forza. Ho davvero bisogno di imparare di più sui mutaforma. Non so nulla della mia razza, a parte le nozioni di base che ho imparato da bambina. Niente di utile.

Idealmente, dovrei almeno imparare le leggi, non solo per stare alla larga dai guai, ma anche per evitare che altri si approfittino della mia ignoranza. Se conosco alla perfezione le regole del codice di condotta, saprò quando posso prendere a calci qualcuno e quando non posso.

Ho davvero bisogno di trovare una soluzione a quello che si sta rivelando un enorme casino: la mia vita.

So che non posso fidarmi del consiglio o del drago, nonostante questa mia strana e nuova mania di annusare. È solo questione di tempo prima che io faccia un casino e Aragon si sbarazzi di me. Diamine, se mio fratello... Chiudo gli occhi. *Non pensarci.* Mi stropiccio le punte dei capelli. Almeno ho avuto la lungimiranza di portare con me i braccialetti, perché ho la sensazione che, se ne avesse l'opportunità, Aragon li farebbe sparire. Se c'è una cosa che mi è piuttosto chiara, è proprio questa.

Do un'occhiata alla libreria di Aragon.

Mi avvicino trascinando i piedi con totale mancanza di entusiasmo e comincio a leggere i titoli. Accidenti, ho bisogno di un libro che mi aiuti a districarmi in questo schifo. Esiste un manuale del tipo *Mutaforma per principianti* o qualcosa di simile? Devo imparare il più possibile su *tutto,* e molto rapidamente. Mi chiedo se ci sia un libro sulla magia del fuoco. Mormoro tra me e me. Se imparassi a controllare la mia magia del fuoco, sarebbe difficile per qualche malintenzionato rapirmi.

Soprattutto mentre lui è in preda alle fiamme e alle urla. Sorrido, pregustando l'idea di dare fuoco ai pantaloni di Daniel. Mi sfrego le mani e faccio una specie di risatina malvagia nella mia mente.

Alcuni libri attirano la mia attenzione e sono sorprendentemente perfetti. Niente sulla magia del fuoco, ma contengono le informazioni che sto cercando. Ne prendo sei tra i più essenziali e mi siedo su una sedia per leggere. Torno a canticchiare 'Mission Impossible'.

Il voluminoso libro di diritto ha del testo oscurato che

attira la mia attenzione. Spalanco gli occhi per l'orrore quando capisco il significato del passaggio che sto leggendo. Mi mordo il labbro inferiore e rabbrividisco con tutto il corpo.

Il punto in cui il mutaforma morde è oscurato, ma da quello che riesco a capire, c'è un modo per un mutaforma di controllarne un altro. Questo mi spaventa a morte. Controllo mentale! Mi copro la bocca con le mani. È una magia proibita tra compagni e schiavi.

Oh, questo è grave.

E poi, santo cielo, non è proibita perché è malata e altamente immorale, no, è proibita perché se un mutaforma maschio morde e muore, la femmina che ha morso lo seguirà nella morte. Rabbrividisco di nuovo e i capelli sulla nuca mi si rizzano.

Ecco. Penso che chiunque abbia scritto questo libro e il consiglio che ha creato le nostre leggi, stia tralasciando un punto fondamentale. Si tratta di schiavitù, cavolo! È malvagio. Che diavolo c'è di sbagliato nei mutaforma? Emetto un respiro tremolante e chiudo il libro sbattendolo, scoraggiata. Le mutaforma femmine sono fregate, non c'è da stupirsi che siamo così rare. Non si può rimediare alla stupidità.

La società dei mutaforma è marcia.

"Signorina Hesketh, sono libero per il resto della giornata, non ho nulla di urgente da fare. Usciremo a mangiare qualcosa, se per lei va bene." Alzo lo sguardo e vedo che Aragon è tornato con Matthew alle calcagna.

"Sì, certo," rispondo con voce cupa. Mi alzo di scatto e rimetto a posto sugli scaffali i libri che ho finito di leggere. Indico con il dito il libro di diritto e ringhio.

Quella roba va bruciata.

Aragon fa un cenno a Matthew e, mentre ci dirigiamo verso il portale, saluto lo stregone con un gesto amichevole. Seguo Aragon in silenzio. Cerco di non saltellare per l'eccitazione. Mi sta portando fuori a mangiare. Il mio primo appuntamento!

Ci dirigiamo verso un piccolo ristorante in città. Sembra un bel posto; sono specializzati in hamburger gourmet. Aragon mi apre la porta di vetro e mi segue all'interno. La sua grande mano mi cinge delicatamente il collo mentre mi accompagna a un tavolo. Il mio cuore salta un battito. Mi piace la sua mano pesante sul mio collo, forse un po' troppo.

Ci sediamo uno di fronte all'altra a un tavolo per due, reso più piccolo dalla mole di Aragon. Non ha altra scelta che allungare le sue lunghe gambe sotto la mia sedia. Non posso fare a meno di godermi la sensazione delle nostre gambe che si toccano. Essendo presto per l'ora di cena, il ristorante non è affollato e la maggior parte dei tavoli sono vuoti.

Tutta la mia attenzione è rivolta ad Aragon. Si è tolto la giacca e ora si sta arrotolando le maniche in modo malizioso. A ogni giro di tessuto, scopre lentamente gli avambracci muscolosi. Come può una parte del corpo così innocua essere così attraente? Non mi vergogno di guardare il suo delizioso striptease degli avambracci.

Anche la nostra cameriera umana è affascinata dagli avambracci del mio drago tanto da non accorgersi della mia presenza mentre si passa una mano tra i capelli e lungo la clavicola, sbattendo le ciglia verso di lui come se volesse farle volare via. La guardo nervosa. Aragon è gentile come al solito ma il suo sguardo non indugia su di lei.

Quel bastardo affascinante dovrebbe mettersi un sacchetto in testa.

Non leggo il menu quando ordino, scelgo semplicemente un hamburger a caso. Tossisco e la guardo con aria severa per farla muovere.

"Allora, com'è andata la sua giornata?" mi chiede Aragon con la sua voce bassa e roca.

"Bene. Non avete molti libri illustrati," dico con tono petulante. Aragon si strofina il naso e sospira.

"Mi dispiace, signorina Hesketh, ho parlato a sproposito. La prego di perdonarmi." Tra le sue sopracciglia appare una ruga e i suoi begli occhi si riempiono di angoscia. Mantengo la mia espressione triste per qualche secondo ancora. Ma non riesco a impedire che un sorriso sfacciato mi si apra lentamente sul viso. Respinge le sue scuse con un gesto della mano.

"Va bene, ti sto solo prendendo in giro... i tuoi libri sono... ehm, spaventosi. Le leggi sui mutaforma che riguardano le donne sono uno schifo." Mi agito sulla sedia e discuto con me stessa se dire qualcosa o meno.

Aragon inclina la testa e alza un sopracciglio. Agito le mani e vomito la mia rabbia a parole. "Il mio scopo nella vita non è quello di essere una maledetta fattrice. Sono molto più del mio grembo! Il mondo che ho conosciuto finora? Non è un mondo in cui vorrei far nascere i miei figli. Se il mio DNA è così unico e io, contro ogni previsione, riuscissi ad avere delle bambine, vorrei che nascessero in un mondo in cui la loro intera esistenza ruota attorno a ciò che hanno in mezzo alle gambe? Per essere contese come miseri pezzi di carne e cedute come beni?"

Proseguo: "Sono orfana; mio padre è morto prima che

io nascessi, cercando di proteggere mia madre e le mie tre sorelle. Solo mia madre è sopravvissuta. Neanche dieci anni dopo quella tragedia, ho dovuto assistere al suicidio di mia madre e della mia sorellina di due anni, Grace..." Abbasso il mento sul petto con tristezza. "Ora avrebbe sedici anni. Aragon, questo è solo il *mio* branco. Cinque femmine morte per niente, per niente! Questo schifo deve finire. Le leggi che ci proteggono sono inesistenti. Tu sei forte, non puoi fare qualcosa?"

Aragon mi lancia uno sguardo addolorato. Abbasso gli occhi e lo interpreto come un no. Perché gliene ho parlato? Alzo la testa e il mio labbro inferiore inizia a tremare. Sospiro e raddrizzo le spalle. Accidenti, lo farò da sola. Non è nella mia natura ignorare le ingiustizie e arrendermi senza combattere, anche quando i problemi sembrano insormontabili. "Allora, ehm, quando vuoi insegnarmi..." Abbasso la voce fino a sussurrare: "la magia del fuoco? Prima iniziamo l'addestramento, meglio è." Così potrò iniziare ad aiutare gli altri.

Aragon scuote la testa e, prima che possa rispondere, arriva il nostro cibo. La cameriera mi sbatte letteralmente il piatto davanti. Deve pensare che io sia umana, oppure è pazza.

Arriccio il naso disgustata e scruto il mio hamburger con crescente orrore. Emetto un gemito di dolore. In qualche modo ho ordinato un hamburger vegetariano. Sono così delusa. Lo taglio in quattro parti e lo punzecchio con la forchetta. Ho mangiato ottimi piatti vegetariani, ma questo hamburger non è buono. Si sta sfaldando, sembra secco e ha un colore strano. Lo annuso di nascosto; *che schifo*, non ha nemmeno l'odore del cibo.

Non molto tempo fa mangiavo cibo per cani. Quindi dovrei considerarmi fortunata che sia caldo e decidermi a mangiarlo. Alzo il labbro superiore e ringhio.

Aragon mi guarda affascinato, con gli occhi che brillano. *Sì, sì, caro il mio drago, ridi pure.* Il suo doppio hamburger con pancetta trasuda formaggio: sembra molto buono. Aragon taglia metodicamente il suo hamburger in quattro parti. Senza dire una parola, prende il mio piatto e lo scambia con il suo. Guardo il suo piatto, il mio nuovo piatto e il delizioso hamburger.

Il mio cuore si gonfia e ora mi sento appiccicosa come il formaggio.

"Grazie," dico mentre cerco senza successo di metterne un intero quarto in bocca. Aragon mi fa solo un cenno con la testa e mi rivolge un sorriso caloroso. Mangia il mio hamburger vegetariano senza pronunciare una parola di protesta, ma noto una strana smorfia di disgusto.

Mi concentro sulla serietà del mangiare. Dopo aver praticamente divorato il mio hamburger, cerco di riportare la conversazione al punto precedente. "Allora, l'addestramento sul fuoco?" chiedo di nuovo ad Aragon.

Lui sospira, rimette l'hamburger vegetariano nel suo piatto e si pulisce le mani con un tovagliolo. "Non c'è fretta, signorina Hesketh. Il segugio infernale Owen ha accettato di continuare il suo addestramento di autodifesa. Una volta che avrà raggiunto un buon livello, potremo affrontare di nuovo l'argomento della sua magia." Sbuffo frustrata. "Ci vuole un grande controllo mentale. Ha affrontato molte sfide in poco tempo." Alza un sopracciglio. "C'è tutto il tempo per padroneggiare la sua magia." Aragon mi rivolge un sorriso gentile; i suoi occhi sono aperti e sinceri.

"Suo fratello sta cercando di contattarla," dice, cambiando argomento. Alzo il naso e mi infilo un anello di cipolla in bocca. Aragon aspetta pazientemente, con la testa inclinata di lato, osservandomi.

Oh, maledizione. Mi agito sulla sedia a disagio. "So che è infantile. Ma non voglio parlare con John." Esamino il mio piatto e scelgo un altro anello di cipolla. "In merito alla faccenda di Daniel? Ha detto delle cose orribili..." Chiudo gli occhi. "Ho solo bisogno di un po' di tempo." Aragon mette la sua grande mano sulla mia e la stringe.

"Voglio spiegarmi. Non deve parlargli finché non si sentirà pronta. Se può essere di consolazione, lui è consapevole di aver commesso un grave errore di valutazione." Alzo le spalle. John continua a credere ai mostri piuttosto che a me. Una volta è perdonabile, ma lui continua a farlo. Non mi fiderò mai di lui. Cercherò di perdonarlo per il bene di mia madre. Ma è difficile... a essere sincera, non sono una persona che perdona facilmente.

Quando la cameriera torna al nostro tavolo per prendere l'ordinazione del dessert, noto che si è slacciata un bottone in più della sua camicetta.

Penso di essere sul punto di urlare. So che non siamo a un vero appuntamento, ma lei non lo sa. *Ehi, tu, biondina,* ho voglia di dirle, *perché non ti siedi se sei così interessata a lui? Prendi una sedia e mangiati un bell'hamburger vegetariano rancido. Mentre sei seduta, vuoi anche la mia limonata? Perché non mi occupo io dei tuoi tavoli mentre tu dici al drago qual è il tuo segno zodiacale.* Ringhio finché lei non se ne va di corsa.

Ringhio come se Aragon fosse cibo e io fossi affamata. Che cavolo... Sono... sono gelosa? Ci penso su. Non ho mai provato gelosia prima d'ora. Non ho motivo di sentirmi così; Aragon non è mio. Mi gratto la nuca. Anche circondata da attraenti segugi infernali e mutaforma, non mi è mai piaciuto nessuno prima d'ora.

È sconcertante.

Sbuffo. Non capisco come lui non si sia accorto di quanto lei sia inappropriata. Forse gli piace? *Cavolo.* Digrigno i denti.

Non mi piace questo pensiero.

Mi dedico a mangiare la torta con grande serietà, e mentre mi gusto il dolce al cioccolato caldo con crema non mi accorgo che Aragon non ha ancora iniziato. Okay, non è vero. Ovviamente me ne sono accorta. È cioccolato!

Di nuovo il drago scambia i piatti: il mio vuoto con il suo pieno. Riceve un sorriso raggiante da parte mia e io inizio a canticchiare felice mangiando il mio secondo dessert.

Aragon ha stabilito un nuovo standard per gli appuntamenti. Non sento nemmeno il bisogno di difendere il mio piatto. *Non quando sei così concentrata a sorvegliare Aragon,* dice la mia voce interiore sarcastica e ben poco utile.

Finisco e giuro che mi sembra quasi di essere incinta per il troppo cibo. Che sollievo indossare i leggings e non dover slacciare neanche un bottone.

La cameriera bionda torna per sparecchiare il tavolo e chiedere ad Aragon se vuole un caffè, e incredibilmente gli dà il suo numero. È come se io non fossi nemmeno seduta qui! Chi mai farebbe una cosa del genere!

"Giuro, signorina Hesketh, se ringhia ancora una volta alla nostra cameriera, la metterò sulle mie ginocchia, davanti a tutte queste persone, e le darò una sculacciata, e vedremo quanto le piace fare la monella." Lo guardo sbalordita. Interrompo il mio ringhio.

Quando la cameriera che vorrebbe rubarmi Aragon passa di nuovo davanti al nostro tavolo, emetto un ringhio così forte che si spaventa e fa cadere il piatto che sta portando. Sobbalzo soddisfatta sulla sedia e osservo il caos che ho causato. Non ho alcun rimpianto. Guardo Aragon da sotto le ciglia e gli sorrido sfacciatamente. Lui si strofina la fronte e scuote la testa. Sono sicura che lo sfregamento della fronte fosse una tattica per nascondere il suo sorriso.

Capitolo Ventisei

Aragon avanza all'esterno, i muscoli guizzanti sul torso nudo. I pantaloncini da bagno neri che indossa gli stanno bassi sui fianchi. *Oh, santo cielo*. Mi aggrappo al bordo della piscina.

"Le dispiace se mi unisco a lei?" chiede con la sua voce bassa e roca che in questo momento sembra cioccolato fuso.

No, non sto sognando. Quando siamo tornati dal pranzo, ho deciso di fare un tuffo in piscina. Sembra che Aragon abbia avuto la stessa idea.

Scuoto vigorosamente la testa, quasi sbattendo contro il bordo di vetro. Mi mordo il labbro... maledizione. Aragon è magro piuttosto che muscoloso, ma è davvero imponente... non sapevo che un corpo potesse avere così tanti muscoli addominali. Lotto per mantenere lo sguardo sul suo viso, non sul suo magnifico fisico.

Sembra scolpito nella pietra.

Oh là là...

La mia mente vaga in una direzione ben poco casta... La mia immaginazione si ferma bruscamente quando una fantomatica e voluttuosa donna drago mutaforma cerca di affogarmi per aver guardato Aragon in *quel* modo.

Senza pensare, sbotto: "La tua ragazza non si arrabbierà per il fatto che vivo qui?" Cavolo, sta' zitta, oh cavolo. Abbasso lo sguardo e strofino il bordo della piastrella del pavimento con il dito. Sento le guance diventare rosse.

"No," dice Aragon dolcemente.

No, non le dispiacerà? O no, non hai una ragazza? Il mio cervello suggerisce alla mia bocca. Vorrei tanto chiederglielo, ma ingoio la domanda.

Aragon entra nella piscina. Il vapore dell'acqua calda avvolge amorevolmente il suo corpo.

"Allora, sei single?" Fanculo. Le parole mi escono di bocca. Si pronunciano quasi da sole. *Oddio, non guardarlo.* Non posso guardarlo. Non dovrei guardarlo. Lo guardo.

Intanto lui si è spostato all'estremità opposta della piscina e osserva il panorama. Il suo profilo è meraviglioso, così perfetto. Una simmetria sbalorditiva. È un drago stupendo: mascella definita, zigomi pronunciati, e quella incredibile pelle argentata. Che diavolo mi prende?

"Al momento non ho una compagna. Lei ha un compagno?" Abbasso la testa e sorrido, ridacchio, incontro i suoi occhi seri. Oh, non sta scherzando. Non c'è scritto nel mio fascicolo? Faccio un gesto con la mano come per valutare delle opzioni difficili. Aragon mi scruta e socchiude gli occhi. Ridacchio di nuovo e scuoto la testa per dire no.

Mi lascio galleggiare sull'acqua, guardando il cielo sopra

di me. Mi chiedo se questa piscina possa essere utilizzata in inverno. L'intera area deve essere gelida in quel periodo dell'anno, ma mentre galleggio, vedo il luccichio della magia, e immagino che sia per mantenere l'intera area a temperatura controllata. La magia è incredibile.

Mi annoio, quindi canticchio la colonna sonora de *Lo squalo* mentre mi esibisco in verticali e capriole, divertendomi un mondo. Attacco anche le dita dei piedi di Aragon. Dopo un po' mi lascia fare.

Mentre sto urlando 'Parte del tuo mondo' da *La sirenetta*, Aragon torna con un asciugamano. I suoi occhi brillano e le sue labbra si contraggono.

"Su, Pazzerella, sono passate ore." Gli sorrido e mi arrampico fuori dalla piscina, e lui mi avvolge nell'asciugamano.

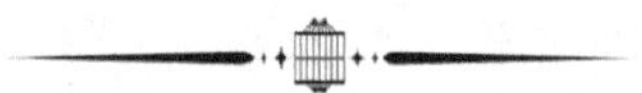

Il resto della settimana procede allo stesso modo; corriamo insieme la mattina, poi andiamo nel suo ufficio. Di solito restiamo fino all'ora di pranzo, poi Aragon lavora da casa, anche se alcune volte abbiamo trascorso l'intera giornata alla Gilda. Owen viene a giorni alterni per il mio addestramento al combattimento.

Sono delusa dal fatto di non aver potuto fare altro che leggere in ufficio. Passo le giornate fingendo di essere immersa nella lettura di libri noiosi, prendendo appunti mentali perché non ho voglia di scrivere nulla.

Quando torniamo a casa, ripongo il libro che sto leggendo sullo scaffale nel mio angolo lettura. Devo andare a correre nella mia forma di lupo e poi devo allenarmi. Owen mi ha assegnato una nuova combinazione di calci e dovrò passare ore a lavorarci per perfezionarla.

La palestra in casa di Aragon, elegante e ben attrezzata, ha tutto ciò di cui ho bisogno. I sacchi pesanti sono appesi un po' troppo in alto, ma in realtà sono all'altezza perfetta per esercitarmi nei calci sopra la testa.

Non ho chiesto al drago se vuole combattere un po' con me. Riuscireste a immaginarlo? Santo cielo, non vorrei proprio prendere un colpo da lui. Ma mi piacerebbe lavorare sulla mia tecnica a terra. Non nutro molte speranze. Che ragazza perversa. I miei ormoni sono fuori controllo quando si tratta di Aragon.

Mi trasformo e vado a correre.

Il drago mi aspetta in silenzio quando torno. "Niente peli in casa, Forrest," dice severamente. Oh, ora sono 'Forrest' e magari siamo passati al tu, eh? Mi ha chiamata 'signorina Hesketh' per tutta la settimana. Lascio che la mia magia mi riporti alla mia forma umana, mi avvio verso la palestra e la sua voce mi ferma.

"Forrest," dice, "vorrei parlarti di una cosa che mi preoccupa. Per favore, vai in salotto." Annuisco. Non mi piace l'espressione che ha sul viso; è una di quelle che mi fa tornare insolente. Di solito è in questi momenti che finisco nei guai. Non desidero altro che salutarlo o magari mostrargli il dito medio e gridargli di andare a quel paese.

Sospiro... E poi dicono che ho uno scarso controllo degli impulsi. Riesco a trascinarmi silenziosamente in salotto e mi siedo. Aragon deve aver saputo dei braccialetti. Mi ritrovo a voler muovere nervosamente le mani mentre lui entra nella stanza. Lo osservo con la coda dell'occhio;

non ho voglia di guardarlo direttamente e mi metto a strappare un filo allentato sui miei leggings.

"Forrest, quando siamo al lavoro, faccio venire dei Fae a pulire la casa: sono dei folletti." Okay, dove vuole arrivare? Mi ero chiesta chi facesse tutte le pulizie. È questo il momento in cui scopre le sue carte e magari ammette che i folletti hanno frugato tra le mie cose? Cercando la mia magia? "Mi è stato riferito che il tuo letto non è stato utilizzato. Quindi la mia domanda è: dove dormi?"

Cosa? Lo fisso. Non mi aspettavo che tirasse fuori questo argomento. Cosa cavolo posso rispondere? Lo userà contro di me? Probabilmente sì. Tengo la bocca chiusa e alzo le spalle.

"So che non esci di casa di notte."

Mi guardo le mani. La cosa migliore che posso fare è non rispondergli. Sento il suo sguardo su di me. Scommetto che sul suo viso c'è una falsa maschera di preoccupazione. Che gli importa dove dormo?

"Forrest, perché dormi sul pavimento in forma di lupo?" Alzo lo sguardo verso di lui. "I folletti hanno trovato il tuo pelo sul pavimento," spiega mentre io mi mordo il labbro. "Mi risponderai."

No, cavolo, non lo farò.

"Ho ordinato una torta al cioccolato tutta per te... Sarebbe un peccato se l'ordine venisse annullato."

Cosa? Nooooooo! No, non può farlo, sarebbe crudele. Lo fisso con aria truce.

"La torta al cioccolato è per le brave ragazze che rispondono alle domande." Alza le sopracciglia. Aragon mi terrà in ostaggio con una torta al cioccolato? Dannazione. Non ho mangiato nemmeno un pezzetto di cioccolato in tutta la settimana! Devo dargli qualcosa.

Arriccio il naso. "Ho freddo. Trovo che i letti siano strani," gli dico onestamente.

"Capisco che trovi strano dormire in un letto, ma sono passati più di tre mesi da quando sei tornata umana, devi adattarti. D'ora in poi niente più peli in casa, Forrest." Lo fisso con aria truce, ma poi alzo le spalle e penso che va bene così, perché tanto dormirò fuori.

"Inoltre, non dormirai fuori, ma nel tuo letto." Esce dalla stanza.

Una lacrima mi scende lungo il naso e la asciugo rapidamente.

Che schifo. Perché gli importa che io dorma nella mia forma di lupa? Che maniaco del controllo.

Vado in palestra e mi alleno come una pazza. Quando mi chiama per cena qualche ora dopo, c'è una borsa sul tavolo. La guardo senza interesse. Non è a forma di torta.

"Ti ho comprato qualcosa che spero ti faccia sentire meno freddo," dice Aragon dalla cucina. Sbircio nella borsa e vedo qualcosa di soffice. Tiro fuori quello che si rivela essere un pigiama morbido e dei calzini. Fisso il regalo premuroso con stupore.

"Grazie," dico, accarezzandoli con la mano; sono incredibilmente soffici. La maglia a maniche lunghe e i pantaloni sono ricoperti di piccoli unicorni rosa e, insieme ai calzini, dovrebbero coprirmi completamente. È stata una buona idea, oltre che un gesto molto gentile. Faccio un piccolo sorriso ad Aragon.

Capitolo Ventisette

Non dormo da tre notti; ho iniziato a inciampare e a sbattere contro le cose. Stamattina, mentre correvo, ho deciso di farlo da lupa perché la mia scarsa coordinazione non mi permetteva di essere stabile sulle due zampe.

Sono davvero di pessimo umore. Vorrei mordere il drago su quel suo fondoschiena gonfio per avermi costretto a fare tutto questo. Il cibo ha iniziato a farmi venire la nausea e ho quasi smesso di mangiare. L'unica cosa che riesco a mandare giù è quella torta di cioccolato traditrice.

Aragon non mi ha detto nulla, ma vedo che la sua frustrazione sta crescendo. Sono sicura che il drago pensa che io sia stupida, testarda. Non gli ho detto come mi fa sentire dormire come un essere umano e non gli ho spiegato dei miei incubi. Forse se lo facessi, mi lascerebbe in pace?

Ormai è troppo tardi anche solo per provare a spiegarglielo; secondo la mia esperienza, probabilmente non mi crederebbe comunque. John di sicuro non mi crederebbe.

Sono seduta a tavola e spingo il cibo in giro nel piatto. Di tanto in tanto chino la testa, annuendo, mentre mi sforzo di rimanere sveglia. Aragon sbotta e batte la sua grande mano sul tavolo; i piatti saltano per l'impatto.

"Forrest, questa situazione sta diventando ridicola. Hai perso peso e sembri malata. Non mi lasci altra scelta che procurarti una pozione per dormire!"

"Cosa?" Lo guardo, improvvisamente sveglia. Santo cielo, non riesco a pensare a niente di peggio: l'idea di essere magicamente addormentata nella mia forma umana, sdraiata a letto e vulnerabile.

Mi spaventa a morte.

La pozione mi intrappolerebbe nei miei incubi? Quindi non sarei in grado di svegliarmi? Sento il panico totale prendere possesso del mio corpo e scuoto disperatamente la testa. I miei occhi lo supplicano mentre mi rannicchio sulla sedia, avvolta dal profumo della mia paura.

"Cosa vuoi che faccia? Stanotte dormirai, Forrest. Come essere umano nel tuo letto, altrimenti domani prenderò la pozione e la userò senza il tuo permesso."

Balzo in piedi dal tavolo, la sedia che stride sul pavimento. Lo guardo con gli occhi socchiusi; sto tremando di paura e rabbia. L'unico aspetto positivo è che l'alto livello di adrenalina nel mio corpo mi fa sentire quasi normale.

"Sei un mostro!" gli urlo. Mi giro e corro nella mia stanza; mi getto drammaticamente sul pouf blu scuro nel mio angolo lettura. Mi stringo le braccia intorno al corpo, mi raggomitolo e piango in silenzio, con la testa quasi sulle ginocchia.

Non voglio andare a dormire in questo corpo! Non voglio! Ma sono così stanca e non posso rischiare che lui mi costringa a bere una pozione per dormire.

Il più delle volte, quando sono sveglia, riesco a convincermi a credere che quelle cose brutte non siano mai successe.

Tranne che nei miei sogni.

Nei miei sogni, le scatole nella mia mente piene di brutti ricordi si scuotono e i coperchi si allentano. I ricordi si insinuano nella mia mente e mi tormentano.

All'ospedale, quando ho iniziato ad avere gli incubi, Owen mi sentiva urlare e mi scuoteva delicatamente per svegliarmi. Poi si sedeva e mi parlava finché non mi sentivo al sicuro. È stato Owen a suggerirmi e incoraggiarmi a provare a dormire nella mia forma di lupo, e ha funzionato. Non ho più avuto incubi. Ma ora... Avrei dovuto dire la verità ad Aragon. Fisso la foto di mia madre e Grace.

Sono una sciocca codarda. Gli incubi non possono uccidermi.

Faccio la doccia e poi indosso lo stupido pigiama da unicorno, morbido e carino, con i calzini. Guardo il letto con disgusto. Tiro il piumone e mi infilo sotto. Il letto è così morbido che è come dormire su una nuvola. Lo odio. Tiro la coperta fino al mento, chiudo gli occhi e cerco di calmare la mente. Sbuffo, lancio uno dei cuscini sul pavimento e schiaccio quello rimasto per appiattirlo. Inizio un semplice esercizio di meditazione e, prima di finirlo, mi addormento.

SONO nella mia gabbia d'argento nel garage. Sono nuda e ho la pelle fredda.

Mia madre è con me. Non riesco a credere che sia qui e di non essere sola. È passato così tanto tempo dall'ultima volta che ho visto il suo bel viso. Oh, mi è mancata così tanto. È seduta diritta, appoggiata alle sbarre d'argento, e sento l'odore della sua pelle che brucia.

"Mamma," sussurro con urgenza, "la tua pelle sta bruciando. Ti prego, devi allontanarti dalle sbarre." Le prendo il polso e cerco di tirarla via, ma lei non si muove. Ha una bambola tra le braccia. Il giocattolo ha i capelli biondi e mi sembra familiare. Mia madre comincia a ridacchiare in modo sinistro, stringendo la bambola al petto.

"Devi stare zitta, mamma; ti prego, smetti di ridere. Se Vincent ti sente..."

"Se Vincent sente cosa?" Una voce proviene dall'oscurità, inizio a tremare di paura, i denti mi battono e mi copro come meglio posso con le braccia.

Perché sono nuda?

Vincent fa un passo avanti, con il tubo giallo in mano. L'acqua fredda entra improvvisamente nella gabbia. "Sei così sporca e disgustosa, guarda il casino che hai combinato!" ruggisce.

Nell'oscurità, mia madre continua a ridacchiare e io la guardo con orrore crescente mentre la sua gola inizia lentamente ad aprirsi e il sangue scarlatto le cola dalla ferita sul petto. L'acqua fredda del tubo la colpisce e si mescola al sangue, schizzandomi il viso di rosso. Le metto le mani sulla gola per cercare di fermare l'emorragia. Ma questo fa sì che la ferita si apra ulteriormente e la sua testa rotola da un lato all'altro, il collo incapace di sostenerne il peso.

La bambola mi cade in grembo mentre mia madre mi afferra i polsi e me li stringe. "Tu sei..." Sopra il rumore dell'acqua, non riesco a sentire cosa stia dicendo, quindi mi avvicino. "Sei una tale delusione. Perché non sei morta come ti era stato detto? Sei maledetta." Poi mi spinge via violentemente.

La sua gola è spalancata ed emette un orribile gorgoglio. Non sanguina più. Il petto smette di muoversi e lei si accascia di lato. So che è morta. Un dolore straziante mi attanaglia e scoppio a piangere. Mi sento come se mi stessero strappando lentamente il cuore.

"Mamma, mamma," piagnucolo.

La bambola che ho in grembo improvvisamente inizia a urlare, facendomi sussultare. Mi rendo conto del mio errore: non è una bambola, è la mia sorellina, Grace. La guardo e, con le dita tremanti, le scosto i capelli dal viso. Incontro i suoi occhi spalancati e vitrei. Grace è morta, ma continua a urlare...

"Forrest, Forrest, svegliati. Svegliati!" Apro gli occhi di scatto e sto singhiozzando, mi fa male la gola, ho urlato. Aragon mi tiene stretta per i polsi. Non capisco perché mi stringa così forte, finché non noto le fiamme.

Le mie braccia sono in fiamme. Sto bruciando!

Le fiamme illuminano la stanza di un blu nebbioso. L'odore del fumo mi riempie il naso. Il mio pigiama con gli unicorni, un tempo morbido, è bruciato e le mie coperte stanno ancora fumando. Singhiozzo ancora più forte. Che cosa ho fatto? Ho rovinato tutto. Aragon agita una mano e le piccole fiamme intorno a noi si spengono. Mi prende in braccio e mi porta fuori dalla stanza. Mi porta di corsa attraverso la casa e saliamo una rampa di scale.

"Mi dispiace, mi dispiace tanto, non volevo, non volevo rovinare le cose belle che mi hai comprato. Non mi..." singhiozzo, "non mi era mai successo prima. Solo i sogni, mai le fiamme. Mi dispiace..." mormoro ripetutamente tra i singhiozzi. Lo shock di tutto ciò che è successo mi fa piangere ancora più forte, ancor più che ricordare l'orrore dell'incubo.

"Devo toglierti questi vestiti, poi potrai trasformarti per guarire." Aragon inizia con cautela a spogliarmi del pigiama danneggiato. La parte superiore si è sciolta e pezzi di tessuto sono rimasti conficcati nella pelle delle mie braccia. Aragon estrae dolorosamente il materiale, facendomi sanguinare le braccia.

"Questo è il motivo per cui ero preoccupato per la magia della strega; giocare con qualcosa che non si capisce appieno è pericoloso. Senza la pozione nel tuo organismo, avresti potuto trasformarti. Non ho idea se rimarrà un segno sulla tua pelle se ti trasformi ora." Conclude rapidamente: "Trasformati, Forrest."

Mi trasformo nella mia lupa e non voglio tornare indietro. Aragon mi tiene la testa pelosa tra le sue grandi mani, con voce ferma e occhi argentei imploranti: quasi con la sola forza di volontà, mi costringe a tornare umana.

Torno umana, nuda e tremante, ma grazie ad Aragon sono completamente guarita. Aragon prende una maglietta a maniche lunghe dal suo letto e me la infila sopra la testa. Mi stringe di nuovo tra le sue braccia. Non sto più piangendo, ma la sua immobilità mi fa percepire quanto io stia drasticamente tremando.

Si mette a letto e mi tira con sé in modo che io mi sdrai sopra di lui. Mi dimeno. Cosa succede se mi infiammo di nuovo? Finirò per fargli del male. Aragon mi ignora e mi tiene saldamente contro il suo petto. Mi rendo conto in ritardo che il suo torso è nudo.

"Sono un drago e sono ignifugo. Stai tranquilla." Sono troppo esausta per lottare contro di lui, e lui è caldo, ha un buon profumo. Appoggio la guancia sul suo petto e chiudo gli occhi. Respiro il suo profumo fumoso e muschiato. Ascolto il battito del suo cuore, e questo mi calma ulteriormente. Mi accarezza la nuca con il suo palmo enorme, tenendomi stretta a sé. L'altra mano mi accarezza delicatamente la schiena. Il mio cuore inizia a rallentare, il ritmo non mi martella più nelle orecchie. Il mio corpo smette lentamente di tremare. Non sono mai stata abbracciata prima d'ora e assorbo tutto il suo affetto.

"Hai mai fatto brutti sogni?" mi chiede Aragon a bassa voce. Annuisco. "È questo il vero motivo per cui non volevi dormire in questa forma?" Annuisco di nuovo. "Vuoi raccontarmi il tuo sogno?" Scuoto la testa; non voglio proprio pensarci. "Dormi, Forrest. Ti veglierò io." Ci copre entrambi con il piumone; non credo che riuscirò mai più a dormire.

Ma tra le sue braccia mi sento al caldo e al sicuro. Sdraiata sul suo corpo muscoloso mi sento più a mio agio che mai. Il mio corpo si adatta al suo come il pezzo di un puzzle perfetto.

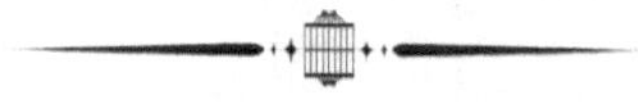

Mi sveglio più a mio agio di quanto mi sia mai sentita in vita mia. Il calore mi circonda. Il mio viso è premuto contro una pelle calda. Aragon. Apro gli occhi. Le mie ciglia sfiorano delicatamente la sua pelle con baci leggeri come farfalle.

Mi sono mossa nel sonno e ora sono a cavalcioni su un torso nudo e caldo color argento. Le mie gambe sono ai suoi lati; lui è così largo che non toccano il letto. Una delle mie mani è appoggiata sul suo petto, l'altra si è ribellata e gli avvolge i lunghi capelli argentati. I capelli sono così morbidi, sembrano di seta.

Lo lascio andare a malincuore. Mi sollevo leggermente sulle mani, usando il suo petto per mantenere l'equilibrio. Alzo lo sguardo verso il suo viso. È allora che mi rendo conto che la sua pelle calda è *ovunque*. Spalanco gli occhi per lo shock: non indosso biancheria intima! Sono a cavalcioni su di lui. I miei seni, che un attimo prima erano felicemente premuti contro il suo petto, ora lo sfiorano delicatamente mentre mi muovo e i capezzoli si induriscono. L'intimità fra noi mi toglie il respiro e lascio sfuggire un piccolo gemito mentre la sua energia mi solletica la pelle.

Aragon incrocia il mio sguardo. Ha le palpebre pesanti e le pupille dilatate. Mi prende il panico e cerco di scivolare via da lui. Ma la sua mano mi afferra delicatamente la nuca; l'altra mano mi avvolge la coscia sotto la maglietta, molto vicina alla curva del mio sedere nudo, e mi spinge di nuovo su di lui, tenendomi ferma. Si siede lentamente e, sporgendosi in avanti, sfiora il mio orecchio con il naso. Il suo respiro caldo mi solletica la nuca, facendomi rabbrividire. Emetto un piccolo gemito. Lui respira il mio profumo ed emette un grugnito di apprezzamento.

La mano che mi stringe il collo ora si è spostata legger-mente e mi accarezza la nuca. Mi inclina la testa all'indietro, con gli occhi fissi sulle mie labbra. Il suo pollice mi sfiora delicatamente lo zigomo. Il mio stomaco si contorce quando si avvicina, le sue labbra quasi toccano le mie, ma lui si ferma. Le mie labbra si aprono e respiriamo il respiro l'uno dell'altra.

Aragon chiude gli occhi, un gemito profondo gli sale dalla gola, il petto che vibra sotto le mie dita.

Sospira tristemente.

"Come ti senti?" Appoggia il suo grande palmo sulla mia fronte, le sue dita mi lisciano i capelli, il pollice mi accarezza la pelle.

"Sto bene..."

Aragon mi tira di nuovo contro il suo petto, la mia testa nascosta sotto il suo mento, e mi stringe forte come se non volesse mai lasciarmi andare.

Capitolo Ventotto

Siamo all'aperto e io saltello nervosamente sulle punte dei piedi. Il drago mi insegnerà come usare la magia del fuoco. Dopo ieri sera, me la sto facendo sotto. Le mie mani stringono il maglione grigio con l'unicorno e mi mordo il labbro.

"Pazzerella, di cosa hai paura? La magia del fuoco non ti farà del male. È parte di te, proprio come la magia del lupo." Aragon sta cercando con tutte le sue forze di placare i miei timori. Non so chi voglia prendere in giro. Lo guardo con gli occhi sgranati, incredula. Allora lui prova una tattica diversa. "Senza un controllo adeguato, potresti ferire gli altri, e non possiamo permettere che ciò che è successo ieri sera si ripeta. Non potrei sopportarlo. Quindi ti insegnerò come controllare la tua magia. Avrei dovuto farlo settimane fa. Ora, per precauzione…" Aragon tira fuori dalla tasca una bellissima collana d'argento. "È platino." Con due dita agganciate sotto la delicata catena, Aragon fa penzolare la collana perché io la possa esaminare. Il gioiello ruota su sé stesso e brilla, riflettendo la luce dalle numerose sfaccettature del diamante a goccia.

"È bellissima," sussurro.

"È magia Fae e ti aiuterà a ottenere il controllo."

"Cosa… Come? Mi impedirà di fare del male alle persone? Mi impedirà di bruciare la tua bella casa? Mi dispiace tanto per…"

"Forrest, sono io quello in torto. Ti ho deluso. Avrei dovuto rispettare le tue decisioni." Aragon mi sposta i capelli e mi infila la collana al collo. La catena è lunga e il diamante si posa caldo tra i miei seni. "Ti ho deluso. Avrei dovuto capire che c'era qualcosa di più dietro a questo problema del sonno." Mi bacia sulla testa. "Ora chiudi gli occhi e cominciamo." Li chiudo; percepisco ancora il leggero sentore del suo bacio. Aragon si sposta dietro di me. Con la sua voce bassa e profonda dice: "Rilassa la mente, senti la tua magia. La magia del fuoco sarà più calda del tuo lupo. Sarà diversa, pulsante. Portala delicatamente nella tua mente." Cerco la mia magia.

La strattonata quasi giocosa della magia del lupo mi fa sorridere. Dietro c'è una fiamma. Calda. Arrabbiata. Spaventosa. Tutto il mio corpo inizia a tremare.

La mia paura fa sì che la magia del lupo si precipiti in avanti e io mi trasformo.

Sbuffo delusa. Aragon mi sorride. "Trasformati di nuovo e riprova. Ti assicuro che ce la puoi fare. Per favore, non aver paura." Delusa, torno in forma umana. "Ora chiudi gli occhi..."

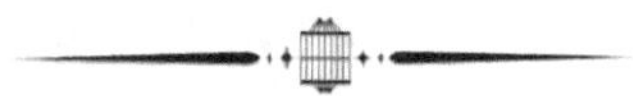

SONO NELL'UFFICIO DELLA GILDA E, grazie alle mie continue suppliche nelle ultime settimane, mi è stato permesso di aiutare Matthew. È il mio primo lavoro! Nelle prime settimane, venire alla Gilda dei Cacciatori mi sembrava noioso. Ma ora che mi è permesso fare qualcosa di produttivo, il tempo passa molto più velocemente.

Se potessi scegliere, sarei per strada a prendere a calci qualche fondoschiena, dando la caccia ai malintenzionati e catturando i cattivi. Trovo il lavoro che i cacciatori svolgono per la Gilda affascinante. La mia immaginazione va un po' in tilt per l'eccitazione: *Cacciatrice Hesketh*... Santo cielo, quanto suona bene? Lo ripeto a me stessa alcune volte, annuendo fra me e me. Dovrò pensare a una colonna sonora appropriata.

Tra una telefonata e l'altra e correndo qua e là, mi esercito con la mia magia del fuoco. Dopo settimane di duro allenamento, riesco a gestirla senza pensarci troppo. Mi alleno talmente tanto che riesco a far danzare una piccola fiamma nella mia mano e a farla saltare da una mano all'altra. Personalmente, credo che con le mie doti, John faccia una povera figura. Sono in grado di plasmare una fiamma nell'aria, e oggi mi sto cimentando con una farfalla; sarà memorabile.

Aragon è soddisfatto della mia rapidità di apprendimento. Tra un po' di decenni, dice, dovrei essere capace di usare il fuoco anche da lupa e diventare incandescente come un autentico segugio infernale!

Pelliccia infuocata! Oh cielo, è proprio fantastico!

Aragon è il vero motivo per cui ho imparato così in fretta; è un insegnante straordinario. Il fatto che abbia il controllo totale dell'elemento aiuta. Non solo può controllare la sua magia del fuoco, ma anche quella degli altri e il fuoco normale.

Sgranocchio un gigantesco biscotto con gocce di cioccolato che è apparso sulla mia scrivania come per magia. Deve averlo lasciato Matthew per me: è così premuroso. Mi provoca una strana sensazione sulla lingua. Faccio girare la sedia dell'ufficio e la faccio rotolare attraverso la stanza per rispondere al telefono che squilla. Perché camminare quando si può rotolare... "Buon pomeriggio, Gilda dei Cacciatori, come posso aiutarla?" È venerdì pomeriggio e non vedo Aragon da ore. È stato impegnato in alcune riunioni tutto il giorno.

"Signorina Hesketh? Sono felice di averla trovata. Ho un acquirente per la casa che vuole discutere la possibilità di acquistare più terreno dei quattro ettari indicati," dice la signora al telefono, interpretando il mio grugnito di sorpresa come conferma di aver trovato la persona giusta. Uhm, una chiamata dall'agente immobiliare che sta vendendo Temple House. Non ho idea di come abbia ottenuto questo numero. Tamburello con le dita sulla scrivania. Avevo deciso di tenere tutti i duecento ettari, ma mi serve davvero tutto quel terreno?

"Probabilmente potrei vendere un altro po' di terreno." Chiedere consiglio ad Aragon sarebbe utile. Forse anche

John dovrebbe dire la sua? Anche se non ho ancora parlato con mio fratello, dopo l'incidente con Daniel. So che è meschino da parte mia, dovrei comportarmi correttamente e fargli una telefonata. Immagino che dovrò trovare il coraggio di richiamarlo. "Devo pensarci. Posso richiamarla lunedì?"

Mi viene un capogiro e con il palmo della mano mi massaggio il punto dolorante tra gli occhi.

"Signorina Hesketh, la ragione della mia chiamata è che purtroppo l'acquirente, una signora, sta valutando altre proprietà e sarà disponibile solo domani per una visita. È irremovibile nel voler discutere l'acquisto solo di persona, con lei. Paga in contanti e, se Temple House sarà di suo gradimento come penso, la vendita potrebbe essere conclusa entro il mese."

La parcella dell'agente è astronomica, quindi pensavo che potesse cavarsela senza coinvolgermi nelle visite. Gemo e soffio al telefono. Apro la bocca con l'intenzione di scoraggiarla, ma mi ritrovo invece a dare il mio consenso.

"Immagino di poterla incontrare a casa a... ehm, mezzogiorno?" Alzo le spalle. Andrà bene. In tutta onestà, voglio che quella casa sparisca dalla mia vista il più in fretta possibile. Se fosse stato per me, l'avrei ridotta in cenere. Ma Temple House è l'eredità di mia madre, perciò dovrei almeno prendermi la briga di venderla a un degno custode. E poi, ho la testa che mi frulla e non ho voglia di negoziare, voglio solo riattaccare.

Una volta ottenuto il mio consenso, l'agente immobiliare conclude rapidamente la chiamata. Quanto odio quella casa. Non vedo l'ora che arrivi domani.

Mi allontano dalla scrivania, rotolo in uno spazio libero

e mi metto di nuovo a girare con la sedia. Invece di una farfalla, questa volta punterò a un piccolo drago.

A proposito di draghi, purtroppo non ho ancora visto il drago di Aragon. Su questo punto è incredibilmente riservato; credo che nessuno abbia visto la sua forma di drago da secoli. Desidero ardentemente vedere la sua forma mutata. Non ho il coraggio di chiedergli di mostrarmi l'altra parte di sé, però mi chiedo quanto sia grande e se, come il suo colore umano, sia argentato.

La massa infuocata non assomiglia affatto a un drago; la guardo con disapprovazione.

Non vedo l'ora di tornare a casa; oggi è stata una giornata noiosa. *Solo perché vuoi tornare a casa per mangiare la torta e poi andare a letto,* dice la mia voce interiore saccente e sarcastica. Sbuffo e arrossisco per il mio monologo fra me e me. Sono proprio strana.

Ebbene sì, di notte Aragon insiste perché io stia con lui e dorma nella mia forma umana tra le sue braccia, così da tenermi al sicuro. Passo le notti rannicchiata sopra al suo corpo, avvolta al sicuro tra le sue braccia muscolose. Sfortunatamente, lui è un vero gentiluomo e si assicura di coprirmi da capo a piedi con un pigiama soffice, così che l'incidente di cui non si deve parlare non si ripeta. Ehm, sapete, quella faccenda delle mie parti senza veli sulle sue parti senza veli. Oh santo cielo.

A pensarci bene, non ho ancora dato il mio primo bacio. Tuttavia, sono passata a un livello, non previsto ma notevole, in cui le mie parti intime nude si sono posate sull'addome scolpito di un drago mutaforma. Da quell'episodio non riesco a smettere di avere pensieri più maliziosi. Rimpiango di non aver appoggiato le mie labbra sulle sue.

Ma la mia esperienza è così carente che non ho alcuna possibilità di fare la prima mossa con qualcuno, tanto meno con un leggendario drago mutaforma. Riuscite a immaginarvelo? E se lui dicesse di no? Ovviamente direbbe di no! Allora morirei di imbarazzo.

Come se il solo pensiero di lui lo avesse evocato, Aragon attraversa il portale. I bottoni della giacca sono slacciati e i capelli sono arruffati, come se li avesse ripetutamente pettinati con le dita. Il suo sorriso breve e gli occhi socchiusi tradiscono una giornata pessima, e al suo passaggio un'energia rabbiosa si abbatte su di lui come un'onda furiosa. Se non lo conoscessi così bene, mi nasconderei sotto la scrivania.

"Stai bene?" Mi alzo di scatto e mi precipito da lui. Allungo la mano e la appoggio sul suo avambraccio. La sua diffidenza mi rende nervosa.

"Sì, sto bene, grazie, Forrest." Aragon si passa una mano sul viso e chiude gli occhi, e quando li riapre, la sua energia rabbiosa si è dissipata. Alza il braccio e io mi rannicchio sotto di esso. "Ti chiedo scusa. Una riunione non è andata come volevo. Non ti annoierò con dettagli inutili." Aragon mi stringe a sé e mi bacia sulla testa. "La mia agenda è piena zeppa e dovrò lavorare più a lungo del previsto. Vuoi che chieda a Owen di accompagnarti a casa?"

"No, va bene, posso andare da sola." Aragon mi accarezza lo zigomo con il pollice, con uno sguardo dolce. Gli rivolgo il mio sorriso più smagliante. "Oh, l'agente immobiliare ha chiamato per la casa di mia madre. Ho un appuntamento per vederla..." La porta dell'ufficio si spalanca e Matthew entra di corsa, con le mani piene di documenti e uno sguardo tormentato e folle negli occhi. "Vedo che sei occupata, posso aspettare. Ci vediamo a casa." Mi alzo in punta di piedi e gli do un bacio sulla guancia, poi mi libero dalla sua stretta. Corro quasi fino al portale. Non ho alcuna intenzione di aiutare Matthew con tutta quella roba. "Ci vediamo lunedì, Matthew," grido.

Capitolo Ventinove

Il taxi mi lascia davanti al cancello principale. È così strano essere di nuovo qui; i ricordi sussurrano tra gli alberi mentre m'incammino lungo il vialetto. I miei stivali scricchiolano sulle foglie cadute e altre, rosse, arancioni e gialle, mi turbinano intorno. La leggera brezza mi scompiglia i capelli e libera alcune ciocche dalla mia treccia laterale.

All'inizio non sapevo cosa indossare; siamo a metà novembre e, anche se la temperatura non è ancora particolarmente rigida, soffro comunque il freddo. Stavo per mettermi dei jeans, ma poi ci ho ripensato. Sembro giovane e l'acquirente potrebbe essere ostico se non ho almeno l'aspetto della proprietaria di una villa imponente. Così ho scelto un morbido vestito nero, collant neri coprenti e stivali, e ho completato l'outfit con un costoso cappotto lungo di lana rossa.

Mi stringo il cappotto addosso e infilo le mani fredde nelle tasche mentre mi avvicino alla casa.

Qualcosa dentro di me non vuole che mi avvicini a quel posto. Forse avrei dovuto cancellare la visita... No, non sarebbe stato corretto nei confronti della signora che desiderava vedere la casa.

Noto che l'acquirente è già qui; la sua auto vuota è parcheggiata davanti all'ingresso principale. Immagino che stia guardando il giardino.

Vorrei che Aragon oppure Owen fossero qui. Ho commesso l'errore di lasciare tutto all'ultimo minuto e mi sento un po' confusa. Mi massaggio il punto dolorante tra gli occhi.

Immagino di non aver lavorato bene sulla gestione del tempo; speravo che il mio drago, scomparso chissà dove, si occupasse di tutta la pianificazione della mia vita.

Non sono uscita di casa prima delle undici, e ci vogliono ben trenta minuti per arrivare qui dal portale del mio vecchio appartamento. Speravo di vedere un volto amico al condominio, di supplicare uno dei segugi infernali di accompagnarmi e farmi da guardia del corpo. Non ne ho trovato neanche uno disponibile e Owen non ha risposto alla mia chiamata, così ho preso un taxi e gli ho mandato un messaggio per spiegargli la situazione. Non ho ancora detto ad Aragon che oggi ho una visita: è sommerso dal lavoro ed è partito presto per la Gilda.

Non sono uscita di nascosto intenzionalmente: gli ho lasciato un biglietto; comunque, scommetto che tornerò a casa prima di lui.

Spalanco la porta principale e la lascio aperta dietro di

me mentre entro in casa. Mi guardo intorno con un brivido; mi sembra che sia passata una vita dall'ultima volta che ho messo piede qui. Tutte le foto e i ritratti del branco sono stati rimossi e conservati al sicuro. Le pareti sono state ridipinte e i pavimenti sono stati appena cerati. Ho incaricato un'impresa di pulizie per assicurarmi che rimanesse immacolata.

Non è così spaventosa come la ricordavo, ma il passato riecheggia ancora tra le sue mura. So che in un certo senso non è stata colpa dell'abitazione: quello che mi è successo è stato il risultato delle azioni di due uomini. Ma mi fa comunque stare un po' male e mi sento a disagio. L'istinto mi urla di andarmene, di scappare.

Il mio telefono squilla e io lo tiro fuori dalla tasca del cappotto e rispondo: è Owen che mi richiama. "Ciao, segugio tata," dico con tono allegro.

"Forrest, dove sei?" chiede Owen con voce urgente. Odio quando usa quel tono, significa che sono nei guai.

"Sono a casa di mia madre, ho un incontro con un acquirente. Va tutto bene?"

"Forrest, esci subito da quella casa! Sto arrivando, devi andartene subito! Ci vediamo sulla strada davanti. Dirigiti verso il villaggio." Chiude la chiamata senza salutare.

Oh, cavolo. Owen è arrabbiato, e probabilmente anche Aragon lo sarà.

Non so cosa dirò all'acquirente.

Mi giro e corro lungo il corridoio verso l'ingresso, con le chiavi in mano, pronta a chiudere la porta. Mi fermo di colpo.

Quella simpaticona di Liz Richardson è in piedi davanti

alla porta con un sorriso malato. *Che diavolo ci fa Liz qui?* Per salutarmi, mi fa uno strano cenno con il mignolo. Scuoto la testa e arriccio il naso disgustata... Santo cielo, è proprio una pazza.

"Vedo che la magia persuasiva ha funzionato. Ti sono piaciuti i biscotti?"

Cosa? Oh no! Prima che io possa dirle di andare a quel paese, qualcuno mi afferra da dietro; la mia testa sbatte contro un petto duro e le mie braccia vengono bloccate lungo i fianchi.

Reagisco senza pensare. Mi abbasso e sposto il peso di lato, il che mi permette di attaccare l'inguine di quell'idiota. Gli do un forte schiaffo con la mano che tiene le chiavi, colpendolo in pieno; lui sussulta per il dolore e questo mi dà lo spazio e qualche secondo per liberarmi dalla sua presa.

Ora dovrei scappare a gambe levate, ma sono furiosa. Lui cerca di afferrarmi di nuovo, io lascio cadere le chiavi sul pavimento e gli do un pugno alla gola. Poi faccio un piccolo balzo e uso il gomito per colpirlo alla tempia. Mentre cade a terra, lo riconosco. È la montagna di muscoli senza cervello numero due, quello con i capelli castani. Oh, maledizione. Gli do un calcio in faccia per sicurezza. Lui cade a terra, svenuto.

Mi giro per andarmene e Liz è proprio davanti a me. Non vedo il coltello che ha in mano finché non mi pugnala.

"Perché?" ansimo.

"Hai ucciso il mio amante Paul con la tua stupida trovata a cena. Mio fratello l'ha trovato e l'ha ucciso. Ora, cane, ogni volta che avrò anche solo un sentore della tua felicità, un indizio che le cose ti stanno andando bene, sarò lì a rovinarti tutto. Harry ti manda i suoi saluti..." Mi conficca la lama più a fondo nel fianco per sottolineare il concetto. Sorride. "Spero che faccia male."

La ferita brucia, il che indica che il coltello deve essere d'argento, quella maledetta svitata. Mantengo il volto impassibile, senza darle alcuna possibilità di godere del mio dolore. L'argento mi rallenterà e mi impedirà di trasformarmi. Ma ho vissuto in una gabbia d'argento per dieci anni, quindi, anche se non sono immune, ho sviluppato una certa tolleranza ai suoi effetti.

Le do un pugno al petto e lei finisce scaraventata lontano. Con una sensazione di risucchio, il coltello si stacca. Liz ha ancora la lama insanguinata in mano e me la agita davanti, con un ringhio sulle labbra. Stringo gli occhi e la seguo. Scatto di lato, chiudo il palmo della mano a coppa e le assesto un sonoro schiaffo in faccia. Calcio il coltello, facendoglielo volare via dalla mano, e con soddisfazione sento il suo polso scricchiolare. Liz cade in ginocchio, tenendosi il polso rotto al petto, e inizia a piangere. Raccolgo la lama.

Barcollo oltre lei ed esco di casa, stringendomi il fianco.

"Che cazzo, Liz, dovevi fare da diversivo, non pugnalarla con l'argento. È la mia compagna quella che hai appena ferito," rimprovera una voce. Alzo lo sguardo e vedo Daniel Kerr, che sembra un cattivo da manuale nel suo abito nero su misura. Si avvicina con aria spavalda.

Infilo la lama nella tasca del cappotto e non reagisco quando Daniel mi afferra il braccio. Non c'è modo di uscirne. Ha un gruppo di venti mutaforma alle spalle e io sto sanguinando su quei cavolo di gradini.

Comincio a sentire gli effetti dell'argento, e la sensazione non è piacevole. Tutto intorno a me riecheggia e riverbera come se fossi sott'acqua. Scuoto la testa per cercare di schiarirmi le idee. Sto per cadere su un ginocchio, ma la presa di Daniel sul mio braccio me lo impedisce. Il dolore al fianco mi arriva fino alla punta delle dita delle mani. Lentamente la mia pelle diventa insensibile e fredda, indicando la paralisi di tutta la parte sinistra del mio corpo. Cavolo, non va affatto bene... Beh, almeno non fa più male.

"Forrest." Daniel mi tira indietro la testa per i capelli. Se non mi avesse afferrata, sarei caduta. "Mi sei mancata, piccola lupa. Guardati, tutta elegante." È proprio un idiota. Dalla mia bocca escono ringhi senza parole, che lui ignora. "Entriamo in casa e sistemiamo le cose. Cerca di non sporcare di sangue il mio vestito." Ridacchia e mi trascina in casa. Passiamo davanti a Liz, che sta ancora piangendo sul pavimento. "Voi, aspettate fuori! Non mi serve il pubblico. Marcus, Ron, voi venite. Voglio che sorvegliate la porta dell'ufficio."

Daniel mi trascina nel piccolo ufficio al piano terra; deve essere già stato dentro casa. Faccio fatica a stare in piedi, ma almeno l'emorragia sta iniziando a rallentare. Secondo le mie ricerche sull'avvelenamento da argento, se sono fortunata, il veleno dovrebbe uscire dal mio organismo entro i prossimi dieci minuti circa. A quel punto potrò trasformarmi e staccargli il naso a morsi.

Daniel mi sorride trionfante; mi lascia andare il braccio e si avvicina. Faccio un piccolo passo indietro, barcollando. Il mio sedere incontra il muro e io lo uso per sostenermi.

"Mi ci sono voluti mesi per allontanarti da quel fottuto drago. Ieri il consiglio mi ha permesso di portare avanti la mia richiesta. Ho detto loro che eri la mia compagna. È stato lui a lasciar passare il voto.”

Cosa? Non gli credo. Perché Aragon dovrebbe farlo? Mi preparo con le ginocchia e alzo il mento. La nuca sbatte contro il muro. Daniel è ancora un coglione delirante.

“So che quel maledetto drago non mi lascerà avvicinare a te, sacrificherà ogni favore pur di tenerti lontana. Quindi ho pensato di accelerare i tempi. Non ho bisogno del suo permesso, ho quello del consiglio.” Daniel ringhia: “So che ti sta portando a letto da mesi.” Mi strappa dal muro e mi stringe tra le braccia, poi mi fa girare in modo da trovarsi dietro di me. “Ti perdono per questo, Forrest.” Cerco di girare la testa per guardarlo, ma la mia vista è offuscata da puntini neri. Mi sento come se avessi preso diversi pugni in testa. Faccio fatica a rimanere in piedi.

Daniel mi tira verso il suo petto e mi afferra il polso destro, allontanandolo dalla ferita, dove stavo esercitando pressione. Mi tira il braccio davanti al corpo. L'argento mi rende lenta e non reagisco quando fa lo stesso con l'altro braccio. Mi tiene saldamente entrambi i polsi. Poi calcia via la sedia dell'ufficio, si siede e mi tira sulle sue ginocchia. Il suo respiro mi sfiora il collo.

Lo sento aprire la bocca, il leggero scatto della mascella, ma nulla mi prepara al fatto che mi morda.

Deve aver spostato i denti. Mi morde la nuca, con i canini superiori e inferiori su entrambi i lati della colonna vertebrale. Emetto un gemito di dolore.

Fa male. Fa male. Fa male.

Il dolore lancinante ha la meglio sugli effetti dell'argento. Riesco a lottare per qualche istante, ma è inutile. Lui continua a mordermi e tutto svanisce. È come se fossi intrappolata dentro me stessa, incapace di muovermi. Sento la sua magia rancida, oscura e contorta penetrare nel mio sangue, nella mia testa.

Alla fine mi lascia andare il collo; riprendo leggermente conoscenza, il respiro affannoso. Il mio cuore batte troppo lentamente.

Il mio collo è bagnato e quello che presumo sia sangue proveniente dal morso mi cola lungo la schiena. *Daniel mi ha morso...* Le parole mi rimbombano nella testa mentre cerco di ricordarne il significato.

Daniel si alza e spinge il mio corpo scioccato e inutile sulla scrivania. Mettendomi la mano sotto il cappotto e il vestito, inizia a sollevarmi. "Devo fare in fretta perché dobbiamo andare. Non me ne andrò da qui senza aver completato il nostro accoppiamento, ho aspettato troppo a lungo." Mi strappa con violenza i collant e le mutandine; io non riesco ancora a muovermi. "Guarda quel culo, cazzo, sei perfetta. Sono un bastardo fortunato." Mi schiaffeggia il sedere e scoppia a ridere. Il mio cuore accelera e mi sembra che stia per uscirmi dal petto.

Nella mia testa sto urlando.

Le sue dita mi sfiorano tra le gambe e improvvisamente mi sveglio. Ritrovo la voce. "No." Esce come un sussurro; lo ripeto più forte. "No! Lasciami, questo è uno stupro," gracchio.

"Oh, dolcezza, che sciocchina che sei. Non puoi stuprare la tua compagna. So che non ti piacerà, ma a me sì." Il rumore della sua cerniera che scende mi fa venire le lacrime agli occhi.

No, no, non sopravviverò a questo.

Sussulto e la ferita del coltello pulsa ritmicamente,

ondate di agonia in sintonia con il mio battito cardiaco frenetico.

Improvvisamente, un'energia mi investe dal nulla. Mi riempie e capisco che l'argento è finalmente fuori dal mio corpo. Vorrei singhiozzare di sollievo.

Qualunque effetto abbia avuto su di me il suo morso, non mi fermerà.

Giro la testa all'indietro, colpendolo con una testata. Daniel viene scaraventato lontano. Rotolo dall'altra parte della scrivania.

L'idiota ride. "Adoro quando combatti."

"Allora questo ti piacerà," dico con voce roca, "ma non quanto piacerà a me." Daniel non riderà ancora per molto.

Tiro fuori il coltello d'argento dalla tasca del cappotto e lo stringo nella mano. Poi lascio che la mia magia del fuoco riscaldi il palmo. Faccio salire la fiamma lungo la lama e spingo il livello di calore al viola, il mio livello più caldo. Il coltello d'argento inizia rapidamente a sciogliersi.

Daniel mi tira verso di lui e sorride con eccitazione malata.

Alzo il coltello e premo la lama d'argento fusa sul suo viso.

Daniel urla. Io sorrido.

Non ho tempo di fare altro o di vedere il danno che ho causato. Mi sistemo la biancheria intima e i collant, mi trasformo in lupa, mi lancio sulla scrivania e colpisco la finestra dell'ufficio.

La finestra va in frantumi. Corro. Corro veloce.

Sento delle urla dietro di me. Daniel ha smesso di strillare. Cosa c'è in quel bastardo che mi fa saltare dalle finestre per allontanarmi da lui?

Una parte vendicativa e crudele di me sa che il danno al suo viso sarà irreparabile. Cicatrici argentate, orribili. Posso immaginare che ora il viso di Daniel rispecchi chi è dentro. Non è più così bello. Il pensiero mi fa sorridere e mi dà un po' di pace.

Capitolo Trenta

Devo aspettare solo pochi minuti e arriva un'auto. Sento il ronzio elettronico all'apertura del bagagliaio. Espiro dal naso e il mio corpo si rilassa per il sollievo quando sento il profumo di Owen nell'aria. Esco strisciando da sotto la fitta siepe dove mi ero nascosta e salto sul sedile posteriore. Il bagagliaio si chiude elettronicamente dietro di me con un clic e l'auto parte.

Ritorno in forma umana e mi arrampico sul sedile del passeggero anteriore. Mentre mi muovo, spargo piccoli pezzi di sangue secco e scintillanti frammenti d'argento che erano rimasti attaccati al mio cappotto e al mio vestito. Owen mi afferra la mano e la stringe sollevato. Quel sollievo si trasforma in preoccupazione quando sente l'odore del sangue.

"Che diavolo è successo? Ho ricevuto il tuo messaggio

nello stesso momento in cui ho ricevuto una telefonata da un contatto. Ha detto che Daniel era in movimento con un gruppo di scagnozzi e che aveva qualcosa a che fare con te...?"

Torniamo verso la città.

Mi sistemo sul sedile. "Era una trappola, un'imboscata. Liz Richardson mi ha pugnalato con un coltello d'argento al fianco. Starò bene." La mia voce mi sembra fredda e robotica. Osservo con cautela le reazioni di Owen rannicchiandomi di lato e appoggiando il peso contro la portiera. La mia guancia destra preme contro l'interno dell'auto e io mi rannicchio su me stessa.

Le narici di Owen si dilatano. "Che diavolo ci faceva lì quella brutta vacca? La ferita ti lascerà una cicatrice. Ti senti bene?" Distoglie lo sguardo dalla strada e mi guarda con preoccupazione. Sorrido tristemente; è entrato in modalità tata. "Ti sei trasformata, quindi deve essersi eliminato dal tuo organismo. Hai le vertigini o ti senti male? Respiri bene?" Annuisco mentre lui continua a esaminarmi visivamente. Ignoro le sue domande preoccupate; al momento non sono importanti.

"Cosa succede quando un mutaforma maschio morde il collo di una femmina?" chiedo apatica.

Owen frena bruscamente. Appoggio una mano sul cruscotto quando le gomme stridono sull'asfalto. L'auto slitta fino a fermarsi. Owen si gira sul sedile e mi afferra delicatamente il mento con una mano tremante. "Fammi vedere." Lo guardo con occhi spenti, riluttante ad abbassare la testa per permettergli di ispezionare la parte posteriore del collo. Owen inizia a ringhiare.

"Chi? È stato Daniel a farlo? Ti ha morso? Ha fatto di

te la sua compagna?" ringhia Owen. I miei occhi si riempiono di lacrime che mi rifiuto di versare. Se comincio, non smetterò più. "Costringe a un vincolo compagno-schiava, rende la femmina più accondiscendente. Più facile da controllare. È davvero arcaico oltre che illegale. Daniel... ti ha morso?" I suoi occhi grigi mi implorano di dire di no. Vorrei poterlo fare. Annuisco con forza. Owen ruggisce e sbatte entrambe le mani sul volante. Il suo pugno sinistro si abbatte sul cruscotto e la plastica si accartoccia.

Per alcuni minuti regna il silenzio.

Con tono tranquillo e inorridito, dice: "Daniel sarà in grado di rintracciarti. Il legame è completo?" Lo guardo con espressione assente. "Forrest, Daniel... Daniel ti ha violentata?"

Quello che Daniel ha fatto è stato uno stupro in un certo senso, con il suo morso e il suo toccarmi, ma so che non è quello che intende Owen.

"No," sussurro. Il corpo di Owen si affloscia. "E non sarà in grado di rintracciarmi per un po'." Gli occhi di Owen brillano di rosso; la sua magia da segugio infernale infuria dentro di lui. Allungo la mano oltre il cruscotto e gli poso una mano tremante sul braccio. "L'ho fermato, gli ho bruciato il viso con un coltello d'argento. Dovrebbe essere fuori combattimento per un po'." Lo dico con tono pratico, senza specificare che ho usato il viso di Daniel per una terapia di gestione della rabbia. Ma Owen capisce cosa intendo e smette di ringhiare. Mi prende la mano congelata.

"Allora il legame sarà solo parzialmente formato. Se verrà consumato, sarai bloccata con lui. Finché morte non vi separi, nel senso più letterale del termine. Accidenti, Forrest, non possiamo lasciare che ti si avvicini. E non è neanche il caso di ucciderlo; non ho idea di cosa potrebbe succederti. Potrebbe uccidere anche te.”

“Il legame può essere rimosso?”

Owen si allontana da me e fissa fuori dal finestrino. La preoccupazione e la rabbia sono evidenti sul suo volto. Non credo che riesca a sopportare di guardarmi.

“No... sì, in teoria. È legato alla tua lupa; se sei disposta a rinunciare a lei, conosco una maledizione. La maledizione ti separerà dalla tua lupa. Nella mente di Daniel, sarà come se fossi morta.” Owen mi lascia la mano e afferra il volante. “Ti renderà umana. Essere separata così all’improvviso dalla tua magia, però, non è salutare... è rischioso. Senza trasformarti, invecchierai. *Se* vivrai così a lungo. È una maledizione per un buon motivo...” Owen riavvia l’auto che si era spenta, e il veicolo si mette in moto.

Rifletto sulle sue parole. Il segno del morso mi fa male e mi pesa sul collo. Arriccio le labbra con disgusto mentre sfioro la nuca con le dita tremanti. Traccio la cicatrice irregolare con la punta delle dita; sembra che i morsi degli schiavi, come le ferite d’argento, non guariscano con la trasformazione. Sbuffo; sono contenta di aver sistemato quel bastardo.

Guardo le mie mani e, in una frazione di secondo, decido che è quello che farò.

Voglio uscirne. Voglio la maledizione.

Questa scelta, dopo il trauma che ho appena vissuto, è folle. Devo essere pazza. Ma qual è il momento giusto per compiere una scelta del genere? Voglio uscirne.

Sono rovinata. Scoppio in una risata autoironica; sono legata a metà a uno psicopatico. Non si fermerà finché non avrà il pieno controllo del mio corpo e della mia mente.

Daniel non smetterà mai di perseguitarmi, e se non sarà lui, ci saranno altri Daniel.

Mi rendo conto che in realtà mia madre non è affatto la vincitrice del biglietto vincente della lotteria genetica. No, quella sono io.

Nei miei incubi, mi ripeteva continuamente che ero maledetta. In tutto questo tempo, ho forse fatto delle previsioni?

Il mio cuore vuole seguire un'unica istruzione: scappare.

Rido quasi fino a strozzarmi. Ma che cavolo mi è saltato in mente! Starmene a galleggiare nella mia bolla di felicità. Le mie buffonate infantili, il patetico tentativo di essere una persona dolce, felice e amabile. Quella stupida bambina infantile che si arrampicava sulla cucina e girava sulle sedie con le ruote è morta in quell'ufficio quando Daniel l'ha morsa. Arriccio il naso e le mie labbra si incurvano in un'espressione di disgusto verso me stessa.

Ho liberato e coltivato ogni briciola di speranza infantile che avevo nascosto dalle parti corrotte dentro di me. Ho creduto alle mie stesse bugie. La mia maschera innocente e dolce si è incastrata così bene sul viso che per un po' ho dimenticato che era solo un travestimento. Ho dimenticato di essere rabbia, odio e rovina.

A volte le persone che ami non sono sicure per te, e a volte sei tu quella tossica. Io non sono sicura. Sono maledetta. Ci vorrà una maledizione per porre fine a un'altra?

Non avrebbero mai dovuto farmi uscire da quella gabbia.

Ho dimenticato per un po' che non ero destinata a essere al sicuro in questo mondo. L'illusione della sicurezza, della libertà, della contentezza, del maledetto amore. È tutta una burla cosmica, e io sono la barzelletta più grande, con i miei stupidi sogni infantili. Pensavo di poter fare la differenza. Pensavo ingenuamente di poter modificare le prospettive. Aiutare il prossimo. Invece non riesco nemmeno ad aiutare me stessa.

Mi passo le mani tremanti sul viso. Mi sento completamente sopraffatta ed esausta.

Le mie dita si avvicinano alla catena che miracolosamente è ancora al mio collo, al diamante che mi ha regalato Aragon. Aragon... penso a lui e il mio cuore fa un balzo. La devastazione mi travolge e i miei occhi si riempiono di lacrime.

Come è potuto succedere tutto questo?

Aragon e la riunione di ieri. La riunione del consiglio. La realtà di ciò che ha fatto mi fa venire la nausea. Era una riunione su di me, sulla mia vita. Non si è nemmeno preoccupato di dirmelo, di avvertirmi di Daniel.

La mia testa ricade sul finestrino e il vetro freddo tocca il segno del morso sulla mia nuca.

Lo amo, da stupida lupa ingenua e smarrita quale sono. Mi sono innamorata perdutamente del mio bellissimo drago. Una vita con lui: è mai possibile anche solo pensarlo? Sognarlo? Amare Aragon ed essere ricambiata? L'idea è assurda. Irrealizzabile.

Santo cielo, che razza di muscolo egoista è, il cuore.

Mi strofino di nuovo il viso, rifiutandomi di piangere. Aragon mi dimenticherà. In passato sono stata dimenticabile. Per quattordici anni sono stata dimenticata. Ora succederà di nuovo, o forse sarò ricordata come un danno collaterale degli intrighi del consiglio.

Sono così stanca di essere usata e così esausta dal tentare continuamente di decifrare le motivazioni altrui.

Chiudo gli occhi. *Sii coraggiosa.*

Sono un vuoto freddo e calmo.

La strana serenità che sento diffondersi nella mia mente sembra sempre meno un'accettazione e più la calma prima della tempesta, fatta di pura e incontaminata isteria. Emetto un'altra risatina soffocata.

Accidenti, lo farò. La mia paura non mi fermerà. Senza la mia lupa, potrebbe essere una lenta condanna a morte, ma sarò libera. La libertà è l'unica cosa che conta ora.

"Voglio la maledizione," dico a bassa voce. Con più forza aggiungo: "Ho un piano. Devo parlare con la mia amica Ava. Puoi aiutarmi?" Una volta Ava mi ha offerto la possibilità di scappare. Ho intenzione di accettare la sua offerta. Apro gli occhi e lancio a Owen uno sguardo supplichevole. "Mi aiuterai?" Owen scuote la testa e si passa una mano tra i capelli con frustrazione. "Ti fidi di me, segugio tata?" Incontro il suo sguardo tormentato dal conflitto; ingoio la mia tristezza e la mia vergogna mentre lo guardo e lo supplico con gli occhi.

Lui mi ringhia contro, un vero ringhio, poi si strofina una mano sul viso, borbottando cose incomprensibili tra sé e sé. La sua mano si abbassa e parte della sua rabbia si placa.

"Sì, mi fido di te." Il mio cuore soffre; Owen ha fiducia in me. È allora che inizio a piangere. Singhiozzi convulsi mi scuotono il corpo e Owen mi stringe tra le sue braccia. Addio coraggio. "Non voglio farlo," mi dice sottovoce tra i capelli, "ma ti aiuterò."

Capitolo Trentuno

Ultime notizie dal nord-ovest

La polizia è alla ricerca di informazioni per identificare una donna che è stata vista cadere in mare questa sera intorno alle nove. Gli agenti sono stati chiamati dopo che alcuni testimoni hanno riferito di aver visto una ragazza saltare dalla diga costiera in un presunto tentativo di suicidio. La guardia costiera riprenderà le ricerche della giovane scomparsa domattina, poiché le condizioni del mare hanno reso impossibile localizzarla.

Le forze dell'ordine hanno chiesto assistenza alla Gilda dei Cacciatori e non è stata esclusa la possibilità di un atto criminale. Un portavoce della polizia ha dichiarato: "Ne sapremo di più sulle circostanze quando il corpo della donna sarà recuperato, ma al momento non è stata esclusa la possibilità di una maledizione o di un'influenza mentale. Chiunque abbia informazioni è pregato di chiamare il numero 111. Vorremmo identificare questa giovane vittima e informare la sua famiglia. Grazie per la vostra collaborazione."

Le autorità competenti, con l'aiuto di un esperto tecnico locale, hanno diffuso il seguente filmato delle telecamere a circuito chiuso per ricostruire gli ultimi spostamenti della donna.

Alcuni spettatori potrebbero trovare queste immagini inquietanti, pertanto si consiglia la visione a un pubblico adulto.

Il filmato mostra una ragazza dall'aria affranta con un cappotto rosso alla fermata dell'autobus nel villaggio di Singleton. È ripresa dalla telecamera a circuito chiuso dell'autobus e dalla telecamera della caserma dei pompieri locale situata vicino alla fermata. Sale sul bus numero 75 e paga il biglietto.

Quaranta minuti dopo scende nella città di Cleveleys e le telecamere seguono i suoi movimenti attraverso la città tramite il sistema a circuito chiuso della polizia e anche attraverso alcune telecamere dei negozi locali. Sembra che stia camminando nel sonno. La ragazza non si muove come se fosse ferita, ma sul suo cappotto rosso brillante ci sono una macchia scura e un buco.

Non interagisce con nessuno, né reagisce a chi le sta intorno. Si limita a camminare verso il lungomare e il viale.

La vediamo chiaramente comparire su diversi filmati di varie telecamere mentre attraversa la strada, i binari del tram e si dirige verso la diga. Le onde si infrangono e quando gli spruzzi del mare la colpiscono, lei non reagisce.

I suoi capelli rosa, lunghi e particolari, riflettono la luce dei lampioni mentre vengono scompigliati dal vento. Si toglie il cappotto rosso e lo lascia cadere a terra ai suoi piedi. Poi si arrampica sulla diga.

La telecamera inquadra il segno del morso selvaggio sulla sua nuca.

Lei si volta indietro, lancia un'occhiata, così il suo volto viene ripreso un'ultima volta dalla telecamera. Poi si gira e, con un solo passo, cade, scomparendo in mare.

Una foto nitida della donna appare sullo schermo, chiedendo nuovamente l'aiuto del pubblico.

NOTIZIE DEL MATTINO: la polizia ha identificato la donna che ieri sera, intorno alle nove, è stata vista cadere in mare. Gli agenti sono stati chiamati dopo che alcuni testimoni hanno riferito di aver visto una ragazza saltare dalla diga costiera.

In quello che si presume essere un suicidio, la donna è stata identificata come Forrest Hesketh, una mutaforma lupo. Il branco della donna è stato informato.

La comunità dei mutaforma ha reagito con shock, incredulità e dolore, poiché la perdita di una femmina così rara è un duro colpo.

La polizia ha ringraziato il pubblico per la collaborazione e chiede che ulteriori richieste di informazioni siano indirizzate alla Gilda dei Cacciatori.

Avvertiamo inoltre che il viale è stato chiuso al traffico veicolare e pedonale. Per il momento, tutti gli umani dovrebbero evitare la zona.

Sono state confermate anche le segnalazioni di un drago argentato che ha aiutato nelle ricerche.

Capitolo Trentadue

Il sole mi riscalda il viso. Brilla di un colore arancione dietro le mie palpebre chiuse. Apro gli occhi. Mi muovo e il piumone bianco sotto di me solleva dei granelli di polvere nell'aria. Li guardo danzare e volteggiare attraverso un raggio di sole.

Sbatto le palpebre. Rimango senza fiato quando il ricordo di ieri mi travolge all'improvviso. Mi colpisce così forte che vorrei raggomitolarmi e piangere.

Non guardare indietro... sii coraggiosa.

Non permetto a nessuno dei terribili dettagli di affiorare nella mia mente. Ripongo tutto in un'altra scatola.

Presto non rimarranno altro che scatole a sbattere l'una contro l'altra nella mia testa.

Una lacrima mi scende lungo il naso e la asciugo con rabbia.

Mi concentro invece sul momento. Sul qui e ora.

Mi siedo e faccio cadere sul pavimento una busta spessa che mi è stata lasciata accanto. La raccolgo e la strappo. All'interno ci sono i miei nuovi documenti di identità.

Mi siedo sul bordo del letto, con il corpo afflosciato. Fisicamente mi sento bene, sono solo stanca e un po' fiacca, ma non sto così male come mi aspettavo. Sono delusa dal fatto di non poter più sentire la mia magia del fuoco. Sembra che la maledizione abbia portato via sia la lupa che il fuoco.

Sbuffo e alzo le spalle. Ho vissuto tutta la mia vita senza poter usare la magia, quindi essere intrappolata nel mio corpo umano è meno difficile di essere bloccata in quello di un lupo. Immagino sia l'altra faccia della stessa medaglia. Ho avuto accesso alla magia solo per sei mesi, non molto tempo nel quadro generale delle cose.

Sfoglio i documenti. Secondo la mia nuova identità, sono Betty Green, ottantatreenne. Sbuffo e un sorriso cupo mi incurva le labbra. Tocco il braccialetto di travestimento alla caviglia e noto che il mio mascheratore di odori è tornato al polso.

Sono in Irlanda.

Stringo forte le cosce e mi chino in avanti nel tentativo di fermare il dolore che mi schiaccia il petto. Sono in Irlanda. Non ho idea di come Ava ci sia riuscita. È rischioso; i mutaforma non sono benvenuti qui. Sarà necessario che io sia estremamente prudente, anche se con la maledizione, sono quanto di più umano io possa essere. Essere così vicina al mio drago, eppure così lontana, sarà una sfida. Trattengo il vomito che mi sale in gola. Per lui sono morta, e so che non è più il mio drago. Dovrò riuscire a superarlo.

Non guardarti indietro...

Ora vivo nella contea di Sligo. Mi alzo e mi trascino fuori dalla camera da letto piena di luce. Se non lascio questa stanza, mi coprirò la testa con le coperte, come se potessero proteggermi dal mondo, e non uscirò mai più. Esploro l'ambiente senza entusiasmo. Il cottage irlandese è tradizionale e incantevole; è moderno e si sviluppa su un unico piano. Ava deve aver speso un sacco di soldi per renderlo perfetto. La struttura a bungalow consiste in una grande camera da letto con bagno privato e un soggiorno open space, con una bella cucina moderna dal sapore country. C'è un corridoio che collega la porta d'ingresso e quella sul retro con un piccolo ripostiglio e un altro bagno. Per di più, il cottage si trova in mezzo al nulla; il mio vicino più vicino è a circa sei chilometri di distanza.

La minuscola auto blu nel vialetto è uno shock. Ho la patente irlandese, ma non ho la più pallida idea di come si guidi. Il cottage è dotato di una cucina ben fornita, quindi non avrò fame nell'immediato futuro. Ma essendo così isolato, decido che la mia priorità deve essere imparare a guidare, e il mio primo passo sarà cercare su YouTube.

Se avessi un po' di entusiasmo, sarebbe emozionante. Ma mi sento morta dentro.

Capitolo Trentatré

È una fredda mattina di aprile e decido di andare al mio caffè preferito sul lungomare di Strandhill. Adoro quel posto. Servono il miglior gelato del paese, ma io voglio solo una cioccolata calda e una fetta di torta al cioccolato. Non esco di casa da settimane, quindi faccio del mio meglio per sforzarmi. Il cane randagio che ho trovato a dicembre non vuole muoversi; odia uscire di casa. Si è assunto il compito di fare la guardia al mio perimetro e si arrabbia se lo costringo a lasciare il giardino. È un tipo particolare.

Ho notato il grosso cane beige, tutto solo con la testa tra i cespugli, che annusava allegramente. Ho fischiato per attirare la sua attenzione e lui si è girato verso di me ringhiando. Gli ho ringhiato di rimando.

Il cane ha sbattuto le palpebre come se cercasse di capire chi diavolo fossi, con un'espressione esilarante. È grande, di taglia gigante, pesa ben oltre cento chili e, dopo alcune ricerche su Internet, ho scoperto che è un pastore caucasico.

Adoro la sua compagnia e lui è felicissimo della sua nuova sistemazione, soprattutto perché per ovvie ragioni non gli darò mai da mangiare cibo per cani standard. Quel maledetto cane, che ho chiamato Lucifer, mangia meglio di me. È un cane da guardia eccezionale e andiamo molto d'accordo, soprattutto quando quel mostro testardo capisce che comando io e che non può fare a modo suo.

Parto con la mia piccola auto blu.

Quando arrivo, i parcheggi sono quasi vuoti. Immagino che quando finalmente arriverà l'estate sarà difficile parcheggiare. C'è già un flusso costante di surfisti che sfidano l'Atlantico tutto l'anno, quindi posso solo immaginare quanto sarà affollato in estate.

Ordino la mia bevanda e la torta al bancone e cerco un tavolo. La gelateria tradizionale offre un'accogliente atmosfera balneare. Le pareti sono un mix di blu e grigio, con un pavimento a scacchi bianchi e neri; c'è persino una vecchia tavola da surf in legno attaccata al muro. Trovo un posto a sedere con la schiena contro il muro. Mentre mi accomodo, faccio scivolare il blocco con il mio numero d'ordine sul tavolo di legno invecchiato. Vedo piccoli granelli di zucchero caduti nelle fessure e passando una mano sulla superficie, ne sento alcuni ruvidi sotto le mie dita.

Sono seduta accanto a una grande finestra panoramica con vista sul mare. Guardo le onde che si infrangono ritmicamente sulla diga costiera e la mia mente vaga verso un luogo diverso. Sono contenta che sia lo stesso oceano: mi manca terribilmente la casa di vetro di Aragon.

Mi tengo occupata, ma nonostante l'aiuto di Lucifer mi

sento ancora sola. Dovrei preoccuparmi che la solitudine che mi ha distrutta quando ero una lupa ora mi dia conforto, proprio adesso che sono bloccata in forma umana? Senza usare la mia rabbia, che è l'unica emozione rimasta dentro di me, non sono altro che un guscio insensibile.

Il mio corpo e i miei sensi sono diventati umani, lenti; non ho più bisogno di cercare di camminare come un'umana. Ho perso quella sensazione di vagabondaggio tipica dei mutaforma. Ho anche scoperto che dormo di più. Per fortuna non ho molti incubi, ma mi sveglio nel cuore della notte o al mattino presto con la sensazione di avere le braccia di Aragon intorno a me. In quel momento tra il sonno e la veglia, mi concedo per qualche battito del mio cuore di immaginare di essere tra le sue braccia. Vivo per quei momenti immaginari. Quando mi sveglio completamente, mi sento come se mi stessero strappando il cuore dal petto. Penso che l'aspetto peggiore della mia nuova vita sia la sua mancanza. Mi chiedo se anche lui la senta, ma so che è solo un pio desiderio.

Una sedia striscia sul pavimento; alzo lo sguardo e vedo due sconosciuti che si siedono. Uno di loro si sistema sulla sedia accanto a me, bloccandomi l'uscita, e l'altro si siede di fronte.

Il loro atteggiamento trasuda aggressività e non sono umani. Anche se non ho più i miei sensi da lupo, capisco che il tizio di fronte a me è un Fae anziano, influente e potente. Con shock e trepidazione, mi rendo conto che il tizio seduto accanto a me è un mutaforma lupo. Questo mi spaventa a morte; le sue narici si dilatano quando percepisce la paura nel mio odore.

Faccio un respiro profondo e chiudo gli occhi. Perché la mia vita è così schifosa?

Non posso sfuggirgli: anche in Irlanda, i mutaforma riescono a trovarmi. Senza la mia magia del fuoco e la forza della mia lupa, sono davvero nei guai. Apro gli occhi, giro il corpo in modo da poterli tenere entrambi sotto controllo e aspetto. Aspetto che facciano la prima mossa.

La cameriera si avvicina al tavolo con un sorriso e mi porta l'ordine. Le sorrido in segno di ringraziamento. Sono troppo spaventata per dire qualcosa e non c'è motivo di metterla in pericolo tentando di scappare.

Il Fae di fronte a me è elegante e letale. Gli enormi occhi azzurri e le orecchie appuntite lo tradiscono come un Aes Sídh purosangue, un elfo guerriero. I suoi capelli neri sono lunghi, come è loro usanza, e acconciati in intricate trecce. Ne so abbastanza per riconoscere i suoi segni di guerriero: sembrano tatuaggi umani e partono dalla mano destra per arrivare fino al collo. È vestito di nero, in tenuta da combattimento.

Sono fottuta.

Il lupo non è grande come i segugi infernali che stavano a casa mia, non che io l'abbia visto in piedi, ma seduto mi sovrasta comunque. Lo sguardo nei suoi occhi è duro e tutto di lui urla 'vecchio mutaforma'. Sembra che sia stato all'inferno e ne sia tornato. Ha i capelli chiari rasati a zero e gli occhi marroni. Entrambi mi guardano come se avessi rubato l'ultima fetta di torta. Forse l'ho fatto?

"Tu non sei umana, vedo la magia della strega che ti avvolge, che nasconde la tua identità. Non dovresti usare la magia per alterare il tuo aspetto nel mio territorio," sottolinea l'elfo con tono aspro. Mi guarda con gli occhi socchiusi, ma tutto ciò che ottiene in cambio è uno sguardo vuoto. Alzo le spalle. Cosa vuole che faccia? Che la rimuova?

"Ti ordino di rimuovere la magia."

Va bene, allora. Mi guardo intorno per cercare di capire come scappare, ma le mie opzioni sono limitate. Mi sono stupidamente messa con le spalle al muro.

"Non andrai da nessuna parte. Qualunque cosa tu sia, sei pericolosa, soprattutto se hai dovuto alterare il tuo aspetto."

"Questo è insolito o stupido, dato che ha più paura di me che di te. Che strano. Questa cosa puzza di paura," dice il lupo con voce ringhiosa. Solleva il labbro superiore e mi mostra i denti: *cavolo, che denti grandi che hai.* Non è passato molto tempo dall'ultima volta che mi hanno chiamata *cosa.* Invece di farmi arrabbiare, mi si rivolta lo stomaco e la tristezza mi assale per qualche istante. Me la scrollo di dosso.

Non avendo molta scelta, allungo la mano verso la caviglia. L'elfo estrae una lama di ferro e me la punta in faccia. Il lupo ringhia. Li fisso entrambi: vogliono che mi tolga il travestimento oppure no? Possono decidersi una volta per tutte? Sollevo le mani per mostrare che non ho armi e alzo gli occhi al cielo quando entrambi guardano con insistenza la mia caviglia.

L'elfo appoggia il suo enorme coltello sul tavolo con un tonfo e tira il mio piede verso di sé, quasi sollevandomi dalla sedia. Emetto un gridolino di protesta e quel bastardo mi tira la gamba con più forza. Vorrei urlargli: *le mie gambe non sono così lunghe, coglione!* Alla fine sembra giungere alla stessa conclusione e si china sotto il tavolo.

Mi tira su i leggings e mi toglie gli stivali. Trova entrambi i braccialetti che mascherano il mio aspetto e il mio odore, e sento la magia svanire. Gli occhi del lupo si spalancano quando vede il mio viso giovane e i miei occhi dorati. Emette un suono leggermente scioccato, che fa balzare fuori da sotto il tavolo l'elfo, con la lama di ferro di nuovo in mano e puntata verso di me.

Anche lui mi fissa con uno sguardo di assoluto shock sul volto.

"Ma che cazzo? Non me l'aspettavo," dice il lupo.

Sorseggio la mia bevanda mentre continuano a studiarmi. Non intendo sprecarla: è cioccolata calda, inoltre mi dà qualcosa da fare con le mie mani tremanti. Il lupo mi si avvicina e mi annusa.

Lo fisso con aria truce. Che razza di maleducato.

"Ha ancora un odore strano, di magia," borbotta il lupo. "Non riesco a credere che sia una mutaforma lupo. Quanti anni hai, ragazzina? Sembri avere... vent'anni? Da dove diavolo vieni?"

"È vittima di una maledizione," dice l'elfo. Proprio come il lupo, mi guarda affascinato.

"Che tipo di maledizione? Perché sei sola, ragazzina? Che accidenti ci fai in Irlanda?"

Ignoro le sue domande e continuo a bere. Fisso anche con desiderio la mia fetta di torta, che è sul bordo del tavolo. Il lupo grugnisce e mi avvicina il piatto. Gli faccio un cenno di ringraziamento con la testa. Non ho idea del perché: a volte posso essere troppo educata, ma è stata mia madre a inculcarmi le buone maniere, ed è un'ottima abitudine.

"Una maledizione che le impedisce di trasformarsi. Ha bloccato completamente la sua magia di mutaforma. La sta uccidendo," dice l'elfo con tono pratico, inclinando la testa di lato come se stesse studiando uno strano insetto. "Perché qualcuno dovrebbe maledirti?" Prendo la torta, ignorando la forchetta, e me ne infilo metà in bocca.

Il lupo emette un ringhio davvero rabbioso che mi fa emettere un gridolino imbarazzante. Spruzzo piccoli pezzi di torta sul tavolo. Lo fulmino con lo sguardo. Che reazione drammatica per qualche domanda senza risposta! Sto cercando di non tossire; mi lacrimano un po' gli occhi. Mi sembra di aver inalato delle briciole... che spreco di torta.

Lui mi ignora, concentrato su qualcosa dietro di me. Afferra lo schienale della mia sedia e la trascina finché non riesce a vedere bene la mia nuca. Per un attimo mi chiedo cosa stia guardando, cosa ci sia di così interessante... il segno irregolare del morso. Il mio stupido marchio del legame. Vorrei darmi uno schiaffo sulla fronte; non posso credere di essermene dimenticata. Curvo le spalle e allontano rapidamente la sedia dal lupo ficcanaso.

Non tornerò indietro.

Mi rannicchio ancora di più. Mi mordo le labbra screpolate con i denti e il sapore del sangue mi riempie la bocca. Devo tornare al cottage per il mio cane. Cavolo. Non guardo nessuno dei due. Faccio del mio meglio per frenare il panico che sta montando. Non voglio dover combattere contro di loro. So che non ho alcuna possibilità di vincere. Mi viene in mente una citazione: 'Mostrati debole quando sei forte e forte quando sei debole'. Di Sun Tzu, *L'arte della guerra*.

Mi siedo più dritta e divoro tutto. Farò tutto il necessario, anche combatterli se devo. Il mio cane ha bisogno di me.

Sbircio nella mia tazza, pensando a cosa succederebbe se gli tirassi la cioccolata calda in faccia. Potrebbe balzare in piedi; allora potrei prendere il suo grosso coltello di ferro dal tavolo e ficcarglielo nella narice sinistra.

"Beh, ora sappiamo perché indossa un travestimento e perché si nasconde in Irlanda," dice l'elfo con tono pratico. "Una compagna in fuga? Voi mutaforma potete essere davvero barbari."

Il lupo ringhia: "Dice un membro degli Aes Sídhe. Lei è ancora innocente e non sento l'odore di un legame completo su di lei. Quel bastardo malvagio l'ha morsa... non è giusto. Vorrei usare i miei denti sulla sua gola, per strapparagliela. Le mutaforma femmine sono rare e dovrebbero essere protette, non massacrate, cazzo." Abbasso lo sguardo sul tavolo e noto che ha le mani serrate in pugni chiusi. "E la maledizione?"

"È una cosa terribilmente crudele, presumibilmente per impedirgli di rintracciarla?"

"Sì, immagino di sì. Hai detto che le sta facendo del male?" Il lupo si sposta sulla sedia.

"La sta *uccidendo*."

"Ma che diavolo, ragazzina. Il lupo che ti ha quasi strappato la nuca, è così cattivo che preferiresti morire?" Finalmente alzo lo sguardo verso il lupo. Lascio che la tristezza traspaia dai miei occhi, non la nascondo. Annuisco. "Porca miseria. Madán, non possiamo lasciarla così. Ci sarà qualcosa nella tua fantastica scatola magica dei trucchi." L'elfo Madán scuote la testa.

"Non sono affari miei, né tuoi. Siamo venuti per verificare una minaccia. Le è stato detto di non usare la magia delle streghe." Mi guarda con gli occhi socchiusi. "Non usare la magia del travestimento, lupa." Annuisco. Si mette in tasca i miei braccialetti e si alza. Tutto qui? Santo cielo, lo spero proprio. Madán si allontana a grandi passi e, proprio mentre sto per tirare un sospiro di sollievo, si gira verso di me. "Nessun mutaforma in Irlanda. Nemmeno quelli che non possono mutare. Per cortesia, ti darò qualche settimana per andartene. Se ti vedrò dopo, non sarà una maledizione a ucciderti." Annuisco.

Forse se farò acquisti online senza mai uscire di casa, starò bene. Mi infilo in bocca l'ultimo pezzo di torta. Ho vissuto situazioni peggiori; non me ne vado. Non ho un posto dove andare.

"Gli parlerò," dice il lupo con voce burbera; io non rispondo. "Mi chiamo Mac." Lo guardo, annuisco e gli faccio un piccolo sorriso. "Nel caso avessi bisogno di qualcosa." Mac lascia cadere un biglietto da visita sul tavolo e segue Madán fuori dalla porta.

"Addio, Betty," sussurro.

Guardo il biglietto: c'è il suo nome, il suo numero e la scritta in grassetto *Guerriero*. Lo metto in tasca. Non ho alcuna intenzione di chiamarlo.

Borbotto mentre cerco lo stivale che ho lasciato sotto il tavolo.

Capitolo Trentaquattro

Con le mie scarse abilità di guida acquisite di recente, capire se qualcuno mi sta seguendo mi è impossibile. Quindi, invece di cercare di guidare tenendo d'occhio lo specchietto retrovisore, mi limito a girovagare un po' senza meta. Faccio anche il pieno di benzina.

Torno indietro e Lucifer mi abbaia contro come un pazzo. So che non indosso il mio travestimento da Betty, ma lui è abituato a vedermi senza. Passa un sacco di tempo ad annusare la mia auto, abbaiandole contro. L'unica cosa che mi viene in mente è che qualche altro cane abbia fatto pipì su una delle gomme.

Mi sento così giù di morale che non mi prendo nemmeno la briga di mangiare: mi limito a sfamare Lucifer e vado a letto presto.

Arriva il mattino e mi trascino come uno zombie in bagno con gli occhi ancora chiusi, non volendo svegliarmi dal mio sogno con il drago. So di essere una sciocca, ma il mio cervello assonnato non mi ascolta.

Lucifer sta impazzendo davanti alla porta sul retro, abbaiando come se fosse pronto a uccidere qualcuno. È ancora buio fuori, quindi accendo le luci esterne. Spero che spaventino qualsiasi creatura lo stia infastidendo, prima di farlo uscire. Abbiamo una giovane volpe che ama vagare e fare pipì nel territorio di Lucifer. La apprezzo per la sua audacia, ma non per il fatto che fa impazzire Lucifer, perché alcune notti riesco ad addormentarmi profondamente, a causa dei suoi latrati. Avevamo anche un tasso con cui Lucifer si è scontrato: il tasso ha avuto la meglio. Gli ha dato una sonora batosta. Ho dovuto portarlo dal veterinario in città per fargli fare un paio di iniezioni e ricucirgli la zampa. Lucifer ora ha il suo enorme kit di pronto soccorso... Beh, lo abbiamo entrambi, dato che io non posso mutare forma per guarire.

Apro la porta e lui corre fuori come se la casa fosse in fiamme, continuando ad abbaiare, quindi mi infilo gli stivali di gomma ed esco per assicurarmi che stia bene. Sta sfoderando il suo potente avvertimento pieno di rabbia.

Mi fermo nel vialetto a guardare i due uomini che ho incontrato ieri: sono fuori dal mio cancello. Davvero? Non potevano aspettare che facesse giorno?

Beh, ora che sanno dove vivo sono spacciata. Posso dire addio all'idea delle consegne a domicilio. Prendo le chiavi del cancello e li faccio entrare; tanto vale farla finita. Non è che posso nascondermi sotto il letto.

Mentre passo davanti alla macchina, mi viene in mente come si era comportato Lucifer ieri, e vorrei darmi una botta in fronte per essere stata così stupida. Devono averci messo un incantesimo di localizzazione, qualcosa che sei mesi fa sarei stata in grado di individuare soltanto con il mio naso. Essere umani è uno schifo.

Madán mi sta squadrando dalla testa ai piedi, ovviamente, dato che indosso soltanto un pigiama morbido. Mi sono appena alzata e non mi aspettavo un'imboscata.

"Che pigiama carino," commenta Mac. Gli ringhio contro.

Lucifer continua ad abbaiare contro i due al riparo di un albero. Il suo pelo beige e il muso nero non riescono a mimetizzarlo bene. Anche in queste circostanze, mi fa sorridere. Dovrebbe essere un cane da guardia spaventoso, ma è troppo intelligente per avvicinarsi e affrontare quei due. Questo mi rende stranamente orgogliosa di lui; è un bravo cane.

Entriamo in casa e mi scuso dicendo che devo vestirmi. Mi cambio e torno dai due uomini che stanno guardandosi intorno.

"Hai una casa carina," dice Mac con tono burbero quando lo sorprendo a curiosare nella mia dispensa. Indico il bollitore e lui annuisce. Preparo educatamente il tè per tutti, mentre Mac mi spiega allegramente come lo bevono. Ci sediamo tutti in salotto; è una situazione davvero strana.

Lucifer è diventato più coraggioso e abbaia loro attraverso la finestra. Tengo la bocca chiusa e aspetto che mi dicano cosa vogliono. Basandomi sul discorso di Madán, quello del 'via dall'Irlanda e non ti ucciderò', mi restano ancora tredici giorni.

Madán inizia la conversazione. "Sai a cosa sono abituato? Alle suppliche. Se dici a un uomo adulto che gli darai la caccia e lo ucciderai, questi o scappa o ti implora. Quante suppliche…" sospira. "Anche i più pazzi implorano, cercando di fare appello alla mia sensibilità. Hai capito il concetto?" Beve un sorso di tè. "Poi ci sei tu, una ragazza dai capelli rosa, sola in un paese ostile, con gli occhi tristi e arrabbiati. Incredibilmente mi hai solo fatto un cenno con la testa e con le spalle. Avresti potuto almeno piangere." Scuote la testa. Lo guardo con gli occhi socchiusi. È deluso perché non ho pianto? Che idiota.

"Mi hai fatto riflettere, Forrest…" Quando Madán usa il mio vero nome mi si stringe lo stomaco. Sanno chi sono, il che è fantastico. "Hai un bell'aspetto per essere una ragazza morta… anche se non passerà molto tempo prima che tu muoia davvero con quella maledizione addosso. È questo che vuoi?" Mi guarda con gli occhi sgranati, beffardo. "Quanto dormi al momento, circa dodici ore?" Sono più sedici, in realtà, ma perché gli importa?

"Ho un vecchio amico che ha rivoltato l'Inghilterra da cima a fondo per te, Forrest. Sai cosa è successo mentre eri morta?" Madán ha tutta la mia attenzione. Cavolo. Mi sento male. "Il consiglio è stato decimato. L'Inghilterra ha rischiato una guerra civile tra mutaforma. Al posto del consiglio è stata fondata una nuova assemblea, con membri eletti al potere. Il loro primo atto ufficiale è stato quello di introdurre una legge d'emergenza per proteggere tutte le mutaforma femmine: la 'Legge Forrest'." Madán alza le sopracciglia. Io mantengo con cura un'espressione impassibile. "La Legge Forrest?" Oh santo cielo, chissà se cambieranno il nome quando scopriranno che sono ancora viva e vegeta? "Le vecchie leggi dei mutaforma sono in fase di aggiornamento o modifica. Le stanno modernizzando. Ciò ha avuto un effetto positivo a catena sui mutaforma di tutto il mondo e le altre razze ci stanno osservando con interesse." Madán mi sgancia questa bomba di informazioni come se stesse parlando del tempo. Sorseggia dalla sua tazza, senza mai distogliere lo sguardo dal mio.

Mi agito sulla sedia. Mi sento un po' a disagio e in qualche modo una mistificatrice. Non è mai stata mia intenzione diventare un martire. Sono scappata per puro egoismo.

Questa nuova assemblea riuscirà a risolvere il marciume nella società dei mutaforma? Non ne sono sicura, ma ogni passo in avanti è comunque positivo. Penso alle parole di Madán: *il consiglio è stato annientato.*

"La Gilda dei Cacciatori, Aragon? Il Generale, sta bene?" chiedo con voce roca. Il mio cuore batte veloce. La preoccupazione mi colpisce con tutta la sua forza. Non ho l'energia per preoccuparmi di me stessa, ma che ne è di Aragon? Il mio drago.

"Cavolo, allora parli *davvero*," dice Mac felice, sorridendomi. "Sì, il drago sta bene. Ha dato il via a tutto, ha fatto scontrare le teste, ha organizzato l'intera assemblea e poi è scomparso." Tiro un sospiro di sollievo nel sentire che il mio drago è al sicuro. Il mondo è un posto migliore con lui. Grazie al cielo.

Prendo mentalmente nota di controllare Owen e, indirettamente, mio fratello John.

"Ha ucciso più della metà del consiglio, direi," dice Mac con una risata.

"Potrebbe interessarti sapere che il tuo compagno è

ancora vivo," dice Madán. Arriccio il naso e socchiudo gli occhi. Si riferisce a Daniel? Non è il mio compagno.

"Accidenti, ragazza, hai fatto un bel lavoro su quel maiale schifoso: gli hai bruciato metà della faccia. Sembra Harvey Due Facce di *Batman*." Scuote la testa, ridacchiando: "Hai delle abilità impressionanti, o almeno le avevi..." Mac mi guarda dall'alto in basso, accigliato. Sì, ho un aspetto orribile. Lo ammetto, la maledizione mi sta divorando viva. Alzo le spalle, indifferente.

Madán continua: "Sì, beh, in effetti Aragon lo ha lasciato in vita dopo aver trascorso alcune ore a interrogarlo. Penso che il drago fosse felice di concedergli di vivere come monito per gli altri. Soprattutto dopo la punizione che gli hai inflitto tu. Anche se Aragon gli ha tagliato la mano destra e gli ha strappato tutti i denti... Sono sicuro che gli siano ricresciuti quando ha mutato forma, ma devono essere state ore ben poco piacevoli." Madán mi guarda con un'espressione curiosa sul volto. "Non capivo perché lo avesse lasciato in vita, fino ad ora. Non credo che Aragon avrebbe rischiato di ucciderlo se ci fosse stata la benché minima possibilità che tu fossi ancora viva. Non ha trovato il tuo corpo... beh, per ovvie ragioni."

"Ora puoi tornare indietro in sicurezza, ragazza," afferma il mutaforma lupo. "Le nuove leggi ti proteggeranno."

Sono molto felice e orgogliosa che Aragon abbia apportato dei cambiamenti per aiutare gli altri e l'intera società dei mutaforma. Il consiglio aveva governato per troppo tempo con delle leggi che erano state pensate per un'epoca diversa. Mi sento sopraffatta, sapendo cosa è successo, soddisfatta di aver preso la decisione giusta andandomene.

Aragon ha agito così perché non ero presente a rappresentare una distrazione nociva. Continuo a pensare di stare meglio morta.

"Non posso," dico con voce roca, guardando le mie mani. "Non voglio," aggiungo a bassa voce. Alzo lo sguardo e incrocio quello di Madán. "Posso supplicarti. Mi inginocchierò, se necessario." I suoi occhi si spalancano e i miei implorano. *Ti prego, non rimandarmi indietro, ti prego. Voglio morire libera.*

Un muscolo si contrae nella mascella di Madán che continua a fissarmi. "Aragon sente la tua mancanza." Scuoto la testa in segno di diniego. Madán sospira. "Mi ucciderà... Va bene, Forrest. Vedo che non hai intenzione di cambiare idea. Ti aiuterò. Prima di tutto, dobbiamo rimuovere quella dannata maledizione..." Quando scuoto la testa in preda al panico, lui alza la mano per fermarmi. "...e il legame di coppia a metà. Ti unirò alla mia corte come guerriera, come Mac." Inclina la testa verso il mutaforma lupo. "La magia è onnipotente; ripulirà tutta quella frammentata." Arriccia il naso e agita la mano indicandomi. "Significa anche che potrai rimanere in Irlanda senza alcuna ripercussione. Come guerriera della corte, ti verrà chiesto di aiutare in missioni di basso livello, simili a quelle di un cacciatore nella Gilda dei Cacciatori. Non ti chiederò più di quanto sei disposta a dare. Io ti offro protezione e tu ti impegni per un minimo di venti ore alla settimana. Ti assumerò per tre anni, durante i quali dovrai impegnarti. Non è una posizione permanente: dopo tre anni potrai andartene. Devo essermi rammollito con l'età," dice Madán, sistemandosi i capelli dietro un orecchio appuntito. Sono scioccata: gli Aes Sídhe non possono mentire.

Mac mi fa un grande sorriso. "Che ne dici, ragazza? Niente più morti, niente legame con uno psicopatico, potrai riavere la tua lupa e un lavoro in cui aiutare le persone. Se superi le venti ore, verrai persino pagata." Mac mi fa l'occhiolino. Annuisco in segno di assenso.

"Grazie," sussurro.

L'offerta di Madán è più di quanto potessi mai sognare. Abbasso lo sguardo sulla tazza che ho in mano. È più di quanto merito. "Se sei disposto ad aiutarmi, sarebbe un onore servire la corte e aiutare gli altri." Alzo gli occhi e incrocio lo sguardo azzurro pallido di Madán. "Non farò del male agli innocenti, ma se mi indichi i cattivi, sarò pronta a partire: ho molta rabbia repressa."

"Capisco perché ti apprezza," dice Madán con tono burbero.

"Quando inizio a lavorare?" chiedo. Una vocina sottile e soffocata nella mia testa mi sussurra che avrò bisogno di una melodia a tema.

"Devi riprenderti dalla maledizione; per ora possiamo procedere con il legame da guerriera. Temo che se aspettiamo ancora, potrebbe essere troppo tardi." Annuisco. Wow, immagino che oggi non morirò e riavrò la mia magia!

"Dovrò metterti le mani sul collo. È un problema?"

"No, va bene."

Madán si avvicina e mi mette entrambe le sue mani eleganti sul collo. Mi avvolgono facilmente ma lui mi tiene delicatamente. Chiude gli occhi e inizia a cantare in una lingua che non capisco. Le sue mani si riscaldano e persino il mio naso umano sente il profumo dell'erba e dei fiori. Una leggera brezza proveniente dalla magia mi scompiglia i capelli. La mia vista si offusca leggermente e il braccio destro formicola.

Una volta che Madán mi lascia andare, tiro su la manica e tutti guardiamo i segni argentati sul mio braccio. Alzo lo sguardo verso Madán. La sorpresa sul suo volto è un po' preoccupante.

"Segni da guerriera," dice a bassa voce, con stupore.

"È normale?" chiedo, toccandoli.

"No," risponde, allontanando il mio dito con un cipiglio. Mi tira su la manica ancora di più. Ovviamente, la mia strana magia deve fare i capricci e darmi dei veri segni da guerriera Fae quando non dovrebbe. I segni sono argentati e non neri, quindi sono diversi. Mi chiedo se abbiano qualche funzione. Un'altra impresa da record di Forrest, che sta facendo impazzire Madán. Spero che non mi imponga di nuovo la maledizione. "Potresti toglierti il maglione, per favore?" Annuisco e lo sfilo.

I miei segni da guerriera sono sul braccio destro; partono dalle dita e arrivano fino alla spalla. All'inizio penso che siano un disegno casuale, ma dopo averli osservati da diverse angolazioni, Madán ritiene che i segni raffigurino l'albero della vita.

Invece di preoccuparmene, accetterò la mia stranezza interiore, a patto che Madán e gli altri Fae non si arrabbino e cerchino di uccidermi, cosa che potrebbe ancora succedere. I miei occhi iniziano a chiudersi da soli. La magia mi ha prosciugato.

"Va bene, Forrest, avrai bisogno di qualche ora di sonno per riprenderti. Ce ne andiamo. Mac ti contatterà per farti sapere quando inizierà il tuo addestramento. Non pasticciare con i segni," dice Madán con fermezza. Annuisco assonnata per confermare e lui lascia la stanza. Mac mi prende per un braccio e mi accompagna in camera verso il mio letto.

"Dormi, ragazza. Quando ti sveglierai, ti sentirai molto meglio. Questo pomeriggio correrai come una lupa." Mormoro un grazie, con gli occhi già chiusi. Mi addormento.

CAPITOLO TRENTACINQUE

SONO PASSATI PIÙ di tre anni e mezzo da quando Madán ha rimosso la mia maledizione e quell'orribile legame di coppia. Sono libera e in buona salute.

Nella mia testa, però, una vocina fastidiosa mi tormenta; diventa più forte a tarda notte e sussurra il nome di Aragon. La metà delle volte mi convinco che non fosse poi così speciale e che alla fine mi abbia delusa, o quanto meno non mi abbia dato abbastanza informazioni per proteggermi. Cerco di convincermi che non sto ancora soffrendo per la sua perdita.

L'addestramento da guerriera è stato brutale. Durante la prima settimana, i ragazzi del mio corso (tutti alti almeno un metro e ottanta) hanno scherzato sul fatto che fossi la mascotte dei mutaforma, quella strana, da tenere come un animaletto domestico. Sono sicura che ai loro occhi la mutaforma alta un metro e cinquantasette con i capelli rosa fosse uno scherzo. Pensavano di avere tutti i motivi per prendermi in giro. Io non ho reagito alle prepotenze: insomma, dai, ho affrontato situazioni ben peggiori.

All'inizio, nel profondo, ero devastata. Chi non vuole essere apprezzata? Trovavo le loro battute e i loro perfidi commenti offensivi. Mac era furioso, ma gli ho fatto promettere che non avrebbe interferito. Ho tenuto la testa alta, mi sono abituata e ho superato le mie difficoltà.

Una settimana dopo, quando abbiamo iniziato l'addestramento fisico, ho dimostrato loro che avevo ragione e mi sono vendicata.

Una delle mie lezioni preferite è stata l'addestramento al combattimento. In un solo pomeriggio, ho massacrato ogni singolo ragazzo del corso. Ero talmente aggressiva che alla fine della giornata, gli istruttori hanno deciso di escludermi dagli incontri di sparring, per la sicurezza dei miei compagni di classe. Stranamente, nessuno ha più parlato del mio status di mascotte. Mac ha passato tutto il pomeriggio ad applaudire e ridere.

I Fae con cui lavoravo sono diventati più diffidenti nei miei confronti. Immagino che avrei dovuto attenermi al ruolo di mascotte buffa invece di diventare la mutaforma psicopatica con gli occhi spaventosi, la magia del fuoco e i marchi guerrieri rubati.

Ho indossato un'altra maschera e ho imparato che era meglio essere temuta che amata.

Non potevo illudermi di riuscire a integrarmi fra loro, e una parte di me non se ne curava.

Che si fottessero. Sono morta dentro.

La mia anima è persa in ricordi sepolti.

La parte migliore di me è rimasta con il drago. Io sono solo il guscio che ne è rimasto.

Mi sono assicurata di tenere alto il mento e di camminare con fare spavaldo, con la mia nuova colonna sonora da guerriera 'Broken People' dal film *Bright* che mi risuonava nella testa.

Col passare degli anni, credo si siano resi conto che non sarei andata via, e a poco a poco ho ottenuto il loro rispetto.

Sempre nel modo più difficile.

Essere una guerriera è un po' deludente. Non è come pensavo che sarebbe stato. A volte desideri qualcosa così tanto che ti lasci prendere la mano e ti perdi nei tuoi sogni. Poi scopri che quello che volevi non è quello che pensavi inizialmente.

È dicembre e, uffa, oggi sto addestrando un idiota. Sbuffo frustrata, sbadiglio e mi gratto la nuca. Sono contenta di aver scelto di avere le telecamere magiche, perché nessuno crederebbe a questa roba. Le ho impostate per seguire i miei movimenti. È come avere una troupe cinematografica che ti segue ovunque. Le telecamere magiche riprendono tutto ciò che accade, girando sopra e sotto, cercando le angolazioni migliori. Aiutano a raccogliere informazioni e a perseguire i colpevoli. Alcuni guerrieri scelgono di non averle. Ma a me non dispiacciono. All'inizio erano una richiesta insistente di Madán. Ma negli ultimi anni gliene sono stata molto grata, perché mi hanno aiutato a scagionarmi da alcune accuse di violenza eccessiva. A nessun uomo piace l'idea di essere arrestata da una piccola guerriera, quindi inventano un sacco di cavolate. Le telecamere sono così piccole che è quasi impossibile vederle, anche con la mia vista.

"Che cos'è quello!" urla il nuovo guerriero in addestramento in preda al panico totale. Sta dando di matto, ed è divertente. Il mostro di melma che sta urlando è una creatura amorfa, informe e appiccicosa che sta lasciando pezzi di sé sul marciapiede fuori dalla mia gelateria preferita, lo stesso posto dove anni fa ho incontrato per la prima volta Madán e Mac.

Il guerriero novellino punta la sua lama di ferro contro il mostro gelatinoso, e il coltello scompare. Eh? Non ho idea di dove sia andato a finire, ma si sente una specie di suono di risucchio mentre svanisce.

"Non mi avvicinerei troppo a lui, Noel," dico per aiutarlo, leccando il mio gelato... Beh, che problema c'è? Sarebbe davvero scortese non prenderne uno mentre sono qui. Un delizioso cono croccante, anche se oggi fa freddo... con una pallina di cioccolato belga e una di ciliegia. Gnam, il miglior gelato d'Irlanda. Noel urla e si tuffa lontano da un tentacolo appiccicoso; io alzo gli occhi al cielo.

Poi produce una fiamma. Ha il dono del fuoco, ed è per questo che me lo hanno scaricato addosso. "Noel, non usare la fiamma su di lui, il fuoco non funziona." Noel, in preda al panico, cade di sedere inciampando in un dissuasore che non aveva nemmeno visto. Si dimena sul pavimento. Aggrotto le sopracciglia mentre Noel strilla con un tono più alto di quanto potrei mai sperare di raggiungere. L'orecchio più vicino a lui mi fischia dolorosamente. Aggrotto le sopracciglia e lo strofino sulla spalla. Piangendo, Noel lancia la sua fiamma contro il mostro di melma.

Sussulto e mi massaggio la fronte. Con un sibilo, l'intero mostro ora è in fiamme e sta gocciolando non solo semplice melma, ma melma infuocata, su tutto il marciapiede.

Noel urla di nuovo, con un suono stridente. Finisco il mio gelato e decido di risolvere la situazione. Giro intorno al mostro e mi dirigo verso Noel, che è ancora sul pavimento a piangere.

Gli do uno schiaffo sulla nuca. Finalmente smette di urlare e si gira verso di me, con gli occhi sgranati dal panico.

"Alzati, idiota. Noel, devi ascoltare meglio. Non ti sei nemmeno accorto che la creatura non sta cercando di farti del male, se ne sta lì immobile!" Sbuffo frustrata e indico il mostro di melma in fiamme. "L'hai dato alle fiamme senza alcun motivo, se non la tua totale mancanza di controllo e la tua paura." Mi avvicino al mostro di melma dall'aspetto spaventoso, agito la mano e richiamo a me il fuoco che lo circonda.

Ho imparato molto nel corso degli anni e il fuoco mi obbedisce come se fosse mio. Agito di nuovo la mano e il fuoco si spegne completamente.

"Ciao, Bert, grazie ancora per avermi aiutato con l'allenamento. Apprezzo la tua disponibilità. Mi dispiace per il fuoco..." Bert, il mostro di melma, annuisce con la testa, rutta sonoramente e il coltello di ferro scomparso rotola sul marciapiede. "Saluta la tua famiglia da parte mia." Mi fa quello che interpreto come un saluto viscido e se ne va verso la sua auto.

Bert e la sua famiglia sono molto disponibili. Durante l'addestramento dei principianti insegnano a reagire alla situazione senza farsi condizionare dall'aspetto della creatura. Di solito è una buona lezione, ma purtroppo Noel ha fallito miseramente.

Lo guardo con disapprovazione mentre è ancora sul pavimento. Apre e chiude la bocca. Sta facendo un'ottima imitazione di un pesce rosso guardando Bert allontanarsi.

"L'hai lasciato andare? Sta scappando!" Alzo gli occhi al cielo; questo idiota ha bisogno di un miracolo per superare l'addestramento. Grazie al cielo l'ho filmato. Ridacchio maliziosamente.

Capitolo Trentasei

Stasera faccio da esca, perché stiamo dando la caccia a un grosso criminale. Quel bastardo malvagio ha ucciso delle ragazze giovani; presumiamo che si tratti di un predatore solitario di sesso maschile. Si è spostato in tutto il paese, mietendo vittime lungo il percorso, in tutto quindici ragazze e tre sono ancora disperse. Ha iniziato a Dublino e la polizia locale, la Garda Síochána, più semplicemente chiamata Garda, e i guerrieri Fae non ci hanno messo molto a collegare i puntini. L'opinione pubblica è furiosa. I giornali umani danno la colpa ai Fae e tutti puntano il dito contro tutti. La situazione sta diventando un casino totale, un incubo di proporzioni epiche.

Io mi concentro solo sul grande cattivo e lascio che siano i superiori a occuparsi di tutto il resto. Lo stato di urgenza richiesto non è nulla in confronto alla pressione che noi guerrieri ci imponiamo. Dobbiamo trovare questo criminale, e in fretta.

Per qualche motivo, non gli importa chi sceglie: umani o Fae, non sembra avere molta importanza. Ha però un tipo preferito: gli piacciono le ragazze giovani e dall'aspetto delicato. Quindi è logico che mi offra volontaria per fare da esca e cercare di catturarlo. Sappiamo che sta andando nella zona di Sligo, ma non sappiamo quando ci andrà, quindi questa settimana ho occupato le mie serate girovagando per il centro città con un bel vestitino e un'aria irresistibile. Non l'abbiamo ancora preso, purtroppo, e mi sento un po' scoraggiata. La nota positiva è che abbiamo già arrestato tre idioti convinti che approfittarsi di me fosse una buona idea.

L'autocontrollo che ho imparato a padroneggiare negli ultimi anni è notevole; non ho certo il peggiore dei trascorsi nel picchiare a sangue i malvagi. A volte non desidero altro che dare un pugno in faccia a qualche stupido predatore. Le donne dovrebbero sentirsi sicure di poter andare ovunque dopo il tramonto, senza rischi. Odio che nel nostro mondo moderno, popolato da creature di ogni tipo, non sia così.

Stasera è sabato e indosso un bellissimo vestito dorato. Ha le maniche lunghe e il collo alto. È cortissimo, ma devo continuare a ricordarmi di non tirare l'orlo. Sto morendo di freddo, perché non indosso una giacca. A quanto pare, ai giovani umani piace congelarsi quando escono la sera. Ho ventisette anni e lo trovo ridicolo. Un cappotto sarebbe l'ideale. Odio il freddo.

"Peter, scemo, volevi il formaggio?" Li sento parlare nella mia mente e uffa, odio avere questi idioti nella testa. Maledetti legami mentali... Per fortuna è un incantesimo usato solo in questo tipo di incarichi. Ma i colleghi in servizio con me stasera non hanno fatto altro che mangiare.

"Sì, e pancetta." Espiro una nuvola di vapore caldo. Ho freddo e ora ho anche fame.

Vago fino al pub successivo e prendo da bere e uno snack al banco. Trovo un ottimo posto dove sedermi, in un angolo, da dove posso osservare tutti e riscaldarmi.

Mi sto anche isolando, e praticamente urlo: *Ehi predatori, guardatemi, sono una preda facile, tutta sola, sembro proprio smarrita.*

Due membri del mio team continuano a chiacchierare di cibo. Mac dice loro di chiudere il becco, ma solo dopo aver ordinato il suo pasto. Che branco di idioti. Il mio stomaco brontola in segno di approvazione.

Mi piace questo pub. Si trova vicino al fiume Garavogue nella città di Sligo. È il giusto mix di tradizione irlandese e modernità. Adoro il fatto che sia ancora di proprietà privata e mantenga il proprio stile intatto, senza appartenere a una qualsiasi catena di pub. C'è un lungo bancone che corre lungo il lato sinistro della sala. Piccoli tavoli di legno sono sparsi qua e là, con una mezza dozzina di separé lungo la parete destra. In questo momento stanno suonando le classifiche musicali; la musica dal vivo è finita per stasera. La maggior parte dei clienti sta sfidando il freddo nel giardino della birra, ovvero l'area fumatori all'esterno.

Sorseggio la mia mezza pinta di Guinness e ribes nero. Sgranocchio anche un sacchetto di patatine al sale e aceto. Con ostinazione, permetto che il mio masticare fragoroso echeggi nella mia mente. Crunch, crunch. Mac geme: odia i rumori del cibo. Così impareranno a mangiare hamburger senza di me.

"Ciao, sei da sola?" Un ragazzo si siede di fronte a me senza chiedere; che tipo inquietante. Devo ricordare a me stessa che sto facendo da esca. Lo guardo da sotto le ciglia e sorrido in modo, spero, timido. Mi chiedo sempre se noteranno i miei occhi spenti e capiranno che non sono quella che fingo di essere. Ma ho affinato questa arte e loro vedono quello che si aspettano.

"No." Scuoto la testa, poi alzo le spalle e faccio una risatina triste. Mi sporgo in avanti e mi guardo intorno come se non volessi che qualcun altro mi sentisse. "Più o meno, credo. Mia sorella ha il mio telefono e la mia borsa. Sono andata in bagno e lei me li ha tenuti, ma quando sono tornata non c'era più. L'ho cercata, ma non sono riuscita a trovarla, così ho pensato di venire in questo pub per vedere se riuscivo a trovarla." Alzo di nuovo le spalle, sistemandomi i capelli dietro l'orecchio. "Viene sempre qui. Non credo che i suoi amici mi apprezzino molto." Spalanco gli occhi fingendo orrore, poi mi guardo di nuovo intorno, cercando la mia inesistente sorella.

Il tipo inquietante annuisce. "Posso aiutarti a trovarla, se vuoi. Una ragazza bella come te non dovrebbe stare da sola." Annuisco e gli sorrido, abbassando lo sguardo con fare civettuolo sul tavolo e sul mio drink.

"Grazie," dico, e lui mi sorride, mostrando un po' troppi denti.

È un troll, anche se attraente in un modo un po' untuoso, con i capelli lisciati all'indietro, in stile anni ottanta. I troll di solito sono piuttosto simpatici. Sono grandi, stupidi e lavorano nella sicurezza. Ma questo tizio, anche se non è il nostro assassino… è un brutto affare. Il mio allarme 'tizio losco e pericoloso' mi sta martellando nella testa. Conoscete quella sensazione? Quella parte più primitiva del cervello femminile che ti avverte che qualcuno o qualcosa è pericoloso e ti dice di scappare? La mia, credo, è un po' sballata, visto che mi incita sempre a corrergli incontro e a spaccargli la faccia. Infatti questo tizio mi fa prudere le mani con un bisogno irresistibile di schiantargli il palmo sul naso.

"Per favore, posso prendere in prestito il tuo telefono? Vorrei chiamare mio padre e chiedergli di venirmi a prendere," dico timidamente.

"Certo, bella." Il tipo inquietante tira fuori il cellulare. Guarda lo schermo con un'espressione finta triste, lo agita davanti a me, poi lo picchietta sul lato della testa. "Nessun segnale. Dobbiamo uscire." Gli faccio un sorriso dolce e timido, bevo la mia Guinness e mi alzo. Mi lascio andare un po' mentre mi alzo.

"Oh, mi gira la testa," dico con una risatina singhiozzante. Il tipo inquietante mi prende per un braccio e invece di accompagnarmi all'ingresso del bar, mi mette una mano intorno alla vita e mi spinge verso l'uscita di emergenza sul retro.

"*Si parte, usciamo dal retro. Siate pronti al mio segnale,*" dico, trasmettendo il pensiero alla mia squadra. Loro confermano.

"Grazie mille per avermi aiutato. A proposito, mi chiamo Mellisa," dico mentre ci incamminiamo in un vicolo sul retro. Inciampo leggermente, poi mi volto verso di lui con un piccolo sorriso. Allungo la mano per prendere il suo telefono. "Posso usarlo ora?"

Si china verso di me e mi mette un braccio sopra la testa, appoggiandolo al muro dietro di me. Mi guarda dall'alto e mi mostra i denti in un sorriso sinistro. "Certo, bellezza. Cavolo, sei proprio piccolina... perfetta." Mi porge il telefono e io lo prendo. Provo a concentrarmi su di lui, ma appena la mia mano sfiora lo schermo, la concentrazione svanisce.

"Ma che diavolo..." Sono sopraffatta da un incantesimo di stordimento e mi rendo conto che è stato il mio tocco sul dispositivo ad attivarlo. Se fossi umana, come sto fingendo di essere, sarei in guai seri.

Ma al viscido bastano quei pochi secondi. Mi afferra e ci trasporta altrove.

Oh, merda.

Capitolo Trentasette

L'ADRENALINA mi scorre nelle vene e il mio cuore riprende a battere forte. Beh, porca miseria, è interessante: un troll non dovrebbe essere in grado di *teletrasportarsi*.

Il teletrasporto è come un passaggio, ma senza bisogno di un portale, in sostanza è proprio come te lo immagini. I Fae potenti sono in grado di compierlo, ma di solito devono essere vecchi come il cucco. Non sapevamo come il nostro viscido spostasse le sue vittime, ma almeno ora l'abbiamo capito. Dev'essere proprio lui il nostro uomo.

Lascio che pensi che l'incantesimo di stordimento stia funzionando. Mi accascio contro di lui, il che è davvero disgustoso, ma quando interpreti il ruolo della preda, devi stare al gioco. Non mi sorprende che la destinazione finale del teletrasporto sia uno scantinato.

Non sapere dove mi trovo è sconcertante. Spero di essere ancora in Irlanda.

Tengo gli occhi bassi, fingendo di sentirmi disorientata, e uso gli altri sensi. Percepisco l'odore di sangue, vomito e alcune fragranze davvero spaventose che non nominerò, per il mio bene. Sento piangere e altri quattro battiti cardiaci. Mi si stringe lo stomaco mentre provo un enorme senso di sollievo perché il viscido mi ha portato direttamente dalle ragazze scomparse.

Grazie al cielo.

Di nascosto, giro la testa all'indietro e di lato, emettendo un gemito per aggiungere un po' di realismo. I miei occhi scrutano la stanza. Ha preparato tutto, un paradiso per serial killer: catene di vari metalli alle pareti e una mezza dozzina di gabbie di ferro, insomma tutto il necessario. Spero che il bastardo non tenti di mettermi in gabbia.

Se lo fa, darò di matto.

Sai di essere fuori di testa quando provi sollievo se il serial killer, al quale stai dando la caccia, ti ammanetta semplicemente a un muro. Attaccata alla parete, mi affloscio nelle pesanti catene d'acciaio che mi stringono i polsi. Lui si allontana, mormorando che giocherà con me più tardi quando mi sveglierò, perché non è divertente se non urlo. Stronzo. La porta si chiude dietro di lui.

Sono proprio felice che recitare la parte dell'umana stasera mi stia riuscendo così bene.

Mi metto in piedi e ruoto le spalle per sciogliere i muscoli irrigiditi. Mi giro nelle catene mentre osservo il seminterrato. Una porta per entrare e una per uscire.

"Jenny, Sarah, Mary?" dico con tono calmo e gentile. La ragazza che sta piangendo smette. "Mi dispiace, non so chi sia la quarta ragazza. Mi chiamo Forrest e sono una guerriera della Corte dei Fae. Farò tutto ciò che è in mio potere per riportarvi a casa. Potete dirmi se quel bastardo inquietante sta lavorando da solo? Avete visto qualcun altro?"

La ragazza che singhiozza risponde, sorprendendomi. È una tipa coraggiosa. "Mi chiamo Sally. Mi ha rapita questa sera. Non ho visto nessun altro."

"Okay, grazie, Sally."

"Lavora da solo," dice una voce sommessa proveniente dalla gabbia nell'angolo. "Sono qui da un po'. Mi sembra un'eternità. Lui stupra e u... uccide. Penso che ci mangi, che ci stia mangiando. Io sono Mary..." Emette un suono convulso. Quando si riprende, striscia verso la parte anteriore della gabbia, con un sorriso amaro sulle labbra screpolate. "Cosa hai intenzione di fare? Incatenata a quel maledetto muro! Chi ti salverà? Avevamo bisogno di un vero guerriero, non di una ragazzina." Mary sbatte contro la gabbia e piagnucola quando il ferro le brucia la mano. "È una situazione schifosa... mi stai solo prendendo in giro," mormora Mary voltandosi e tenendosi la mano. Le altre due ragazze non rispondono.

Dai dossier, so che ha tenuto Mary, una Fae, per circa tre settimane. Non prenderò le sue parole sul personale.

Mary non sarà l'ultima persona a sottovalutarmi, ed è solo una ragazzina spaventata. Sono piuttosto orgogliosa delle sue parole rabbiose: mi danno la speranza che avrà abbastanza grinta e determinazione per superare quest'esperienza.

Ascolto attentamente ogni movimento fuori dalla stanza. Il sudore mi cola lungo la schiena e fa aderire il vestito dorato al mio corpo come una seconda pelle. Con cautela, invio la mia fiamma alle manette, distruggendo delicatamente il meccanismo di chiusura. Sono convinta che tutte le ragazze siano vittime e sento che è il momento giusto per sistemare questa faccenda. Ho un disperato bisogno di controllare le due ragazze che non hanno risposto. Le manette tintinnano cadendomi dai polsi e colpiscono il muro.

"Mac, mi stai seguendo?" Dirigo i miei pensieri, senza ottenere risposta.

Beh, accidenti.

Mi strofino i polsi. Ora devo prendere la difficile decisione se liberare le ragazze che sono sveglie o lasciarle lì. Se le libero e loro vanno nel panico, potrebbe essere un problema, ma se le lascio lì e vengo eliminata... al diavolo. Hanno bisogno di ogni opportunità per tentare di mettersi in salvo.

Sciolgo le catene di Sally, sussurrandole di stare ferma e in silenzio finché non dirò a tutte di muoversi. Mi inginocchio davanti alla porta della gabbia di Mary. Il cemento mi graffia ginocchia e stinchi. La mia fiamma annienta in un attimo la serratura, e la gabbia si apre.

Mi concentro su Owen e dalla bocca mi escono alcune delle prime parole che mi ha detto. "Mary, vedo che sei spaventata e che hai passato l'inferno. Ma vedo anche il fuoco dentro di te. Continua a usare quel fuoco, la tua rabbia. Non trattenerlo. Quello che ti è successo non è colpa tua. La colpa è sua, non tua. Non lasciarlo vincere e non lasciare che ti porti via altro. A volte è meglio seppellire i ricordi finché non sei abbastanza forte per affrontarli. Sarà dura, ma devi andare avanti un passo alla volta. Hai capito? I nostri sguardi si incrociano e ci studiamo a vicenda. Lei annuisce. "Devi fidarti di me. Resta in questa gabbia schifosa ancora per un po', solo finché non avrò fatto il culo a quel pazzo. Se mi succede qualcosa, mi affido a te: prendi Sally e scappa a gambe levate. Capito?" Tendo il pugno alla ragazza, che è ancora rannicchiata in fondo alla gabbia. Aspetto. Lentamente lei alza il braccio e batte il pugno contro il mio.

Mi manca il mio amico Owen; è sempre nei miei pensieri, quasi fosse un fantasma dell'anima. Mi trovo spesso a chiedermi: *Cosa farebbe Owen?*

Chiudo la porta e mi avvicino alla prima ragazza priva di sensi. È nuda, gravemente ferita e sanguina copiosamente. Le scosto i capelli biondo sporco dal viso. Il suo respiro è superficiale e il battito cardiaco debole. Ricordo il suo nome dai fascicoli: si chiama Jenny, e il mio cuore soffre per lei. Faccio scivolare la mano sotto il mio vestito e cerco nel reggiseno i tubicini che contengono la magia di localizzazione dei Fae e un sonnifero. Ho bisogno che le ragazze rimangano addormentate; non posso permettermi di aggiungere altre variabili a questo casino. Inclino le fiale di plastica e lascio che la magia penetri nel suo petto; poi appoggio le dita sulla sua clavicola. Il mio marchio da guerriera inizia a brillare; la luce argentata traspare attraverso il tessuto del mio vestito. Estratta direttamente dalla Corte dei Fae, la magia curativa si riversa in Jenny. Aspetto e ascolto. Non passa molto tempo prima che riesca a sentire un miglioramento nel suo respiro, come pure il suo battito cardiaco è tornato a un ritmo normale. L'emorragia si ferma e le ferite visibili guariscono. Chino la testa per il sollievo.

Ricordo ancora quanto siamo rimasti sorpresi quando il mio marchio da guerriera si è rivelato essere una magia difensiva. I marchi canalizzano la magia innata: guarigione, scudi, protezioni e tutta una serie di fantastici poteri difensivi.

L'ultima ragazza nuda e priva di sensi è Sarah. Ha i capelli scuri e un braccio brutalmente rotto. Uso prima il sonnifero, verso il contenuto della fiala e aspetto qualche secondo, poi mi metto in posizione. Mi preparo. Rabbrividisco mentre le afferro il polso e la spalla. Il mio marchio da guerriera si illumina di nuovo mentre tiro con forza l'arto rotto. Si sente uno scricchiolio, e l'osso torna al suo posto iniziando a guarire. Mi esce un respiro tremolante: non mi abituerò mai a rimettere a posto le ossa. Sono contenta che fosse addormentata durante quel lavoro sgradevole. Il viso di Sarah si rilassa da una smorfia di dolore a un'espressione serena.

Guarisco anche Sally e Mary; aggiungo una pozione di localizzazione su tutte le ragazze, così se dovesse succedere il peggio e non riuscissi a salvarle, un membro della mia squadra sarebbe comunque in grado di rintracciarle, o almeno di trovare i loro corpi. Rabbrividisco e ingoio la bile che sta cercando di risalirmi la gola. Chiudo gli occhi per un secondo. Faccio un respiro. Rabbia, panico e determinazione riempiono i miei polmoni al posto dell'aria. Devo salvare queste ragazze. Non posso fallire.

Mi affretto a tornare al muro e mi rimetto in posizione, avvolgendo le manette rotte intorno ai polsi. Mentre aspetto, analizzo ciò che è successo a queste ragazze e non posso fare a meno di pensare alla mia situazione, al mio passato. Sono sempre stata in fuga. Sospiro e appoggio la nuca al muro. Sono felice di combattere per gli altri, ma non ho mai combattuto per me stessa. Mai. Scappo sempre.

Amo ancora Aragon. Il mio cuore spezzato non è mai guarito. Ho solo imparato a convivere con le sue crepe.

Il lavoro che svolgo è pericoloso e forse ho bisogno di affrontare i miei demoni interiori una volta per tutte. Non posso lasciare che il mio trauma mi definisca; forse è ora di aprirmi e affrontare i miei scheletri nell'armadio? Affrontare Daniel e rivelare ad Aragon cosa provo?

Capitolo Trentotto

Non passa molto tempo prima che il viscido troll ritorni. Le scale della cantina scricchiolano minacciosamente sotto i suoi passi, e poi il malvagio bastardo sbatte la porta. Questa colpisce il muro e rimbalza chiudendosi. Sally e Mary rabbrividiscono entrambe. Io mi appoggio al muro e lo fisso con aria minacciosa. Non posso permettere che presti attenzione alle altre ragazze; ho bisogno che si concentri su di me. Spero che la mia sfida funzioni. Il viscido sorride.

Si va in scena.

Lui mostra i suoi denti aguzzi. Io inclino la testa di lato, chiedendomi se posso fargliene saltare qualcuno. Si avvicina con aria spavalda; lo lascio avvicinare abbastanza da sentire il suo alito rancido.

Mantengo il viso accuratamente impassibile e i miei grandi occhi dorati spalancati.

"Ahh, sei sveglia, bene. Non vedo l'ora di mostrarti il mio..." Fanculo. Non ho intenzione di aspettare il suo discorso da cattivo o che quel lurido inquietante mi palpeggi. Penso già che questo incarico mi darà gli incubi senza bisogno di ascoltarlo. Tiro un calcio mirando al suo ginocchio. Ci metto tutta la mia forza e lo sento scricchiolare. Il suo corpo finisce da una parte, la gamba dall'altra; lo shock sul suo viso mi fa sorridere.

Gli afferro la nuca e gli sbatto la faccia contro il muro del seminterrato. Una volta: "Non è così bello..." Due volte: "quando la tua preda reagisce..." Tre volte: "Vero, bastardo schifoso?" Gli lascio andare la testa. Arriccio il naso e mi pulisco la mano sul vestito mentre lui si accascia sul pavimento.

Beh, è stato un po' deludente.

Mi aspettavo una lotta un po' più accesa. Il viscido è fuori combattimento. Gli do un calcio nelle costole per sicurezza, ehm, solo per assicurarmi che non stia fingendo. Sono un po' delusa quando non emette alcun suono. Prendo delle catene di ferro dal muro e gli ammanetto le mani dietro la schiena. Ne prendo altre e gli lego i piedi. Canticchio mentre avvolgo le catene e le attacco in modo che le sue mani siano legate ai piedi: sembra un pretzel Fae.

Trascinando il suo corpo per i piedi, lo tiro verso una gabbia di ferro comodamente aperta. Con un po' di fatica e qualche calcio, riesco a infilarcelo dentro. Chiudo la porta a chiave e poi la blocco anche con una catena. Per assicurarmi che non possa andare da nessuna parte, lancio un incantesimo sulla gabbia con un'altra fiala che ho a portata di mano. Come tocco finale, utilizzo la mia fiamma per circondare la gabbia. Il fuoco raggiunge i due metri di altezza e io lo trasformo in una cupola. Eccessivo? Certo che sì. Questo bastardo non farà più del male ad altre ragazze, finché ci sarò io. Se dipendesse da me, lo avrei ucciso. Ma devo rispettare la legge; non posso andare in giro a uccidere le persone, anche se volessi. Guardando le ragazze terrorizzate in questo scatenato, sentendo l'odore di ciò che ha fatto loro, lo vorrei fare. Dio, quanto vorrei che soffrisse.

Mi pulisco di nuovo le mani sul vestito; non voglio che la sua pelle tocchi la mia.

"Okay, ragazze, usciamo di qui. Ho bisogno del vostro aiuto per trasportare Jenny e Sarah. Se io ne porto una, voi potete portare l'altra?" Mary striscia coraggiosamente fuori dalla gabbia e alza un sopracciglio guardando la struttura in fiamme. Alzo le spalle e faccio una smorfia.

Sally ha bisogno di essere rassicurata. Faccio in modo che tengano tra loro la ragazza che prima sanguinava, che credo sia Jenny, mentre io prendo Sarah. Le appoggio la spalla sullo stomaco e me la carico sulla schiena. Per fortuna Sarah è solo un po' più alta di me, il che rende il compito più facile rispetto, ad esempio, a sollevare un ragazzo.

Apro silenziosamente la porta del seminterrato. Il viscido era così sicuro di sé che non si era nemmeno preoccupato di chiuderla a chiave. Faccio danzare la mia magia sul palmo della mano destra, lasciandola crescere sempre di più fino a formare una spada dalle fiamme. Tenendo Sarah per le cosce con la mano sinistra, salgo le scale, guidando il gruppo con la mia spada. Non lascerò queste ragazze in quel seminterrato un secondo di più. Mi seguono tutte, facendo un ottimo lavoro nel rimanere vicine e silenziose.

Non appena superiamo la scala ed entriamo al piano terra, qualcosa nella mia testa scatta. Riesco di nuovo a sentire la mia squadra e, cosa ancora più importante, a parlare con loro. *"Ho bloccato il nostro serial killer. Ci sono anche Mary, Jenny, Sarah e Sally qui con me. Ho bisogno di vestiti, cure mediche e assistenza urgente."*

Tutti parlano contemporaneamente, facendomi sussultare. Madán prende il controllo e, con poche parole burbere, zittisce il resto della squadra. Stringo i denti e le mie labbra si irrigidiscono in una linea decisa. Accidenti. Quando il tuo grande capo si intromette è sempre un problema. I ragazzi devono essersela fatta sotto quando quel bastardo inquietante è sparito teletrasportandomi.

Mentre Madán parla, controllo velocemente il piano terra della casa. Dato che sono da sola e la mia priorità sono le ragazze di cui mi occupo, non mi preoccupo di perlustrare il resto dell'abitazione. Non le lascerò, ma non sento odori né rumori di altre persone nelle vicinanze. Uso un'altra fiala e creo una barriera protettiva nel corridoio vicino alla porta d'ingresso. È una zona piccola, con carta da parati a fiori scrostata, e dovrebbe essere più facile da difendere, molto più sicura, piuttosto che portare le ragazze all'esterno.

Sono ancora in Irlanda, il che è una buona notizia: i rinforzi stanno arrivando. Madán attraversa il portale, quasi prima che sia pronto, portando con sé Mac e un guaritore. Me lo comunica tramite il collegamento mentale, così posso aprire la porta di casa e lasciarli passare attraverso la barriera protettiva. Informo Mac che non ho controllato il resto della casa, quindi lui scompare per fare un giro di ricognizione, con la spada di ferro in mano.

Lascio il guaritore a controllare le ragazze. Madán mi scruta, annuisce e poi tira fuori il telefono. Mi fa cenno con il dito per farmi capire che ci metterà solo un minuto. Riesco a sentire la sua parte della conversazione, ma ha un incantesimo sul telefono che impedisce alle creature di ascoltare chi chiama, quindi non ho idea di chi sia il suo interlocutore. Presumo che stia parlando direttamente con uno dei genitori delle ragazze, oppure potrebbe riguardare me.

"La sto tenendo d'occhio, sta bene. Sembra completamente illesa. Sì, non ha nemmeno un capello fuori posto. Ti aggiornerò quando ne saprò di più. Sì, beh, non potevamo prevederlo. Faccio del mio meglio; sai che mi impegno al massimo per... Sì, beh, ti farò sapere di più quando avrò le informazioni. Anch'io tengo a lei. Ti richiamo presto." Madán termina la chiamata e torna da me.

Gli altri guerrieri sono arrivati. "Forrest, mi porteresti dalla creatura che avete catturato, per favore?" Annuisco e do un'ultima occhiata alle ragazze per assicurarmi che stiano bene. Ora sono circondate dai guaritori.

Mostro a Madán e alla mia squadra il seminterrato, avvertendoli che qualsiasi collegamento mentale verrà bloccato mentre ci muoviamo lungo le scale.

Scendiamo.

Peter fischia guardando la stanza, che ora è la nostra tetra scena del crimine... beh, lo sarà una volta che avremo rimosso il cattivo inquietante. Poi l'intero posto verrà magicamente ripulito.

Tutti fissano la mia cupola di fuoco. Alzo le spalle. Chiedo alla mia fiamma di tornare da me, e lei obbedisce rapidamente, rimpicciolendosi fino a diventare una piccola fiammella. Danza attraverso la stanza e arriva felice sul mio palmo teso. Le chiudo il pugno attorno, e lei si dissipa.

Tutti spostano lo sguardo dal troll pretzel nella gabbia a me. Alzo di nuovo le spalle.

"Come cazzo hai fatto a farlo entrare in quella gabbia?" chiede Peter. Non mi preoccupo nemmeno di rispondere: "Con parecchia difficoltà." Il tipo inquietante è sveglio e geme. Apro la gabbia di ferro al tempestivo arrivo di Mac, che mi aiuta a trascinare fuori il pretzel gigante. I miei compagni guerrieri sono tutti Fae ed evitano la gabbia di ferro come la peste.

Il viscido geme di nuovo, quindi gli do un calcio in testa. Mac ridacchia, Madán mi rimprovera.

"Cosa c'è? Non vogliamo che vada da nessuna parte, e sembrava che stesse per farlo," dico con calma, senza alcuna inflessione. Gli togliamo le manette e le sostituiamo con le nostre, poi Mac gli mette un braccialetto di plastica che annulla ogni forma di magia. Non appena scatta e gli avvolge il polso, si attiva.

Guardiamo tutti mentre la sua forma cambia. Invece di un troll sdraiato sul pavimento, ora è un goblin. Oh, interessante. Non c'è da stupirsi che neutralizzarlo sia stato così facile. Guardo Madán con le sopracciglia alzate, come per dire: abbiamo finito? Lui annuisce.

"Hai bisogno di assistenza medica, Forrest?" Scuoto la testa. "Allora ti accompagniamo a casa, hai fatto abbastanza per stasera." Madán mi porge la mano, indicandomi di salire per prima le scale. Saluto i ragazzi con un dito.

"Sono nei guai?" chiedo quando usciamo. Respiro l'aria fredda dell'inverno, liberando il naso dagli orrori del seminterrato. Comincio a tremare.

"No. Per favore, fammi un resoconto. So che tutto quello che è successo stasera è stato registrato. Se potessi raccontarmi cosa è successo con parole tue, aggiungerò la tua dichiarazione al rapporto." Madán si toglie la giacca e me la porge. Con un sorriso e un grazie, la indosso. È ancora calda grazie al tepore che emana il suo corpo. Sono sollevata nel sentire che le telecamere magiche hanno filmato tutta la serata e che mi hanno seguita anche quando mi ha teletrasportata.

Sbadiglio, mi strofino il viso con la mano e spiego nei dettagli cosa è successo.

Quando finisco, Madán annuisce.

"Grazie, ti accompagnerò a casa io stesso. Domani mattina chiederò a uno dei guerrieri di riportarti la tua auto." Agita la mano sopra la mia testa e le chiacchiere della mia squadra scompaiono. Sospiro di sollievo, massaggiandomi le tempie: mi impedirà di avere un forte mal di testa. So anche che con quel gesto le telecamere hanno smesso di riprendere.

Madán mi prende per un braccio e torniamo a casa mia. Lucifer impazzisce: lo sento abbaiare già da distante. Ho lavorato solo per sei ore, ma mi è sembrata un'eternità. È stata una settimana lunghissima, passata a dare la caccia a quel bastardo malvagio. Non riesco a credere che ce l'abbiamo fatta.

"Prenditi il resto della settimana libera, Forrest, te lo meriti. Sono felice che tu stia bene e che non ti sia fatta nulla. Oggi mi hai reso orgoglioso, ben fatto." Mi giro e lo abbraccio impulsivamente. Dentro di me mi viene da ridere, perché il mio affetto lo mette sempre a disagio. Con mia grande sorpresa, lui mi abbraccia a sua volta. "Vai a sistemare quel tuo cane mostruoso, sembra che stia cercando di mangiare la porta. Mac ti contatterà per comunicarti quando sarà il tuo prossimo turno. Annuisco e lui scompare prima che io possa dire altro. Ho ancora addosso la sua giacca.

Devo scavalcare il cancello perché i miei effetti personali sono rimasti al quartier generale, insieme alla mia auto. Apro la porta con la chiave di riserva e Lucifer impazzisce, annusandomi e guaendo eccitato nel vedermi. "Ehi, brontolone, ti sono mancata?" Ovviamente non così tanto, dato che mi spinge via, quasi facendomi cadere; che razza di cane pazzoide. Si precipita fuori, con l'unica priorità di perlustrare il giardino. Lo lascio fare. Sono così affamata che potrei ingurgitare un topo rognoso.

Fortunatamente, c'è una torta al cioccolato tutta per me che mi aspetta. Saltello verso la cucina piena di energia.

Vieni da me, deliziosa leccornia al cioccolato; lo so che vuoi finire nella mia pancia.

Capitolo Trentanove

Odio i giorni di ferie dal lavoro. Sono passate solo ventiquattro ore e mi sto già annoiando. Se non avessi Lucifer, lavorerei sempre, nel triste tentativo di tenermi occupata. Invece devo stare a casa per il mio cane, anche se a lui non interessa passare del tempo con me. Si accontenta di stare di guardia, controllando la strada e inseguendo gli uccelli che osano posarsi nel suo giardino.

Il meteo prevede un allarme rosso per tempeste e forti nevicate. Il tempo è terribile e la popolazione è stata avvertita di non mettersi in viaggio e di restare a casa. I miei colleghi irlandesi direbbero che è una giornata da passare guardando fuori, restando dentro.

Il freddo non fa per me e penso che in passato le mie lamentele sulle temperature rigide abbiano lentamente fatto impazzire i miei colleghi. Quando mi ha riportato la macchina, Mac mi ha detto di non tornare al lavoro finché la temperatura non fosse risalita.

Non sapevo come prenderla, ma ho gestito la situazione con la mia solita maturità salutando con la mano e correndo in casa, ridacchiando di gioia. Non sopporto non andare al lavoro, ma odio il freddo ancora di più. Anche se possiedo un comodo sistema di riscaldamento a energia solare, niente mi fa sentire a casa come il fuoco nella stufa a legna, quindi resto dentro e accendo le braci.

Mentre mi preparo per andare a letto, la neve inizia a cadere abbondante e i fulmini danzano nel cielo notturno. Una strana tempesta di neve e tuoni: non avevo idea che potessero verificarsi in contemporanea. La corrente va via. Guardo fuori dalla finestra e rabbrividisco; non provo nemmeno a sistemare l'impianto elettrico. Può aspettare fino al mattino.

Improvvisamente sento un forte boato provenire dall'esterno e l'intera casa trema; mi sembra di sentire un bicchiere in cucina cadere sul pavimento e frantumarsi. Lucifer impazzisce. Corro all'uscita sul retro e lo faccio uscire prima che danneggi la porta. Lui corre dietro la casa, abbaiando.

Probabilmente dovrei uscire a controllare. Prendo rapidamente il mio cappotto pesante e saltello su un solo piede mentre infilo l'altro nello stivale di gomma. Una volta che entrambi i piedi sono al sicuro dentro le mie calzature arancione brillante, mi dirigo verso Lucifer, e quello che vedo mi spinge a saltare la recinzione e correre attraverso il campo come una pazza.

Un drago insanguinato è precipitato nel mio campo!

Un grosso drago insanguinato! Corro e un profondo

timore mi pervade. Non è possibile, non può essere lui, non può essere. Mentre mi avvicino, il drago inizia a trasformarsi riprendendo la forma umana.

"Aragon!" grido, gettandomi nel solco che ha creato con il suo atterraggio. Mi butto a terra nella buca accanto a lui.

Fiocchi di neve ricoprono il suo bel viso.

Spazzolo via delicatamente la neve, con le mani tremanti. È gelido al mio tocco. Cerco di non farmi prendere dal panico mentre penso a un modo per portarlo al sicuro al caldo della casa.

Perché cavolo è così enorme e molto più grande di quanto ricordassi. Il suo battito cardiaco è leggermente accelerato, ma non vedo ferite sul suo corpo nudo. Deve essersi guarito quando si è trasformato. Mi tolgo il cappotto e lo copro rapidamente, anche se non basta a coprirlo del tutto, maledetto colosso.

Lo avvolgo con le mie fiamme, il più vicino possibile, nel tentativo di tenerlo al caldo. So che lui è ignifugo, ma il mio cappotto no.

Mi rimetto in piedi e mi arrampico fuori dalla buca, cercando di non far cadere neve e terra su di lui. Corro più veloce che posso verso la mia casetta da giardino. Lì ho un telo che posso usare per avvolgere Aragon e trascinarlo in casa.

Mi sembra che ci voglia un'eternità. Fa troppo freddo ed è troppo lontano per trascinarlo fino al cancello del campo, quindi devo abbattere parte della staccionata di legno a calci per farlo scivolare sotto le assi. È meglio portarlo dentro il più velocemente possibile.

Riesco a farlo entrare in casa e in qualche modo lo copro e lo metto a letto: sono così felice di essere forte.

Con sollievo, mi affloscio contro il muro della camera da letto.

Accidenti, è ancora svenuto.

Non ho la minima idea da dove provenga, perché sia finito nel mio campo o chi gli abbia fatto del male. Spero vivamente che non sia stato colpito da un fulmine.

Mi trascino lungo il muro verso la porta. Devo uscire dalla stanza e raccogliere ciò di cui Aragon avrà bisogno quando si sveglierà. Accendo magicamente il fuoco e uso i miei segni da guerriera per rafforzare la protezione intorno alla casa, per precauzione.

Non riesco a credere che sia qui, a casa mia... Wow, è surreale. Mi strofino il viso. Mi tremano le mani e mi gira la testa. Devo tenermi occupata per evitare di stare seduta a fissare il drago nudo nel mio letto.

O peggio ancora... Ho un piccolo episodio di delirio in cui la mia immaginazione va in tilt. Io, ehm, mi vedo prendere dell'acqua calda e sapone e dei piccoli asciugamani per lavare con cura il corpo di Aragon, con una musica sospettosamente d'atmosfera che mi risuona nella testa.

Cavolo.

Torno fuori. Il temporale è passato, anche se continua a nevicare. Controllo il pannello che monitora l'impianto fotovoltaico e lo imposto sull'opzione solo batteria; le luci della casa si riaccendono. Infilo la testa nel cottage, accendo le luci esterne, prendo il martello dal capanno e poi lo uso per demolire la recinzione, rimettendo a posto i paletti. Tanto vale farlo ora, mentre sono nel pallone. Se non lo faccio, Lucifer se ne andrebbe a zonzo e si perderebbe, e anche sotto forma di lupa, non ho voglia di andare a cercarlo nella neve.

Fa freddissimo e ho le mani blu, ma non posso tornare dentro perché c'è un drago in forma umana, nudo e tremendamente affascinante nel mio letto!

Lucifer mi guarda; non gli importa della neve. Si rotola sulla schiena, dimenandosi. In inverno preferisce dormire nel ripostiglio più fresco. Quasi tutte le sere devo trascinarlo dentro; lui si ostina a voler restare fuori a fare la guardia.

Quando non ho più scuse, torno in casa. Mi tolgo gli strati di vestiti che indosso, attizzo di nuovo il fuoco e aggiungo un altro ceppo. Non ho bisogno della legna, ma ne adoro il profumo. Le mani mi bruciano per il calore. Sbircio nella mia camera da letto e Aragon è ancora privo di sensi. Decido che potrebbe avere fame quando si sveglierà, quindi mi metto a preparare una zuppa di pollo e dei noodle.

Quando ho finito di preparare il brodo e devo solo scaldare i noodle nel microonde, mi viene un pensiero: e se Aragon avesse bisogno di cure? Oh santo cielo, l'ho lasciato nel mio letto, privo di sensi, per tutta l'ultima ora, quando invece potrebbe aver bisogno di aiuto! Sì, è onnipotente e probabilmente il mutaforma più forte che incontrerò mai, ma questo non significa che non abbia bisogno di cure. Mi sento una perfetta idiota.

Mi intrufolo nella camera da letto. Aragon è ancora privo di sensi, il suo respiro e il battito cardiaco sono regolari. Tiro via la coperta dal suo petto nudo e mi chino su di lui. Il mio marchio da guerriera brilla. Sto per appoggiare le dita sul suo petto quando Aragon si muove improvvisamente, e un attimo prima sono china su di lui e quello dopo sono sulla schiena con lui sdraiato sopra di me. Emetto un gemito di shock. Una mano enorme mi stringe la gola, mentre l'altra mi afferra il braccio con tanta forza che sento le ossa scricchiolare. Urlo di dolore e Aragon mi guarda lentamente.

I suoi bellissimi occhi si spalancano per lo spavento e lui mi lascia andare. Rotolo via da sotto di lui e cado a terra. *Ahi*. Beh, non proprio il benvenuto che avevo immaginato.

Sento una fitta al cuore. Mi alzo, appoggiandomi il muro per non perdere l'equilibrio. Faccio un cenno con la testa verso i vestiti che avevo lasciato sul comodino e gli indico il bagno.

Poi esco in fretta dalla stanza e torno in cucina. Appoggio le mani sul bancone e cerco con tutte le mie forze di non piangere. So che si è spaventato quando mi sono chinata su di lui, probabilmente è stata solo una reazione istintiva. Non stava cercando di farmi del male deliberatamente.

Mi massaggio il polso e le mie labbra tremano.

Sento il rumore della doccia in bagno e, meno di dieci minuti dopo, Aragon entra in cucina, vestito con i pantaloni da jogging e la maglietta standard dei guerrieri reclute che avevo in macchina. Con quell'outfit sembra che, sembra che basti un respiro fuori posto perché esploda come l'Incredibile Hulk, tanto è pieno di muscoli.

"Mi dispiace averti fatto male, Forrest, non volevo afferrarti." Invece di sedersi, Aragon si avvicina e si ferma davanti a me.

Nascondo il braccio dolorante dietro la schiena e alzo le spalle. Posso guarire rapidamente, quindi non è un problema.

Fisso il suo petto, sentendomi a disagio. Cosa si dice al ragazzo di cui sei ancora follemente innamorata e che ha appena scoperto che hai finto la tua morte? Dovrei gridare 'Sorpresa!' battendo le mani?

Aragon mi mette una mano sotto il mento per farmi incontrare il suo sguardo. Alzo la testa e i suoi bellissimi occhi argentati e preoccupati incontrano i miei.

"Ciao, Pazzerella. Mi dispiace essere tornato nella tua vita, non era mia intenzione." Santo cielo, è bellissimo. Ho lo stomaco sottosopra. Allunga delicatamente la mano verso l'arto nascosto dietro la mia schiena e lo ispeziona. Mi sconvolge quando porta il mio braccio alla sua bocca e mi bacia dolcemente il polso in quello che posso solo interpretare come un gesto di scuse. Rabbrividisco.

"Stai bene?" squittisco.

Se questo è un sogno, non voglio svegliarmi. Non riesco a staccargli gli occhi di dosso. Lo guardo avidamente.

Pensavo che il mio ricordo di lui fosse dettagliato, che avessi in mente ogni suo particolare, dal colore esatto dei capelli e della pelle argentata, alla tonalità dei suoi bellissimi occhi. L'Aragon davanti a me, invece... I miei ricordi non gli rendono giustizia. È come se lo avessi ricordato in bianco e nero, e ora lui fosse davanti a me a colori e in alta definizione.

Il viso scolpito di Aragon è un capolavoro di bellezza maschile. I miei occhi scendono sulle sue labbra carnose, quella inferiore leggermente più piena di quella superiore. Lo fisso con stupore e, con mia grande sorpresa, lui mi guarda allo stesso modo. Come se fossi la visione più bella che abbia mai avuto. Deve aver battuto la testa.

"Sto bene... ho calcolato male la tempesta."

Spalanco gli occhi e chiedo incredula: "Sei stato colpito da un fulmine?"

"Sono stato colpito da un fulmine."

Ridacchio. Aragon sorride, massaggiandosi mestamente il naso, e il movimento tende la maglietta al limite. Deglutisco. Ogni protuberanza e ogni irregolarità del suo petto sono ben definite.

"Hai fame?" gli chiedo, leccandomi le labbra.

"Potrei mangiare qualcosa."

Annuisco e mi allontano da lui con disappunto. È meglio così, perché ho un desiderio quasi incontrollabile di leccarlo e poi gridare a squarciagola: *l'ho leccato, quindi è mio!*

Aragon si siede al tavolo e mi guarda mentre metto i noodle nel microonde. La sua presenza e la sua stazza imponente riempiono tutta la cucina. Respiro il suo profumo affumicato e mi sento al sicuro per la prima volta dopo anni.

Metto gli spaghetti nella ciotola, verso il brodo e cerco un po' di pollo in più nascosto sul fondo della padella da aggiungere alla sua ciotola. Con aria compiaciuta, gli porgo il piatto, mostrando un'espressione orgogliosa che dice: *guarda cosa ho preparato.*

Non ho mai cucinato per nessun altro, quindi è bello sfoggiare le mie abilità. *Guardatemi, so cucinare, sto diventando un'adulta perfetta, sentite il mio ruggito.*

Roar.

Aragon scruta la sua ciotola con un sorriso; un osso di pollo galleggia in superficie. So che gli spaghetti sono leggermente attaccati tra loro e il brodo è un po' salato, ma è un piatto perfetto per tirarsi su di morale. I bocconcini di pollo rosa sono squisiti e i pezzetti neri li rendono croccanti. Lui mi guarda con gli occhi luccicanti e io gli rivolgo un sorriso incoraggiante. Lui tossisce nel pugno e afferra il cucchiaio.

Dopo aver finito di mangiare, mi accorgo che Aragon non aveva poi tutta quella fame. Intanto, la mia curiosità è ormai alle stelle. "Allora, come sei finito qui?" gli chiedo.

"Forrest." Aragon tamburella le dita sul bancone. Con un sospiro, abbassa la testa e mi guarda da sotto le sopracciglia. "Dato che il destino mi ha costretto, non ti mentirò." Il suo tono si abbassa e i suoi occhi implorano. "Ho sempre saputo dove eri. Ti ho rintracciata la notte in cui sei partita, ma sono arrivato troppo tardi per distoglierti dal tuo piano," dice quasi sussurrando. "Non ti avrei mai ostacolato. La tua amica Ava? Voleva mandarti in America. Ma le ho fatto cambiare idea. Questo è uno dei miei rifugi sicuri." Tamburella di nuovo sul bancone.

Già, Aragon non grida 'Sorpresa!' né fa gesti esuberanti con le mani.

Capitolo Quaranta

Lo guardo, rifletto per qualche secondo e poi annuisco. "Va bene."

"Cosa?" dice Aragon con voce tesa. "Tutto qui? 'Va bene'? Non sei arrabbiata?" Mi fissa negli occhi.

Alzo le spalle. "Come posso essere arrabbiata visto che mi hai aiutato? Sono scappata, ho finto la mia morte... Eppure mi hai lasciata andare e hai continuato ad aiutarmi. Dovrei anche dirti 'grazie'."

"Sono venuto a trovarti un paio di volte..."

"...al mese?" lo interrompo con gioia, agitandomi sulla sedia. Aragon scuote la testa, con un sorriso divertito sul volto.

"No, al giorno," dice, massaggiandosi il naso. Mi è venuto a trovare un paio di volte al giorno? Wow. Mi sembra assurdo aver creduto che non gli sarebbe importato perdermi. Quel drago subdolo mi ha tenuta d'occhio.

Emetto una tosse soffocata e mormoro sottovoce: "Stalker."

"Assolutamente." Ride sbuffando.

"Hai chiesto tu a Madán di darmi il mio lavoro?" Allungo la mano e gli stringo l'avambraccio, temendo la risposta. Mi piace il mio lavoro ed è importante per me. Voglio rendere il mondo un posto migliore. So che sembra tremendamente idealistico e ingenuo. Ma onestamente, sono orgogliosa di essere una guerriera. Se posso impedire a un bambino di avere un'infanzia come la mia, se posso sconfiggere i cattivi... Forse non salverò il mondo, ma ogni persona che aiuto è una vita in più che resta al sicuro nel mondo. Aragon gira il braccio e mi prende la mano.

"Forrest, no, hai ottenuto il tuo lavoro grazie alle tue capacità. Madán è estremamente impressionato dalle tue abilità. Io di certo non avrei optato per una carriera così pericolosa per te." Grugnisce. "Negli ultimi anni, ho avuto l'onore non solo di vederti crescere, ma anche di vedere quanto puoi essere forte, compassionevole" grugnisce di nuovo "e brutale." Scuote la testa. Un sorriso orgoglioso gli illumina le labbra carnose.

Quel sorriso mi scioglie il cuore.

Qualcosa scatta nella mia testa e capisco prima ancora di aver fatto la domanda. "Madán ti ha dato accesso alle riprese delle telecamere magiche." Aragon annuisce.

Si strofina il mento, preparandosi a dirmi qualcos'altro.

"C'è un'ultima cosa che devo confessarti. Eri sola, incapace di trasformarti e dormivi molto. Ero preoccupato..." Lo guardo con aria severa. "Così ho cercato la migliore razza di cane da guardia e mi sono assicurato che tu lo trovassi." Cane da guardia... Lucifer? È stato Aragon a comprarmi il mio cane! Lucifer è mio, per sempre!

Scoppio in lacrime, singhiozzando in modo imbarazzante. Non posso farci niente, amo da morire il mio cucciolone. Ignoro l'espressione inorridita di Aragon mentre mi alzo dallo sgabello e mi getto tra le sue braccia. Lo tiro verso di me. Bacio il mio fantastico, incredibile, premuroso drago su tutto il suo bel viso.

Mi ha regalato il mio cane perché voleva che avessi un amico e qualcuno di cui prendermi cura.

"Grazie, grazie mille. Lo adoro. Sono felice che sia mio e che nessuno me lo porterà via." Beh, questo era quello che stavo cercando di dire, ma mi è uscito un po' confuso, tra il moccio e le lacrime. Aragon annuisce... penso che abbia capito tutto. Mi prende delicatamente la testa tra le sue grandi mani e mi asciuga le lacrime dalle guance con i pollici.

"Non c'è di che," dice Aragon con voce roca. Tossisce per schiarirsi la gola. "Non ci sarà mai un'altra persona come te, Forrest Hesketh. Sei unica. Voglio che tu sappia che non ho mai agito per dovere nei tuoi confronti. È sempre stato qualcosa di personale. Quel primo giorno nel mio ufficio, hai illuminato il mio mondo come se prima di te ci fosse stata solo oscurità. Mi hai insegnato il significato della solitudine perché, quando non ti vedo, mi sento solo, e la tua mancanza è come un dolore fisico." Si strofina il petto con l'altra mano, sopra il cuore. "Perdere te, perché ho valutato male una situazione, è stato il momento peggiore della mia vita. Sapere che dovevo lasciarti andare e non sapere se saresti mai tornata da me..." Aragon chiude gli occhi e si sporge in avanti. La sua fronte sfiora la mia. "Avrei dovuto parlarti. Rivelarti i miei piani. Ti ho persa a causa della mia arroganza. Ti ho ferita..." Aragon ringhia, continuando ad accarezzarmi la guancia. "Mi perdoni?" implora.

"Okay," sussurro sotto shock.

I suoi bellissimi occhi incontrano i miei.

"Tu sei tutto per me, Forrest. Ho aspettato una vita intera per poterti incontrare." Lo guardo sbattendo le palpebre. Quel fulmine lo ha davvero sconvolto. "Capisco se tutto questo ti ha colto di sorpresa. So che avrai bisogno di tempo per elaborare la situazione..." Col cavolo. Mi pulisco rapidamente il naso con la manica e poi bacio la sua bella bocca per zittirlo prima che si convinca che tutto questo non sta succedendo davvero. Oh santo cielo, Aragon mi ama!

"Ti amo, drago pazzoide," mormoro. Mi allontano e lo guardo, controllando di non aver commesso uno stupido errore.

Aragon non scappa urlando. Al contrario, si alza e mi circonda con le braccia. Mi solleva sul bancone. Emetto un respiro affannoso, il cuore mi rimbomba nelle orecchie. Le farfalle mi esplodono nello stomaco mentre lui si infila tra le mie gambe e mi stringe a sé.

Ringhia. Io mi mordo il labbro in risposta. Una delle grandi mani di Aragon mi avvolge la vita. L'altra mi si posiziona dietro al collo.

Aragon si sporge in avanti, avvolgendomi, schiacciando il mio corpo contro il suo petto muscoloso e duro. Oh cielo. Il mio cuore fa un balzo, salta un battito, e la mia pancia si riempie di farfalle danzanti. Siamo così vicini che il suo viso mi appare sfocato. Chiudo gli occhi.

Sento il suo respiro sulle mie labbra. Mi lecco le labbra, cercando di cogliere ogni traccia del suo sapore che potrebbe essere rimasto su di esse. Mentre lo faccio, la mia lingua incontra la sua bocca. Emetto un mormorio di apprezzamento. Aragon colma la piccola distanza tra noi e mi bacia: le sue labbra carnose sono sorprendentemente morbide.

Il bacio all'inizio è delicato, poi diventa rapidamente più intenso, più forte, più profondo. Ansimo. La lingua di Aragon, come se stesse aspettando un invito, scivola nella mia bocca e si intreccia con la mia.

Mi aggrappo ai suoi avambracci, l'unica cosa che mi tiene stabile nel mio mondo vertiginoso e oscillante. La barba incolta sul suo viso mi sfiora la pelle, ma non mi importa. Gemo nella sua bocca. Lui allontana leggermente le labbra e sussurra: "Respira, Forrest..." Emetto un respiro tremolante, rendendomi conto in ritardo che avevo trascurato di respirare. L'ossigeno è così sopravvalutato. Come si fa a baciare e respirare allo stesso tempo?

Inspiro il suo profumo affumicato di drago. Voglio respirarlo, leccarlo e mangiarlo.

Ne ho assaporato un po' e mi rendo conto inequivocabilmente che non sarà mai abbastanza.

Aragon bacia delicatamente le mie labbra ansimanti e si allontana da me.

Apro lentamente gli occhi e lo guardo sbattendo le palpebre; le labbra formicolano in modo piacevole. Gli faccio un sorriso smagliante e con un ghigno dico: "È stato il mio primo bacio e sono felice che sia stato con te." Mi mordo il labbro e saltello di gioia. "Possiamo rifarlo, per favore? Migliorerò se ci esercitiamo." Smetto di saltare e incontro i suoi occhi dalle palpebre pesanti. "Mi insegnerai, Aragon?" Aragon geme. Cavolo, è un suono incredibile.

Fisso le mie ginocchia, sentendomi un po' intimidita; ho ventisette anni, per l'amor di Dio. Devo imparare come funziona tutta questa faccenda.

"Esercitarci?" La voce di Aragon è profonda e roca: "Non desidero altro che esercitarmi in *tutto* con te."

Evviva. Annuisco. Mi trattengo dal lanciare un pugno in aria.

Gli faccio un sorriso raggiante, prendo la sua mano, salto giù dal bancone e cerco di trascinarlo verso la camera da letto.

Mi tolgo i vestiti da sola?

O è meglio che sia lui a togliermeli?

Sono un po' preoccupata. Spero che Aragon sappia cosa sta facendo. Lo tiro, ma lui non si muove; invece, mi riporta tra le sue braccia.

"Ma faremo con calma, Pazzerella. Quindi per stasera basta così."

Cosa? Cosa? Noooo. Dopo quel discorso, quel bacio epico... cosa? Beh, è deludente. Sbuffo, batto persino i piedi.

"Guastafeste," mormoro sottovoce. Andiamo in soggiorno e mi butto sul divano.

Non sto tenendo il broncio.

Cosa c'è in Aragon che fa emergere la mia immaturità?

Aragon scuote la testa, con gli occhi che gli brillano. Si siede elegantemente accanto a me, come se indossasse un abito e non i pantaloni da jogging e la maglietta che ha preso in prestito. Mi prende la mano e gioca con il mio mignolo.

"Posso restare? A dormire? Mi sentirei a disagio a

lasciarti, con questo temporale." Gli sorrido e annuisco freneticamente. Se voglio che il bel drago che ho appena baciato resti a dormire? Voglio svegliarmi con le sue braccia intorno a me e il suo profumo che mi riempie il naso? Non sono stupida, non direi mai di no.

Salto dalla sedia con un gridolino e corro in camera mia a prepararmi per andare a letto.

Capitolo Quarantuno

È stato il sonno più fantastico che abbia fatto negli ultimi anni. È incredibile quanto mi sia mancato e da quando è tornato, irrompendo nella mia vita, mi sento grata. Ho almeno una settimana di ferie dal lavoro e posso trascorrerla cercando di conoscere di nuovo Aragon.

Ho davvero bisogno di esercitarmi a baciare e cose del genere, per arricchire il mio bagaglio di esperienze da adulta. Ho ammesso di essere innamorata di lui. Lui non ha ricambiato, ma va bene così. Farò in modo che Aragon mi ami.

"A cosa stai pensando così intensamente?" mi chiede Aragon sotto di me. Sono sdraiata sopra di lui, avvolta fra le sue braccia, tornata a essere il piccolo pezzo di puzzle che si incastra perfettamente. Sento le sue parole rimbombare nel petto. Non dovrei preoccuparmi; Aragon è qui con me nel mio letto e per la prima volta dopo tanto tempo mi sento al sicuro e completa. Mi stringe a sé e mi bacia sulla fronte.

"Niente," mormoro.

"Bugiarda," dice Aragon con voce burbera, "sento che il tuo cervello sta vorticando. Cosa ti preoccupa?" mi sussurra all'orecchio. Mi accarezza delicatamente la nuca, apparentemente indifferente al terribile segno del morso. Inclino la testa e lo guardo. Mi scosta i capelli dal viso.

"Tu... tu... Aragon, mi ami?"

Il volto di Aragon si addolcisce quando incrocia il mio sguardo, e vedo la verità brillare nei suoi occhi.

"Ti amo più di qualsiasi altra cosa al mondo. Sei il mio tesoro. Trascorrerò il resto della mia vita con te, se mi concederai questo onore. Quando non saremo più su questa terra, trascorrerò la mia nuova esistenza cercandoti. Sei l'altra metà della mia anima, e io sono completo solo quando sei tra le mie braccia."

I miei occhi si spalancano per lo shock. Espiro rumorosamente e lo guardo sbattendo le palpebre. *Dimmi come ti senti davvero.* Wow. Questo mi fa sentire meglio.

In confronto alle parole di Aragon, il mio 'ti amo' sdolcinato sembra una schifezza.

"Oh, ehm, okay, grazie..." sussurro.

"Nel mio ufficio, ero completamente affascinato da te. Eri così attraente, con quel vestito e le tue buffonate con il bicchiere d'acqua." Aragon sorride e prende la mano ribelle in questione e la bacia. "Quando ho letto il rapporto che indagava a fondo la tua vita, sapendo cosa avevi dovuto sopportare... è stato angosciante. Ero devastato. Volevo renderti la vita più facile. Sono in vita da molto tempo, e tu non hai avuto occasione di vivere davvero."

Aragon si siede, mi solleva con le mani sui fianchi e mi gira verso di lui. Le mie gambe cadono ai lati del suo corpo, che è così largo che non toccano il letto. Mi sistema i capelli dietro l'orecchio e mi accarezza la nuca, guardandomi negli occhi.

Il suo sguardo esprime tutta la sua convinzione.

Mi mordo il labbro per trattenere un gemito. *Oh, che bello.* Il calore mi invade lo stomaco.

"Eri capace di trasformarti parzialmente a ventitré anni, e quando hai usato la tua magia del fuoco, mi sono sentito così orgoglioso di te. Ma mi ha anche spaventato a morte. Come diavolo avrei potuto tenerti al sicuro? Avevi già avuto a che fare con così tanti uomini che cercavano di controllarti. Ti eri appena trasformata in umana, sarebbe stato inappropriato. Non potevo buttarmi nella mischia." Mi mette la mano sul petto e traccia il mio segno da guerriera. "Saresti scappata a gambe levate. Quindi ho pensato che se fossi stato il tuo guardiano, avrei potuto proteggerti ufficialmente e tu avresti potuto conoscermi e fidarti di me. Poi avremmo potuto costruire qualcosa su quella base. Volevo darti ciò di cui avevi bisogno in quel momento, e di certo non era uno stupido drago."

Mi chino in avanti e gli bacio il petto. "Non sei uno stupido drago. Sarai anche vecchio, persino antico, ma ti amo comunque. È più importante la tua anima che il corpo che la ospita, e anche la mia anima è antica."

Aragon si muove rapidamente e mi gira sulla schiena. Emetto un grido di sorpresa. Appoggia gli avambracci ai lati della mia testa, sostenendo il suo peso sopra di me.

"Chi stai chiamando 'antico'?" Aragon si china e mi sfiora il mento con il naso, soffiandomi delicatamente sulla pelle e facendomi venire la pelle d'oca. Mi divincolo e lui mi segue, soffiandomi delicatamente nell'orecchio. Io rido e gemo allo stesso tempo.

"Ora smettila di preoccuparti, ho passato più di quattro anni senza di te. Non ti lascerò mai andare." Aragon mi bacia sul naso. Gli rivolgo un sorriso raggiante; lui emette un gemito profondo dalla gola. Il suo petto rimbomba sopra di me, vibrando quasi come se facesse le fusa. "Ti va di allenarti stamattina?" mi chiede Aragon con voce suadente. Ridacchio e poi gli rispondo con un bacio sulle labbra.

"DEVO ANDARE A SBRIGARE ALCUNE COSE; potrei non tornare prima di domani mattina. Cerca di non cacciarti nei guai finché non torno." Aragon mi bacia delicatamente le labbra gonfie.

Lucifer gli ringhia contro. Il mio cane non è affatto entusiasta del nuovo uomo nella mia vita. È stato scontroso tutto il giorno e non fa nulla di ciò che gli viene chiesto.

"Nessun problema."

"Tornerò con la macchina." Rido, immaginando Aragon con le ginocchia al mento mentre si infila nella mia piccola Citroën blu. Onestamente, la macchina non è così piccola, è solo che è Aragon a essere così grande.

Si toglie la maglietta e... oh santo cielo!

Mi rendo conto che sta per trasformarsi e che sto per assistere a uno spettacolo. La maglietta si solleva lentamente e appare un fisico scolpito... So che i mutaforma convenzionali lo fanno continuamente. Ma come ho già detto, io non sono normale e non ho mai visto un uomo spogliarsi.

"Cavolo, sul serio. Sembra che tu sia stato photoshoppato." Una melodia sospetta e intrigante mi risuona nella testa mentre ammiro il suo bel corpo. È davvero scolpito; è così perfetto che non sembra reale. Resisto all'impulso di dargli una pacca. Aragon infila i pollici nella cintura dei pantaloni da jogging e rivela lentamente la parte inferiore del corpo. Per poco non mi va di traverso la lingua. Deglutisco, sbatto le palpebre e fisso le sue dita dei piedi.

Ha dei piedi fantastici.

Okay, okay! Non riesco a vedere bene il suo pene.

Lo sto evitando di proposito; i peni mi spaventano. Non ne ho mai visto uno dal vivo, in carne e ossa. E il pene di Aragon? Argh. Non ci vuole un genio per capire che il suo pene mostruoso sarà proporzionato al resto del suo corpo... Oh santo cielo, sto impazzendo!

Credo di aver bisogno di un sacchetto di carta.

"Codarda," dice Aragon con una risata profonda e gutturale mentre mi passa accanto. Ho una splendida vista del suo fondoschiena.

Il suo retro è assolutamente perfetto; lo seguo, cercando di tenere la lingua a posto. Ho un forte impulso di corrergli incontro e mordergli il sedere.

Quando siamo fuori, Aragon mi afferra delicatamente il mento tra il pollice e l'indice e mi dà un dolce bacio con le sue labbra morbide.

"Ti amo, non ci metterò molto." Poi salta oltre la mia recinzione, nel campo in cui è atterrato ieri sera, e si trasforma.

Il suo drago è incredibile.

È la creatura più bella che abbia mai visto. Proprio come Aragon nella sua forma umana, il suo drago è argentato. È molto più grande della nostra casa; è mozzafiato.

Il muso elegante è lungo e piatto con un naso arrotondato, e diversi denti argentati affilati e impressionanti spuntano dai lati della bocca. Riesco a vedere il mio debole riflesso in ognuno di essi. Ha quattro corna, due nella parte anteriore della testa e due nella parte posteriore rivolte all'indietro. Il collo snello scende verso un corpo muscoloso e solido ricoperto di scaglie argentate che catturano la luce e la riflettono. È il camuffamento perfetto: non lo vedresti mai nel cielo a meno che non sapessi dove guardare. La pelle sotto di lui è leggermente più scura. Ha quattro arti robusti che gli permettono di stare in piedi, solido e intimidatorio. Ogni zampa ha cinque dita, ciascuna delle quali termina con un artiglio argentato appuntito e ricurvo.

Le ali giganti partono dalle spalle e Aragon le tiene dietro di sé, leggermente distanziate. Sono simili a quelle di un pipistrello. La membrana della pelle è spessa e attraverso l'ala posso vedere la struttura ossea flessibile. Nella parte superiore della curva di ciascuna ala c'è un artiglio ricurvo, anche questo argentato. La sua coda, da quello che posso vedere, è consistente, muscolosa e ricoperta dalle stesse scaglie, e termina con quella che sembra una lama argentata.

Aragon mi osserva mentre lo guardo e mi rendo conto con gioia che ha messo in posa le varie parti del suo corpo per farmele vedere. Sento poi il leggero tremore del terreno quando si muove. Mi accorgo di essere completamente protesa oltre la recinzione. Allungo la mano, con il palmo rivolto verso l'alto, desiderosa di accarezzarlo. La sua grande testa si abbassa e lui, facendo attenzione alla recinzione, mi lascia passare la mano sul naso. Wow, la sua testa è grande quanto la mia auto.

Le squame di Aragon sono morbide, come seta al tatto; per qualche motivo, immaginavo che fossero dure come un'armatura o come il metallo.

"Sei così bello," sussurro, con evidente ammirazione nella voce. Soffia un respiro che mi spazza indietro i capelli. Non posso fare a meno di ridacchiare. Mi chino in avanti e bacio il suo naso morbido.

"Vola in sicurezza, Aragon, e ci vediamo presto. Guida con prudenza anche sulla via del ritorno; le strade saranno ghiacciate. Oh, e mandami un messaggio quando arrivi a casa, così so che sei arrivato sano e salvo." Aragon espira di nuovo e penso che se potesse, alzerebbe gli occhi al cielo. Invece, si allontana e mi fa un cenno con la testa.

Aragon si sposta a una distanza di sicurezza e poi si lancia in aria con tale agilità che sembra non pesare nulla. Si muove con notevole grazia. Lo guardo andare via finché non lo vedo più.

Scuoto la testa; è inconcepibile che io stia dicendo a un'altra persona che lo amo e che gli chieda di stare attento. Sembra sciocco dire ad alta voce 'per favore, stai attento' a un drago gigantesco. Ma Aragon è mio.

Mi ama; nessuno ha mai scelto di amarmi prima. E ora ho deciso che la mia vita è questa, non si torna più indietro.

Questi sentimenti spaventosi che provo... ho intenzione di accoglierli con tutte le mie forze.

Il vento si alza e io brontolo mentre barcollo congelata verso casa. Il sedere nudo di Aragon mi ha fatto dimenticare di indossare un cappotto.

Capitolo Quarantadue

"Forrest, svegliati." Sento il sussurro delle labbra di mia madre sulla guancia. Gemo. Ho le palpebre pesanti per il sonno.

"Mamma, che succede?" chiedo con voce roca.

La consapevolezza mi pervade lentamente. Sono sola nella mia stanza, è notte fonda e il mio telefono sta squillando.

Wow, che paura.

Mi torna in mente un altro momento in cui mia madre mi ha svegliato in modo simile nel cuore della notte. Quel momento ha cambiato la mia vita per sempre. Da lì, ho perso il mio branco e la mia infanzia.

Mi giro su un fianco e cerco a tentoni il telefono sul comodino. Dopo qualche secondo, le mie dita lo trovano e lo afferro. Sussulto alla vista dello schermo luminoso: il cellulare sta facendo del suo meglio per bruciarmi gli occhi. Chiudo un occhio e strizzo l'altro. Il nome sfocato diventa lentamente più nitido. *Ava*. Se chiama così tardi, deve esserci qualcosa che non va. Mi strofino gli occhi e rispondo.

"Ciao Ava," dico incuriosita, cercando di non sbadigliare.

"Ciao, Forrest. Puoi parlare?"

"Sì, cosa ti serve?"

"Non volevo chiamarti, ma purtroppo non ho scelta. Il caso del serial killer e delle ragazze... è stato ripreso dai notiziari internazionali. Purtroppo, domani mattina sarà su tutti i media britannici. Hanno fatto il tuo nome, Forrest, e ora i mutaforma sanno che sei viva." Ava sospira al telefono. Io gemo. Il mio cuore salta un battito e lo stomaco mi si contorce per la preoccupazione. *Oh, porca miseria.* "Mi dispiace tanto darti cattive notizie. Daniel sa che sei viva ed è sul piede di guerra." Ah, cavolo. Ora mi sento completamente sveglia. Ho i nervi in subbuglio e l'adrenalina in eccesso mi scorre nelle vene, facendomi tremare. Da un momento all'altro potrei andare fuori di testa e far cadere il telefono, quindi metto il vivavoce. Okay, la cosa non promette nulla di buono.

Che cos'ho che mi porta a sfidare continuamente il destino? Il destino, quel bastardo volubile, sta tornando a farsi vivo alla grande. So di aver detto che volevo occuparmi di Daniel quando ero in quel lurido seminterrato, ma dai, volevo che per una volta fosse alle mie condizioni, non alle sue. Quel maledetto schifoso non mi lascerà mai in pace.

"Forrest, le finanze di Daniel sono impazzite," continua Ava. "Nelle ultime ventiquattro ore ha assunto dei mercenari, pagandoli anche profumatamente. Volevo farti sapere che sta arrivando e ti troverà, Forrest. Ti troverà in fretta."

"Ava, quanto tempo ho?"

"Ore... se sei fortunata. Le informazioni attualmente disponibili indicano che Daniel ha almeno trenta uomini. Di questi, almeno una dozzina sono mercenari mutaforma ben addestrati; gli altri sono energumeni a pagamento. Ti invierò tutto quello che ho su di loro e ti terrò aggiornata. Posso rintracciarli ovunque ci sia tecnologia." *Ore*. Rabbrividisco.

"Grazie mille, Ava," dico. "Mi dispiace di aver fatto un pessimo lavoro nel tenere un profilo basso."

"Mi dispiace di non darti abbastanza tempo per prepararti. Sono passati quattro anni e ho così tante persone da monitorare e proteggere..."

"No, ti prego, non dispiacerti. Ava, ho fatto un casino colossale... Tutto questo è colpa mia. Avrei dovuto stare più tranquilla." Mi strofino il viso per la frustrazione. "Non pensavo che il mio nome sarebbe diventato famoso a livello internazionale grazie ai media. Il senno di poi è fantastico. Mi sento una stupida... Ho detto alle ragazze il mio nome come un'idiota, una vera idiota."

Aggiungo con voce roca: "Mi terrai aggiornata, per favore?"

"Nessun problema. Buona fortuna. Fammi sapere se hai bisogno di qualcosa."

"Grazie. Ciao." Mi siedo sul bordo del letto e metto la testa tra le ginocchia. Dopo qualche minuto, chiamo Aragon.

"Pazzerella, stai bene?" La sua voce profonda e roca rimbomba.

"Ha chiamato Ava. Aragon, ho fatto un casino..." Gli spiego cosa è successo.

"Hai degli allarmi intorno alla casa e una forte protezione. Se qualcuno si avvicina, lo sapremo. Non gli permetterò di toccarti." Ringhia.

"Aragon, mi dispiace tanto." La mia voce si spezza. "Sono stata egoista. Avrei dovuto affrontare Daniel quando ne avevo la possibilità, ma ho scelto di scappare dal mio problema. Avrei dovuto restare e combatterlo. Avrei dovuto parlartene. Avrei dovuto fare tante scelte diverse. Sono una maledetta codarda e mi vergogno tantissimo." I miei occhi si riempiono di lacrime.

"Ehi, non sei una codarda. Tutto accade per una ragione, Forrest. Il viaggio che hai intrapreso, diventando una guerriera? È importante. Hai salvato tante vite e sei cresciuta. Hai fatto quello che dovevi fare in quel momento e ricorda, ho scelto di aiutarti ad andartene. Era la cosa migliore da fare per te in quel momento, la più sicura. L'unico responsabile di questo casino è Daniel. Non puoi controllare tutto o pianificare ogni risultato. Quel che è fatto è fatto. Hai bisogno di qualcuno da incolpare? Incolpa me; ho lasciato Daniel vivo. Quando Madán ha spezzato il vostro legame, avrei dovuto dargli la caccia. In quel momento volevo vendetta, e ucciderlo non mi bastava: volevo farlo soffrire. Si pensa che con l'età si acquisisca più saggezza. È vero... ma anche i draghi antichi sbagliano. Nessuno di noi è infallibile. Tutti commettiamo errori, e ora, Pazzerella, sistemeremo questo errore insieme. Sto arrivando."

Una parte spaventosa dentro di me ridacchia: è contenta che quel bastardo di Daniel stia venendo a cercarmi. Non sono più la ragazza spaventata che ero quando ci siamo incontrati l'ultima volta. Ora sono una creatura diversa e la mia magia è più forte. Sono una grande guerriera e questa volta ho il mio drago alle spalle.

Ehm... o forse no. Non appena questi pensieri mi attraversano la mente, il mio marchio da guerriera formicola, indicando che ho compagnia indesiderata. Chiunque sia, ha appena superato il mio incantesimo di avvertimento. Porca miseria!

Mi vesto in fretta, indossando diversi strati composti dai miei indumenti termici e dalla mia divisa da combattimento scura. La neve è sparita: non dura a lungo a Sligo e, secondo le previsioni meteorologiche, la temperatura sarà più mite nei prossimi giorni. Ho intenzione di dare la caccia a questi bastardi e ho bisogno di stare comoda mentre lo faccio. Raccolgo i capelli in una treccia stretta e ne chiudo l'estremità infilandola alla base dell'acconciatura, fissandola poi con delle mollette in modo che non possa essere afferrata.

Controllo metodicamente il mio equipaggiamento, mettendo diversi incantesimi in varie parti della mia attrezzatura da combattimento. Attacco le lame ai loro supporti e fisso la mia spada corta giapponese Wakizashi sul fianco sinistro. Infilo il mio arco smontato e una dozzina di frecce con punte intinte nella pozione in una borsa imbottita sulla schiena. Il mio mascheratore di odori è alla caviglia. Purtroppo, la mia magia del fuoco non è abbastanza subdola, quindi le armi tradizionali e le pozioni sono le mie alternative preferite. Spero di non doverle usare, dato che ho abbastanza incantesimi soporiferi da mettere fuori combattimento metà della città.

Mentre me ne vado, mando un breve messaggio a

Madán per cortesia. Lascio a casa il telefono. Daniel ha così tanta faccia tosta e tanta falsa fiducia nelle sue capacità che è incredibile che pensi di poter portare un gruppo di mercenari in Irlanda senza ritorsioni, senza ripercussioni, ignorando un trattato millenario che vieta ai mutaforma di entrare nel paese, a meno che non si tratti di un drago con l'amnistia a vita o di un membro della corte dei Fae. Non può piombare in Irlanda e rapire una guerriera Fae in servizio. Madán sarà furioso.

La strana ossessione di Daniel per me, il suo inquietante amore a prima vista, non ha mai avuto molto senso. Deve essere venuto per vendicarsi: è l'unica spiegazione logica che mi viene in mente.

Esco nella notte invernale. Il vento freddo mi scompiglia i capelli e mi morde il viso. Mi tiro il passamontagna sulla testa. Lucifer sbuffa sotto la porta, scontento di essere stato chiuso in casa. "Mi dispiace, Luci. Fai il bravo. Tornerò presto."

Ho un piano che non è dettato dalla necessità di scappare. Un piano offensivo. Mi volto silenziosamente; vediamo cosa stanno combinando questi imbecilli.

Mi trasformo in lupa e, mentre lo faccio, attingo al potere del mio marchio da guerriera. Quando le mie zampe toccano il vialetto di pietra, sono solo un'ombra e devo combattere l'impulso di alzare la testa e ululare.

In questa forma d'ombra, posso coprire la distanza richiesta in una frazione di secondo. Seguo il rumore degli intrusi. La vicinanza al pericolo mi acuisce i sensi e più mi avvicino, più spesso mi fermo. Ascolto. Io sono la cacciatrice, loro sono la preda. A circa quattro chilometri dal cottage, trovo sei veicoli e un gruppo di ventotto uomini.

Mi accuccio dietro una siepe per osservare. Sono arrabbiata. I miei occhi passano da un uomo all'altro, calcolando e valutando. Alcuni di loro, una dozzina circa, si muovono come se fossero ben addestrati. Controllano con perizia la loro attrezzatura e bisbigliano tra loro. Il resto sta bighellonando, tra risate e battute.

Daniel non si vede da nessuna parte.

Un uomo calvo si fa avanti e batte le mani per attirare l'attenzione di tutti.

"Mettetevi in riga," urla. Oh, guarda un po' chi c'è: l'idiota numero uno, con la sua testa calva lucida e senza pizzetto. Ringhio nella mia mente. "Voi nove con me, andiamo a destra. Voi nove prendete la sinistra e voi nove prendete la retroguardia. Siamo qui come squadra di supporto. Solo rinforzo. Il capo sarà in prima linea all'alba. Regole dell'ingaggio: si tratta di una cattura, non di un'uccisione. Questo non significa che debba essere una cattura pulita."

"Allora la facciamo fuori, sì?" dice uno di loro sorridendo. L'idiota numero uno sogghigna al ragazzo.

"Rimanete nascosti. Se scappa, trattenetela. Non lasciate che quella stronza fugga. Saranno soldi facili. Mantenete il silenzio radio. Domande?" Alcuni scuotono la testa. "Non fate casini. Andiamo."

Il gruppo dell'idiota numero uno ha tutti i migliori mercenari. Vorrei darmi una botta in fronte per il disgusto mentre si allontanano con grazia letale, scomparendo nella notte. Cosa gli è saltato in mente di mettere tutti i ragazzi meglio addestrati nel suo gruppo? Perché non usarli per dirigere le altre squadre? Guardo gli altri che si agitano, scrollano le spalle, indicano e discutono tra loro. Uno di loro trascina la sua attrezzatura sul pavimento.

Potrei anche eliminare prima il gruppo da dieci dell'idiota numero uno. So, con una leggera trepidazione, che dovrò trasformarmi per usare le mie pozioni del sonno.

Mi muovo in avanti e trovo un posto dove aspettare.

L'occasione si presenta quando si allontanano gli uni dagli altri. Si mettono per lo più in posizione prona, con il petto a terra e gli occhi fissi sul mio cottage buio. Senza nessuno a guardargli le spalle. È evidente che non si aspettano compagnia. Sorrido e mi trasformo. Con una manciata di palline di pozione del sonno pronte, mi metto al lavoro.

Capitolo Quarantatré

Non avrei mai pensato di ritrovarmi a casa mia a dare la caccia ai cattivi nel bosco. Mi sento un po' come Rambo; è una situazione alquanto surreale.

Sono nella foresta che si estende ai piedi del cottage, circondata da alti pini e al momento mi sto nascondendo su un vecchio sicomoro annidato tra gli alberi. A causa della neve e della pioggia battente, il terreno è saturo d'acqua. I pini sono stati piantati inizialmente su un terreno paludoso e, indipendentemente da dove si entra nel bosco, c'è solo un sentiero accessibile. Il percorso porta naturalmente le persone sotto l'albero in cui mi sto nascondendo. Se non passano da qui, qualcuno dovrà poi ripescarle dalla palude insidiosa.

Aspetto l'occasione giusta per eliminare l'ultima parte dei cattivi. Diciannove uomini sono già nascosti tra i cespugli e gli argini, addormentati. Non ho nemmeno sudato. Sto cercando l'ultimo gruppo di nove che ha pianificato di raggiungere la casa dal bosco, per poi attraversare il campo e accedere al retro del cottage.

Sfortunatamente per loro, questo non accadrà.

Una volta portato a termine il mio compito, potrò controllare Aragon e Madán mentre aspetto l'arrivo di Daniel. Con il loro rigoroso silenzio radio, Daniel non sospetterà mai che i suoi rinforzi stiano dormendo.

C'è movimento. Il gruppo si è diviso ulteriormente e sembra che ora siano in gruppi di tre. I tre ragazzi che stanno venendo verso di me non sono affatto furtivi. Sono un po' imbarazzata per loro. Dovrebbero essere mutaforma, eppure eccoli qui, che si fanno strada a fatica attraverso la foresta. Non sono certo dei ninja.

Sono creature rumorose.

Ora, se c'è una persona intelligente nel gruppo di nove, presumo che abbiano mandato i tre rumorosi come esca e poi li seguano furtivamente per fiutare eventuali trappole. Ne dubito, ma non ho intenzione di tradire la mia posizione comportandomi in modo sciocco.

Aspetto che si allontanino e, quando sono quasi fuori dalla mia vista, uso l'arco. Le frecce colpiscono silenziosamente ciascuno di loro in rapida successione, in modo pulito. Miro alle gambe, nel caso indossino delle armature. Grazie a innumerevoli ore di pratica, sono una buona tiratrice, anche nell'oscurità del bosco. Sorrido quando due dei ragazzi vengono colpiti da una freccia alla parte bassa del corpo. Tutti e tre cadono rapidamente, in pochi secondi: la pozione soporifera fa il suo lavoro e agisce immediatamente.

Appaio da dietro i pini come un fantasma, afferro le

gambe di due dei ragazzi e li trascino entrambi nel sottobosco, seguiti rapidamente dal terzo. In pochi secondi tutti e tre gli uomini sono completamente scomparsi. Mi sento un po' compiaciuta.

Torno sul mio albero e aspetto silenziosamente i prossimi. Non ci vuole molto prima che altri tre energumeni passino di lì. Questi mutaforma sono più silenziosi, ma non di molto. Li colpisco rapidamente. Sfortunatamente, uno di loro emette un piccolo grido prima di perdere conoscenza.

Porca miseria. Mi siedo e aspetto sessanta secondi per assicurarmi che non ne arrivino altri. Devo spostare i corpi; sembra tutto a posto. Mi alzo con un balzo. Ascolto, ma non sento nulla. Mi avvicino ai tre tizi addormentati e li trascino tra gli alberi.

Per fortuna c'è una comoda trincea dietro una fila di pini. È bagnata, ma è comunque un posto perfetto per nascondere i corpi. Sbuffo quando vedo la mia pila di cattivi che cresce, li sistemo con cura perché non voglio che anneghino e sto per tornare al mio albero, quando noto un leggero movimento alla mia destra. Mi blocco. Alzo l'arco che ho preparato, pronta a scoccare una freccia.

Sento un rumore dietro di me e, prima che possa controllare, vengo afferrata da dietro. Il tizio mi tira verso di sé. Mi mette una mano tra i seni e mi stringe la gola, bloccandomi contro il suo petto. Con l'altra mano mi tira via il passamontagna dalla testa, strappandomi alcuni capelli.

Tengo le mani leggermente distese lungo i fianchi. Ho ancora in mano l'arco. Con l'altra mano cerco furtivamente una lama legata alla coscia; stringo il piccolo coltello nel palmo.

Il movimento che avevo notato? Un diversivo. Mi sento

stupida per esserci cascata, ma quel che è fatto è fatto. Il ragazzo dietro di me puzza. Arriccio il naso; penso che sia un mutaforma iena. Mi stringe la gola e mi fa scorrere l'altra mano lungo il corpo. Si sofferma troppo sulle mie tette; non si è accorto delle armi che ho in mano.

Faccio fatica a non alzare gli occhi al cielo.

"Che cos'abbiamo qui, ragazzi? Guardate che bocconcino appetitoso. Ho proprio voglia di... È davvero minuscola." Mi annusa. "Non sento l'odore della tua paura... fottuta magia." Il suo alito puzza di birra, aglio e lussuria. Mi sussurra all'orecchio le cose sporche che vuole farmi e si struscia contro la mia schiena.

"Ti dispiace? Sento la punta," dico con malcelato disgusto. Respiro dal naso ed espiro dalla bocca. Mi costringo a rimanere calma e rilassata nella sua morsa; ucciderò questo fottuto stupratore.

Morirà in modo orribile.

Non se n'è ancora reso conto.

Non sono la preda di nessuno.

Sorprendentemente, uno dei ragazzi sembra incredibilmente a disagio. È più giovane degli altri due e si guarda intorno spaventato, con un'espressione angosciata. L'altro sorride beffardo, annuisce e si sfrega le mani come un bambino la mattina di Natale, pronto a scartare un regalo.

Il ragazzo che sorride e annuisce guarda con aria truce il ragazzo più giovane quando questo inizia a supplicare: "Barry, amico, dai, lascia andare la ragazza... questo genere di cose non sono giuste. Siamo qui per fare un lavoro, non per fare del male alle ragazze. Non te lo permetterò... lasciala andare." Il ragazzo più giovane fa un passo avanti come per intervenire.

"Allora dovrai solo guardare, ragazzo. Non è colpa mia se sei gay e non vuoi bagnartelo." Il mutaforma iena slaccia il bottone dei miei pantaloni militari, concentrandosi interamente sullo sganciare la cerniera. La sua mancanza di attenzione mi permette di reagire.

Affondo il coltello nella parte interna della sua coscia. Estraggo la lama, mi giro sulle punte dei piedi e gli conficco la lama nel collo. Questo lo zittisce efficacemente. Mi sposto di lato per assicurarmi che il suo sangue non schizzi sui miei vestiti.

Il bastardo stupratore gorgoglia e io sorrido mentre cade a terra. Tutto questo avviene in pochi secondi. Riabbottono i pantaloni militari.

"Resta lì," dico al più giovane mentre mi avvicino a quello che sorride beffardo. Mantengo il primo nella mia visione periferica; lui mi fa un cenno con la testa, poi apre le braccia, le mette dietro la testa e si inginocchia. Senza pensarci troppo e senza interrompere il mio passo, scocco una freccia nel suo petto. Lascio cadere l'arco sul pavimento proprio mentre il ragazzo giovane cade privo di sensi.

Ora tutta la mia attenzione è rivolta al tipo che sorride beffardo. La mia spada corta wakizashi esce dal suo fodero, la *saya*, con un sibilo. Il ragazzo sorridente distoglie lo sguardo dagli altri due uomini a terra, ora è scioccato e incrocia i miei occhi freddi. Il respiro gli si mozza in gola, rabbrividisce e vomita. Alza le mani tremanti in un gesto conciliante.

"Non ti avrei fatto nulla, ragazza," supplica. Non provo alcuna compassione; se ne avesse avuto la possibilità, mi avrebbe violentata.

Mi avvicino minacciosa. Impugno la spada con la mano

destra e la tengo puntata in direzione del mutaforma. All'ultimo momento, salto di lato ma in avanti, sferrando un fendente che fa vibrare l'aria. Faccio un passo e mi giro a metà, mentre la lama disegna una scia di gocce di sangue nero. La testa del mutaforma cade a terra.

Mi volto verso il mutaforma iena stupratore. Inclino la testa di lato mentre lo ascolto gorgogliare. Il sangue nero gli cola dalle labbra. "Non hai intenzione di urlare per me, Barry?" dico, dandogli un calcio nelle costole in modo che rimanga disteso sulla schiena. "Che peccato. Oh, guarda un po'... almeno sei riuscito a bagnartelo un po'," sussurro, sottolineando inutilmente che se l'è fatta addosso. Gli schiaccio lo stivale tra le gambe. "Indovina un po', Barry, puzzi di piscio, sangue e paura." I suoi occhi sono sbarrati e roteano. "Stavo per tagliartelo e fartelo mangiare. Ma temo che non vivrai abbastanza a lungo, il che è un vero peccato." Tiro fuori la mia spada corta dalla spalla e la abbasso, mozzandogli la testa. Calcio la testa nel buco dove dormono gli altri cattivi.

Rimango in piedi nell'oscurità del bosco, costringendomi a fare alcuni respiri lenti e profondi. Il mio alito bianco riempie l'aria, annunciando la mia presenza e la mia frenesia. Il mio corpo anela a ulteriore violenza. La mia mente è più che d'accordo. Sono due volte più letale quando sono con le spalle al muro.

Se ho imparato una cosa, è che non voglio essere il giudice e il carnefice degli altri: quella strada porta solo a decisioni sbagliate e all'autodistruzione. Ma oggi, con questi due tizi, sono disposta a fare un'eccezione. Accetterò il peso sulla mia anima, sapendo che altre donne saranno più al sicuro.

Rimuovo i due cadaveri e metto il ragazzo svenuto nella buca con gli altri. Mi sento ancora un po' omicida.

Aragon appare davanti a me in silenzio. Un muscolo gli si contrae nella mascella mentre mi fissa intensamente; per una volta, non riesce a nascondere la sua rabbia. Anche nell'oscurità dei pini, con la luce quasi assente, nota il rossore sul mio collo. Le sue narici si dilatano mentre sente anche l'odore del mutaforma iena e del sangue.

"Sei ferita?" Scuoto la testa per dire di no. Aragon ringhia e mi tira verso di lui. Emetto un gridolino quando mi solleva tra le braccia. Istintivamente gli avvolgo le gambe intorno alla vita mentre lui mi guarda profondamente negli occhi, come se cercasse di leggere la verità nella mia anima. Grugnisce, poi schiaccia le sue labbra sulle mie. *Oh santo cielo.* Il bacio è rude, appassionato, pieno di rabbia, paura e sollievo.

"Che cos'è successo?" mi chiede quando finalmente si stacca da me e mi accarezza delicatamente la gola con un dito. Ho le labbra formicolanti e mi sento un po' stordita dal suo bacio. Mi lascia ricadere a terra. Barcollo leggermente.

Mi mordo il labbro e alzo le spalle. Non è il momento giusto. Aragon emette un sospiro frustrato. "Quanti?" La sua voce è cupa e minacciosa.

"I rinforzi, ventotto. Ventisei li ho messi fuori combattimento con pozioni soporifere. Due vittime." I miei occhi si posano sul buco, lui si avvicina a grandi passi e dà un'occhiata ai cadaveri. "Daniel dovrebbe essere in arrivo."

Aragon ringhia e torna verso di me. Si avvicina e mi prende il viso tra le sue grandi mani. "Mi dispiace di averti lasciata. Mi dispiace che tu abbia dovuto farlo. Dov'è la tua squadra di guerrieri?" chiede, accarezzandomi gli zigomi con i pollici. Abbasso lo sguardo e lui ringhia di nuovo.

"Ho mandato un messaggio a Madán."

"Madán è un vecchio Fae. Non risponde ai messaggi." Lo sapevo, ecco perché l'ho fatto. Alzo le spalle.

"Me ne sono occupata io. Non mi pento di non aver coinvolto gli altri. Non era niente che non potessi gestire." Mi bacia sulla fronte e io gli prendo una mano e la stringo.

"Daniel è a venti minuti da qui," dice a bassa voce. "Ho sorvolato le auto." Annuisco; è meglio muoversi. Avevo programmato di incontrarlo a casa. Voglio che pensi di avermi sorpreso e colto alla sprovvista. Aragon mi tira verso di sé. "Posso riportarci indietro più velocemente." Poi mi spaventa a morte e si trasforma parzialmente. Delle bellissime ali d'argento da drago appaiono sulla sua schiena.

Lo fisso a bocca aperta. "Quando hai... come... io non..." Aragon mi bacia di nuovo sulla fronte e mi solleva tra le sue braccia. Io gli avvolgo di nuovo le gambe intorno al corpo. Lui mi stringe tra le sue braccia, una sotto il mio sedere per sostenermi e l'altra tra i capelli, tenendomi la testa contro la sua spalla. Io gli metto le braccia intorno al collo.

Aragon si allontana dagli alberi e, non appena supera il fogliame, stiamo volando. Si libra in volo con eleganza. Affondo la testa nel suo petto e chiudo forte gli occhi. Non oso muovermi per paura di fargli perdere l'equilibrio e farci schiantare. Il che è sciocco, dato che tra le braccia di Aragon sono nel posto più sicuro in cui potrei mai trovarmi. In pochi minuti siamo di nuovo a casa. Atterriamo in sicurezza.

Una volta dentro, inciampo quando vedo Owen, seduto sul mio divano. Lucifer è seduto sul pavimento accanto a lui con un grande sorriso da cagnolino buono. Owen gli accarezza il pelo con le sue grandi mani. Il mio cane, che non sopporta nessuno, sembra adorarlo.

"Owen..." sussurro con voce tremante, "come sei arrivato? Cosa ci fai qui?" Owen si alza e mi sorride. Mi butto tra le sue braccia. Aragon grugnisce.

"Il tuo cane è fantastico. Mi ha dato un passaggio." Owen fa un cenno con la testa verso Aragon, che lo guarda accigliato. *Gli ha dato un passaggio... ma Aragon è volato qui sotto forma di drago... oh, wow.* "Oh, lo sai. Visto che non sei più ufficialmente morta, ho pensato di venire a darti una mano. Anzi, sbrigati, Daniel arriverà presto. Prima che mi dimentichi, voglio essere il primo a prenderlo a pugni." Owen agita la mano in aria come se avesse chiesto il posto d'onore. "Sono anni che voglio picchiarlo a sangue."

Sbuffo una risata e gli stringo ancora più forte il solido torace. "Per me va bene, non voglio toccarlo. Fai pure, segugio tata. È meglio che mi prepari." Lascio andare Owen a malincuore e sono già a metà della stanza quando lui tuona: "Ehi, ti sei vantata della tua cucina, quindi più tardi potrai darmi da mangiare come ringraziamento."

Mi volto e vedo Aragon scuotere vigorosamente la testa, con gli occhi argentati spalancati. Aggrotto la fronte. Che gli prende? "Oppure possiamo uscire a fare una colazione irlandese completa..." La voce di Owen si affievolisce mentre sorride con aria complice ad Aragon.

"Mi sembra un'idea splendida," risponde Aragon mentre mi spinge delicatamente verso la camera da letto.

Mi tolgo i vestiti e le armi, mi trasformo per eliminare ogni traccia della foresta, l'odore del mutaforma iena e il sangue. Mi cambio rapidamente indossando i miei soliti leggings e un maglione.

Dopo aver esaminato il piano, uso il mio marchio da guerriera per rendere la barriera di protezione impenetrabile a chiunque tranne noi. Aragon e Owen scompaiono nel giardino dopo aver usato alcune pozioni, tra cui una per collegare le nostre menti.

Mentre aspetto, mi preparo una tazza di tè. Ho appena tolto la bustina quando sento delle auto fermarsi fuori dalla casa e il rumore delle portiere che si aprono e si chiudono con uno sbattere secco.

Finalmente, il lupo è alla porta. Questa volta non posso scappare. Faccio un respiro tremolante. Bene, ci siamo. Si va in scena.

Capitolo Quarantaquattro

"Forrest, vieni fuori, vieni fuori, ovunque tu sia. Forrest, vieni a giocare, il tuo compagno è qui per te," grida Daniel. Alzo gli occhi al cielo. Che stupido.

Aragon ringhia nella mia testa, per nulla impressionato dal commento di Daniel sull'essere il mio compagno. Mi prendo il mio tempo e infilo gli stivali militari. Indosso il mio grande cappotto caldo, pieno zeppo di pozioni soporifere. Apro la porta, faccio un respiro profondo e mi dirigo verso l'ingresso della casa.

Cammino sul vialetto di pietra e osservo i miei ospiti indesiderati, che stanno dall'altra parte del muro del giardino. Mi metto con le spalle alla casa, tenendo il tè con entrambe le mani. Il sole è sorto. Guardo il cielo con un sorriso rilassato, contenta di vedere che non piove. Il meteorologo aveva promesso che sarebbe stata una giornata mite.

"Ah, eccoti qui. Ciao, piccola lupa. Sono contento di vedere che non sei morta. Sei sorpresa di vedermi?" Daniel sorride, mostrando i denti, e uno sguardo famelico e avido mi riempie gli occhi mentre mi squadra dalla testa ai piedi. Indossa il suo abito nero su misura e una camicia bianca immacolata. Gli uomini sparsi lungo il vicolo intorno a lui indossano tute mimetiche nere. Daniel batte lentamente le mani. "Devo dire che il tuo finto suicidio è stato davvero realistico. Mi hai ingannato. È stato il suicidio di tua madre a darti l'idea? So che la prima volta non sei riuscita a ucciderti." Daniel sorride soddisfatto; fa finta di mettersi qualcosa in bocca e poi di lasciarlo cadere. Reprimo la rabbia che provo dentro di me. Non rispondo; mi ci vuole tutta la mia forza per guardarlo con espressione vuota. Lui aggrotta le sopracciglia per la mia mancanza di risposte e poi ridacchia. "Sono venuto a riportarti in Inghilterra, il luogo al quale appartieni. Hai dimenticato che sei mia? Ora vieni senza opporre resistenza, o questi signori ti costringeranno." Daniel agita il braccio indicando i suoi uomini.

Nel gruppo di dieci uomini ci sono Jason e Harry che si dimena. Sembra che Daniel sia stato molto impegnato a radunare i miei fratellastri... Santo cielo, ora ci manca solo John per completare il quadro. Sono però contenta di vedere che mio fratello, il segugio infernale, non è tra loro.

Riporto la mia attenzione su Daniel e lo guardo negli occhi. Inclino leggermente la testa di lato studiandogli il viso. Non riesco a trattenere il sorriso compiaciuto che gli rivolgo. Mi diverte vedere un lampo di rabbia mentre continuo a fissare il suo volto rovinato. Gli manca l'occhio sinistro. Spesse cicatrici bianche attraversano tutto quel lato del suo viso in un ammasso di tessuto cicatriziale. In netto contrasto, il lato destro è ancora perfettamente bello. Bevo un sorso di tè, mostrandogli che sono completamente indifferente alla sua presenza.

Se fosse stato chiunque altro al posto di Daniel, non avrei mai detto ciò che sto per dire: "Daniel, hai qualcosa sulla faccia? È proprio lì." Glielo faccio notare con tono servizievole, facendo un movimento circolare con il dito e indicando il lato sinistro del mio viso.

Come previsto, Daniel impazzisce dalla rabbia. Ruggisce, mi corre incontro e rimbalza contro la mia barriera invisibile e impenetrabile. È il mio turno di ridacchiare. Scuoto la testa. "Oops, stai bene? Deve averti fatto male. Spero che voi ragazzi stiate guadagnando un sacco di soldi per lavorare con questo idiota," dico con condiscendenza agli uomini alle sue spalle.

"Voglio che quella barriera venga abbattuta subito, abbattete quella cazzo di barriera subito!" urla Daniel. "Pensi che mi fermerà? Stupida stronza. Non riderai né farai commenti sarcastici quando ti avrò in pugno. Ho dei piani. La tua vita diventerà un inferno." Daniel sbatte il palmo della mano contro la barriera. Ah, eccolo lì, il vero Daniel.

Con la coda dell'occhio vedo un movimento. La portiera del passeggero del veicolo in testa si apre. Appaiono un piede avvolto in un tacco alto blu e l'orlo di un vestito dello stesso colore. Sono sbalordita nel vedere chi scende dall'auto.

L'erba cattiva che non muore mai: Liz Richardson.

Sbuffo e spalanco gli occhi: Liz è incinta. Wow, Harry è stato molto impegnato.

Indossando un vestito blu attillato che enfatizza la pancia, Liz si avvicina a Daniel, lo afferra per il gomito e lo tira. "Non so cosa ci facciamo qui. Dovremmo essere a casa con i nostri due bambini. Non posso credere di essere stata costretta a seguirti. Uccidila e basta, così possiamo andare a casa, tesoro, voglio solo andare a casa," si lamenta Liz. Li guardo entrambi e alzo le sopracciglia.

Bevo un altro sorso di tè per nascondere la mia confusione. Gonfio le guance. Wow, Harry non è stato affatto impegnato. Sbatto le palpebre guardando la coppia. Immagino che Harry sia stato fortunato a scamparla? Osservando Liz, mi viene da rabbrividire: quello avrebbe potuto facilmente essere il mio destino alternativo. Non posso fare a meno di preoccuparmi. Spero che la loro relazione sia consensuale: se Liz ha scelto Daniel, è opera del karma. Deve essere una vera seccatura per lui. Ma Liz che finisce con un mostro come Daniel? Non sarei mai riuscita a prevedere questo risultato: con tutte le sue manipolazioni, ha finito per mettersi con un mostro più grande di lei.

"Wow, Liz, tu..."

"Non sono grassa, sono incinta, stupida vacca. Perché nessuno l'ha ancora uccisa!" ringhia Liz.

"Wow, okay. Stavo per dire 'hai toccato il fondo' riguardo alla tua relazione con Daniel, non che..." La mia voce si affievolisce mentre faccio una smorfia e indico la sua pancia con una mano molle.

"Perché non sei rimasta morta? Daniel, tesoro, uccidi quella stronza così possiamo andare a casa," si lamenta Liz. Daniel cerca di liberarsi dalla presa di Liz, ma lei non molla. Le sue unghie affondano nel suo braccio vestito dalla giacca abbinata alla cravatta.

"Sono un po' confusa. Non avevi detto che sono ancora la tua compagna?" Mi indico il petto, spalancando gli occhi.

"Non sapevo che si potessero avere due compagne contemporaneamente... è un po' avido da parte tua, Daniel. Ma ehi, non mi dispiace farmi da parte," dico con un cenno della mano e un sorriso. Alcuni mutaforma si agitano. Scommetto che nemmeno a loro piace che Daniel rivendichi due donne.

"Cane, di cosa stai parlando? Io sono la sua compagna, lui è qui solo per ottenere giustizia. Chi vorrebbe mai essere il tuo compagno?" dice Liz con disprezzo, guardandomi dall'alto in basso con disgusto, come se fossi ricoperta dalla testa ai piedi di cacca di cane.

Daniel si libera da Liz e la spinge senza troppa delicatezza verso il veicolo. Lei inciampa. "Torna in macchina. Questo non ha niente a che fare con te. Non siamo compagni, non c'è alcun legame tra noi, stupida vacca. Sono venuto qui per la mia vera compagna, la mia vera anima gemella. Quella che è stata creata per me! Lei mi darà delle figlie. Tre figli, tre inutili maschi... sei un'incompetente. Sali in macchina." Rimango a bocca aperta per lo shock. Non riesco a credere che l'abbia detto così, senza mezzi termini. La madre dei suoi figli, e lui che definisce i suoi figli inutili.

Che stronzo.

Liz riporta la sua attenzione su di me e urla la sua rabbia. "È tutta colpa tua." Non posso fare a meno di alzare gli occhi al cielo. Allunga il braccio e mi punta contro un'unghia affilata. "Non saremmo qui se non fosse per te. Siamo felici. Perché vuoi sempre portarmi via ciò che è mio?"

"Non voglio Daniel. Tienitelo, per favore." Alzo le spalle: colpa mia. Capisco il suo punto di vista, immagino, ma non è mai stata mia intenzione. Ho solo cercato di impedirle di fare del male a Harry. Non ho mai voluto ferirla. Nemmeno dopo che mi ha preso a calci, ha continuato a incitare gli altri a uccidermi e mi ha pugnalato con l'argento. Eppure sono io il problema? È proprio una psicopatica.

"Non dare la colpa alla mia vera compagna. Non c'entravi nulla, sei stata tu ad avvicinarti a me, ricordi? Fatti un favore e chiudi quella cazzo di bocca," ringhia Daniel. "Una volta che il bambino sarà nato, ti venderò a un mutaforma iena. Lui sa esattamente come trattare le donne come te. Ti addestrerà. Potrei farti tagliare la lingua. Sarebbe molto meglio se non potessi parlare. Mi piace molto nelle mie donne." Daniel afferra Liz con violenza per le spalle e la scuote. Mi chiedo se si riferisca allo stesso mutaforma iena morto, Barry, che ha perso la testa nel bosco. Se non è lui, gli darò la caccia.

Lo guardo con crescente orrore. Gli uomini intorno a lui non battono ciglio.

"Ehi, bastardo, lasciala andare!" grido. Con la coda dell'occhio vedo Harry che sta impazzendo. Di solito non mi darebbe fastidio, ma se è così incinta da camminare come un'anatra, Liz deve essere prossima a partorire.

"Sei sempre stata solo la seconda scelta, cavolo, sarai sempre l'ultima scelta. Non ti avrei toccata se non fossi stato in lutto. Ho sempre pensato di venderti. Non sono così pazzo da volerti intorno per sempre. Mettetela in macchina."

Liz urla. Cerca di graffiare l'occhio rimasto a Daniel con le unghie. Lui le afferra i polsi per fermarla. Due uomini di Daniel si precipitano in avanti e spingono Liz, che ringhia e sputa, nella parte anteriore del veicolo. Un uomo fa la guardia alla portiera dell'auto.

"Ora la barriera. Volevo che fosse rimossa dieci minuti fa!"

Un ragazzo entra nel campo visivo di Daniel; si sposta nervosamente da un piede all'altro. "Signore, la... ehm... la barriera è magia Fae, signore, non sono in grado di rimuoverla," dice, torcendosi le mani, con il corpo visibilmente tremante.

"Siete tutti inutili," mormora Daniel. "Beh, Forrest, sono contento di aver portato con me il tuo amato fratello. Liz mi ha detto quanto ti prendi cura e ami il caro Harry. Volevo regalarti una riunione del branco." Daniel fa un cenno con la mano per indicare il mio vecchio branco. Jason fa un passo avanti, spingendo Harry. Almeno questo spiega il mistero del perché Harry sia qui. *Bella mossa, Liz.*

Rivolgo tutta la mia attenzione ai miei due fratellastri. Jason mi guarda con puro odio. È raro che il burattino mostri emozioni. Gli faccio un piccolo cenno con la mano. *Sì, siamo in due, amico: sei un uomo morto che cammina e non lo sai nemmeno.* Aggrotto le sopracciglia guardando Harry. Sta sanguinando, è pieno di lividi e il suo braccio sinistro pende lungo il fianco, rotto. Non posso ancora fare nulla per lui, ma me ne occuperò.

"Quindi ecco la tua scelta, piccola lupa. Esci dal tuo rifugio e vieni con me, o ucciderò Harry." Daniel afferra Harry per i capelli e uno dei suoi uomini gli porge una lama d'argento.

"Ehi, sorellina." Vorrei alzare gli occhi al cielo sentendo quel termine, ma non è il momento giusto. "Non andare da nessuna parte con questi bastardi, resta dove sei. Anzi, entra in casa, chiudi la porta a chiave e chiama aiuto..." Daniel colpisce Harry in faccia con il manico del coltello, interrompendolo. Harry geme. Io rabbrividisco.

Jason continua a fissarmi con occhi spenti e pieni di odio, senza degnare di uno sguardo il fratello minore. "Sei sempre stata una stronza egoista. A Harry non succederà nulla a meno che tu non te ne vada con Daniel," dice Jason con voce acuta e nasale. Il mutaforma, solitamente stoico, non è tipo da parlare molto, e non c'è da stupirsi: la sua voce è peggiore della mia. "Fai come ti viene detto per una volta nella vita: salva Harry. Sacrificati. Santo cielo, non ti costerà nulla a parte aprire le gambe, ed è l'unica cosa per cui sei buona comunque." Credo che questa sia la frase più lunga che il mutaforma silenzioso e inquietante abbia mai pronunciato; è come se Vincent parlasse attraverso di lui. Non riesco a trattenere un brivido. "Ti ho visto al telegiornale mentre facevi la guerriera, il mutaforma simbolo dei Fae. Non sei un'eroina. Sei una codarda. Sei sempre la stessa lupa selvaggia e sporca che abbiamo dovuto rinchiudere in una gabbia per anni."

Ignoro lo sfogo di Jason. Sbadiglio; non mi interessa minimamente cosa pensa. Non capisco perché tutti credano che io sia responsabile delle azioni degli altri. Eppure è sempre colpa mia.

Non me ne frega più niente.

"Cosa intendevi quando hai detto che ero fatta per te?" chiedo invece a Daniel.

Daniel sorride. La dolcezza che inonda i suoi occhi blu è sconcertante. Gli piace la mia attenzione. "Piccola lupa, sei stata creata per me, per essere la mia compagna. Tutto è stato progettato dalla magia per essere perfetto." Daniel agita il suo coltello d'argento in aria. "Per me. Per i miei bisogni. Tu sei la mia compagna predestinata."

Continua: "Volevo il meglio. Più veloce, più forte, più intelligente, e guardati... forgiata nel fuoco. Fatta d'acciaio." Daniel spinge il viso di Harry contro il sigillo e traccia il mio contorno lungo la sua superficie con la punta della lama. Un sorriso strano e maniacale gli illumina il volto; il suo sorriso inquietante è leggermente asimmetrico a causa delle cicatrici sul suo viso. "Piccola lupa, non l'hai ancora capito? Ho pagato io quel demone per prenderti quando eri bambina."

Capitolo Quarantacinque

Barcollo un po', leggermente sotto shock. Fisso il sorriso compiaciuto e soddisfatto di Daniel.

È stato lui a mettere la mia famiglia nel mirino di quel demone. È stato lui a innescare gli eventi di quel giorno; è stato lui.

Maledizione.

Cavolo, non posso credere di non essere mai riuscita a mettere insieme i puntini.

Mi massaggio le tempie e mi torna in mente un ricordo confuso: il demone in macchina che diceva qualcosa su un membro del consiglio che mi aveva comprato. Che cos'era? Provo a dare un'occhiata mentale dentro quella specifica scatola:

"Sfortunatamente sono l'intermediario di questa transa-

zione: sei stata venduta a un membro del consiglio per un prezzo esorbitante. Quando sarai più matura, una volta che il tuo corpo sarà cambiato, lo farai impazzire. Ora che ti ho vista... beh, ho una gran voglia di tenerti per me." Il demone mi dà un colpetto sul naso. Lo guardo sbattendo le palpebre. "Mi sarebbe piaciuto molto farti sfilare davanti a tutti i mutaforma. Il fatto che un membro del consiglio ti abbia comprata è così eccitante. Chissà quale sarà il tuo destino? Ho la sensazione che rimarrai sotto la mia custodia per un po' di tempo. Poi arriverà il tuo proprietario sul proverbiale cavallo bianco e ti salverà... ecco perché tutta questa storia è un vero spasso." Batte le dita sul sedile tra noi.

"Ho fatto un patto per prenderti. Il tuo proprietario non ha detto nulla riguardo al mantenerlo segreto." Il demone ridacchia e mi fa l'occhiolino. "Potrei non essere in grado di tenerti, ma sicuramente posso incasinare un po' le cose. Odio i lieti fini. Quindi ricorda, giovane Forrest, che d'ora in poi sarà tutta colpa del tuo proprietario e niente avrà più nulla a che fare con me. Vedi di non farti ingannare dal suo bel viso, da brava."

Porca miseria.

Daniel inizia a inveire. "Il demone ha esagerato. Ha fatto un patto con Dave, il tuo avido patrigno, alle mie spalle. Le sue istruzioni erano semplici: prenderti. La semplice scomparsa di una piccola mutaforma, avrei potuto insabbiarla. Ma non la morte di un intero branco, accidenti. Tua madre avrebbe dovuto consegnarti. Ho pagato un sacco di soldi per averti. Dopo un po', ho capito che se volevo che il lavoro fosse svolto correttamente, avrei dovuto farlo io stesso." Smette di parlare e mi rivolge di nuovo quel sorriso folle e luminoso.

"Oh, e il motivo per cui eri bloccata nella forma di lupo? Jason continuava a somministrarti una magia rara e non rintracciabile che ti impediva di trasformarti di nuovo." Daniel ridacchia e continua a sorridere, battendo la lama d'argento sulla protezione. "Volevo che tu avessi accesso più rapidamente alla tua magia innata. Ma per farlo dovevi soffrire. Dovevi lottare. Più lottavi, più la tua magia sarebbe diventata forte. Volevo anche che fossi docile e grata." Daniel scuote la testa e le sue labbra si contorcono in un ringhio. "Ero a pochi giorni dal salvarti. Avevo tutto pronto. Avevo chiesto a Jason di ridurre il dosaggio quasi a zero. Poi, piccola lupa, hai dovuto andare ad aiutare quell'idiota." Daniel sbatte la testa di Harry contro la barriera. "Ti sei salvata da sola. Grazie a quella stupida stronza che ha rovinato i miei piani." Lancia un'altra occhiataccia a Liz in macchina. "Piccola lupa, sarai sempre mia. Ti ho creata io. Ti ho resa l'unica femmina di segugio infernale esistente. La tua magia del fuoco, la tua capacità di trasformarti parzialmente? È tutto merito mio. Ho pagato per te. Ora sono venuto a riscuotere." I miei occhi si spostano su Jason; il suo sguardo spento non mostra alcuna emozione. Ma le sue labbra si incurvano in un sorriso compiaciuto e soddisfatto. Lo prendo come una conferma.

Sbatto le palpebre guardando Daniel.

Ma che diavolo? Sta diventando tutto un po' eccessivo. Mi aspettavo un accenno di risata malvagia, ma non questo!

Invece di rabbia od orrore, provo uno strano senso di sollievo.

Sapevo di essere diversa. Accidenti, mentre ero bloccata nella mia forma di lupo, incolpavo me stessa. Le trasformazioni parziali, la magia del fuoco, i segni del guerriero. Ero così preoccupata, spaventata dall'essere un mostro. Ma ora tutto ha un senso, per quanto strano. Per la prima volta, so nel profondo che starò bene. Non ero io, e non sono mai stata guasta. È stato Daniel fin dall'inizio.

È tutta colpa di quell'idiota delirante che mi sta davanti.

Mi scuoto mentalmente. Devo tornare in carreggiata e concludere lo strano discorso da cattivo di Daniel.

"Non preoccuparti, piccola lupa, sei perfetta al cento per cento. La magia dentro di te è stata lasciata crescere e ora ti sta dando le caratteristiche più potenti. Sei unica. Le nostre figlie saranno incredibili," continua Daniel con aria compiaciuta. "Mancano pochi giorni alla mia presa di potere dell'assemblea... il tuo tempo in Irlanda sta comunque volgendo al termine. Quindi, che ti prenda oggi o la prossima settimana, succederà comunque." Daniel punta la lama al collo di Harry. "L'unica differenza è che Harry oggi sarà vivo, ma la prossima settimana sarà sotto terra. Scegli con saggezza, piccola lupa."

Tocco la tazza con le dita come se stessi riflettendo. Poi annuisco e dico con un sorriso: "Penso che sceglierò l'opzione B." Le voci nella mia testa mi fanno capire che sono pronti al mio segnale.

"Opzione B... Che diavolo stai dicendo?" chiede Daniel. Non gli piacciono né il mio sorriso né la mia risposta.

Aragon appare dietro di me. Gli porgo la mia tazza e lui la prende gentilmente dalla mia mano. "Grazie," dico con un piccolo sorriso.

"Ma che cazzo..." dice Daniel.

"Adesso," dico ad alta voce, e si scatena l'inferno.

Sento il tonfo dei corpi che cadono mentre i cattivi intorno vengono messi fuori combattimento con le mie pozioni soporifere. Tre eliminati, ne restano sette. Allo stesso tempo, Owen, che è in forma di lupo, spunta dal nulla e morde il polpaccio di Daniel.

Oh, adoro la magia.

Daniel lascia andare Harry e cerca di colpire Owen con il coltello che ha ancora in mano. Owen gli afferra il braccio e lo morde, bloccando efficacemente il suo attacco. Daniel si trasforma in un lupo marrone. I suoi vestiti cadono a terra e i due iniziano a combattere.

Richiamo la mia spada fiammeggiante e supero la barriera saltando oltre il cancello.

Tiro Harry in piedi e mi metto davanti a lui, poi ci faccio indietreggiare entrambi. Lo spingo verso il muro e dentro la sicurezza della barriera. Faccio roteare la mia spada, proteggendoci da chiunque cerchi di avvicinarsi.

"Forrest... da dove diavolo viene quella spada così elegante? Devi metterti al sicuro, Forrest..." mormora Harry. Aragon afferra Harry senza tanti complimenti per la nuca e lo trascina oltre il muro.

"Sdraiati a terra," grido. Il tipo ansioso che avrebbe dovuto occuparsi della barriera cade in ginocchio e mette le mani dietro la testa. Gli lancio una pozione.

"Dove diavolo sono i nostri rinforzi?" urla Jason, schiacciando furiosamente i tasti del telefono.

"Ti riferisci ai ventotto uomini che circondavano la casa?" rispondo gentilmente. "Sì, beh, ecco, non arriveranno." Alzo le spalle, facendo roteare la spada. "Me ne sono occupata secoli fa. Niente male per la mutaforma simbolica dei Fae," dico con sarcasmo. "Non hai rinforzi. Fatti un favore, mettiti in ginocchio con le mani dietro la testa." I quattro mutaforma rimasti si guardano l'un l'altro, poi mi ignorano completamente. Cominciano a estrarre le armi.

Ehi, ho una spada fiammeggiante! Sbuffo. A volte vorrei sembrare più spaventosa. Aragon supera il muro e mi raggiunge... *Oh, ciao, tesoro.* È parzialmente mutato, con le ali, artigli argentati lunghi quaranta centimetri e una serie impressionante di zanne in bella mostra.

"Sto perdendo la pazienza!" avverte Aragon con un ringhio sommesso. Il fumo gli esce dalla bocca in modo intimidatorio. I quattro mutaforma rimasti cadono immediatamente in ginocchio e si prostrano in segno di sottomissione.

Ringhio e alzo un sopracciglio verso il mio drago. Aragon alza le spalle e mi fa l'occhiolino.

Li colpisco tutti con delle sfere di pozione. Tengo d'occhio Jason, che è ancora in piedi, se si può definire 'in piedi' il fatto di essere appoggiato a una delle auto tremando come una foglia. I suoi occhi sgranati sono fissi su Aragon. Owen e Daniel stanno ancora combattendo, ma Owen sembra avere il sopravvento e sta solo giocando con lui.

Jason, vedendo un'opportunità, mi carica con disperazione, stringendo in mano un coltello d'argento. Aragon si mette davanti a me. I suoi artigli gli trafiggono il petto.

Sbircio da dietro il corpo massiccio di Aragon e vedo la luce spegnersi negli occhi di Jason. "Marcisci all'inferno, bastardo malvagio." Non riesco a trattenere un sorriso di soddisfazione. Cavolo, sto diventando una persona cattiva. "L'avevo in pugno, Aragon," mi lamento. "Avrei potuto farlo da sola." Aragon torna alla sua forma umana, si china e mi bacia delicatamente sulle labbra.

"Pazzerella, non volevo che uccidessi il tuo vecchio branco," ammette Aragon con sincerità.

Jason non è mai stato del mio branco. Era solo la guardia della mia cella. Se l'è cercata, ed era solo questione di tempo prima che mi occupassi di lui. Non l'avrei mai lasciato vivo dopo aver saputo ciò che mi aveva fatto. Sarebbe sempre stato una minaccia.

Il lupo nero che è Owen se ne sta sopra un lupo prono, Daniel. Ha le fauci avvinghiate alla sua gola mentre lui piagnucola la sua resa. Owen indietreggia e si trasforma. Anche Daniel torna alla sua forma umana e nuda. Si alza in piedi, fissando Owen con aria minacciosa. Si sente il clic di una portiera che si apre e Liz esce dall'auto. Le lacrime le rigano il viso.

Tiene qualcosa nella mano destra, stringendolo tra il seno. Daniel le dà le spalle. Liz muove l'oggetto e, con un grido di guerra, glielo conficca nella schiena.

Mi rendo conto troppo tardi che si tratta di una lama d'argento. Liz ha fatto ciò che sa fare meglio: ha pugnalato alle spalle il suo presunto compagno. Liz estrae il coltello. Daniel emette un suono soffocato e si gira verso di lei con un'espressione incredula.

"Non puoi vendermi se sei morto, bastardo. Avrei potuto accoppiarmi con chiunque, chiunque! Eppure ho scelto te. Te con la tua faccia deforme! Hai perso potere, denaro! Eppure io ti sono rimasta accanto. Non hai potuto fare a meno di andare dietro a quella sgualdrina, e per cosa? La possibilità di avere una figlia? Sei un idiota!" Conclude la sua invettiva con un urlo. Il coltello che ha ancora in mano torna a colpire Daniel, al petto. Lo trafigge altre tre volte, seguendolo mentre cade a terra. Il sangue di Daniel le schizza sul viso e sul collo.

Mi vengono in mente le parole *giustizia poetica* e

rimango a bocca aperta, mentre Liz si scatena come una pazza. Anche lei è una vittima di Daniel. Anzi no, non una vittima, scuoto la testa a quel pensiero, una *sopravvissuta*.

Owen e Mac lottano con lei, cercando di toglierle il coltello dalla mano senza ferirla. Faccio un cenno a Mac. Non sapevo che fosse arrivato.

Madán si avvicina, in ritardo per la festa. Guardandosi intorno con nonchalance, alza un sopracciglio alla vista della donna in preda alla frenesia. Mi sorride e fa un cenno ad Aragon.

"Rapporto sulla situazione: ci sono delle vittime?" chiede Madán.

"Nessuna vittima dalla nostra parte, signore," risponde Owen, dopo aver avuto la meglio su una Liz ricoperta di sangue, e averne preso il controllo. "Ma tre vittime..." lancia un'occhiata a Daniel "quattro vittime, trentasei catturati, più questa signora." Owen indica Liz con il pollice.

"Ottimo lavoro. Li farò raccogliere e consegnare alla Gilda dei Cacciatori perché vengano processati," dice Madán con un cenno del capo. "Oh, Forrest, ho ricevuto una richiesta di trasferimento... Un mutaforma di nome Owen. Ha indicato te come referenza? Immagino che sia tu..." dice Madán, alzando un sopracciglio verso Owen. Sorrido a lui e a Owen. Il mio segugio tata!

"Oh sì, è un mio amico! Saresti pazzo a non prenderlo. Ti prego, dimmi che lo farai! Sono così eccit..." squittisco spaventata. Aragon mi solleva e mi allontana da una mano insanguinata che si sta allungando verso di me. Cavolo, è davvero inquietante. Daniel è riuscito a trascinarsi sul pavimento verso di noi, verso di me.

Una scia di sangue lo segue sul pavimento.

"Sarai sempre mia. Ti possiedo da quando eri bambina. Sono il tuo destino, ti ho creata io." Daniel allunga la mano e, con quello che deve essere il suo ultimo respiro, rantola: "Piccola lupa…"

La sua mano cade.

Tutti noi fissiamo Daniel, ormai morto, sul pavimento, anche se io sto aspettando quel classico momento finale di ogni film horror in cui lui salta in piedi e cerca di uccidermi. Rabbrividisco. Aragon mi stringe più forte a sé.

Sento Liz dire a Owen e Mac: "Non sono una persona cattiva. Vi renderete conto che è tutta colpa degli ormoni della gravidanza. Non avevo idea di cosa stesse facendo quell'uomo. Sappiate che ho due bambini piccoli a casa di cui occuparmi, hanno bisogno di me. E un altro in arrivo. Sono incinta, non lo vedete?" Non posso fare a meno di provare compassione per lei e sono preoccupata per i suoi figli. Cosa ne sarà dei suoi bambini?

"Perché quel cane la fa franca?" si lamenta. Onestamente, non riesce proprio a trattenersi.

"'Cane'? Se ti riferisci alla guerriera Hesketh, sta facendo il suo lavoro, proteggendo gli innocenti. Ora sta' zitta." ringhia Mac: "La Gilda dei Cacciatori vorrà parlarti."

Liz scuote le spalle alla notizia. "Sono una mutaforma purosangue. L'unico posto dove andrò è dal prossimo maschio. C'è una nuova legge che mi proteggerà. La legge Forrest…" Non riesco a trattenere un sorriso ironico. La nuova legge protegge le donne mutaforma in modo imparziale, anche se sono persone orribili. Ho la sensazione che Liz se la caverà. La guardo mentre viene caricata sul sedile posteriore di un'auto. Mac le mette al polso un braccialetto anti-magia.

Spero davvero di non rivederla più.

Harry è accovacciato accanto a Jason. Si china e, con due dita, gli chiude gli occhi. Si alza e si avvicina a noi. Tende la mano ad Aragon per stringergliela, ma dopo una pausa la ritira. Aragon grugnisce. Non credo che Aragon apprezzi molto Harry.

"Posso?" Aragon socchiude gli occhi, poi annuisce a malincuore. Harry mi abbraccia. "Grazie per avermi salvato la vita." Sbuffo. Harry si passa una mano tra i capelli biondi. Alzo lo sguardo verso Aragon, che sta fissando Harry come se stesse pensando di staccargli la testa.

"Harry, Harry, ho bisogno di te!" piange Liz dall'interno dell'auto, picchiettando il finestrino con le unghie. Harry mi fa un piccolo sorriso e si allontana di corsa. *Addio, allora.*

Mi prendo un momento per riflettere e mi sento... più leggera. Vendicata. Molte delle scatole immaginarie nella mia mente si sono disintegrate, i ricordi hanno perso il potere di ferirmi.

Aragon si china e mi bacia sulla testa.

Tutti se ne vanno. Owen entra per cambiarsi. Madán ci fa un cenno con la testa. "Domani devi darmi la tua dichiarazione, guerriera Hesketh. Sistemerò le pratiche burocratiche per il tuo amico. Ci occuperemo anche dei corpi senza vita e dei cadaveri sparsi in giro," dice mentre se ne va. Evviva!

"È finita?" chiedo, appoggiandomi al calore di Aragon.

"Sì, Pazzerella, è finita." Mi bacia sulla guancia.

"Possiamo tornare alla casa di vetro?" Mi piace questo piccolo cottage, ma mi manca la mia prima vera casa. Mi sentirò anche più al sicuro con la protezione di Aragon. Mi mancano le nostre corse, inoltre Owen ha bisogno di un posto dove vivere e adorerà questo cottage.

"Tutto quello che vuoi, Pazzerella."

"Oh, allora possiamo prendere una torta?"

"Potremo sempre prendere una torta," risponde Aragon.

Caro Lettore/Lettrice,

Innanzitutto vorrei dirti *grazie* per aver dato una possibilità al mio libro.

È il mio primo romanzo in assoluto! Spero ti sia piaciuto! Se è così, e se hai tempo, ti sarei *molto* grata se potessi lasciare una recensione.

Ogni recensione è *fondamentale* per un autore, specialmente per me che sono ancora agli inizi, e la tua potrebbe aiutare altri lettori a scoprire il mio lavoro. Ne sarei molto felice e mi aiuterebbe a continuare a scrivere.

Grazie di cuore!

P.S. Potrei persino scegliere la tua recensione per la mia campagna marketing. Riesci a immaginarlo? Sarebbe fantastico!

Con affetto,
Brogan x

L'AUTORE

<hr>

Brogan vive in Irlanda insieme a suo marito e ai loro undici bambini pelosi: cinque soffici servitori delle tenebre (ovvero i gatti), quattro segugi infernali (i cani) e due unicorni tradizionali (cavalli Irish Cob, grossi e pelosi).

Nel 2019 ha deciso di assecondare la sua pazzia scrivendo di persone immaginarie che vivono nella sua testa. Il suo amore più grande è il suo figlio peloso numero uno, il cavallo Bob, subito dopo viene la lettura. Quando non è impegnata a leggere o scrivere, la si può trovare immersa fino alle ginocchia in letame e ciuffi di peli, ignorando beatamente ogni responsabilità da adulta.

WWW.BROGANTHOMAS.COM

www.ingramcontent.com/pod-product-compliance
Lightning Source LLC
Chambersburg PA
CBHW050612170726
48283CB00001B/210